LAUREN BLAKELY

MELHOR QUE A ENCOMENDA

Era só um contrato de namoro para um fim de semana, mas nada saiu como o esperado.

TRADUÇÃO
FÁBIO ALBERTI

Faro Editorial

COPYRIGHT © THE REAL DEAL, 2018 BY LAUREN BLAKELY. PUBLISHED BY ARRANGEMENT WITH ST. MARTIN'S PRESS. ALL RIGHTS RESERVED.
COPYRIGHT © FARO EDITORIAL, 2019
Todos os direitos reservados.

Nenhuma parte deste livro pode ser reproduzida sob quaisquer meios existentes sem autorização por escrito do editor.

Diretor editorial **PEDRO ALMEIDA**
Coordenação editorial **CARLA SACRATO**
Preparação **CRIS SAAVEDRA**
Revisão **BARBARA PARENTE**
Capa e diagramação **OSMANE GARCIA FILHO**
Imagens de capa **ROMAN SAMBORSKYI | SHUTTERSTOCK**

Dados Internacionais de Catalogação na Publicação (CIP)
Angélica Ilacqua CRB-8/7057

Blakely, Lauren
　　Melhor que a encomenda / Lauren Blakely ; tradução de Fábio Alberti. — São Paulo : Faro Editorial, 2019.

　　ISBN 978-85-9581-084-6
　　Título original: The real deal

　　1. Ficção norte-americana I. Título II. Alberti, Fábio

19-0487　　　　　　　　　　　　　　　　　　　CDD-813.6

Índice para catálogo sistemático:
1. Ficção norte-americana 813.6

1ª edição brasileira: 2019
Direitos de edição em língua portuguesa, para o Brasil, adquiridos por FARO EDITORIAL

Avenida Andrômeda, 885 – Sala 310
Alphaville – Barueri – SP – Brasil
CEP: 06473-000 – Tel.: +55 11 4208-0868
www.faroeditorial.com.br

Michelle e Eileen, obrigada por acreditarem nessa história desde o início.

PRÓLOGO
Theo

EU POSSO SER QUEM VOCÊ QUISER.

Posso me transformar no chefe com quem você está transando, no seu colega de trabalho gato e meio nerd que é só um amigo e *nada mais*, no irmão da sua melhor amiga – o cara por quem você ficou caidinha depois do baile de formatura tempos atrás –, no vizinho prestativo que todo mundo adora *porque* se oferece para trocar uma lâmpada, consertar o carro e dar um jeito no vazamento da sua pia. Também posso fingir ser um bombeiro, um soldado, um policial, um bilionário, um canalha, um atleta, um pirata – sim, algumas mulheres gostam de brincar de caça ao tesouro – ou um *bad boy*, o cara malandro e rebelde que vai enlouquecer a sua família.

Como você conseguiria me encontrar se precisasse de mim?

Isso não é tão difícil. Basta apenas você saber o que está procurando e digitar as palavras certas naquele bom e confiável mecanismo de busca da internet. Talvez até me encontre na próxima vez que quiser colocar algum eletrodoméstico à venda ou descolar uma bicicleta ergométrica de segunda mão. Lá você vai descobrir uma infinidade de personagens que eu posso representar para te ajudar de alguma forma. Os serviços variam conforme a necessidade. Podem ser casamentos, reuniões, festas de Natal, churrascos... todas as ocasiões em que você precisar de um acompanhante. Não sou garoto de programa, nem gigolô, nem *stripper*. Meu trabalho é me tornar uma doce companhia, e você pode escolher o sabor que quiser. Proporciono todos eles.

E há um personagem mais procurado. De longe, com grande vantagem, o mais popular é o do *bad boy*.

Acredite quando eu digo que minha interpretação de *bad boy* não tem nada de comum, não é básica nem mediana. É espetacular. Eu encarno cada detalhe do significado dessa expressão e este anúncio é o meu bilhete premiado:

> ★ **Vai a um evento e precisa de acompanhante? Eu sou o homem certo para você.**
>
> Tenho 28 anos, boa aparência e sou ex-presidiário. Mas juro que não fiz nada, me colocaram atrás das grades sem motivo. Armaram pra mim. Posso me passar por uma pessoa entre 19 e pouco mais de 30 anos... para isso basta fazer alguns ajustes. Meu bem mais valioso é uma motocicleta riscada, um ano mais nova que eu, com o desenho de um leopardo feroz. Sou barman e trabalho até as duas da manhã num bar. Se você me quiser como acompanhante num casamento, numa comemoração ou numa festa da empresa, posso alegar que você foi me buscar quando o meu turno terminou e nós transamos no banheiro, ou então que estamos num relacionamento sério e exclusivo. A escolha é sua.
>
> Posso fazer as seguintes coisas a seu pedido:
>
> 1. Dar descaradamente em cima de outras convidadas do sexo feminino, incluindo a sua irmã, namoradas, esposas e tias-avós presentes. Mães também podem entrar nesse esquema.
> 2. Iniciar discussões provocativas e/ou incendiárias a respeito de política e de religião. De preferência a respeito de ambas, e abordando os assuntos mais chocantes do dia.
> 3. Pedir você em casamento diante de todo mundo. Posso até falar como será o nosso bolo e te chamar de docinho de coco.
> 4. Romper com você e depois fazer uma grande cena em busca de reconciliação, envolvendo: a) uma escada; b) um megafone ou c) uma declaração de amor no meio de uma multidão na sua cidade. (Detalhe: cenas em público não são novidade para mim. Sei o que fazer nessas situações.)
> 5. Começar uma briga com qualquer um dos outros convidados, incluindo a sua mãe, seu pai, sua irmã, seu irmão e/ou qualquer um que estiver por perto. (Não se preocupe comigo,

querida. Tive a oportunidade de aprimorar muito as minhas técnicas de luta na temporada em que passei na cadeia.)
6. Contar, diante de todas as pessoas presentes, histórias indecentes e ousadas sobre a nossa vida sexual intensa e selvagem.
7. Num acesso de raiva, ir embora pela escada de incêndio carregando você nos ombros e gritando: "É assim que um homem de verdade leva a sua mulher pra casa!".

Se alguma dessas habilidades te interessar, por favor entre em contato e faça a sua reserva. Posso oferecer uma ampla variedade de sotaques. Meus serviços são estritamente platônicos. Você poderá optar por todos os itens oferecidos ou escolhê-los separadamente; meu cachê é negociável e vai depender das opções. O pagamento será feito apenas no final, e somente se você estiver totalmente satisfeita com o meu trabalho. Ofereço garantia de 100% de satisfação.

Foi para esse trabalho que uma linda garota, dotada de um senso de humor fora do comum e de um grande coração, me contratou. Como nos demos bem desde o início, achei que seria o trampo mais fácil da minha vida. Em vez disso, foi o mais difícil, pois ela enterrou definitivamente o grande cafajeste que existia em mim.

CAPÍTULO 1

April

QUANDO O TELEFONE TOCA, SÓ PODE SIGNIFICAR MÁS NOTÍCIAS.
Por que outra razão alguém se daria ao trabalho de telefonar?
Mensagens de texto servem para assuntos leves e também para assuntos mais delicados, como, por exemplo, *"Vamos nos encontrar na casa da Jane às sete"*, *"Eu consegui aquele trabalho"*, ou *"Não deixe aquele idiota colocar você pra baixo"*.

A chegada de um e-mail significa que uma amiga descolou um ótimo desconto em cosméticos, numa massagem ou em uma viagem de avião, e está passando essa informação a você. Também pode significar que uma das suas parentes malucas está tentando atrair você para um encontro às cegas com o açougueiro dela.

Mas o som de um telefone tocando? Isso significa que alguém morreu, ou que você está prestes a ter um desgosto tão profundo que a sensação será a mesma da morte.

Talvez eu esteja fazendo tempestade em copo d'água. Não seria exagero dizer que eu sou um pouco dramática. Mas vamos combinar: quem nesse mundo ainda faz ligações fora as operadoras de telemarketing?

Dito e feito.

Quando o lindo rosto do Xavier aparece no meu celular, meu sexto sentido é imediatamente acionado.

Ajusto a alça da minha bolsa com toneladas de maquiagens e escovas que está machucando o meu ombro... Minha pele já está marcada por causa do peso que carrego diariamente por Manhattan. Corro um dedo pela tela e atendo.

— Você está na cadeia e quer que eu pague a fiança?

A risada de Xavier ecoa nos meus ouvidos.

— Meu amor, você sabe que se eu estivesse numa situação dessas a *última* pessoa para quem eu ligaria seria *você*, que está sempre sem dinheiro.

— Não é verdade. Eu sempre ando com pelo menos duzentos dólares.

— Abaixo os óculos escuros dos olhos e caminho por entre a multidão que circula à tarde pela Sétima Avenida. — Só que geralmente em notas pequenas para o caso de eu precisar enfiar algumas na cueca dos gostosões dos clubes de *strip*. Mas falando sério: o que aconteceu? Está tudo bem? Você só me telefona quando quer lamentar o fim das suas transas.

Certo, tudo bem. Eu falo com meus amigos algumas vezes pelo telefone, mas nós sempre tomamos o cuidado de nos comunicar antes por mensagem de texto.

Um alto-falante ressoa alto próximo de onde o meu amigo está:

— Atenção, senhores passageiros com destino a Londres. Iniciando o embarque do voo 405...

Sinto todo o ar escapar dos meus pulmões quando paro de caminhar de repente, diante de uma loja de perucas no Village. Um manequim ostentando uma peruca de cabelo curto roxo está olhando para mim.

— April, tenho boas e más notícias para você. — O tom de voz de Xavier é descontraído. É o tipo de tom que as pessoas costumam adotar quando vão transmitir uma notícia potencialmente devastadora. Três, dois, um, vamos lá: — A boa notícia é que eu fui abençoado com uma oportunidade única, e estou a caminho de Londres para uma sessão de fotos para a Timeless Watches.

Essa notícia é devastadora para mim... mesmo assim solto um gritinho. Uma mulher vestindo um elegante terno cinza ergue as sobrancelhas ao passar por mim.

— Isso é fantástico! — Não escondo minha satisfação, mesmo sentindo vontade de acertá-lo na cabeça com um pincel de maquiagem por me deixar na mão no pior momento possível.

— E a má notícia é...

— Você não poderá ser o meu acompanhante na reunião de família — digo, terminando a frase, porque isso é realmente horrível. Eu estava perdendo o acompanhante mais tentador que alguém poderia desejar, mas ainda assim eu seria uma completa imbecil se não reagisse com alegria diante dessa oportunidade que surgiu para ele. Eu geralmente me esforço para não agir como uma babaca total, uma perfeita fracassada ou uma verdadeira anta. Com todo o respeito a esse belo animal, claro. — Isso é mesmo fantástico. Você está a um passo de tirar a sorte grande.

— Sorte grande? Você realmente acha que essa pode ser a grande chance da minha vida?

— Claro que sim — respondo com determinação. — Fotografar para a Timeless é o máximo. Eles têm a coleção de relógios masculinos mais incrível do mundo. Alguma vez você já viu algum homem usando um? Eles praticamente fazem as mulheres pegarem fogo.

Ele ri.

— E fazem alguns homens pegarem fogo também, April.

— Existe algo de absurdamente sexy nos homens que usam esses relógios grandes e chiques.

Recomeço a minha caminhada até o metrô, olhando ansiosamente para os táxis e *Ubers* que passam rapidamente. Quero chamar um táxi ou solicitar um carro, mas me lembro de que toda essa caminhada equivale a uma sessão intensa de malhação. Já viu aquelas pessoas que malham usando pneus de caminhão? Moleza. Tente andar por Manhattan com uma bolsa cheia de material para pintura corporal, disputando espaço com uma multidão estressada que atravessa o seu caminho. Supera qualquer atividade do mundinho *fitness*.

— E agora eu serei o homem que vai ostentar o grande e chique relógio de pulso nos anúncios. Estou tão feliz! — Xavier deixa escapar um gritinho, mas em seguida se controla. — Nós já vamos embarcar. Escute, você tem que saber que eu estava ansioso de verdade para me passar pelo seu novo namorado na presença da tia Jeanie, da prima Katie e da... Quem é mesmo aquela que se considera uma casamenteira?

— A minha irmã... A Tess.

— Ah, sim! A própria. Eu estava ansioso de verdade para fingir que era o seu homem. Sem dúvida teria sido um desafio para mim.

— Obrigada — respondo com desânimo.

— Você sabe que estou sendo sincero.

— Eu sei, e agora vou ter de encontrar outra pessoa — retruco, deixando um pouco da minha frustração transparecer.

O problema é que eu não posso suportar a ideia de ir sem um acompanhante à reunião da família Hamilton, que terá uma gama de atividades completa: um dia no parque de diversões, competição de bambolê, boliche na grama e sabe Deus quais outras atrações os meus pais planejaram.

Provavelmente escalada, balançar na corda, apanhar morangos e pintar camisetas.

Eu preferia embarcar sozinha em um navio rumo ao Ártico do que ir sozinha a esse circo. Sei que a minha irmã está morrendo de vontade de armar alguma para mim. Semana passada ela perguntou se eu estava saindo com alguém. E, caso não estivesse, queria que Mark fosse meu parceiro numa caça ao tesouro. Mark é o proprietário de uma lanchonete na minha cidade natal. Ele é bonito... e extremamente chato.

— Eu não vou deixar você na mão — Xavier diz enquanto o som metálico do alto-falante do terminal ecoa mais uma vez ao fundo, alertando que os passageiros precisam parar de enrolar e embarcar logo na droga do avião.

— Você providenciou um teste de elenco para mim? Para que eu escolha um ator? — ironizo enquanto me aproximo da entrada do metrô.

— Não. Fiz *melhor*. Um bom amigo meu pode me substituir. Ele está disponível e tem interesse. Trabalha em um bar.

— Mas ele é ator e faz performances, não é? Ele atua?

— E todos nós não atuamos o tempo todo?

Todos, sim, menos eu. Eu posso conviver com atores e modelos, mas nem por isso finjo ser outra pessoa. Por outro lado, eu os pinto para que *eles* possam assumir outras identidades – um leopardo, uma deusa, um cisne, uma mulher dourada, uma carta de baralho, um ninho com um filhote de pássaro dentro... As minhas mãos estão manchadas com tinta laranja e preta do guepardo que eu pintei essa tarde num atleta sarado, para um anúncio de tênis em uma revista.

— Sim, ele é ator. Espere só até você escutar a voz dele — Xavier me diz em meio à correria e agitação do embarque. — Você poderia até querer namorar com ele. Sou bom no que faço, mas para a sua sorte ele é hétero, então não vai precisar se esforçar como eu precisaria. Só que você vai ter de pagar pelos serviços dele.

Engulo em seco.

Que escolha eu tenho a essa altura? Preciso de um acompanhante para a reunião. Além do mais, um homem com voz sexy pode ser convincente no papel de meu namorado. Se bem que, honestamente, eu preciso mesmo é de uma grande injeção de PAREM DE TENTAR ME EMPURRAR PARA HOMENS QUE NÃO ME INTERESSAM, para poder espetá-la no traseiro dos casamenteiros da minha família.

— Nome e telefone, por favor.

— O nome dele é Theo. — Ele me passa o número do telefone, e eu o repito em seguida, pois sou boa em me lembrar de números. — Mas dentro de cinco minutos vou lhe enviar por mensagem as informações sobre ele. Como eu já disse, não vou deixar você na mão!

Dou risada.

— Divirta-se em Londres. Arrase e deixe todos na Timeless de boca aberta. Eles vão amar você como um adolescente ama o próprio celular.

— Quando tudo terminar eu vou parecer um adolescente viciado em selfies, isso sim.

— Não tenho a menor dúvida.

Encerro a ligação e deixo escapar o suspiro que estava reprimindo. Estou muito feliz pelo meu amigo. De verdade. Mas todos nós somos um pouco egoístas, não é mesmo? E o meu lado queria que o meu amigo ainda estivesse disponível para desempenhar o papel de meu acompanhante.

Mas a grande verdade é que eu não tenho a *menor* vontade de aparecer na casa dos meus pais sem uma companhia, já que sou uma das únicas solteiras que restaram.

Eu sou feliz na condição de solteira, e isso parece causar assombro na minha família. Eles não são tradicionais, nem antiquados... São apenas apegados ao estilo antigo em algumas coisas, e querem que eu seja igual.

Xavier teria sido perfeito como namorado temporário. É um verdadeiro cavalheiro, o sonho de consumo dos pais. Só me resta esperar que o amigo seja tão bom quanto ele... Apresso o passo, pego o meu passe de metrô, atravesso a roleta e chego à plataforma.

Olho na direção do túnel para saber se o trem está se aproximando, quando o meu celular vibra dentro do meu bolso.

São as informações que Xavier prometeu, um *link* e um comentário:

> **Xman:** As informações sobre ele estão aqui. Tenho que ir. Bjs

Quando eu clico no *link* e leio, sinto um estranho calafrio. Acho que não quero mais um cavalheiro ao meu lado na reunião.

Eu quero **esse** cara.

CAPÍTULO 2

Theo

— NÃO RIA, POR FAVOR.

Sempre que alguém diz essas palavras, é praticamente certo que você irá rir. É bem provável que a pessoa lhe conte uma história ridícula e fique parecendo uma idiota completa. Vai ser difícil segurar a risada.

Mas eu domino a arte de dar às pessoas o que elas querem, e a mulher no balcão quer que eu mantenha uma expressão séria.

— Não vou rir, eu prometo — respondo à mulher de óculos vermelhos e cabelo preto na altura dos ombros, penteado de maneira impecável. Lori está comendo sozinha hoje, o que acontece quase toda noite. Ela me considera um confidente.

— A pergunta que vou lhe fazer é meio estranha — ela avisa.

Tenho sérias dúvidas de que vou achar estranha a pergunta dela.

— Posso lidar com isso — asseguro.

Ela respira fundo, e então solta o ar.

— Você pode garantir – tipo, com certeza absoluta – que os nachos não serão cozidos?

Cozinhar nachos? Quem seria capaz de fazer uma coisa dessas?

— Você tem a minha palavra de que os nachos que acabou de pedir não serão cozidos. — A expressão no meu rosto é absolutamente séria. Sou um ótimo ator.

Ela espalma a mão no peito.

— Graças a Deus, Theo. Porque isso aconteceu comigo outro dia. Foi horrível.

Estendo a mão para pegar o gim, mas continuo olhando para ela.

— Conte-me tudo sobre o desastre do nacho cozido — digo.

As pessoas me contam as coisas. Elas sempre fazem isso. Não é apenas porque sou um barman. É que, além disso, eu tenho olhos castanhos...

Estudei esse fenômeno. Pessoas com olhos castanhos tendem a ser consideradas mais confiáveis.

Irônico, não é?

Essa confiança não tem nada a ver com saber guardar segredo ou não. Atenção, *spoiler*: eu sou um túmulo. A questão da confiança tem a ver com o fato de que ter olhos castanhos também significa que é mais provável que você tenha lábios que se curvam nos cantos com mais frequência. Traduzindo: os olhos se encontram num rosto que transmite segurança, por isso você pode confiar em mim com seu segredo dos nachos cozidos. Pelo visto, um sorriso é o lubrificante social mais eficaz.

Lori tamborila no balcão com as pontas dos dedos de unhas lascadas.

— Eu fui à minha lanchonete favorita de tacos e pedi uma porção pequena de nachos, como sempre faço. Só que em vez da porção mini eles me trouxeram a porção de tamanho normal — ela conta, olhando para a bebida, saudosamente. Ela está a poucos passos de se tornar cliente regular da casa. — Mas você sabe o que a garçonete fez quando eu mostrei a ela o erro cometido?

Meu celular vibra dentro do bolso da minha calça jeans. Agarro a garrafa de gim com mais força, porque os meus dedos estão formigando de vontade de checar as minhas mensagens.

— O que ela fez? — pergunto, e termino de despejar o gim no copo. Pego um guardanapo e o coloco diante dela, depois ponho o copo sobre o guardanapo. Posso checar a mensagem mais tarde.

— Levou o prato de volta, e então eles tiraram metade dos nachos e enfiaram o prato num microondas. Para *reaquecê-lo* — Lori diz, pronunciando devagar a palavra para demonstrar todo o seu horror.

Eu torço o nariz. E engulo em seco.

— Então, não satisfeitos em lhe oferecer nachos cozidos e úmidos, também lhe deram creme azedo quente. — Balanço a cabeça, indignado.

— Queimaram a guacamole. Havia vapor saindo dela.

Isso soa realmente mal, especialmente porque a imagem de uma pilha de guacamole exalando vapor está agora fixada na minha mente. Um calafrio percorre a minha espinha. Ela sorri, um sorriso tão largo que seus olhos se enrugam por trás dos óculos. É adorável, sem dúvida. Isso me faz pensar se ela tem alguém com quem conversar além do cara que prepara as suas bebidas e anota os seus pedidos. Geralmente nem termina de beber seus drinques quando vem aqui. Muitas vezes eu me pergunto se ela gostaria que eu passasse para o outro lado do balcão, pegasse um banquinho e lhe fizesse companhia.

Algumas vezes fico tentado a fazer isso. Ela parece precisar de alguém, e é uma garota interessante. Mas eu sei o que acontece quando você começa a se abrir para alguém. A pessoa acaba te decepcionando... Quando não a apunhala pelas costas.

— Eu vou lhe trazer os melhores nachos que você já comeu na vida.

Vou até a cozinha e entrego o pedido, e então verifico o meu relógio. Tenho uma pausa de cinco minutos. Abro a pesada porta enferrujada que me dá passagem para o beco atrás do Club Two A.M. São 18h. Um dos garçons está encostado na parede, com um pé para trás, escorado nos tijolos. Há um cigarro dançando frouxamente em seus lábios.

Ele acena para mim quase com indiferença.

Eu faço o mesmo, dou alguns passos e me afasto dele. Desbloqueio a tela do meu celular com dez caracteres, quatro caracteres nunca são o bastante. Assim que eu clico nas minhas notificações o desapontamento me atinge. Acontece que as mensagens que fizeram o meu celular vibrar no meu bolso traseiro eram do tipo *peguei você, otário*. Você recebe um e-mail, fica curioso e ansioso, e quando o abre é apenas mais uma oferta de uma loja qualquer, um site de notícias com uma nova oferta de assinatura, ou uma propaganda de Viagra. Eu não preciso de nenhuma pílula azul, muito obrigado.

No final das contas, o toque no meu telefone foi só uma notificação de que a fatura do meu cartão de crédito deve ser paga em três dias. Sério mesmo? Conte-me algo que eu ainda não saiba.

Eu tinha expectativa de que fosse uma notificação de que alguma possível cliente havia entrado em contato comigo.

Mesmo assim eu acesso o site. Já se tornou um vício. Mas na maioria das vezes é decepcionante, porque conseguir um trabalho assim é tão difícil quanto ganhar numa máquina caça-níqueis. Não é todo dia que você consegue alinhar três cerejas, mas quando consegue... cara, pode se preparar para um banquete delicioso.

Parece que alguém visualizou o meu anúncio, mas não há nenhuma resposta. A caminho do aeroporto, Xavier me ligou e me disse que tinha um lance garantido. O estranho, porém, foi que ele disse que eu o substituiria. Eu, substituir o *Xavier*? Eu adoro o cara, mas nós desempenhamos papéis muito diferentes e nunca vi nele o menor talento para ser *bad boy*. Mas é disso que a amiga dele precisa; foi o que ele me disse quando perguntou se eu poderia substituí-lo numa reunião de família.

— Eu não quero decepcionar a minha amiga, mas não posso deixar esse trabalho escapar. Você aceita me substituir por cinco dias?

— Cinco dias — repeti, surpreso. A maioria dos serviços não dura tanto tempo. — Eu tenho o fim de semana livre, e se o pagamento for bom eu posso trocar meus turnos nos dias restantes.

— Perfeito. Ela é um amor, e você é o único que eu sei que pode dar conta dessa emergência.

— Mas ela sabe que há um cachê?

— Você pensa que eu me envolvi nisso pela bondade do meu coração? A April jurou que pelo resto da minha vida me avisaria quando a minha roupa me fizesse parecer gordo. Não se preocupe, vou informá-la de que você vai fazer a sua parte em troca do bom e velho dinheiro.

— Diga-me o que ela quer que eu faça.

— Se eu conheço a April, ela vai pirar com o seu anúncio de ex-detento. É hilário. Vou mostrar esse anúncio para ela, ok?

Se me perguntassem, eu diria que uma garota que atende pelo nome de April escolheria o personagem do bom vizinho. Mas quem pode saber? Talvez ela seja a boa garota que se sente atraída pelo mau elemento.

Eu desempenhei o papel de *bad boy* em jantares de ação de graças, casamentos, e até mesmo em *bat mitzvahs*. Já desempenhei vários outros também. Já vivi um vendedor, um cafetão, um palerma ingênuo e um namorado inseguro. O segredo está nos olhos, e em colocar o coração no personagem que você está vivendo.

Mas a minha pausa termina, e a máquina caça-níqueis não dá sinal de vida. Nenhum pagamento chega. Talvez April tenha dado para trás. Talvez ela tenha decidido resolver tudo sozinha para não ter que gastar dinheiro com um acompanhante pago.

Volto para dentro do estabelecimento, enquanto o garçom suga a última brasa do cigarro.

Os nachos estão prontos. Apanho o prato, coloco nele uma colherada extra de guacamole e o sirvo para Lori.

Ela dá um gemido de satisfação e se lança sobre a comida.

— Estão perfeitos — ela declara, e eu sorrio. Um sorriso que alcança os meus olhos. Olhos nos quais ela confia.

A questão é que na verdade eu não dou a mínima se ela gosta ou não dos nachos. As pessoas podem ser fáceis de interpretar, e ainda mais fáceis de lidar, mas eu sempre quero o bem delas.

Todos têm um calcanhar de Aquiles. Esse é o meu.

É por isso que quando o meu celular vibra novamente, momentos depois, eu encontro uma maneira de responder imediatamente. E gosto do que vejo na minha caixa de entrada.

CAPÍTULO 3

April

 De: Docinho de coco
Para: Satisfação Garantida
Assunto: Precisa de um acompanhante?

Claro que nós transamos no banheiro quando nos conhecemos. Mas vamos contar isso pra todo mundo?

April

* * *

O comportamento humano me impressiona mais a cada dia que passa.

Eu acabo de descobrir que existem rodas para hamster para uso humano, tamanho-família. E elas estão à venda.

Como é possível uma coisa dessas? Quem precisa de uma roda humana de hamster?

Enquanto giro na cadeira de barbeiro de couro preto, observo mais de perto o anúncio "Roda para Hamster à Venda". Um homem – vestido de modo estranhamente normal, com camisa havaiana vermelha, calça jeans, tênis e óculos – dentro da roda e girando-a, movendo-se junto com ela.

Por quê? Por que, pelo amor de Deus, o homem está fazendo isso? Eu não posso mais guardar essa descoberta só para mim.

— Deixe a sua escova aí e venha cá, você precisa ver isso! — grito para a minha amiga Claire, no interior do salão vazio. Ela está nos fundos, higienizando as escovas de cabelo. Eu giro a cadeira na área de trabalho de Claire, esperando por ela para encerrar as atividades.

Contudo, o que estou realmente esperando é uma resposta.

O meu estômago está oficialmente embrulhado, por isso eu tento me ocupar com toda e qualquer distração que possa encontrar. Algumas horas depois que vi o anúncio, enviei uma pergunta ao amigo de Xavier. Agora estou aqui na maior ansiedade, à espera de uma resposta. Às vezes, querer alguma coisa é uma verdadeira chatice.

Claire se aproxima de mim. Suas botas pretas de cano alto fazem tanto barulho que parecem estar abrindo furos no piso.

Mostro a ela a roda para hamsters gigante, feita para uso humano.

— Nós podemos ter uma dessas um dia? Por favorzinho?

Quando ela se depara com a imagem, seus olhos azuis delineados com lápis preto se arregalam.

— Isso é uma roda para hamster.

— Eu queria tanto ter uma dessas!

— Tudo bem. Então vamos colocá-la na sua lista de presentes de aniversário.

Estamos só nós duas no lugar, mas mesmo assim eu sussurro para ela como se dissesse um segredo:

— Provavelmente há alguma história sexual sórdida ligada a essa roda. Suspeito que atos bem depravados aconteceram nela.

Ela segura o encosto da minha cadeira e me faz girar até ficar de frente para o espelho. Já estamos no final do dia, e o meu cabelo está um tanto rebelde devido à umidade. O sol fez aparecer as sardas que transitam pela ponta do meu nariz, mas não sou uma dessas garotas que odeiam sardas. Melhor aceitá-las do que escondê-las. Diante do meu reflexo, Claire arqueia as sobrancelhas.

— Por que outro motivo alguém teria uma roda para hamster?

— Exatamente. Não é mesmo? Você me entende, compreende o mundo. Mas por que é que ele também está vendendo vinte quilos de jornal picado? — Passo meu dedo sobre a tela do aparelho para que ela não deixe de ver a sala cheia de notícias rasgadas cobrindo o chão perto da roda. O cara está realmente imitando um pequeno roedor na roda giratória. — Ainda que eu tivesse algum fetiche por rodas para hamsters, definitivamente me recusaria a dar uma volta numa coisa dessas, por causa do papel picado.

— Como sabe disso? Se você tivesse um fetiche por rodas de hamster, poderia muito bem gostar de jornal picado.

Toco meu queixo como se estivesse refletindo profundamente. Balanço a cabeça para a frente e para trás, e os meus cachos loiros dão rápidas chicotadas no ar.

— Acho que não — respondo. — Não sou muito fã de papel de jornal.

Ela se dirige até o balcão do seu espaço para arrumar os sprays de cabelo. Pulo da cadeira e me junto a ela na tarefa, pois assim o tempo passa mais rápido. Empurro um aerossol na direção da parede, e dou uma espiada no relógio logo acima. Arrumo um pote de gel, e dou uma olhadinha no meu relógio de pulso.

Claire me lança um olhar cortante.

— Eu sei o que você está fazendo, April.

— Eu? O que acha que estou fazendo? — Retribuo o olhar dela com a minha melhor cara de paisagem. Sou mestre nessa expressão – grandes olhos verdes com manchas castanhas facilitam as coisas para mim.

— Você está preocupada. — Ela dá um tapinha na minha testa. — Está pensando e pensando.

— E sobre o que eu estaria pensando?

— Se isso é loucura. Se deve mesmo fazer. Se é a coisa mais maluca que você já fez na vida. Mesmo que queira muito fazer.

— Feche essa boca, leitora de mentes.

Ela ri.

— Sim. Eu posso ver bem dentro desse seu crânio. E ele vai responder. Não se esqueça: ele quer o trabalho.

— Acha que ele vai responder *rápido*?

Para o meu espanto, o nervosismo está me causando tremores no peito. Não consigo entender por que estou nervosa. Não sou a doida que postou o anúncio. Não, sou apenas a doida que o respondeu, e fiz isso vinte minutos atrás. Tudo bem, foi há dezenove minutos e quarenta e sete segundos, mas quem está contando?

Claire bate de leve no meu ombro para me confortar.

— O Xavier não iria colocar você em contato com uma pessoa perigosa. Ele é totalmente confiável. O cara provavelmente está ocupado servindo martínis para socialites.

— No bar em que ele trabalha? Duvido. — Separo os sprays dos potes de gel.

— Seja como for, ele vai responder. É o trabalho dele. Aliás, na minha opinião, é até bem interessante.

Balanço os ombros com indiferença.

— Isso seria bem mais fácil se o Tom me ajudasse, Claire.

— Você sabe que eu te amo, mas o meu namorado não está à disposição para empréstimo.

— Por favor... Eu não vou roubar o seu homem. O que eu quis dizer é se ele não tem um amigo pra me ajudar. Algum solteiro que possa me indicar. Uma pessoa que possa substituir o Xavier.

— As pessoas trabalham o dia inteiro, é difícil encontrar gente com tempo disponível. Xavier era uma exceção, e veja só o que aconteceu. Ele arranjou um trabalho.

— Quando não estão trabalhando estão fazendo alguma outra coisa importante. Eu ia pedir ajuda ao Cole — digo, referindo-me a um amigo nosso que é caça-talentos —, mas ele começou a namorar algumas semanas atrás, então está fora dos planos. E o Anders tem uma conferência em Miami. Já reuni nomes de possíveis substitutos para essa emergência. Mas foi inútil, não há opções.

Claire guarda um spray fixador de cabelo em uma gaveta.

— Viu só, April? É melhor contratar alguém do que pedir um favor. — O namorado dela é um fotógrafo de nível internacional, e me ajudou a conseguir uma das minhas maiores oportunidades. Em troca, eu o ajudei com algo ainda maior: apresentei-o à minha melhor amiga, e agora eles estão loucamente apaixonados. — Além do mais, esse cara da Satisfação Garantida vai funcionar pra você. Eu sinto isso.

É estranho que eu já deseje que o amigo do Xavier diga sim? Eu nem conheço o cara, mas juro que o anúncio dele me tocou profundamente. Não no sentido cafona, de sedução barata ou de exagero romântico. Tocou meu senso de humor, a minha veia cômica, que é a maior veia do meu corpo.

Eu gosto de rir. Gosto de coisas tortas e esquisitas. Gosto de desafios. E gosto de homens que a minha família jamais aprovaria para mim. Mas posso compreender por que a minha família insiste em me arrumar um namorado. No lugar deles, eu provavelmente também não confiaria na minha capacidade de atrair um homem decente. Não tenho um histórico exatamente positivo na matéria.

Meu ex-namorado Landon, por exemplo.

Seja como for, preciso desesperadamente de um disfarce perfeito. Veja com os seus próprios olhos os e-mails que meus familiares me enviaram nos últimos dias.

DE: Tia Jeanie
PARA: April

Mal posso esperar para te ver na reunião! E mal posso esperar para levar você à praça da cidade para que conheça o Linus. Ele é um banqueiro de hipotecas, e gosta de negociar as melhores taxas de juros. Também gosta de passear de barco nos fins de semana em mar aberto. Ele não parece feito sob medida? E se eu arranjasse um encontro entre vocês dois num café?

Bjos
Jeanie

Claro que o Linus deve ser um sujeito bastante decente. E quem não se interessaria pela oportunidade de obter as taxas de juros mais vantajosas? Isso está no topo da lista de responsabilidades na minha vida adulta. Mas namorar não é exatamente uma responsabilidade, não é? Além do mais, se a melhor parte da propaganda da tia Jeanie envolve taxa de juros, eu suspeito que esse Linus seja tremendamente chato.

Minha mãe, por sua vez, está convencida de que o *Calvin* é o cara perfeito para mim. Dois dias atrás ela lançou esta pequena isca:

DE: Mamãe
PARA: April

Faltam poucos dias! Você consegue ouvir o relógio de gato na parede do corredor batendo o tempo todo em Manhattan? É o som da minha alegria pela expectativa de ver a minha garotinha. Estou planejando a mais fantástica caça ao tesouro, e preciso da minha assistente. A propósito, sabia que o Calvin também gosta de caça ao tesouro? Você se lembra dele. Ele administra a loja de ferragens. É um homem que sabe usar bem as ferramentas, se é que você me entende. O que acha de um pequeno encontro? É tão melhor conhecer uma pessoa em um jogo do que em um daqueles sites cheios de doidos na internet, que os jovens tanto usam hoje. O QUE VOCÊ ACHA?

(ACHEI IMPORTANTE USAR MAIÚSCULAS PARA DAR ÊNFASE.
Não parece que eu estou gritando, não é? Ah, não importa,
meu amor.)

Beijos,
Sua mãe

Enquanto isso, a filha de Jeanie, minha prima Katie – que é um pouco mais velha que eu – me mandou uma mensagem pelo Facebook dizendo que o cara que leva os poodles dela para passear tem uma bela bunda. Eu adoro isso, tanto quanto qualquer garota, mas fico um pouco preocupada quando a retaguarda do sujeito é a única característica marcante no cartão de visita dele.

E temos também a participação da minha irmã. Ela me mandou uma mensagem de texto ontem.

> **Tess:** Uhu! Cory e eu achamos alguém pra você! É um cliente nosso, e eu não me canso de dizer ao Cory que esse cara é perfeito para você. Ele tem uma barba. Barbas estão na moda, né? Pelo menos é o que dizem por aí. Mal posso esperar para ver você. Por favor, traga umas histórias divertidas pra contar. Deus sabe que eu preciso disso.

É por isso que eu não vou sozinha à reunião. Vão ficar a semana inteira me apalpando, me empurrando e revistando. Não é que eu não queira namorar os homens de Wistful, minha cidade natal. Eu só não quero voltar para lá.

Não é só porque todo mundo na minha família resolveu conhecer e se casar com as suas caras-metades em Wistful que eu vou querer fazer o mesmo.

Na verdade, eu não tive melhor sorte em Manhattan, mas algumas vezes é difícil lidar com o fato de que o homem de negócios bem vestido com quem você namora ainda mora no porão da casa dos pais. Em minha defesa, porém, devo dizer que Brody, o Habitante do Porão, sabia beijar absurdamente bem, e isso encobre todo tipo de pecado.

Além disso, desde que terminei com Landon, o Mentiroso, eu tenho levado a vida sem namorar ninguém. Namoro é uma distração que eu não posso me dar ao luxo de ter nesse momento.

Claire enrola o fio do seu secador de cabelo.

— Talvez seja melhor você simplesmente não ir à reunião, April.

Eu volto à cadeira de barbeiro.

— Na verdade eles são engraçados de uma maneira só deles. Além do mais, dar o cano não seria certo — respondo.

— Você tem consciência. — Ela dá um tapinha no meu ombro novamente. — Eles não estão totalmente ultrapassados, ainda.

— Algum dia eles estarão.

Meu celular vibra e uma onda de esperança brota em mim. Eu quero a loucura de um jogo de fingimento. Quero que o homem que escreveu aquele anúncio completamente absurdo seja o meu acompanhante.

Isso porque o meu maior desejo é permanecer focada na minha carreira, e apenas nela. Tenho uma grande chance de ganhar o contrato de pintura corporal para a próxima edição da *Sporting World* sobre trajes de banho. É um dos trabalhos de maior prestígio no meu campo de atuação pouco conhecido, e se eu conseguir conquistá-lo quero poder me dedicar de corpo e alma.

Nada de amarras prendendo essa garota.

Mas a minha família não compreende a minha carreira. Eles não conseguem entender por que eu gosto de morar na cidade grande e não numa cidade costeira em Connecticut. Suspeito que a esperança deles é que eu acabe voltando para casa. Se eu for desacompanhada à reunião, não passarei de um pedaço de carne atirada às lobas casamenteiras. Dizer a elas que não tenho interesse em namorar não vai colar. Isso as levaria a fazer muitas perguntas sobre os motivos dessa minha escolha, e eu não quero responder essas perguntas. Aparecer ao lado de um acompanhante é a maneira mais fácil de sobreviver ao evento sem danos, pronta para voltar correndo para Manhattan e tomar posse do meu trabalho na grande revista.

Abro a tela do celular, e o que vejo não é um e-mail sobre taxas de juros nem sobre caça ao tesouro. É *o e-mail* que eu esperava.

DE: Satisfação Garantida
PARA: Docinho de coco
ASSUNTO: Minhas habilidades como acompanhante são excelentes.

Diga a eles que nós transamos no banheiro apenas se eles parecerem insanamente ciumentos sobre a nossa vida sexual de mentira. Espere. Vamos fazer melhor. Dê uma piscada, e quando todos estiverem reunidos saia do banheiro com o cabelo desgrenhado. E cara de quem acabou de fazer "aquilo".

Eu vibro quando leio a resposta dele: "aquilo" é uma clara referência a sexo. Mas sexo está fora de cogitação. Os serviços dele são platônicos. Mas a encenação dele é eletrizante e excepcionalmente sedutora! Eu respondo rapidamente.

 De: Docinho de coco
Para: Satisfação Garantida
Assunto: Espero que as suas habilidades para contar histórias mirabolantes sejam nota dez também.

Se nós já estamos falando em transa, acho que seria bom ensaiarmos a nossa história. Que tal nos encontrarmos pessoalmente? Amanhã? No Prospect Park? Meus amigos estarão comigo. Você não vai acreditar no tamanho de um deles, é um verdadeiro armário.

 De: Satisfação Garantida
Para: Docinho de coco
Assunto: A referência ao armário não me passou despercebida.

Mensagem recebida com total e absoluta clareza. É perfeitamente natural que você queira se assegurar de que eu não vou colocá-la no meu leopardo feroz e levá-la embora para sempre.

De: Docinho de coco
Para: Satisfação Garantida
Assunto: E eu pensando que o Leopardo Feroz fosse o desenho na sua motocicleta.

Você percebe que isso parece ridiculamente obsceno?

De: Satisfação Garantida
Para: Docinho de coco
Assunto: Sim.

Eu percebi isso, sim.

Nós combinamos um encontro. Um encontro rigorosamente platônico...

CAPÍTULO 4

Theo

O NOME DO NOSSO ESTABELECIMENTO É TAVERNA DUAS DA MANHÃ, MAS muitos dos nossos clientes começam a se afogar no álcool às 10h. É por isso que abrimos cedo.

No dia seguinte, antes do meu encontro para "confirmação-de-que-ele-não-é-um-serial-killer", vou até o bar para bater o ponto. Algumas horas vão me garantir mais alguns dólares, mas tento dar o fora o mais rápido possível.

Só que Addison quer me encontrar porque quer alguma coisa. As pessoas sempre querem alguma coisa, mesmo quando você pensa que não lhes deve nada.

Addison caminha até o balcão, passa a mão em sua saia cinza para alisá-la e se senta confortavelmente numa banqueta vermelha rachada. Quero ir direto ao assunto, perguntar-lhe o que quer. Mas se ela veio até mim, pode dar as cartas. Aprendi a duras penas uma lição importante na vida: não seja o primeiro a revelar a sua mão. Seja sempre aquele que está disposto a abandonar o jogo.

Estendo um descanso de copo diante dela, e espalmo a mão sobre ele.

— Em que posso servi-la, moça? — pergunto, tratando-a como se fosse mais uma cliente. Não vou permitir que ela seja uma pedra no meu sapato.

— Hmm, vamos ver... A sua cerveja de barril é boa?

— Não se pode errar com uma loura gelada — respondo, e ela exibe um sorriso que se expande até os olhos. Nos filmes, ela teria olhos azuis frios e cabelo loiro brilhante penteado para trás e preso. Um vestido preto estampado. Na vida real, ela é mais bonita agora do que quando a conheci tempos atrás. Rosto arredondado, olhos azul-piscina, cabelo castanho.

— Bem, isso me parece delicioso — ela diz com sotaque do sul.

Vamos lá, vida. Mande alguns estereótipos para mim. Dê a ela um sotaque russo e um guarda-costas com uma cicatriz horrível no rosto e nariz quebrado. Sem caricatura, onde está a graça? Mas Addison veio sozinha. Ela faz a própria coleta.

— E o seu vinho? Será que ele pode disfarçar o gosto ruim na boca?

Pego a rudimentar lista de vinhos – que é uma folha de papel amassada – e entrego a ela, ignorando o seu último comentário.

— Vinhos realmente não são o nosso forte, mas temos alguns. O que está procurando é branco ou tinto?

Ela ri.

— Acho que você sabe que não é isso que estou procurando, Theo.

Sim, eu sei bem o que ela está procurando. É algo que vem acompanhado de um monte de zeros. Ela desliza o dedo pelos itens da lista, resmungando ao passar por cada safra de vinho como se fosse cocô de cachorro. Para falar a verdade, a maioria é mesmo.

Ela levanta o rosto e olha para mim, agora com expressão severa, os lábios unidos numa linha fina. Nem sinal da camaradagem que eu conheci quando ela fazia parte da nossa galera.

— Eu estava interessada em um de nove anos. — A voz dela é dura. — Posso ter alguma esperança de encontrar algo desse tipo aqui?

Eu a encaro sem desviar os olhos.

— Estou trabalhando nisso. Vou conseguir o que você quer — respondo.

Ela deixa cair a lista de vinhos, que desliza pelo balcão. Nem mesmo olha quando o papel cai tremulando no chão. Eu me agacho para pegá-lo. Quando a encaro novamente, seu olhar está repleto de decepção. Uma parte de mim compreende profundamente essa mulher – ela acredita que foi passada para trás, e quer o que é dela.

— Quanto tempo mais vamos continuar com esse joguinho de gato e rato, Theo? Não é tão complicado assim. Eu quero o que você me deve. Porque é meu. Você não acha razoável que eu queira o que pertence a mim?

— Sim. — Esfrego minha nuca com a mão. — Acho bastante razoável — digo com sinceridade.

— Claro que é razoável. Eu também tenho contas para pagar. Assim como você. E não seria bom se eu parasse de aparecer aqui atrás de você?

— Nem me fale.

Ela gira as mãos para cima num gesto de confirmação.

— Então vamos tentar resolver isso, Theo.

Eu me curvo sobre o balcão e me aproximo mais dela.

— Eu estou trabalhando nesse assunto. Como já te disse da última vez. E um minuto atrás. Vou cuidar disso.

— A minha paciência está acabando. — Ela aponta para o seu relógio de pulso. — Você não quer que eu entre em contato com o seu irmão, quer?

Tenho um sobressalto e engulo em seco. Sinto o golpe. A última coisa que eu quero é que ela faça isso. Quando estou prestes a responder, Addison volta a falar.

— Afinal de contas, ele tem o que deseja com a nova mulher. Então eu devo conseguir o que quero, você não acha?

— Addison — digo, num tom de voz brando, porque eu *sei* que ela está no limite. — Eu prometo que logo você terá o que é seu.

Um grande sorriso se estampa no rosto dela.

— Bom. Gostei de ouvir isso. Vamos voltar a ser amigos. Por que não me traz aquela deliciosa cerveja agora?

— É pra já. — Encho o copo e o coloco no balcão diante dela. Ela bebe um grande gole, e estala os lábios cheia de satisfação.

— Que delícia.

Alguns minutos depois, ela coloca o dinheiro sobre o balcão.

— Vou aguardar ansiosa que você cumpra a sua parte no acordo, Theo. E depois nós poderemos deixar o passado para trás. Isso não seria ótimo?

— Sem a menor dúvida — respondo sem muita ênfase. Na verdade, não seria apenas ótimo, seria a melhor coisa do mundo.

Ela vai embora, e assim que sai pela porta eu lhe mostro o dedo do meio. Ninguém me vê fazer isso, e esse gesto não melhora a situação em absolutamente nada, mas me permite extravasar a raiva.

Outro cliente se aproxima rapidamente, e eu o cumprimento, e antes mesmo que se sente eu encho um copo para ele. Trata-se do velhote grisalho que traz seu *e-reader* para cá todos os dias para poder ler e beber, e beber e ler. Ele me agradece, abre o seu *e-book* e começa a encher a cara.

Corro a mão pelo cabelo, abro a porta que dá acesso à cozinha e olho para o relógio. Mais uma hora, e talvez então eu esteja mais próximo de deixar o passado para trás.

* * *

Quando meu turno termina, saio do trabalho e me dirijo ao parque, a expectativa toma conta de mim como o "esquenta" que antecede uma noite inteira de agito. Uma reserva dos meus serviços para uma reunião pode significar o fim dos meus problemas. Um trabalho de cinco dias pode me deixar bem perto de resolver tudo.

No caminho, eu paro na frente de uma lavanderia, checo a minha imagem refletida na janela do estabelecimento e me dou conta de que está de acordo com o personagem que April deseja: jeans escuro, botas de motoqueiro e uma camiseta meio gasta que deixa à vista as tatuagens nos meus braços. Tatuagens tribais, um raio de sol passando por entre nuvens, e uma bússola. Faz dois dias que não me barbeio, e a minha barba está ficando áspera. Se ela quisesse roupa elegante e aparência "certinha", eu teria coberto as tatuagens com uma camisa branca e uma gravata fina, então me barbearia antes de sair do trabalho. Se ela quisesse sofisticação, eu teria usado uma voz suave como a de James Bond, para começar. E se preferisse, eu poderia até me apresentar como um rapaz do interior, calçando botas de caubói com biqueiras de aço e usando sotaque para combinar.

Mas April quer um cara que seja capaz de comê-la no banheiro de um bar.

Quer rudeza e aspereza, tatuagem e perigo, sombras e couro.

Quanto mais você dá a uma pessoa, mais recebe em troca.

Quando chego ao parque, vou até o Terrace Bridge. Ela não está na ponte, mas eu cheguei antes do horário combinado porque gosto de examinar detalhes de toda e qualquer situação. Verifico atentamente a área, observando os bancos, as mesas próximas, a água fria correndo placidamente debaixo da ponte. Junho na cidade de Nova York pode seduzir ou enganar você.

O que ele reserva para hoje é um mistério. Inclino o corpo no parapeito de pedra e espero.

Dois minutos depois avisto três pessoas andando na minha direção. Meu coração bate mais forte, e eu gemo baixinho.

Por que o universo faz essas coisas comigo?

Cabelo loiro encaracolado, lábios em forma de arco, cintura fina. Mesmo a vários metros de distância eu consigo perceber que ela usa pouca maquiagem – seu rosto tem um radiante brilho rosado, tem frescor, e algo de inocente e ao mesmo tempo sagaz em sua expressão. Como Lily James, por quem eu desenvolvi uma paixonite quando vi seu último filme.

April não é baixa, mas também não é alta. Deve ter cerca de 1,65, talvez um pouco mais. É exatamente o meu tipo. Está usando calça jeans justa, uma longa camisa preta que se amolda ao seu corpo, e um enorme colar prateado com um amuleto em forma de coração que balança entre os seios.

Como se eu já não tivesse conferido os seios dela antes de prestar atenção ao pingente dançando entre eles.

Eu já tive muitas clientes. Manter as coisas na esfera platônica, sem envolvimento real, nunca foi problema porque eu nunca me senti atraído por nenhuma cliente.

Até agora.

Pois parece que estou prestes a aprender algumas coisas sobre resistir à tentação.

CAPÍTULO 5

April

TENHO TOTAL E ABSOLUTA CONSCIÊNCIA DE QUE TERIA SIDO LOUCURA responder ao anúncio dele em qualquer outra circunstância.

Eu posso até ser conhecida por fazer umas maluquices, cometer alguns excessos – aquele torneio de comer molho picante foi uma bizarrice, mas eu juro que pular nua do penhasco foi realmente bem divertido, e eu andaria em qualquer montanha-russa invertida vinte vezes seguidas, acredite se quiser.

Mas eu não tenho vontade de morrer e não precisaria trazer reforços se eu simplesmente tivesse navegado na internet à procura de uma bicicleta ergométrica usada.

Mas isso é diferente, porque Theo foi indicado por Xavier. Não é nenhum sujeito que encontrei por acaso na internet. Ele me foi recomendado. Uma recomendação que simplesmente acabou sendo mais eficaz do que um site meio ultrapassado.

Mesmo assim, uma mulher precisa ser cuidadosa. Nós entramos no *Prospect Park* agrupados numa formação interessante. Tom é grandalhão, um verdadeiro gigante. Parece feito de concreto, e é muito musculoso. Claire, com suas botas selvagens e cabelo negro como a noite, parece uma mulher fatal com superpoderes. Eu sou a frágil e inocente criatura que caminha no meio dos dois. Nós poderíamos estar num filme, numa cena em câmera lenta, pois caminhamos como se fôssemos personagens de *Cães de Aluguel*.

O mês de junho na cidade é úmido, e a minha camisa está colada no corpo. Nós andamos até a ponte, procurando por um homem com uma tatuagem de bússola no bíceps direito e uma camiseta azul batida. Corro os olhos de um lado a outro do parque em busca do meu "novo namorado".

Avisto uma silhueta na ponte, e a cena do filme se congela.

Essa é a hora do *zoom*.

Um homem com os braços mais perfeitos que já vi na vida está encostado desleixadamente no parapeito, um polegar enganchado no bolso, e parece calmo, sombrio e durão.

Ele sorri casualmente. O sorriso torto mais deliciosamente afetuoso que já vi. Quando me aproximo mais, leio o que está escrito em sua camiseta: QUEM AMA, CHUPA. QUEM AMA DE VERDADE, ENGOLE.

Estendo a mão para ele. Seu aperto não chega a causar dor, mas a mão é grande, e isso me faz pensar em outras coisas que poderiam ser proporcionais. *Se é que você me entende.*

Ainda bem que, mesmo com vinte e poucos anos, estou na fase *"olhe, mas não toque"*. A visão diante de mim é, definitivamente, adorável. Apresento rapidamente Tom e Claire, e após breves acenos e olás, eles se afastam um pouco.

— Essa sua camisa é um caso sério — digo ao Theo, indo diretamente ao ponto.

— É perfeita para nós, não é? — ele responde.

Uau.

Xavier não mentiu.

Porque... minha nossa, que voz.

É profunda e rouca e sexy pra caramba. Ele poderia me engravidar só com o som dessa voz. Melhor tomar anticoncepcional para não correr o risco de ficar grávida através da audição.

— Foi instantâneo, não foi? — digo quando volto a pensar com clareza, e solto a mão dele. — Na noite em que te conheci no bar.

Ele continua, sem perder o ritmo.

— Foi quando você pediu um *drinque* e me lançou aquele olhar ardente, sexy. O mesmo que está estampado em seus olhos agora.

— Sério? Você está notando um olhar ardente em mim? — Acho que acabo de me ouvir guinchar.

Ele levanta a mão, e quase toca a minha bochecha. É como se conseguisse deixar sua impressão digital no ar. Ele me olha bem nos olhos. Posso ficar embriagada se ele continuar me olhando desse jeito.

— Sério. Esse é o olhar que você tinha no bar. Completamente irresistível.

— Mesmo? — De repente me sinto hesitante. Como se essa história inventada estivesse acontecendo de verdade.

— Eu nunca me envolvo com clientes. É uma regra. Até o dia em que você entrou no bar. O que eu poderia fazer? — O sujeito não desvia o olhar. Ele é tão bom que acaba me convencendo de que foi assim que nos conhecemos.

Engulo em seco. Minha garganta está seca. Será que é areia demais para o meu caminhãozinho?

— E eu contei a você sobre o dia péssimo que tive antes de entrar no seu bar.

Ele faz que sim com a cabeça, enfaticamente, como se lembrasse do exato momento. Desse momento que nós estamos inventando agora mesmo.

— Aquele motorista rude do *Uber* te deixou na mão. E você simplesmente não conseguia pegar um táxi. Até me perguntou se tinha que mostrar as pernas para conseguir um. Seu cabelo estava todo molhado de chuva.

Eu passo a mão no meu cabelo.

— Molhado demais. Eu parecia um cachorro encharcado.

Tom e Claire haviam se afastado mais, e estavam do outro lado da ponte.

— Você era a poodle mais linda que eu já havia visto. Tive vontade de pegar uma toalha e te enxugar. Certificar-me de que você nunca mais pegaria uma chuva dessas novamente. Mas tudo o que eu podia fazer era lhe dar uma vodca com tônica por conta da casa.

Eu adoro vodca com tônica. Talvez Xavier tenha contado isso a ele.

— Foi o melhor drinque que já tomei — comentei.

— E te deixou maluquinha naquela noite. — Ele me olha de modo sugestivo, sedutor.

· Acho que ele é que está me deixando maluca agora. Meu coração bate acelerado, minha pele está quente, e estou tecendo uma complicada teia com esse desconhecido. Uma teia de histórias e momentos inventados que parece estranhamente verdadeira.

Tom clareia a garganta, e percebo que ele está ao meu lado agora, com sua grande mão pousada sobre o meu ombro.

— April, agora que já comprovamos que você também pode fingir que vocês tiveram um lance, talvez seja hora de sentar e conversarmos.

— É só um exercício para entrar no personagem. — Theo ri. Seu tom de voz é mais suave, menos áspero. E o sorriso é mais largo, mais inocente. — Você gostou, April? Funcionou como o esperado?

— Acho que está perfeito — respondo, e a minha voz soa ridiculamente ofegante. Felizmente ele vai ser apenas um falso namorado. — Você é incrível. Devia estar estrelando algum filme!

— É, estamos todos impressionados — Claire diz, aparecendo de repente. — Vamos para o banco antes que você se jogue nos braços dele.

— Meus amigos se preocupam comigo — comento, a título de explicação.

— Isso mostra que são bons amigos.

Nós caminhamos até o banco do outro lado da ponte. Eu me sento perto do Theo, e Claire e Tom se acomodam ao meu lado. Tom passa um braço em torno de Claire. Ele não consegue manter as mãos longe dela. Ela desliza os dedos pela coxa dele, revestida de jeans. Eles são muito grudentos, até em público.

Esfrego as palmas das mãos na minha calça e me volto para o meu provável namorado por cinco dias.

— Então isso é o que você faz como ator?

— É uma espécie de aula de interpretação — Theo explica. — Uma pequena performance ao vivo, por assim dizer. É assim que exercito as minhas habilidades. Outros fazem isso conversando com pássaros.

— Sério? Isso é novidade pra mim.

— No começo da semana, no parque, eu vi uma mulher conversando com um pombo. Ela estava gritando com o pássaro. Dizendo o quanto ele a havia magoado. Perguntei se ela estava bem, então ela olhou feio pra mim e respondeu: "Estou praticando minhas técnicas de improvisação".

— Você acha que ser o meu falso namorado na minha reunião de família vai ser mais divertido do que gritar com pombos?

Um sorriso maroto brota nos lábios dele.

— Já está sendo, pelo visto.

— Ganhar a vida como ator não deve ser nada fácil — Tom comenta. Ele é um fotógrafo dos bons, e sabe como as coisas são difíceis para as pessoas que se encontram diante de uma câmera, sejam elas modelos ou atores. — Parabéns por descolar um trabalho extra tão legal.

— Melhor do que degustar ração para cachorro — Theo responde em tom casual, como se não fosse grande coisa ele ter comido ração canina algum dia.

— Você foi degustador de ração para cães? — pergunto, surpresa.

— Alguém precisa garantir que esses alimentos orgânicos sofisticados tenham a mistura correta de carneiro, frango e batatas.

Não, ele não deve estar falando sério.

— Você provou mesmo ração canina? — insisto.

Então Theo late como se fosse um... cão.

— Sim, eu fiz mesmo isso. Durante um mês. Paguei algumas dívidas da minha faculdade com o dinheiro desse trabalho. Só um detalhe: eu experimentava a ração, mas não engolia.

— Então não era amor verdadeiro?

Dessa vez ele sorri com vontade, um sorriso de orelha a orelha.

— Não. E acredite em mim, quando as pessoas dizem que alguma coisa tem gosto de comida de cachorro, é porque tem mesmo.

— Mas como diabos você conseguiu encontrar um trabalho desses? — Claire pergunta, mas Theo olha para mim quando responde:

— No mesmo lugar que April me encontrou. *On-line*.

— O que mais você tem feito?

— Você se refere a quê? Ao colega de trabalho nerd ou ao irmão da melhor amiga, ou a alguma outra criação minha? — ele pergunta, e esses devem ser outros personagens do seu repertório.

— Estou falando de papéis de verdade. Papéis na televisão, em filmes ou numa peça, por exemplo. Ou será que é rude da minha parte perguntar isso? Não é nada de mais, só curiosidade mesmo — digo, pois fazer perguntas é uma coisa natural para mim, não vejo problema nisso. Algumas pessoas dizem que eu falo demais, mas a minha resposta para elas é "vão se ferrar".

Por um segundo, Theo parece nervoso. Então eu noto que ele está embaraçado. Droga. Não quero que ele se sinta mal, mas suspeito que ele não tem muita experiência em trabalhos atrás das câmeras ou no palco. É absurdamente difícil descolar um trabalho como ator, e os papéis são escassos e custam a aparecer.

— Eu fiz algumas coisas, poucas — ele diz. — *A Isca. O Apartamento*. E mais um ou outro. Nada muito relevante. A maioria foi em Jersey.

Faço acenos positivos com a cabeça diversas vezes, embora não soubesse que Jersey tinha um ambiente próspero para aspirantes a ator.

— Ah, entendi — eu digo. — Principalmente atividades relacionadas ao palco, então?

— Encenações. Estágios, trabalhos para ganhar experiência. Com sorte, uma grande oportunidade vai surgir um dia.

Eu e Tom trocamos olhares rapidamente. Sabemos muito bem o que significa ser um artista em busca de uma grande oportunidade. Tom conseguiu a sua. Eu agarrei a minha. Claire é uma artista também, de certa forma, e vai deixar de trabalhar em um salão de beleza para operar o seu próprio espaço, num salão muito conhecido, contando com uma lista de clientes regulares.

— Vai surgir, sim — respondo ao Theo, num tom de voz caloroso. — É necessário ter paciência e persistência. E estar no lugar certo, na hora certa.

— Isso é verdade — ele comenta, coçando o queixo.

Eu examino o rosto dele e noto que está com a barba por fazer. Por que um homem fica tão sexy com essa aparência? Por que isso dá um aspecto meio selvagem? E por que homens assim são gostosos? Eu não sei as respostas, mas gosto de fazer as perguntas enquanto contemplo o belo rosto dele, o queixo quadrado, os lábios cheios e o sorriso absolutamente fantástico.

Eu o imagino ao meu lado no churrasco, rindo enquanto jogamos dardos, e eu acabando com ele na competição de aviões de papel. Meus olhos se voltam para as mãos de Theo. Ele tem dedos longos, e aposto que pode fazer ótimos aviões de papel com eles.

Bem, é preciso voltar às questões práticas. Eu pisco e balanço a cabeça.

— Quanto você costuma cobrar?

Parece estranho fazer uma pergunta dessas. Mas é necessário e lembra que qualquer química criada por nós é só ficção. Isso é um trabalho. Eu sou a cliente e ele é o contratado. Não estou nadando em grana, mas tive um bom ano. Economizei e administrei meu dinheiro com sabedoria, e considero esse trato com Theo um investimento na minha saúde mental. Se tudo continuar conforme o que planejei, ou seja, sem relacionamentos amorosos, terei mais chances de conseguir o trabalho na *Sporting World*, e de consolidar a minha reputação profissional. Além do mais, eu realmente adoro a honestidade desse tipo de arranjo entre mim e o meu amante contratado. Todas as cartas na mesa. Todas as condições são tratadas antecipadamente. Isso com certeza é melhor do que ter sido feita de idiota pelo Landon, durante os três meses que fiquei com ele.

— Eu procuro seguir os valores fixados pelo sindicato dos atores para um dia de trabalho — Theo responde, de maneira direta e clara, e então me informa os seus preços. Tudo muito razoável. E são preços bem menores do que eu imaginava que um acompanhante cobraria. O mais importante é que esse gasto vai valer a pena para mim.

Olho para Claire em busca de confirmação, e ela faz um aceno positivo com a cabeça, o que indica que achou os valores cobrados razoáveis.

— Estou de acordo — digo. — Mas será que você vai conseguir tirar férias do trabalho no bar e na degustação de ração canina?

— Eu já recusei a última proposta para uma avaliação completa e minuciosa da nova ração que deixa o pelo dos filhotes muito mais macio. Fico triste, porque eu esperava que essa ração deixasse o meu cabelo ainda mais macio — ele diz, passando a mão pelo próprio cabelo, que eu aposto que já é macio e sedoso. — Mas a sua proposta me parece mais interessante.

Solto uma gargalhada.

— Sim, Theo, eu acho que a comida que vou lhe oferecer é melhor do que ração animal, e você não vai ter de cuspir tudo.

— Excelente — ele responde, com voz baixa e marcante.

Estou morrendo de vontade de contratá-lo. Antes, porém, quero ter certeza de que não deixei escapar nenhum detalhe.

— Você já fez isso antes? — pergunto. — Você já desempenhou todos os tipos de papéis de namorado?

Ele faz que sim com a cabeça, e enumera todo um elenco de personagens, incluindo o chefe, o irmão da melhor amiga e o noivo recente.

— Cada pessoa tem uma necessidade diferente. Então eu tento estar preparado.

— É um belo repertório.

— Xavier acha que você quer o cara mau. O *bad boy*.

— Tá brincando? — Claire exibe um sorriso cheio de ironia e aperta o meu braço. — Ninguém quer um *bad boy* mais do que esta garota aqui.

— E até que ponto você quer um cara mau? — Theo pergunta.

— Hum... — começo, mas a minha voz morre na garganta.

Ele percebe que não formulou bem a sua frase, e dá uma risada discreta. Então balança a cabeça e recomeça.

— Peço desculpas se o que eu disse pareceu meio obsceno. O que eu quis dizer é: até que ponto você quer que o meu personagem pareça mau?

— Até onde você pode chegar? — Eu me inclino mais para perto dele, curiosa.

— Quer que eu seja um encrenqueiro total? Que comece brigas, alimente confusões e discussões?

— *Quê?* Começar brigas? — Encaro-o surpresa. Esse cara é doido? A minha família me deixa maluca, mas nem por isso quero que levem socos. Mas percebo por que ele está perguntando. São as atribuições do personagem que eu escolhi.

— Lembre do anúncio. — ele diz.

— Não, nada disso. Isso não vai ser necessário. Mas o anúncio me fez rir muito. Foi por causa dele que eu quis te conhecer. E tenho que dizer, a minha mãe provavelmente curtiria se você começasse a discutir os assuntos mais polêmicos e quentes do momento. Ela adora essas coisas.

Ele faz que sim com a cabeça, com uma expressão compenetrada, atento às informações que lhe transmito.

— Mesmo assim, não quero que você seja tão encrenqueiro.

— April não está livre e solta para relacionamentos, mas parece que os pais dela não entendem o significado disso — Claire diz, intrometendo-se na conversa. — É a mais nova da família e mora longe, então todos eles acreditam que sabem o que é melhor para ela. E é meiga demais para dizer: "Mãe, eu nunca mais vou namorar homens que você queira empurrar para mim".

— Isso não é verdade — retruco, olhando feio para ela.

Claire ri.

— Você é meiga, April, e também é um doce, então não entenda isso como um insulto.

— Mas por que você diz que ela "não está livre para relacionamentos"? — Theo pergunta, e então se dirige a mim. — Se você já tem um namorado, é melhor nós pararmos por aqui. — Pelo seu tom de voz, isso só pode significar uma coisa: que ele está pronto para desistir se eu trapacear.

— Deus, não — respondo rápido, balançando a cabeça. — A Claire só quis dizer que eu sou fervorosamente solteira, porque os relacionamentos amorosos que tive me decepcionaram absurdamente e só me restou uma completa falta de interesse em participar de outro namoro ou relacionamento fadado ao fracasso.

— Você só precisa ser convincente como namorado da April para tirar a família do pé dela — Claire explica.

— Isso não vai ser difícil. — A voz de Theo é bastante sugestiva, e ele me lança o mais ardente olhar. — Vai ficar muito claro para todos que eu estou caidinho.

Fico arrepiada da cabeça aos pés ao ouvir isso.

— Assim está bom? — Theo pergunta, mudando novamente a voz e dando-lhe um tom mais objetivo.

Eu fico sem palavras. E acho que Claire também.

— Sou profissional — ele acrescenta. — Posso fazer o trabalho para o qual está me contratando. E conforme eu disse no meu anúncio, tenho a política de conduzir tudo de maneira platônica. Mas em algum momento eu posso precisar passar um braço em torno de você. Ou segurar a sua mão. E quero que isso pareça natural, para que todos saibam que você está comprometida. Para que saibam que você pertence a mim.

A voz dele começa a ficar intensa novamente, e eu percebo que ele está entrando no personagem. Ele está desempenhando o papel de *meu homem*.

Eu assumo o meu personagem.

— Porque eu sou comprometida.

— Você é totalmente comprometida. — Os cantos dos lábios dele se arqueiam.

— E você vai ser o meu... — Hesito, e percorro esse homem com o olhar, de alto a baixo. — O meu ex-detento bruto e tatuado. Mas é melhor deixarmos essa última parte apenas entre nós.

Eu digo isso como a piada que é. Porque é uma artimanha perfeita. Ele não poderia estar mais longe de taxas de juros... O personagem que ele criou para mim é um pouco maluco, talvez meio selvagem também, mesmo que eu não queira encenar as partes mais pesadas na presença dos meus pais.

— O cara que comeu você no banheiro do bar no fim do turno de trabalho — ele diz, mencionando o início da nossa história, a história de uma artista de pintura corporal de Nova York que precisa de um acompanhante em Connecticut.

— Sim. O barman de olhar intenso. É tudo que eu posso querer.

— Então é exatamente o que você vai ter.

É estranho, mas uma parte de mim está triste por saber que não é verdade.

CAPÍTULO 6

Theo

MUDAR DE TURNO É FÁCIL. DUAS HORAS MAIS TARDE, EU ESTOU LIVRE para cinco dias de festividades e fingimento. Mas fingir que gosto da April não vai ser nenhum problema, não mesmo.

No momento, o grande problema é o debate acalorado em que eu e Jared estamos envolvidos.

— Por que todo mundo quer ter o poder da invisibilidade?

— Fácil — ele diz com sua voz aguda. — Assim você pode entrar numa loja e pegar uns doces, ou pegar...

— Cara! Por que você iria querer um superpoder que te permitiria roubar?

A voz de Jared é aguda porque ele não atingiu a puberdade ainda. Ah, como é fácil ser feliz quando se tem 13 anos de idade.

— Você não me deixou terminar — ele diz enquanto caminhamos na direção do nosso prédio.

— Eu já sei que a sua resposta vai ser inaceitável.

— Você também pode escapar dos exames de matemática se estiver invisível. Como aquele que vou ter na semana que vem — Jared argumenta, torcendo o pulso para a frente e para trás, praticando os movimentos de frisbee que acabei de ensinar.

— Vamos ver se entendi direito: você quer um superpoder para fugir de frações e roubar M&Ms? — Balanço a cabeça, achando graça. — Eu preciso ensinar você a pensar grande, amigão.

— Do que tá falando? Leitura da mente?

Balanço a cabeça numa negativa.

— Até houve um tempo em que eu desejei isso. Mas agora, não mais. Você não vai querer conhecer o esgoto de pensamentos que a humanidade guarda aqui. — Bato de leve o dedo indicador na lateral da minha cabeça.

Jared franze a testa. Talvez ele ainda não tenha consciência de que pensamentos são um esgoto. Resolvo deixar de lado a questão da leitura da mente e mudar de assunto.

— E quanto ao poder de voar? O que me diz? — Estico bem os braços para o alto, como o Superman, e junto os lábios para produzir o som de um avião levantando voo. Um zumbido longo e baixo de decolagem.

Jared sorri.

— Como você consegue fazer isso? — ele pergunta.

— Esse é o superpoder que você realmente quer, não é?

— Eu quero os barulhos engraçados. — Ele ri. — Eu imito sons de peido quando o meu professor de matemática caminha pela classe, e parece que ele é que está fazendo isso. — Então ele arqueia uma sobrancelha loura. — Voar é o superpoder que você escolheria?

— O que é mais legal que voar?

— Superforça é bem maneiro. Aí está uma boa escolha.

— Tarde demais. Você já escolheu os sons engraçados. Enquanto isso, eu vou voar até a sua escola e garantir que você não falte ao seu exame de matemática.

— Você não vai conseguir me ver, porque estarei invisível — ele responde, e nós alcançamos a varanda do nosso prédio na região do Brooklin.

— Raios triplos — eu resmungo como um vilão de desenho animado. — A sua mãe já chegou do trabalho?

Jared tira o celular do bolso e me mostra uma mensagem enviada pela mãe.

— Ela vai chegar em vinte minutos.

Dou um tapa no ombro dele.

— Preciso fazer as malas para viajar.

— Podemos andar na sua moto na próxima vez?

Eu rio ao pensar na motocicleta com o desenho do leopardo que tenho desde que terminei a faculdade. No último ano, quando encenei o papel de namorado para uma tímida mulher na festa de Natal da firma dela, ela me pagou com uma vaga de estacionamento. O irmão dela tem um estacionamento de motocicletas, então ela fez um acordo e conseguiu passe livre para mim em troca do meu cachê. Às vezes eu uso a moto na cidade, mas é bom tê-la para o caso de precisar... me mandar.

Ponho a mão no ombro de Jared e o aperto.

— Você sabe que não pode andar no leopardo.

— Mas posso continuar pedindo — ele responde, com um sorriso largo.

— Faça a sua lição de casa até sua mãe chegar, certo?

Ele bate continência para mim.

— Vou fazer.

Espero que ele faça. Mas sei muito bem que o que as crianças fazem sem a supervisão dos adultos não é sempre o que elas dizem que vão fazer. Bem, já fiz a minha parte. E isso é realmente tudo o que eu *posso* fazer. Pelo menos o Jared só terá vinte minutos para arranjar problemas. Quando eu era apenas um pouco mais velho do que ele, tinha muito mais tempo para arrumar encrencas. Dias intermináveis, na verdade.

Pego uma chave e destranco a fechadura de cima. Depois a do meio. Então a de baixo. A porta range ao abrir, gemendo de dor e clamando por um pouco de lubrificante.

— A gente se vê na semana que vem, garoto.

— É isso aí — ele diz, levantando a mão aberta para um *high-five*.

Eu espero até que ele tranque a porta do seu pequeno apartamento. A mãe dele é sozinha e trabalha até bem tarde, tentando pagar as contas. Eu tento passar algum tempo com Jared uma ou duas vezes por semana. Talvez isso faça diferença na vida dele.

Subo as escadas, procurando evitar o Sr. Boyle e a sua mortadela.

Sou capaz de fazer vários truques impressionantes; certo verão eu aprendi a engolir fogo, e posso também transformar a bateria de um celular em uma bússola. Mas há uma coisa que eu ainda não consigo dominar: subir a escada desse prédio de dez apartamentos, onde eu alugo uma quitinete, sem fazer barulho. Com passos cuidadosos, chego bem perto de conseguir superar os degraus sem que Boyle me escute. O último degrau, porém, é o grande desafio. Ele range. Todas as vezes.

Quando chego à curva do piso do segundo andar, Boyle está de pé na porta de seu apartamento, e o cheiro de mortadela frita está no ar. Antes de me mudar para este prédio, eu sabia muito pouco sobre mortadela. Agora conheço alguns detalhes importantes sobre esse alimento: tem um cheiro forte; o vento o espalha para todos os lados; fica impregnado na roupa, e em menos de dois minutos, ficará também na minha quitinete.

Vou resumir em uma frase o que acho de mortadela: eu preferia comer ração para cachorro.

Boyle vem até mim.

— Você sabe que faltam seis dias para segunda-feira?

— Nossa. — Olho para ele com expressão de surpresa. — Não me diga. — Então olho para cima com ar pensativo. — Seguindo esse raciocínio... amanhã vai ser quarta-feira, não é?

Ele balança a cabeça.

— Não me sacaneie, Banks.

— Vou trazer o dinheiro do aluguel dentro do prazo. Eu sempre trago.

Ele bufa.

— Sorte sua eu deixar você ficar aqui. Tenho uma pessoa disposta a me pagar bem mais do que você paga todo mês por essa quitinete.

— É mesmo?

Ele faz que sim com a cabeça, raspando a papada do seu queixo duplo.

— É — ele grunhe. — Me dê um motivo para não alugar o seu apartamento para outro.

Levanto os ombros.

— Agora você me pegou. Devia me pôr para fora a pontapés.

— Quê? — Ele inclina a cabeça, aparentemente sem entender o que acabo de lhe dizer.

Ele quer me colocar medo. Quer que eu pague adiantado. Quer usar o dinheiro para ir até a farmácia que fica alguns quarteirões daqui, onde lhe prescrevem *OxyContin*. Ele pensa que eu não sei disso. Mas sei, porque prestar atenção é tudo o que você precisa para descobrir as merdas que as pessoas fazem.

Por isso eu sei que ele vai desistir antes de mim. Ele não tem ninguém para o meu lugar. E mesmo que tivesse, eu pensaria em alguma coisa. É o que eu faço: o jogo da sobrevivência. Fui obrigado a fazer isso desde os 14 anos de idade.

— Acha que eu deveria colocar você para fora? — Boyle pergunta. Por alguma razão esse cara gosta de brigar, e decidiu que *eu* sou o morador que merece tal atenção. Bom, melhor que faça isso comigo do que com Jared ou com a mãe dele.

Porque eu sei como fazê-lo recuar.

45

Eu rio, chego mais perto dele e dou um leve tapa em seu braço carnudo.

— Vá descansar um pouco, Frank — digo. — Você está cansado. Amanhã a sua filha virá para o almoço. Não vai querer perder a visita dela, vai?

Ele pisca, como se tivesse acabado de se lembrar. Os comprimidos afetam a memória dele. Ele respira fundo. Sua expressão se transforma. Agora é de gratidão.

— Ah, é mesmo. Obrigado, filho.

Viu? O problema não é comigo. É alguma outra coisa. Geralmente é.

Ele se vai, e eu sigo até o meu apartamento no fim do corredor. Entro, fecho a porta e a tranco.

Hora de fazer as malas. Será que consigo estabelecer um novo recorde mundial de velocidade? Tiro algumas roupas de uma gaveta e as estendo sobre a cama. Enquanto olho para a pilha de roupas no colchão, considero que seria uma boa ideia checar as alternativas com a April. Não estou buscando uma desculpa para trocar mensagens com ela. Só quero ter certeza de que o personagem corresponda ao que ela deseja.

> **Theo:** Estou fazendo as malas. Algum pedido especial?

> **April:** Oba, você recebe pedidos! Posso pedir qualquer coisa?

> **Theo:** Não, não... Roupas. Tem algum pedido especial a fazer com relação a roupas?

> **April:** Que tal nenhuma?

Uau. Eu arregalo os olhos quando a pergunta de três palavras surge na tela. Isso me surpreende, mas não é uma surpresa ruim. É algo que me agrada.

Theo: Então você quer o exibicionista? Esse é novo para mim, mas tudo bem, a cliente é quem manda. Seu pedido é uma ordem. Vou usar o traje de aniversário.

April: Por que é que eu tenho a sensação de que você realmente apareceria do jeito que veio ao mundo?

Theo: Porque eu apareceria.

April: Esqueça, melhor não deixar os convidados completamente chocados. Que tal isso: bermudas, calções, chinelos, tênis, pijama, cuecas boxer pretas.

Theo: Um desses itens não vai combinar com o personagem.

April: Eu só queria ver se você perceberia as cuecas. Tem razão. Elas não combinam. Sem cueca é melhor.

Corro a mão pelo cabelo e dou risada. Essa garota tem dedos ágeis e pensa rápido.

April: Na verdade, roupas casuais vão servir bem. Traga camisas polo, mas principalmente camisetas. Elas deixam as suas tatuagens à mostra, eu gosto disso. A propósito, suas tattoos são perfeitas.

Theo: Qual é a sua favorita?

April: Não sei se cheguei a ver todas. Acho que você tinha alguma escondida debaixo da camisa. Se eu gostasse de apostar, apostaria que o seu peito é uma verdadeira tela.

Theo: Ganhei essas tatuagens na prisão.

April: Ah, deixa de conversa.

Eu caio na cama, com um sorriso nos lábios.

Theo: Você é especialista em tatuagens da prisão?

April: Não. Mas eu tenho uma coisa chamada bom senso. E ele me diz que ser tatuado na prisão não é tão fácil quanto parece. Como é que funciona? Um cara vestindo um macacão laranja tem por acaso uma agulha, uma máquina de tatuar e todas as cores do arco-íris? Quanto ele cobra? Alguém do lado de fora manda todo o material para ele escondido dentro de um bolo?

Theo: Sim. O nome dele é Corrimão, e ele é um artista tatuador encarregado pelo Departamento Prisional para fornecer trabalho com tinta para todos os bandidos do mundo.

> **April:** Corrimão... parece apavorante.

> **Theo:** Ele é um gigante gentil.

> **April:** Theo...

> **Theo:** April...

> **April:** Você não cumpriu mesmo pena numa prisão, não é?

> **Theo:** Eu jamais estive na prisão.

> **April:** Ah, legal. Nós vamos fingir que você esteve?

> **Theo:** Depende de você. Tudo depende de você. Eu posso ser o que você quiser.

Ela não responde essa última mensagem. Coloco mais algumas camisetas numa mochila, e então enrolo uma calça jeans e pego alguns calções. Odeio calções. Mas, no meu ramo, transformação é tudo, por isso vou levá-los e tudo mais o que April pediu.

Menos de dois minutos depois, termino de arrumar tudo.

Eu bem que merecia um prêmio pela minha rapidez em arrumar malas.

Pego meu celular de novo, acesso o Facebook e, por força do hábito, visito o perfil do meu irmão, esperando que ele tenha postado uma foto, pois já faz tempo que não o vejo. Porém ele raramente posta algo, então acaba sendo uma tentativa inútil.

Resolvo ligar para ele.

Ele atende no primeiro toque. E grita, porque há um som alto ao fundo. Parece estar em alguma festa. Ele vem festejando faz uns meses. Copos tilintando, vozes altas, música tocando.

— Bundão!

— Cabeção!

— E aí, tudo bem com você? Tô com saudade, cara. Por que não vem me visitar? — ele diz com sua voz estrondosa.

— Não é por falta de vontade, mas está difícil arranjar tempo.

— Ah, sem essa — ele zomba. — Não é tão difícil assim.

— Boston fica a quase cinco horas de distância, e eu tenho trabalhado feito louco.

— Sei... — ele zomba de novo. — Mesmo assim eu gostaria que o meu irmão mais novo viesse me ver.

— Eu quero ir.

— Ei, não se preocupe. Eu logo irei te ver. Devo estar livre em breve.

Escuto o som de tambores de bateria, e sinto o meu estômago se revirar.

— Heath... Me diga que você não fugiu da cidade de novo. Você não está na Jamaica, está?

Ele solta uma gargalhada, o mesmo som que era o cartão de visita dele no passado, quando nós dois fazíamos tudo juntos. A risada dele podia selar qualquer tipo de acordo.

— Fique tranquilo. Eu só estou recuperando o tempo perdido e aproveitando com a Lacey. Estamos apenas curtindo a vida. Escute, tem uma banda no palco, e a Lacey tá me olhando feio. Ela quer que eu fique perto dela na pista de dança.

Baixo a cabeça, encosto a testa na minha mão e suspiro.

— Você ainda está em Boston, Heath? É melhor que esteja.

— Talvez eu esteja em uma galáxia distante, bem distante.

Eu tento mais uma vez.

— Você está em Boston?

— Estou. — O tom de voz dele soa tão firme quanto o meu. — Sossegue. Tá tudo bem. Você sabe que eu nunca iria embora sem avisar. Sabe disso, não é?

Suspiro e balanço a cabeça num aceno positivo.

— Sei, sim.

— Tem certeza? Porque você estava falando comigo como se não tivesse muita certeza. Como se não me conhecesse.

— Eu conheço, mas me preocupo com você.

— Eu é que tenho que me preocupar com você, não o contrário. Essa função é minha. Está tudo bem com você? Já resolveu todos os problemas que precisava resolver? Pagou os seus empréstimos?

Ele está falando da dívida que tenho com a faculdade. Eu respondo que sim.

Eu não conto ao meu irmão que Addison me procurou. Não conto que ela quer dinheiro de mim. Não conto essas coisas ao Heath, porque não sei o que ele faria para arranjar o dinheiro e tirá-la do meu pé. Não era para ter acontecido; Addison não devia ter aparecido para me cobrar. Mas acontece que Heath deixou Addison por causa de Lacey, e Addison decidiu que queria o dinheiro dela de volta. Para ser justo, acho que eu também iria querer tudo de volta se estivesse no lugar da Addison. Ela fez coisas por nós que ninguém mais faria, não poupou esforços por nós. Quando as coisas ficavam difíceis, ela estava lá para nos ajudar.

Mas, agora, a Addison só pensa em si própria, e eu a entendo. Compreendo o que está acontecendo com ela, sei de onde vem isso, ainda que eu não goste. Ela me mandou uma mensagem esta noite:

> **Addison:** Onde está o Heath? Quer que eu pergunte a ele sobre o dinheiro? Porque eu pergunto.

Minha resposta foi objetiva e imediata. Eu disse a ela que cuidaria desse assunto.

O amor não supera o dinheiro.

O dinheiro é que supera o amor.

E a lealdade supera tudo, por isso eu vou conseguir o dinheiro para ela.

— E quanto a você? Você tá bem? Está trabalhando? — pergunto a ele, e não consigo evitar a ansiedade na minha voz.

— Estou ótimo. Estou com a minha mulher — ele responde, e eu escuto a voz de Lacey se queixando: "Vem, amor, vem dançar comigo, não vamos parar agora...".

E o assunto está encerrado. Meu irmão é impotente diante dessa mulher. Lacey é o calcanhar de aquiles dele. Meu pai sofreu desse mesmo mal. Amor sem fim dedicado a uma mulher. É contra isso que eu preciso me proteger.

— Tenho que desligar, mano. Venha logo me ver. — E ele desliga.

Olho para o telefone, enquanto uma angústia familiar por causa de dinheiro toma conta de mim. Muitas pessoas alimentam a noção romantizada de que os seres humanos *não* precisam de dinheiro. De que ele torna negro o coração das pessoas. Mas eu desafio qualquer um a dizer que dinheiro não compra felicidade. Se você pode dizer isso e acreditar, ou você é muito pobre ou muito rico.

Para o resto de nós, dinheiro é tudo.

É vida, é comida, é liberdade.

Enquanto volto para a cama, me pergunto como seria ter tanto dinheiro a ponto de se dar ao luxo de separar uma quantia e contratar alguém para fingir ser seu companheiro num evento qualquer.

Não faço a menor ideia.

As coisas que eu quero fazer estão tão em segundo plano, que às vezes tenho dificuldade em me lembrar o que eu já esperei da vida um dia. Jamais pretendi ser ator, mas sou um na definição mais ampla da palavra, já que por acaso eu sou bom em encenar papéis. Na maioria do tempo eu sou barman. E ocasionalmente trabalho como degustador de ração canina. Também já trabalhei como cirurgião de ursinho de pelúcia, técnico de softball e *ghostwriter*. Além disso, durante um glorioso mês no último ano eu fui um profissional do sono. Esse foi o melhor emprego que já tive – ser pago por um pesquisador de mercado para testar a "sonabilidade" das camas. Uma pena que tenha terminado tão rápido. A menina que gerenciava a firma de pesquisa de mercado me prometeu trabalhos como cliente oculto, testador de colchões e todo tipo de bico bem pago. Só que no fim das contas ela me deixou na mão.

Mas trabalhar como ator? Você não vai me ver fazendo audições para o CSI ou para o próximo musical da Broadway. Nada do que eu disse para a April foi mentira, tecnicamente. Eu *realmente* atuo, mas não da maneira tradicional. E "atuar" como namorado de alguém é um trabalho que não paga mal.

Eu me dou conta de que nem perguntei em que a April trabalha.

Solto um palavrão em voz alta.

Eu raramente me esqueço de fazer essas perguntas a alguém que preciso conhecer. Vou corrigir isso amanhã no trem, a caminho de Connecticut.

Tenho uma mulher para conhecer e um trabalho para fazer.

CAPÍTULO 7

April

A PRIMEIRA NOITE

EU AFUNDO NA CADEIRA AZUL ACOLCHOADA DE ENCOSTO ALTO, GEMENDO de felicidade.

— Ah, meu Deus, essa cadeira é tudo de bom — eu digo, balançando-me nela.

Theo sorri enquanto guarda as nossas malas no compartimento de bagagem.

— Que bom que gostou do trem. Mas foi surpresa pra mim você não querer viajar de motocicleta.

— Mais de duas horas numa moto? — Balanço a cabeça em negativa. — Nem pensar, obrigada. — Estico os braços e giro as mãos fechadas como se estivesse segurando um guidão de motocicleta. — Depois de cinco minutos rodando, eu estaria assim. — Deixo a minha cabeça pender para o lado, fecho os olhos e finjo que estou roncando.

Theo ri, e quando abro os olhos, ele se inclina para mais perto de mim.

— A sua posição não estava certa. Suas mãos estariam aqui. — Ele segura as minhas mãos e as coloca em sua cintura. Minha garganta fica seca. É uma sensação boa tocá-lo. Eu me pergunto se ele gosta das minhas mãos nele. Não sei a resposta, então as solto e coloco no meu colo.

— Tudo bem, entendi. Isso pode me fazer pensar com um pouco mais de carinho no leopardo feroz. Você tem mesmo uma moto com desenho de leopardo rugindo?

— Conforme foi anunciado.

Olho ao redor, apreciando nossas acomodações. Motos podem seduzir na teoria, mas trens seduzem de verdade.

— Viajar de trem é tão romântico, não acha? Como nos filmes. Eu quero viajar pela Europa de trem, um dia. Com um vestido colorido, luvas brancas longas e o meu cabelo trançado preso num grampo dourado. — Theo me observa com vivo interesse. — E quando eu for até o vagão-restaurante, um garçom de smoking vai me cumprimentar e dizer "Boa noite, sra. Hamilton". E vão me servir champanhe e caviar.

Ele ri.

— Você gosta mesmo de caviar?

— Por que quer saber?

— Tenho uma teoria.

— Eu gosto de teorias. Diga-me.

Ele apóia a mão no encosto de sua cadeira, olhando para mim de cima para baixo.

— Eu não acredito que alguém possa realmente gostar de caviar. No final das contas, é uma palavra que significa uma coisa chique. Mas quem *gosta* de caviar? — Ele se senta, movendo-se com uma agilidade graciosa. Então estica as longas pernas e volta o rosto para mim. — Estou certo? Você realmente gosta de caviar?

Disfarço a vergonha quando um homem com roupa listrada ocupa o assento à nossa frente.

— Sabe como é, talvez eu não goste. Talvez tenha sido influenciada pelos filmes. Talvez eu tenha toda essa fantasia elaborada de champanhe e caviar, mas na verdade deteste isso. Meu caro Watson, você expôs todas as minhas verdades.

Theo explode numa gargalhada. O som me agrada, pois mostra que ele está apreciando essa aventura comigo. É reconfortante saber que eu escolhi bem, e que nós seremos capazes de fazer o que combinamos, retornar a Nova York e continuar com nossas vidas felizes, sem ninguém saber de nada.

Ele rapidamente se recompõe.

— Mais uma coisa — ele diz enquanto uma mãe passa no corredor, com duas menininhas gêmeas ruivas usando vestidos de verão. — Quais são esses filmes românticos envolvendo trens que você anda assistindo?

Eu arqueio as sobrancelhas.

— Do que você está falando?

— A maioria dos filmes ambientados em trens exibe morte e destruição. *Assassinato no Expresso do Oriente*. Não é uma ideia exatamente romântica de viagem de trem. *Jogue a Mamãe do Trem*. Mais assassinato. *A Garota no Trem*. Esse filme parece ter sido inspirado na Lei de Murphy. Tudo o que poderia dar errado num trem aconteceu.

Eu me concentro, enquanto me esforço para fazer surgir na minha mente um que seja verdadeiramente relevante.

— Que tal *O Expresso Polar*?

— Esse filme é sinistro demais. Todos nele parecem ser manequins falantes.

— Certo, tudo bem. — Eu bufo. — Você está simplesmente demolindo todas as minhas ilusões sobre romantismo nos trens. Não está pensando em me empurrar do trem, está?

— Não está pensando em me empurrar, está? — ele retruca.

— Vou tentar me conter, eu acho.

— *Merci* — ele responde num sotaque deliciosamente francês.

Olho para Theo com ar irônico.

— Ah, claro, eu já ia me esquecendo. Você tem uma prateleira cheia de sotaques à disposição da clientela. Mostre-me alguns deles.

— Eu posso ser um perfeito britânico se você desejar — ele diz, falando como um inglês. — Irlandês soa melhor aos seus ouvidos? — Eu arregalo os olhos quando ele diz isso com cadência perfeita. — Se quiser alguma coisa diferente, inglês australiano é uma opção — ele diz, passando para o sotaque fanhoso daquele país. E segue em frente, demonstrando cada um dos sotaques. — Um pouco de espanhol para você, querida. Também pode escolher o sotaque californiano, se quiser pegar uma onda. Francês pode ser do seu agrado, *mademoiselle*.

— Caramba!

— Eu ainda não terminei. — Ele me encara com um olhar intenso. — Eu também domino o francês *fake*.

Eu rio.

— Mas o que diabos significa esse "falso francês"?

— Isso é inspirado em grande parte na atitude do Pepe Le Gambá, o gambá do desenho animado, quando ele diz coisas como *"Iss non prrest, ê dizagrradáv"* a um garçom. Numa emergência, é possível obter o falso francês com uma combinação de palavras como *je de ne peu voulez vous avec ce soir bonjour*.

Eu rio ainda mais.

— Eu gosto do seu falso francês, Theo. Estou tentada a encomendar um serviço a Theo Banks: a encenação do falso aristocrata francês.

— Mas isso não é tudo — ele diz, e sua voz se torna mais profunda e sombria. Na verdade, tão profunda que até me faz estremecer. É uma voz familiar, e tão apavorante quanto pareceu na primeira vez em que foi ouvida nas salas de cinema em 1977. — April, eu sou o seu namorado.

Ele diz isso imitando a voz de Darth Vader de maneira perfeita.

Dou um empurrão no ombro dele.

— Ah, pare com isso.

Ele muda de voz mais uma vez, e passa a imitar o Sapo Caco:

— Ser verde não é fácil, sabe, April?

— Você é como um camaleão, chega a dar medo!

As portas do trem sibilam ao serem fechadas.

— É, tem razão — ele responde, dando de ombros.

Olho bem para ele.

— Theo, o seu Darth Vader e o seu Caco são simplesmente impressionantes. Também é impressionante essa sua imensa variedade de sotaques. Mas eu gosto mesmo é daquela voz toda grave que você faz ao falar sacanagem, tipo ao fazer sexo por telefone.

— Voz de sacanagem? — Agora é ele quem arregala os olhos. — Tem certeza?

Tenho. Deus, como eu tenho. E há em mim uma parte secreta que morre de vontade de ouvir a sua voz no escuro.

Mas eu não digo isso, nem mesmo uma versão mais leve disso, porque não vamos seguir por esse caminho. Por caminho nenhum.

Nesse momento a voz de comando do cobrador surge, tomando todo o ambiente.

— Sentem-se em seus assentos. O trem está saindo da estação.

Theo levanta o braço direito e o movimenta no ar como se estivesse puxando algo.

— Piuííí! — ele diz, imitando o apito de um trem. Ele me lança um olhar envergonhado, o que é novidade para mim. Até agora ele só demonstrou confiança e charme. Esse novo olhar é afetuoso, como se ele quisesse que eu gostasse dos seus ruídos de trem. — Efeitos sonoros sem cobrança de taxa extra. Cortesia da casa.

— Um bônus? Que sorte a minha. — Eu cruzo os braços, fingindo indignação. — Na minha opinião, me conceder um serviço gratuito é o mínimo que você pode fazer depois de ter arruinado o caviar e os trens pra mim. Mas tenho outra fantasia relacionada a trens, e eu não vou deixar que você a estrague também.

— E qual é essa fantasia?

A composição começa a rodar e sacudir, partindo da estação.

Eu devo seguir em frente? Devo contar a ele a minha fantasia? Jamais compartilhei isso com nenhum homem. Aliás, pensando bem, fico feliz que Landon, o Mentiroso, não saiba que eu tenho um fraco por trens. Fico igualmente feliz que Brody, o Habitante do Porão, nunca tenha tentado dar uns amassos comigo nos trens de Nova Jersey.

Mas o Theo? O cara que eu contratei para se passar por meu amante, que está disposto a "contar histórias indecentes e ousadas... sobre a nossa vida sexual intensa e desregrada"? Ah, com certeza eu posso contar a ele. É seguro.

Abaixo a voz enquanto preparo a cena.

— É quase meia-noite num trem que avança silencioso. O vagão está praticamente vazio. Todas as luzes no interior estão apagadas; só algum brilho distante surge às vezes, quando passamos por alguma cidade. — Deixo que a minha mão roce o meu peito, enquanto a fantasia se desenrola de maneira muito vívida na minha mente. — Nós estamos em silêncio, ninguém pode nos ouvir. Mas temos que ser cuidadosos.

A respiração de Theo fica mais intensa por um segundo, o que me dá a impressão de que o apanhei de surpresa. Diabos, acho que apanhei a mim mesma de surpresa. Bem, aí está: mais fantasia revelada enquanto as rodas correm sobre os trilhos.

— Você gostaria disso? — Sua voz é mais profunda, mais dura. Por que motivo?

Eu me viro para ele. Está começando a anoitecer, nós estamos cercados de pessoas, e o cobrador está algumas fileiras à frente, patrulhando o corredor.

— Sim, eu gostaria — respondo, numa voz que não é mais do que um sussurro; então eu me agarro às histórias que contamos. — Não foi o que nós fizemos na outra noite?

Ele entra sem a menor hesitação na história. Os olhos dele se escurecem. Os cantos dos seus lábios se curvam.

— É, você usava um vestido preto. Do tipo que desenha a sua cintura — ele diz, circulando os dedos sobre o meu estômago, mas sem tocar em mim. Minhas costas quase se arqueiam. Estou determinada a ficar imóvel. Ele nem chega a colocar os dedos em mim, mas sinto como se os tivesse colocado.

— Você gosta quando eu uso esses vestidos.

A voz dele é como um rosnado.

— Porque eu gosto de ter acesso a você — ele diz.

Ele puxa o laço imaginário ao redor da minha cintura, e uma emoção vibrante percorre o meu corpo. Aproximo ainda mais o meu rosto do dele, e ficamos a centímetros de distância, tecendo histórias da nossa vida sexual imaginária.

— Às vezes você não consegue manter as mãos longe de mim — murmuro.

Ele ri, mas é um som sexy e rouco.

— Às vezes? — Ele franze a testa, e então desliza o dedo indicador do meu ombro ao meu pulso, deixando um rastro de faíscas quentes pelo caminho. Como seria bom se eu estivesse sem roupa. Adoraria sentir o toque da pele dele na minha pele. — Às vezes não. Tente "nem por um segundo".

— *Nem por um segundo* você consegue manter as mãos longe de mim — repito.

Percebo o pomo de adão de Theo quando ele engole em seco.

— Como aquele dia no trem.

— O vagão estava quase vazio — sussurro, um calor toma conta da minha pele.

— Só um casal bem longe, lá na frente. Mas foi arriscado.

Theo não tira os olhos de mim, e eu posso jurar que eles estão radiantes.

— Nós gostamos de correr riscos — respondo.

Ele aproxima mais o rosto do meu pescoço.

— Eu não podia mais esperar, April. Precisava ter você naquele momento — ele diz meu nome de um modo sensual e misterioso.

As batidas do meu coração aceleram.

— Você olhou ao redor e se certificou de que ninguém se aproximava da gente. Então me puxou e me pôs no seu colo.

— E levantei a sua saia — ele diz com voz rouca, despertando-me uma onda de luxúria. Posso ver tudo isso na minha imaginação. A calça dele desabotoada. Meus joelhos na altura das coxas dele. Suas mãos presas ao redor dos meus quadris. O meu rosto colado à curva de seu ombro, abafando os gemidos. Nossos movimentos tão extremamente cuidadosos e sutis, que ninguém se dá conta.

Ninguém sabe... a não ser a gente.

— Nós fomos rápidos e silenciosos — sussurro num fio de voz.

— Mas foi bom. Foi bom demais — ele diz com uma voz profunda e quente.

— Sempre é.

— Sim, sempre. Cada momento, cada segundo.

A voz de um homem nos interrompe:

— Seus bilhetes, por favor.

Sou arrancada de repente do meu sonho. Respiro fundo e me recomponho. Apanho os bilhetes na minha bolsa e os entrego ao homem grisalho de bigode espesso. Seu boné de cobrador está enfiado na testa, e cobre os olhos quando ele perfura os bilhetes. Quando ergue o rosto, fica olhando para mim por mais tempo do que seria necessário.

— Tudo bem? — ele pergunta. — O seu rosto está...

Eu ponho a palma da mão no meu rosto. Está muito quente. Começo a me abanar e aponto para a janela.

— É por causa do sol — digo, muito embora a noite já esteja perto de chegar.

— Procure tomar um pouco de água. — Ele se vira, caminha até a fileira seguinte e diz: — Bilhetes, por favor.

Theo ri baixinho.

Dou um bom tapa nele.

— Obrigada por não me ajudar em nada.

— Mas o que eu deveria dizer? Que a temperatura da minha namorada de mentira subiu por causa das histórias da nossa falsa vida sexual?

Ele diz isso como se fosse algo tremendamente ridículo, mas quando abaixo o meu olhar e noto o volume na calça jeans dele, percebo que a coisa não é tão ridícula assim. Não sou a única aqui que se excita com as histórias imaginárias da nossa viagem noturna de trem.

— Termine a história — ele pede, assumindo novamente a voz rouca.

É, eu não sou a única. Mas esse tipo de excitação não faz muita diferença. Nós somos como dois atores que ficam animados com um beijo técnico. Deve ser natural uma atriz ficar com os joelhos bambos uma vez ou outra ao beijar um ator atraente diante das câmeras.

— Hmm. — Toco meus lábios com um dedo, pensativa. — Não consigo me lembrar agora. Isso termina bem? Você se recorda?

Ele aproxima a boca do meu ouvido. Muito próximo, e fica perigosamente perto.

— Comigo você sempre chega lá.

"Perigosamente perto" é a descrição perfeita nesse caso. Perigosamente perto de problemas.

Aliso meu vestido com a mão.

— Agora que nós nos entendemos a respeito dessa história, talvez seja interessante estabelecer os outros detalhes, não acha?

Ele faz que sim com a cabeça.

— Claro.

— Você vai ser o Theo, certo?

— Sim. É mais fácil usar o meu próprio nome.

— Nós nos conhecemos no seu bar. Estamos juntos há um mês e meio. Gostamos de ir ao boliche, de jogos arcade antigos, e eu quase sempre acabo com você no pebolim.

— Quê? De jeito nenhum. Sou mestre nesse jogo.

Balanço a cabeça e faço uma careta.

— É o que a gente vai ver. Se você acha que é páreo pra mim no pebolim, vá em frente e tente.

— Tudo bem. Você é a campeã de pebolim.

— Temos mais alguns detalhes. A minha família não faz ideia de que o Xavier ia ser o meu acompanhante original. Você conheceu a Claire e o Tom, então pode mencioná-los, especialmente porque nós quatro já fomos algumas vezes dançar em casas noturnas. Eu já experimentei todos os tipos de comida. Bebo café, chá e refrigerante. Sou totalmente dependente de cafeína. Adoro refeições quentes e sorvete, e tenho esperança de que me escolham para o emprego de pintura artística da edição da *Sporting World* sobre trajes de banho.

— Esperança de ser escolhida... para *quê?* — ele pergunta, com entusiasmo genuíno na voz.

A essa altura o trem está deixando Manhattan, sacudindo e deixando para trás os prédios de concreto.

— Eu pintei alguns modelos no ano passado, e agora sou cotada para ser a pintora principal — respondo.

— Puta merda! Você pinta pessoas para viver. Esse é o seu emprego de verdade?

— Sim, é sim. — Sorrio, cheia de orgulho do que faço.

— Isso é fascinante. Você precisa me contar quando conseguiu essa façanha. Prometa que vai me contar.

— Eu prometo — digo, rindo.

— Como foi que você começou, April?

— Você quer mesmo saber?

— Quero. Nunca conheci um artista de pintura corporal. Quero saber tudo a respeito. — Os olhos dele estão fixos em mim, e parece atento à espera de que eu fale.

— Eu comecei com as minhas sobrinhas, filhas do meu irmão 13 anos mais velho que eu.

— Isso significa que você é um *bebê surpresa*!?

Balanço a cabeça numa negativa.

— Não. Bem, até existe essa possibilidade, mas os meus pais me garantiram que eu só fui o bebê que chegou com atraso. Meu irmão Mitch tem 41, minha irmã tem 36, e eu tenho 28. As filhas de Mitch são adolescentes agora, mas estavam na escola primária quando eu cursava o ensino médio, então eu aprendi a pintar rostos nelas. Depois passei a pintar rostos na feira agrícola local. Eu era muito boa nisso, então comecei a fazer festas na escola para me divertir. Depois da escola eu fazia um pequeno serviço aqui, outro ali. No Halloween, uma mãe me contratou para uma festa infantil, depois uma amiga dessa mãe me contratou para uma festa noturna para adultos, e o meu trabalho era pintar imagens sensuais nas mulheres de vestido decotado. Não demorou até que me convidassem para eventos em empresas e para shows, e graças ao meu amigo Tom eu consegui o meu primeiro trabalho para uma revista. A partir daí eu decolei, e uma coisa levou a outra.

— E o que você faz agora?

— Trabalhos para revistas, comerciais, em sessões fotográficas, até mesmo para alguns filmes de tempos em tempos. Videoclipes. Ano passado eu pintei todas aquelas mulheres prateadas esguias e altas de um videoclipe da Jane Black — digo, referindo-me a uma cantora popular.

— Então foi *você* quem fez aquilo?

— Eu mesma — respondo, então saco o meu celular e começo a passar na tela algumas fotografias de trabalho tiradas ao longo dos anos. Ele aponta para a foto do guepardo que eu pintei essa semana.

— Que impressionante! Pode enviar essa para mim?

— Claro. Mas por que você quer isso?

— Porque é demais. Porque *isso*, minha cara — ele diz, colocando a ponta do dedo na tela do celular — é talento de verdade.

Sorrio com vontade, como se um raio de luz brilhasse dentro do meu peito. Esperei tanto por esse momento. Não pelo elogio propriamente, mas pela compreensão.

Envio a fotografia para o celular dele, e depois nós vemos mais algumas fotos. Ele assovia em aprovação, e tem uma expressão de admiração nos olhos que me deixa feliz.

— A sua família deve ter muito orgulho de você.

— Na verdade, não — respondo, com uma careta de desagrado. — Nem tanto assim.

— Como podem não ter?

— Eles acham que não é trabalho de verdade.

As sobrancelhas dele se arqueiam.

— De verdade? Como eles podem não achar que é de verdade?

— Eles não acreditam no meu trabalho, não o levam a sério. Todos na minha família têm trabalhos mais comuns, mais óbvios. Construtores de barcos, donos de padaria e coisas do tipo. Eles pensam que eu ainda estou pulando de feira em feira para pintar rostos ou coisas do tipo.

Theo ri.

— Não que haja algo de errado com essa atividade.

— Exatamente — respondo. — Esse trabalho é bom e honesto. Mas eu tento explicar a eles que sou uma pessoa de sorte na minha área – fui subindo, recebi promoções, conquistei trabalhos fantásticos para comerciais, revistas e catálogos. Mostrei as fotos, mas algumas são obscenas demais para o gosto deles. Eles ainda pensam que eu estou pintando borboletas em rostos.

— Aposto que eles adoram isso.

— Adoram mesmo, e tenho certeza de que vão querer que eu faça isso na reunião. Tenho habilidade mais que suficiente para pintar qualquer coisa que você possa imaginar.

— E o que você pintaria em mim? O que acha que combinaria comigo?

Aproveito a chance para deixar que os meus olhos percorram com calma o corpo dele. Tenho mais que uma carta branca para isso. Tenho permissão expressa para olhar e olhar. Ele tem um corpo forte, está em forma, e eu poderia torná-lo num homem platinado, cromado, transformar as costas dele num violoncelo, ou estampar no peito dele um céu antes de uma tempestade.

— Pergunte-me isso dentro de alguns dias. Até lá eu terei uma boa resposta.

— Vou incluir isso na minha lista de coisas para fazer nos próximos dias — Theo avisa. Então finge estar escrevendo algo num pedaço de papel. Ele me faz mais perguntas enquanto as cidades vão passando pelas janelas, junto com a paisagem de montanhas exuberantes e árvores verdejantes que se elevam sobre mansões coloniais com tijolos vermelhos.

Mas todas essas perguntas dizem respeito a mim, e eu preciso conhecer o homem que estou levando para casa. Meu companheiro. Meu novo amante.

— Minha vez de perguntar — eu digo. — E quanto à sua família? Agora eu quero saber do verdadeiro Theo, o da vida real. Nós podemos fingir diante de outras pessoas, mas temos de ser honestos um com o outro, não acha?

Ele me olha bem nos olhos.

— Tudo o que eu disse a você até agora é verdade.

Eu arqueio as sobrancelhas.

— Sério mesmo?

— Sério — ele responde.

— Você tem irmãos e irmãs?

— Um irmão.

— São próximos?

— Sim. Não. Às vezes. Muito.

— Tudo bem. Isso cobre todas as possibilidades, então não se pode dizer que não seja verdade.

Um sorriso triste se desenha na boca de Theo, e então se transmite para os seus olhos.

— É. Tem razão nisso.

— Onde ele está agora?

— Boston — Theo responde, e eu noto uma tensão na voz dele.

— E os seus...

— Faleceram — ele declara, interrompendo-me antes que eu diga "pais".

Isso me atinge em cheio. É de cortar o coração, e sou tomada por uma vontade de passar a mão na cabeça dele a fim de confortá-lo.

— Sinto muito, Theo.

— Eu também.

— Quantos anos você tinha?

Ele passa a língua nos lábios e fecha os olhos. Eu pintaria pássaros nele agora, com asas fechadas e olhos tristes, porque essa imagem tem tudo a ver com ele nesse momento.

— Tudo bem, Theo, você não precisa responder.

— Eu tinha 14 anos.

Sinto o meu peito se esmagar, como uma lata de refrigerante pisada por um gigante. Eu não fazia a menor ideia. Aqui estou eu, levando o Theo para casa simplesmente para fazer a minha família desistir de escolher um homem para mim. Theo não tem uma família. Essa verdade me atinge de novo, como um golpe duplo. Ele tinha 14 anos quando perdeu *os dois*... Eles devem ter morrido num acidente de carro ou em alguma outra tragédia terrível.

— É mais fácil para você fingir que tem pais ou você prefere contar a verdade quando alguém perguntar? Porque eles irão perguntar. — Agito os ombros timidamente. — É uma pergunta que fazemos naturalmente, e a minha família vai querer te conhecer.

Ele ergue a cabeça.

— É mais fácil pra mim dizer a verdade a respeito desse assunto. Talvez isso signifique que não sou tão bom ator quanto penso, mas se eu inventar uma história a respeito deles a coisa vai parecer real, e eu não quero que isso aconteça.

— Eu compreendo — digo baixinho, e então mudo de assunto e falo da sua profissão. — Você sempre quis ser ator?

Ele muda de posição antes de responder.

— Eu já quis ser muitas coisas, em diferentes momentos da minha vida.

— Mas você gosta de fazer o que faz agora? Atuar exige muita paixão e dedicação. Até mesmo esse tipo de atuação.

Theo olha para a frente.

— É. Eu gosto, sim.

Ele não parece querer falar mais sobre esse assunto, então eu mudo o rumo da nossa conversa.

Nós ajustamos mais alguns detalhes importantes da nossa história enquanto o trem segue ao longo de Long Island. Casas cintilam, e colinas inteiras são engolidas pela velocidade do trem enquanto o crepúsculo flerta com o céu. A nossa história, minha e de Theo, parece tão verdadeira, desde a noite em que o conheci até o nosso encontro romântico no trem e as comparações no jogo de pebolim... Tão verdadeira que eu me pergunto se isso acontece porque já temos certa intimidade no terreno da ficção ou porque ele é de fato um excelente ator.

Nesse instante eu me lembro: ele é mesmo um excelente ator.

Pare com isso. A história parece verdadeira porque você contratou um ator, sua idiota.

O cobrador anuncia a próxima parada.

— Só falta uma parada para Wistful — eu digo, surpresa. — Isso significa que nós conversamos a viagem inteira.

— Sim, conversamos mesmo. Você é uma tagarela.

Eu finjo indignação.

— Você também — retruco. — Pelo visto a gente não pratica o tal do... — paro para desenhar aspas no ar — "silêncio solidário".

Ele me olha de um jeito engraçado.

— Isso existe mesmo? — indaga.

— Em alguns livros, existe. Eu estava lendo um romance outro dia, e nessa história o casal central se conhece num evento chique e transa logo de cara, depois disso começam a se conhecer. Por volta do capítulo dez, Jane e Dave estão sentados no interior do Range Rover dele, num "silêncio solidário", enquanto se deslocam para a próxima cidade, a fim de jantar.

Theo faz uma careta de desgosto.

— Nossa, isso parece mais desagradável do que guacamole quente — ele comenta.

— É, parece — digo, rindo.

— Silêncio solidário parece uma coisa que as pessoas casadas fazem.

— Não é mesmo? E a parte mais engraçada é que isso aconteceu no terceiro encontro. Durante o passeio de carro eles devem ter trocado uma meia dúzia de palavras: "Ligue o aquecedor", "eu adoro calor", "quero ouvir música", "você gosta de Beatles?", "você está linda esta noite", "obrigada". Quando chegaram ao destino, ela disse que sentia que o conhecia bem e que estava apaixonada por ele.

Theo ri alto, jogando a cabeça para trás, como se tivesse acabado de ouvir um enorme absurdo. É bom saber que ele tem a mesma opinião que a minha sobre essa situação.

— Não dá. — Ele balança a cabeça vigorosamente. — Você não pode se apaixonar por alguém em silêncio solidário.

— É exatamente o que eu penso. Como você pode saber se gosta de uma pessoa se não conversa com ela?

— Aqui entre nós, eu não acho que seja possível conhecer de verdade uma pessoa se você não souber se ela prefere ser invisível ou capaz de voar.

Eu levanto o canto dos lábios.

— Hum, mas há um detalhe a se considerar nessa questão — argumento. — Existe uma brecha, e ninguém se lembra mais de dar a isso o tratamento adequado.

— Como assim?

— Considere o seguinte: se você fosse invisível, as suas roupas seriam invisíveis também? — Aponto para o jeans escuro dele e para a camiseta preta com os dizeres "O PROBLEMA COM AS CITAÇÕES NA INTERNET É QUE VOCÊ NUNCA SABE QUAIS SÃO REAIS" – ABRAHAM LINCOLN. — Ou as roupas continuariam completamente visíveis?

Ele leva os dedos à têmpora e faz um gesto simulando uma explosão.

— Totalmente demais, garota!

— Entendeu? É o que eu estou dizendo. A questão das roupas muda completamente o jogo.

Ele me encara fixamente, com um olhar intenso.

— Isso muda tudo. — Theo aproxima o rosto do meu, e por um breve momento tenho a sensação de que nós dois fomos abandonados nessa pequena fileira do trem. — Especialmente porque agora eu começo a imaginar como você ficaria vestindo roupas invisíveis.

Sinto meu corpo pulsar, vibrar, e quase me esquivo, porque ele está olhando para mim como se eu realmente estivesse sem roupas. Como se ele as tivesse retirado e agora estivessem no chão, amontoadas numa pilha de tecido invisível.

— É... Você fica fantástica com essas roupas invisíveis.

Eu não aguento isso. Não posso lidar com essa onda de calor. Sinto-me nua, e absolutamente incapaz de distinguir entre realidade e fantasia. Tudo o que sei é que essa excitação é bem real, e eu tenho que reprimi-la.

— Você gosta de Beatles?

Ele encosta a cabeça no apoio do assento novamente, rindo.

— Eu não vou jogar silêncio solidário, April. Aliás, falando em conversar, há uma coisa que nós não discutimos — ele diz enquanto o trem entra na estação Wistful, alguns minutos antes do horário.

— O quê?

— Como e onde vamos dormir durante esses cinco dias?

CAPÍTULO 8
Theo

O LETREIRO PENDURADO ACIMA DAS PORTAS DA ESTAÇÃO EXIBE ORGULHOsamente os dizeres:

WISTFUL, CONNECTICUT.
AQUI SE ENCONTRA BALEIA BRANCA,
MUSEU MARÍTIMO E A MELHOR CIDADE DE TODAS.
POPULAÇÃO: 8.233.

April entra em um banheiro e eu fico perambulando pela pequena estação, embora não haja muita coisa para ver. Trajando um uniforme preto, uma mulher com ar cansado está postada atrás da janela da bilheteria com a mão sob o queixo. Olho para as portas de madeira abertas que dão acesso à pequena cidade. Há milhões de perguntas que eu devia ter feito a April.

Não estou falando de questões secundárias: de cor favorita ou coisas desse tipo. Falo das coisas que importam: vida, liberdade, busca da felicidade.

Às vezes, porém, improvisar é essencial.

Minutos depois ela sai do banheiro. Os saltos altos das suas sandálias se chocam contra o piso de cerâmica.

Decido me concentrar nos sapatos, parar evitar me fixar em outras partes da April.

Tipo, *qualquer* outra parte do corpo dela.

Seu corpo cheio de curvas parece fantástico no vestido de verão vermelho-escuro com alças muito finas que ela está usando. E o suéter branco é um daqueles folgados que dão destaque aos seios. Estou convencido de que esses suéteres foram desenhados por alguém que tinha a intenção de mexer com gente aficcionada por peitos... como eu.

Mas não é só o corpo que está mexendo comigo, o problema é que é difícil não gostar dela. Ela é imprevisível, esperta, inteligente e tem um senso de humor incrível, sempre com uma resposta na ponta da língua.

Enquanto deixo meus olhos brincarem de guia turístico, passeando pelo corpo dela, eu me forço a me lembrar de que ela *não é a minha namorada*. Gostar dela seria um erro colossal. Meu irmão uma vez gostou da Addison, e vejam só no que deu. A ex dele agora é uma maldita caçadora de recompensas totalmente empenhada em cobrar com juros suas dívidas.

April acena na direção das malas aos meus pés.

— Obrigada por cuidar da bagagem.

— Quer pegar um táxi até a casa dos seus pais? — pergunto.

April ainda não me explicou como faremos com as nossas acomodações. O cobrador anunciou o nosso destino em voz alta no momento em que eu abordei o assunto, então ela disse que precisava mandar uma mensagem à sua mãe avisando que estávamos alguns minutos adiantados.

— Minha mãe vai chegar para nos pegar a qualquer momento. Meu pai provavelmente está na cama. Ele fica insuportável quando não vai dormir por volta das 21h. — Ela respira fundo e dá uma leve mordida no lábio. — Acontece que eu ainda não lhe falei sobre algo importante, uma advertência essencial sobre a minha mãe.

— Advertência? — Ergo as sobrancelhas. — Que tipo de advertência eu preciso ter? Ela coleciona gnomos de jardim? — April balança a cabeça numa negativa, e seus lindos cachos tocam as bochechas. — Produz uísque secretamente no quintal de casa, num compartimento subterrâneo? — Ela balança a cabeça mais uma vez. — Sua mãe é praticante de *Krav Magá* e treina a técnica surrando regularmente os filhos de todos os seus entes queridos quando eles menos esperam?

April ri e me dá uma resposta, arregaçando as mangas do suéter e exibindo os braços nus. Mas eu me distraio e não escuto a resposta dela até o fim, porque seus braços são absolutamente lindos, atraentes como eu jamais havia imaginado que braços pudessem ser. São firmes e bem-feitos, e levemente musculosos. Eu reprimo um suspiro. Ou talvez fosse um grunhido. Porque o meu cérebro traiçoeiro teve a brilhante, mas péssima ideia de imaginar como ela ficaria com aqueles braços levantados sobre a cabeça, segurando na cabeceira da cama. Completamente estendidos e prontos para a ação.

Muito obrigado, cérebro.

— Então você não se importa?

Eu pisco, tentando afugentar da mente a imagem dela sem nenhuma roupa, invisível ou não. April me perguntou se eu não me importo, mas do que ela está falando? Não faço a menor ideia. Pelo sim, pelo não eu respondo:

— Não, não me importo.

— Que bom. — April faz que sim com a cabeça várias vezes, respira fundo, gira no chão os saltos dos sapatos. — Porque ela é uma advogada em recuperação — April revela de súbito, como se fosse uma confissão do tipo *"Ela tem um olho de vidro e odeia ser encarada, então não faça isso, por favor"*.

— Em recuperação?

— Você nunca consegue se recuperar totalmente de ser um advogado. Ela realmente precisou do nosso apoio para conseguir superar o vício da advocacia.

— Imagino que ela seja mais feliz agora, não?

— Sim, mas a velha veia advocatícia dela permanece sempre pulsando. Ela é ex-procuradora. Às vezes minha mãe não consegue evitar, é mais forte que ela. Ela gosta de fazer perguntas.

Faço um aceno positivo com a cabeça e sorrio com tranquilidade.

— Posso lidar com isso, April.

— Estou falando de *muitas* perguntas, Theo. — Ela é enfática, e quer claramente me preparar para a "Inquisição da Mamãe". — A minha mãe se empenha muito para não se envolver em controvérsias, ela tenta de verdade, mas é mais ou menos como pedir a uma banana para ficar redonda.

— Você já fez isso alguma vez? Pediu a uma banana que ficasse redonda? — pergunto totalmente sério.

— Não, porque já ouvi dizer que isso é bem, bem difícil.

Ponho uma mão no ombro dela a fim de tranquilizá-la.

Grande erro.

A pele dela é macia. Incrivelmente macia. O meu cérebro se descontrola, e imagino o interior da minha cabeça como a placa de circuitos de um robô superaquecida. Isso não devia estar acontecendo. Nunca me permiti ter envolvimento físico com uma cliente. Nunca quis que isso acontecesse antes, e não quero que aconteça dessa vez. É o pior tipo de erro, um erro que pode destruir completamente a minha reputação como namorado de aluguel.

Mas esse ombro é simplesmente irresistível.

Droga, deve haver mesmo alguma coisa muito errada comigo se um simples ombro me deixa tão excitado. Tiro minha mão dela.

— Eu estou pronto — digo.

— Pronto para quê?

Não foi April quem disse isso.

Essa não é a voz dela. É a voz enérgica e curiosa de uma ex-procuradora. Percebo isso imediatamente. Volto-me na direção da voz.

— Mamãe — April diz, lançando os braços em torno de uma mulher vestida com calça azul e blusa branca, o cabelo loiro platinado preso atrás da cabeça num rabo de cavalo baixo. Há rugas em torno dos seus olhos azuis, mas parecem ser causadas mais pela exposição ao sol do que pela idade. Ela parece vivida e sensata.

— Minha filhotinha! — sua mãe diz, quase sufocando a filha num tremendo abraço.

Enquanto April é esmagada pelos braços maternos, abro a boca e articulo a palavra *"filhotinhaaa"* atrás dela, e sorrio com ar maroto. Ela me olha feio, e seu olhar me diz *"nunca mais me diga isso"*.

— É bom ver você, mamãe.

— Como você está? Como vão as coisas? Como está o trabalho? Alguma coisa está lhe faltando? Precisa da nossa ajuda?

E isso me fez entender as considerações da April sobre os pais e o seu trabalho.

— O meu trabalho vai muito bem, mãe. Terminei um comercial no começo dessa semana.

— Um comercial! Que excitante. Como se pinta um comercial? Não faço ideia.

— Eu pinto pessoas nos comerciais, mãe — April explica.

— Ah, sim, claro. Mas guarde muito bem o dinheiro que recebeu, porque nunca se sabe quando é que vai aparecer outro trabalho como esse.

April gesticula na minha direção. A mãe dela se vira para mim.

— E quem é que nós temos aqui? Eu sou Pamela Hamilton. E você é?

Ela estende a mão para mim e eu a aperto. Hora do show.

— Theo Banks. Prazer em conhecê-la.

— O prazer é meu.

April endireita os ombros e ergue o queixo. É como se ela estivesse se enchendo de autoconfiança.

— Ele é o meu namorado — April avisa, com voz alta e alegre.

Pamela olha para mim com atenção.

— Eu já suspeitava — ela diz.

— Estamos juntos há pouco mais de um mês. Um mês fabuloso — April acrescenta com energia, quase gaguejando com a mentira.

— Um mês, você disse? — Pamela pergunta, como se estivesse interrogando April e se perguntando por que a sua filha não havia mencionado o namorado antes. Mas não é incomum que um novo relacionamento de apenas um mês passe despercebido. Um rubor sobe pelas bochechas de April, e eu posso ver as engrenagens girando na cabeça dela; ela está pensando: *"Ah, merda, eu preciso agir de modo totalmente descontraído e casual e não tentar convencer o júri aqui, porque, se eu acabar exagerando, a minha mãe vai farejar a verdade como um cão de caça".*

Então eu resolvo interferir para salvá-la. Passo um braço em torno dela, abraço-a e dou um rápido beijo no seu rosto.

— Seis fantásticas semanas, para ser mais exato. Já na semana em que a gente se conheceu eu quis gritar para o mundo todo que estávamos juntos, mas a April achou melhor não.

A mãe dela estala a língua.

— Um mês e meio é um bom começo. Mas vamos ver o que acontece depois de mais um mês.

Corro os dedos pelos cabelos da April possessivamente. São maravilhosos, macios e sedosos. April estremece quase imperceptivelmente.

— Convenci a April de que agora seria um bom momento para deixar todos saberem que estamos juntos.

April recobra a confiança e faz que sim com a cabeça várias vezes.

— Pois é, estamos juntos de verdade.

Pamela olha para mim num rápido exame, e então se mostra satisfeita.

— Você está cansado? Está com fome? Precisa de alguma coisa? — ela me pergunta.

Será que essas são as perguntas sobre as quais a April achou necessário me advertir? Pois me parecem perguntas que qualquer anfitrião faz.

— Estou muito bem — respondo.

— Eu também — April diz, e então dá um passo em direção à porta.

Mas Pamela não sai do lugar. Com os saltos fincados no chão, ela olha direto para mim.

— Theo, onde você fez faculdade?

April bufa.

— Sério mesmo, mãe?

— Essa é uma pergunta importante — sua mãe responde, encarando-me com um intenso olhar do tipo *"estou esperando"*.

Ah, agora as coisas estão melhorando. A velha pergunta sobre a faculdade. Mas posso respondê-la sem problemas. Tenho uma resposta pronta.

— Cursei a Universidade da Vida.

— Ha ha.

Sim, a mãe dela disse mesmo *ha, ha*. Que linda. Não no sentido *"Sinto-me atraído pela mãe dela"* – porque seria um tipo de bizarrice bem preocupante –, mas no sentido *"April tem o mesmo senso de humor dela"*.

— Eu estudei lá também. E depois fiz mestrado na Universidade da Vida Como Ela É — a mãe retruca.

Adoto uma expressão mais séria e dou a ela a resposta verdadeira.

— Eu estudei na Universidade Pública de Nova York.

A mãe de April faz um aceno positivo com a cabeça, aparentemente satisfeita.

— É uma boa escola. Fico contente em saber disso. E a viagem de trem, foi boa? — Pamela pergunta.

Uma ideia ousada me ocorre. April não quer que a sua família ponha no caminho dela um homem que a prenda à sua cidade natal. Talvez eu precise dar à mãe dela exatamente o que ela quer, e talvez isso acabe também ajudando a April. Talvez ela não precise do *bad boy*, mas sim de alguém de quem sua família goste. Assim, talvez, eles parem de pegar no pé dela. Eu não elaboro muito o meu plano: parto direto para a ação.

— A viagem foi ótima. April e eu conversamos sobre política, notícias, todos os acontecimentos mais importantes do dia. Mas essas coisas provavelmente a entediam.

Os olhos de Pamela brilham ao ouvir as minhas palavras.

— Está brincando comigo? Eu amo notícias e debates. Mas ninguém se interessa em trocar ideias a respeito disso.

Faço um gesto com o meu dedo indicador como se tivesse acabado de tocar em algo quente, e então faço um ruído de chiado.

— Como a legalização da maconha e o salário mínimo?

Os olhos azuis de Pamela brilham ainda mais, e ela parece mais do que feliz, parece em júbilo.

— Eu poderia ficar falando uma noite inteira sobre isso. Acredito firmemente que o salário mínimo devia ser mais alto, e apoio totalmente a legalização da maconha, mas apenas para fins medicinais.

— Gosto dos seus pontos de vista. E quanto à pena de morte, o que acha?

— Sou completamente a favor, quando é aplicada para crimes hediondos. Nesses casos, eu não tenho a menor piedade dos condenados.

Os olhos de April estão arregalados, como se ela mal conseguisse acreditar na conversa que está presenciando entre mim e a mãe dela. Ela me olha pasma, e depois para a mãe, enquanto Pamela se lança numa discussão sobre assassinos que tiveram a condenação anulada, antes de passarmos para um rápido debate sobre controle de armas de fogo. April parece chocada. Minha namorada de mentira pisca, como se estivesse se esforçando para entender o que está acontecendo, enquanto a mãe e eu discutimos temas polêmicos.

Depois de alguns minutos na pequena estação de trem, Pamela sorri e aperta o meu braço.

— Isso foi divertido — ela diz. — Mal posso esperar para continuarmos essa conversa. — Então ela dá sinais de que tem mais perguntas. Os olhos dela observam as minhas tatuagens, e eu aposto que ela está pensando o que a maioria dos pais pensa – que caras tatuados são encrenqueiros. — Onde você se vê daqui a cinco anos?

— Mãe! — April ralha, já recuperada do choque que a havia paralisado instantes antes.

April não estava brincando.

Mas Pamela ainda está esperando a minha resposta. Eu passo um braço em volta da April, trazendo-a possessivamente para perto de mim. Não exibo a atitude rebelde de *bad boy* diante da mãe dela. Não respondo sua pergunta de maneira evasiva. Respondo como um bom advogado faria: com algo que a pegue desprevenida, e talvez um pequeno elemento extra, criado para fazer uma mãe feliz.

— Eu me vejo casado e com dois filhos, e os levando para visitar a avó absolutamente maravilhosa nos fins de semana.

Pamela olha para mim com certa surpresa e não diz nada. Ela não sabe o que pensar a meu respeito. A expressão de April a princípio é de choque, depois de admiração, e então de curiosidade; um estranho tipo de curiosidade, como se ela também não soubesse o que pensar a meu respeito. Talvez Pamela acredite que um cara como eu possa fazer April voltar para casa. Ok, até parece.

April agarra o braço da sua mãe.

— Mamãe, que tal se a gente fosse até Sunnyside?

— Vamos lá. Depois nós voltamos a falar sobre esses netos.

Pamela dá meia-volta com eficiência – tenho a impressão de que a mãe de April faz tudo com eficiência –, e quase desce saltitante a escada que leva à noite quente de junho.

April me cutuca com o cotovelo, e me repreende com bom humor.

— Ei, essa não foi uma resposta que um *bad boy* daria.

Coloco o nariz no pescoço dela e o deslizo até o seu ouvido.

— Me desculpe — digo.

— Hunf — ela reclama, soltando o ar pelo nariz, e isso indica que estou perdoado.

Mas ela me dá um tapinha e eu dou risada.

— Você disse que se interessou por mim porque o meu anúncio era engraçado, não porque queria que eu fizesse todas aquelas coisas.

— Tudo bem, tudo bem. Eu só não esperava que fosse ver a minha mãe comendo na palma da sua mão em dez segundos.

— Mas se a sua mãe me considerasse ruim para você, ela poderia tentar empurrá-la para o cara dos poodles — eu digo, quase sussurrando. — Amanhã eu posso ser um idiota, se você quiser.

April balança a cabeça numa negativa, e então me responde também sussurrando.

— Eu, inclusive, te disse para apenas sorrir e concordar com ela, você conquistá-la logo de cara é bônus.

Eu rio em voz alta.

— Me desculpe... Eu não ouvi isso. É que você me distraiu.

— Hein? — April arqueia as sobrancelhas. — E de que maneira eu poderia ter te distraído?

Olho para os braços dela.

— Você tem braços tão lindos que distraem.

Os lábios dela se contraem. Ela está tentando reprimir um sorriso.

Eu a toco mais uma vez, pousando os dedos ao longo do tríceps dela e o polegar no seu bíceps. Ela estremece um pouquinho.

— Aposto que é por causa do seu trabalho que você tem braços tonificados assim. Por causa da pintura. Você os usa para fazer tudo. São naturalmente fortes.

Uma lufada de ar sai dos lábios dela. Ela pisca, solta o ar com força de novo, e então se inclina para mais perto de mim.

— Preciso te contar um segredo.

— Vá em frente — eu a encorajo.

Os lábios dela estão bem perto do meu ouvido quando fala:

— Os seus braços também estão me distraindo. — Então ela se vira e aponta para a porta. — Vamos.

— Você é quem manda, filhotinha.

Ela me dá um empurrão e aponta o dedo na minha cara.

— Ei, não me chame de "filhotinha".

— Vai ser bem difícil não chamar você assim agora.

Nós descemos as escadas até um carrinho de golfe que nos espera. Coloco a nossa bagagem na parte de trás.

— Sunnyside fica só a um quilômetro daqui — April explica, gesticulando na direção do incomum meio de transporte. — E a minha mãe gosta muito de dirigir o carro de golfe dela pela cidade, quando não tem que ir para muito longe.

A mãe de April dá uns tapinhas no assento dianteiro, num sinal para que eu me sente ao lado dela. Faço o que ela pede.

— Carros de golfe são a melhor escolha para o bem do planeta. Usam menos gasolina. Nós podemos discutir aquecimento global amanhã, Theo.

April suspira no banco de trás, mas parece mais satisfeita do que irritada.

— Pelo menos a mamãe encontrou alguém que vai conversar sobre coisas que ninguém mais discutiria em boa companhia.

Pamela balança a cabeça, feliz.

— É parte do meu programa de doze passos — ela responde. — Encontrar alguém com quem debater questões em vez de praticar advocacia.

Pamela gira a chave na ignição, e eu pergunto:

— Mas então, o que você faz por aqui?

April se inclina para a frente para responder:

— O que todo advogado em recuperação faz. Dar palpite.

Olho para Pamela.

— Você se tornou escritora? — pergunto a ela.

A mãe de April ri e balança a cabeça em negativa, e começa a se afastar da estação.

— Muitos advogados se tornam escritores?

— Como advogados geralmente são infelizes, e os escritores parecem ser felizes, me ocorreu que se poderia pular de uma profissão para outra. — Aperto a testa por alguns segundos, e depois estalo os dedos. — Se você já foi advogada, aposto que agora está escrevendo livros de suspense. Jurados malucos, advogados perigosos, juízes corruptos.

A mãe de April olha para a filha pelo espelho retrovisor.

— Ele tem uma imaginação bem fértil.

— Você nem imagina — April diz, sorrindo.

Nós passamos por uma estranha rua lateral cheia de casas pitorescas e chalés simpáticos. Não estamos longe da água, pois o cheiro de mar flutua pelo ar. Por um breve instante meu olhar se volta para a direção de onde vêm os sons da praia e o bater das ondas a distância. A praia me faz lembrar alguns dos nossos melhores momentos – meus e do meu irmão. Existe algo de especial na água, no oceano e na areia. Algo que mexe com as pessoas, as faz despertarem. Faz com que se sintam bem. Renova a vontade.

Pisco, balanço a cabeça, e alguma coisa estala.

Carrinho de golfe. Sunnyside. Advogada em recuperação.

— Sra. Hamilton, você administra uma pousada, não é?

Um sorriso largo se estampa no rosto da mãe de April, e ela faz que sim com a cabeça, cheia de orgulho.

— Sim, administro.

Quando viramos a esquina de um prédio cercado de árvores, o cheiro da maresia fica mais forte, e faz cócegas nas minhas narinas. Folhas tremulam na brisa da noite, e lâmpadas de rua desenham cones de luz na calçada. Ao alto, uma placa de madeira fincada no gramado da frente me informa que estamos nos aproximando do lugar. É uma pousada ampla, com três andares e com largura proporcional, assentada no fim de uma estrada curva. Pamela gira a direção e vejo uma varanda que cerca a pousada, com vasos de plantas adornando as cercas, e um balanço de madeira sacudindo ligeiramente. Mesmo à noite, o lugar parece ao mesmo tempo majestoso e muito acolhedor.

— Todos os Hamiltons vão se reunir aqui — Pamela avisa com orgulho enquanto para o carrinho e desliga o motor.

Carrego as nossas malas pelo caminho de pedras e vejo um homem grande e musculoso esperando na varanda.

— Papai!

April sobe correndo os degraus e cai direto nos braços do pai, que a envolve num verdadeiro abraço de urso.

— Olá, querida. Eu tinha que ficar acordado para ver a minha garotinha. — Ele fecha os olhos enquanto a abraça, e a expressão em seu rosto é de pura satisfação.

O pai de April é um ursão. Um urso de pelúcia, para ser mais exato.

Ele ostenta uma barba que provavelmente já tinha antes de as barbas virarem moda. Ele deixa o cabelo castanho todo concentrado no topo da cabeça, e o rosto é cheio de rugas e sardas, visíveis sob as luzes da varanda.

Quando ele termina de abraçá-la e a solta, tem um enorme e radiante sorriso no rosto.

— Como é bom te ver!

— É muito bom ver você também, pai.

O homem se torna carrancudo quando olha para mim e me estende uma mão.

— Eu sou o pai da April. Josh Hamilton.

— Theo Banks. É um prazer conhecê-lo, senhor.

— O prazer é meu — ele diz rispidamente, então faz um aceno com a mão para que entremos.

April entra primeiro, e caminha vários metros à minha frente. Quando chego ao piso de madeira polida depois da entrada, escuto, por acaso, seu pai sussurrar "Você aplicou um belo interrogatório nele?".

Pamela hesita por um momento e balbucia "Hum...", mas logo se recupera.

— Claro que apliquei. Eu o coloquei no lugar dele.

— Bom. Vamos fazer o sujeito passar por maus momentos — ele diz.

Mas, afinal, por que motivo os pais dela querem que eu não me sinta bem-vindo?

April caminha de um lado para outro.

— Ei, mãe, em que quarto a gente vai ficar? — Ela se volta para mim. — Todos os quartos têm nome de refeições do café da manhã.

— Você pode ficar no Quarto Crepe, April — Pamela diz, com um tom de voz de professora.

— Theo, você pode ficar no Quarto Panqueca — o pai dela acrescenta rapidamente.

April lança a eles um olhar que poderia ser traduzido como *"Ficaram doidos?"*.

— Mas esse não é o quarto que vai ser reservado para a reunião?

— Não... — sua mãe diz, e tem início a Operação Maus Momentos.

Resolvo interferir, percebendo uma chance de deixá-los saber que jogarei de acordo com suas regras, ainda que eu duvide que April as aceite.

— Eu ficaria mais do que satisfeito em dormir no sofá — digo sorrindo, já que vou precisar anular os novos ataques deles com boa vontade.

O pai de April concorda com um aceno de cabeça, como se gostasse da ideia.

— Tudo bem — ele diz.

— Nesse caso vou lhe trazer alguns cobertores — a mãe de April avisa.

— E um travesseiro — Josh acrescenta, e eu sorrio por dentro; porque se ele quer que eu tenha algo macio para apoiar a cabeça, seu plano de pegar pesado comigo já começa mal.

— Talvez a gente possa dar a ele também um copo de leite e uns biscoitos — April diz, olhando para os pais como se fossem criaturas de duas cabeças.

— Eu vou ver o que eu posso fazer — sua mãe oferece.

— Adoro comer biscoitos antes de dormir! — Junto as minhas mãos num gesto de oração.

— E eu adoro biscoitos a qualquer hora — April diz, com uma nota evidente de frustração na voz. — Mas falando sério, por que vocês querem que ele durma na sala de estar?

— Bom... — seu pai começa, mas não consegue completar sua resposta.

— Porque... — A mãe de April tenta.

April olha para ela.

— Nós não somos uma dessas famílias tradicionais. Tess e Cory moraram juntos antes de se casarem. Assim como Mitch e Candace.

— Mas o sofá é tão confortável — seu pai tenta argumentar novamente.

— As pessoas vão passar por aqui o tempo todo — April retruca. — Não faz sentido colocá-lo no sofá.

— Você está certa — diz o pai de April, tocando o lábio com ar pensativo. — Vou pegar o velho equipamento de camping, e ele poderá armar uma barraca no gramado.

April dá um soco no ar.

— Mãe! Pai! Eu não tenho mais quinze anos. O Theo vai dividir um quarto comigo, e ponto final.

* * *

— Eu me esqueci de te avisar. Às vezes uns alienígenas se apossam dos meus pais — April diz enquanto nós subimos as escadas.

— Ah, geralmente é isso mesmo que acontece depois de uma invasão alienígena, então não tem problema.

— Não, falando sério. Peço desculpa pelo episódio do sofá — ela diz, exibindo um sorriso constrangido.

— Deixe pra lá, não precisa se preocupar com isso. Suspeito que a sua mãe percebeu que não deveria ter sido tão legal comigo, e quer me mandar de volta pra casa para que você possa se encontrar com Merlin, o Poodle. Ou com outro sujeito qualquer que eles queiram arranjar pra você.

April ri.

— Se ter um relacionamento com um poodle me fizesse voltar para casa, eles armariam um encontro pra mim e dariam um jeito de tirar você do caminho.

— Então eu vou ficar de olho nos poodles mais bonitões.

Nós paramos diante de uma porta branca com uma ilustração de crepe. Quando entramos no quarto, vejo apenas uma cama.

Isso responde todas as minhas perguntas sobre as nossas acomodações para dormir.

CAPÍTULO 9

Theo

Xman: Vamos lá, vai contando tudo.

Theo: Mas o que você quer saber?

Xman: Ah, Jesus. Sei lá. Tenho muita curiosidade em saber qual cueca você está usando.

Theo: Eu tô usando uma ceroula.

Xman: Bem que combina com você, seu sacana feioso. Agora me conte como você e a April estão indo.

Theo: Nossa. Você já está falando como um verdadeiro inglesão, hein?

Xman: Eu aprendo as coisas bem rápido. Também sou extraordinariamente flexível. E agora comece a falar. Ela não é mesmo uma boneca?

Olho por sobre a tela do celular. Numa antiga escrivaninha, uma imagem deliciosa de amoras dentro de um crepe açucarado me seduz. E uma mulher deliciosa está no banheiro, aprontando-se para dormir. Estou largado numa poltrona encostada na janela panorâmica com vista para as espaçosas dependências da propriedade. Considero por um instante a pergunta de Xavier. April é uma boneca? Está mais para uma gata.

> **Theo:** Ela é. 100%.

> **Xman:** Uh. Meu celular até caiu por causa do choque.

> **Theo:** Seu celular está chocado?

> **Xman:** EU estou chocado. Você respondeu sem sarcasmo.

> **Theo:** E eu deveria ser sarcástico? Ela é demais. Simples assim. Quando você voltar, não sei se vou lhe agradecer ou bater por colocá-la em contato comigo.

> **Xman:** Ooh! Cada ossinho casamenteiro do meu corpo está agora vibrando de emoção.

> **Theo:** Primeiro, não vamos ficar falando dos ossos do seu corpo. Segundo, nada vai acontecer entre a gente, então pode ir baixando os seus lindos pompons.

> **Xman:** Por que você insiste com essa regra estúpida de não se envolver com clientes?

> **Theo:** Ah, você sabe. É por aquele motivo bobo de querer manter o meu trabalho.

> **Xman:** E você acha realmente que um pouco de ação iria afetar isso?

> **Theo:** Imagine só a próxima garota que me contratar. Vou virar um gigolô então.

> **Xman:** Grrr. Como você é irritante com todos esses seus princípios. Se bem que isso poderia ser bom pra April.

Eu me endireito na poltrona. Essa informação torna as coisas mais interessantes. Teclo uma resposta rápida – um "É?" –, e nesse momento ouço um jato de água forte. Não é a torneira da pia. Ela está no chuveiro. Ah, diabos. Ela está no chuveiro, o que significa que está nua. O que significa que eu agora oficialmente compreendo, pela primeira vez, por que as pessoas escolhem ser invisíveis. Pois é. Porque se eu pudesse, sem dúvida ficaria invisível agora, abriria a porta, entraria no banheiro furtivamente e a veria ensaboando seu corpo nu. Isso poderia ser bom para a April; então poderia ser para mim também. Parte de mim sabe que eu deveria encerrar essa conversa com o Xavier. Mas outra parte está curiosa demais para parar agora.

> **Theo:** O que você quer dizer com isso?

> **Xman:** Eu posso ter tomado alguns drinques a mais. A cerveja Guinness aqui é incrível.

> **Theo:** Eu estou falando da April.

> **Xman:** A April é como a Guinness. Ela também é incrível. E não tem bebido. Evidentemente a April se guia por princípios, como você. Mas no caso dela existe um porém: o último namorado dela era um canalha mentiroso, e isso a afastou dos homens.

Olho para a mensagem dele. *Canalha mentiroso.* Mas eu não estou mentindo sobre nada importante, é bom lembrar. *Além disso, você não é o namorado dela, idiota.*

> **Theo:** Ela merece muito mais do que isso. April merece alguém que a trate bem.

> **Xman:** Concordo totalmente. Quando voltar para Nova York, vou fazer minha magia para tentar convencê-la a namorar de novo. Vou bancar a fada madrinha e encontrar para ela um homem fabuloso e digno dela.

Sinto uma pontada de ciúme e me remexo na poltrona quando leio o último comentário. Mas enquanto a trilha sonora de April no chuveiro ressoa pelo quarto, eu digo a mim mesmo que não tenho direito a sentir inveja dos homens que ela possa vir a namorar no futuro. April é uma cliente, nada mais que uma cliente. O barulho da água do chuveiro está diminuindo, e parou, por isso eu tenho que encerrar essa troca de mensagens imediatamente.

> **Theo**: Preciso ir. Obrigado mais uma vez pela recomendação. E, sim, ela merece um cara digno dela.

E nos próximos dias eu vou ter de convencer os pais dela de que eu sou esse cara.

CAPÍTULO 10
April

DEZ MINUTOS ANTES

> **Claire:** Ele matou você na viagem de trem?

> **April:** Sim, eu tô morta. Você está falando com o meu fantasma.

> **Claire:** Quero que me conte cada detalhe sangrento, e vou lutar para que você receba a justiça que merece. Ouvi dizer que evidências fantasmagóricas agora são aceitas nos tribunais.

> **April:** Se você realmente suspeitou que ele me mataria, por que me deixou viajar?

> **Claire:** Ah, tá, então agora é minha culpa que você tá morta? Bom saber.

> **April:** A culpa é sua, mas mesmo assim eu deixei para você no meu testamento o meu cartão fidelidade da iogurteria. Também deixei os meus discos.

Claire: E você está perto de um grande copo de iogurte com direito a tudo que quiser, então isso é bem tentador. Bom, já que o seu namorado não apagou você, tudo leva a crer que ele sobreviveu ao encontro com os seus pais?

April: No momento em que se conheceram correu tudo bem. A minha mãe meio que gostou imediatamente do Theo, mas depois se lembrou de que ele é um obstáculo para todas as esperanças e desejos dela.

Claire: Isso significa que a sua mãe vai injetar nele sem que ele perceba uma dose de Benadryl intravenoso para tirá-lo de combate por quatro dias, para poder levar adiante o plano nefasto de convencer você a voltar pra casa?

April: Provavelmente. Ei, você pode mesmo aplicar uma dose intravenosa numa pessoa sem que ela perceba?

Claire: Nós enviamos o homem à lua e inventamos o removedor de manchas, então não vejo por que não.

April: Não vamos nos esquecer de mencionar os namorados de aluguel quando falarmos sobre invenções úteis.

Claire: Falando nisso, que tal o gatinho?

April: Ele é engraçado. E tem uma ótima conversa. Nós conversamos do início ao fim da viagem de trem.

Claire: Oh-oh.

April: Oh-oh o quê?

Claire: Você sabe aonde as conversas levam.

April: Levam a mais conversas?

Claire: Levam ao final de uma greve de namoro. Só para constar, eu e o Tom fizemos um bolão apostando quanto tempo vai demorar pra você entregar os pontos.

April: Vocês não fizeram isso.

Claire: Tom deu três dias a você. E eu decidi que você vai sucumbir em 24 horas.

April: A que eu devo essa total falta de fé na minha abstinência?

Claire: Quanto tempo isso já dura? Um ano?

April: Não me lembro. Eu não monitoro essa questão. Nem penso nisso.

Claire: Mente muito, mente tanto, com a calcinha incendiando.

April: Comigo tudo vai bem, aqui não tem nem calcinha nem nada incendiando.

Claire: Nem sei por que, mas duvido de você. Você está dividindo um quarto com ele? Aposto que a sua mãe colocou você no Quarto Salsicha!

April: Não existe nenhum Quarto Salsicha!

Claire: Pois logo, logo o seu quarto vai ser o "quarto salsicha". Mas então, você está dividindo um quarto com ele?

April: Sim.

Claire: Vou mudar a minha aposta. Para 12 horas.

Jogo o celular na bancada da pia, e ele faz barulho ao bater no mármore. Como é que eu fui parar num bolão da Claire? Pelo espelho, olho para a porta atrás de mim que leva ao quarto. Atrás dessa porta há uma escrivaninha; uma enorme cama coberta com uma manta imaculadamente branca; uma fotografia de morangos vermelhos e maduros na mesa de cabeceira; e o mais notável de tudo: um homem escandalosamente bonito com barba por fazer, selvagens olhos castanhos, tatuagem nos bíceps e um sorriso obsceno no rosto.

Como vou subir naquela cama com aquele homem? Olho de relance para o chuveiro e suspiro.

Uma garota tem que fazer o que precisa ser feito.

Pessoalmente, acho um pouco problemático os orgasmos com ducha manual, e nem sempre valem a pena. Você precisa encontrar o ângulo correto e depois se equilibrar em pé. Isso é estranho, não é? Se eu tivesse um chuveiro com dez velocidades, a história seria diferente. Mas este banheiro não tem um desses, e ainda que tivesse eu não deslizaria no meio das minhas pernas uma coisa que talvez tivesse sido usada por outras pessoas.

Eu me posiciono debaixo do jato de água e entro em ação à moda antiga, usando os bons e velhos dedos. Pode ser porque Theo está do outro lado da porta, logo ali no quarto, ou porque Theo é incrivelmente gostoso de uma maneira criminosamente bela. Seja qual for o motivo, meus dedos correm soltos. Para os lados, para cima, para baixo. Sinto um calor crescer em mim, se espalhar pela minha pele e vibrar por todo o corpo. Acelero os movimentos, cada vez mais depressa. Estou quase chegando lá. E então chego – e a viagem termina. Um gemido escapa dos meus lábios. Uma dor intensa pulsa entre as minhas pernas, e um ardor se alastra nas minhas coxas. Pressiono a testa no azulejo enquanto a água quente cai sobre as minhas costas.

Estremeço e mordo o lábio a fim de silenciar os sons que quero liberar, o nome que eu quero gemer em meio à água e ao vapor.

Quando o alívio desaparece, fico com a nítida impressão de que desejo o meu falso namorado mais do que deveria. Mais do que seria conveniente para mim. Termino o banho, desligo a água, enxugo-me e visto uma camiseta branca e um short de dormir, depois seco o cabelo com a toalha.

Abro a porta a tempo de ver Theo enfiar seu celular no bolso da calça jeans como se fosse o saque mais rápido do oeste. Até me pergunto o que ele está escondendo, mas acabo deixando para lá.

— Ele é todo seu. — Gesticulo pomposamente na direção do templo do prazer. Melhor dizendo, na direção do banheiro. Theo entra nele.

Enquanto entro debaixo das cobertas leves da cama, com a brisa de verão balançando as cortinas brancas na janela, começo a me sentir um pouco melhor. É um pequeno alívio.

Mas também me sinto um pouco safada.

Como quando você tem um sonho bem obsceno envolvendo um chefe e precisa ir trabalhar no dia seguinte.

Quando o "clique" da porta do banheiro sendo destravada alcança os meus ouvidos alguns minutos mais tarde, agarro o topo das cobertas. Theo sai do banheiro, e eu, em chamas, tento não olhar para ele. Cada centímetro da minha pele está lançando faíscas.

Ele aponta para o próprio peito.

— Você se importa se eu dormir sem camisa? Sinto calor à noite.

— Também sinto calor à noite — digo sem pensar, e no mesmo instante quero arrastar essas palavras de volta.

Os lábios dele se curvam para cima, e ele me olha com atenção, inclinando a cabeça.

— Você parece um pouco corada.

— É o calor das cobertas — respondo, abaixando-as até o meu estômago.

Theo aponta o queixo na minha direção.

— E você está com aquela expressão ardente nos olhos de novo. Como na noite em que nos conhecemos.

Pego o pequeno travesseiro decorativo azul atrás de mim e o atiro nele.

Ele apanha o travesseiro habilmente, com uma mão. E fica rindo.

— Não tem nada de errado com olhos ardentes. Principalmente quando são selvagens como os seus.

Theo joga o travesseiro de volta na minha direção. Levanto os braços e o agarro.

— Seus olhos também estão ardentes — digo.

Eu sei o que você é, mas o que eu sou?

Que vontade de gritar de desespero. Como eu pude acreditar que seria fácil lidar com um gato desses em termos comerciais?

Ele caminha pelo piso de madeira, e o assoalho range levemente.

— Você não se lembra? — Ele anda até a cama, inclina-se no colchão, planta as palmas das mãos nas cobertas brancas. — Seus olhos ardentes tornam você irresistível.

É isso: agora eu passei definitivamente para o estado líquido. Derreti e só restou uma poça de mulher. Meus disjuntores fritaram devido ao calor que assola a minha pele. Decido segurar firme no volante e me manter na pista.

— Eu pensei que você tivesse mais tatuagens. — Minha voz soa ofegante, e isso me irrita. — Seu peito está nu.

E o céu é azul.

A água é molhada.

O que mais eu posso dizer que seja completamente óbvio?

Ele olha para a região do próprio peito, e então volta a olhar para mim.

— Eu deixei essa parte vazia de propósito.

— Por quê?

— Porque assim eu teria uma tela em branco, caso quisesse uma. Talvez algum dia eu a preencha.

Theo ergue a coberta e entra sob ela. Nós somos duas toras. Tábuas que emolduram a borda de um quadrado. Ficamos deitados na cama, narizes apontando para cima, olhando para o teto.

O silêncio cai sobre nós. Não é um silêncio solidário. É um silêncio necessário. Mesmo assim, não consigo imaginar um mundo onde ele não saiba o que eu fiz no chuveiro.

— Boa noite, Theo — digo, e me viro para o outro lado.

— Boa noite, April.

Cinco minutos depois, porém, nós dois estamos agitados. Ele se apoia no cotovelo para erguer o corpo.

— April, quer que eu conte uma história antes de dormir?

CAPÍTULO 11

Theo

A VOZ DE APRIL É SUAVE.

— Você tem uma boa história para me contar? — ela pergunta.

— Você gosta de contos de fadas ou de histórias reais? — pergunto. A luz da lua banha o seu braço nu, dobrado sobre a coberta.

— Histórias reais.

— Como da primeira vez que nós ficamos numa pousada?

Posso sentir o sorriso dela. April se mexe na cama, fazendo os lençóis farfalharem. Ela se vira e olha para mim.

— Refresque a minha memória. Quando foi isso?

— Algumas semanas atrás. Nós fizemos uma viagem de carro. Você odeia a minha moto, então eu aluguei um carro.

— Eu não odeio a sua moto — ela protesta, porém sem convicção. Sei que ela odeia.

— Odeia sim, mas não faz mal. Foi por isso que eu aluguei um carro. Sei que você gosta de falar quando pegamos a estrada, e não pode fazer isso numa motocicleta.

— É, eu gosto mesmo de falar. — Uma risadinha brinca nos lábios dela.

— Nós devoramos balas Skittles e batatas Pringles, e paramos para jantar em um restaurante bem acolhedor. Conversamos o tempo todo. Mais tarde nos hospedamos numa pousada.

— Isso mesmo. Com quartos temáticos. No nosso, joaninhas eram o tema. Nossas colchas eram vermelhas com bolinhas pretas — April acrescenta.

Eu rio. Essa garota sabe improvisar.

— A cama era minúscula. Não era como essa cama *king-size* enorme — digo, passando a mão no espaço entre nós. Há tanto espaço... Uma sombra dança no pé da cama quando as cortinas oscilam com a brisa.

— Nós ficamos espremidos naquela caminha e eu acordei com um torcicolo terrível — ela diz, levantando uma mão que estava debaixo das cobertas para esfregar a nuca.

— Porque eu fui um completo folgado, ocupei todo o espaço. Você ficou encolhida num canto a noite inteira.

Ela levanta a mão para me dar um tapa.

— Você é tão mau!

Quando ela faz esse gesto, o lençol desce até a altura de sua cintura. A camiseta desliza para cima e eu fico paralisado. E saio do personagem.

— Você tem estrelas nos quadris.

Aponto para a constelação na pele dela. Uma espiral de cor azul meia-noite.

— Ah. — Ela olha para baixo, como se tivesse acabado de perceber a tatuagem no próprio corpo. — Sim, eu tenho.

Prendo a respiração enquanto contemplo a *tattoo*. Tenho a impressão de que ela escondeu isso de mim, como se fosse um segredo, mas não sei por quê. Tudo o que sei é que é linda. Uma tatuagem nunca me pareceu tão linda numa garota quanto essas cinco estrelas voando no corpo dela. Talvez seja pela localização do desenho. Não há nada mais sedutor do que o osso do quadril, e as promessas que se escondem tão perto dele.

Ou talvez seja a surpresa, já que eu não esperava ver a pele dela tatuada.

— Adorei essas estrelas — digo, e a minha voz soa rouca. Porque o que eu quero mesmo dizer é que eu gostaria de beijá-las. Que gostaria de tocá-las.

— Você disse isso aquela noite na pousada, mesmo já as tendo visto muitas vezes antes — ela diz brandamente, lembrando-me da história que estamos encenando.

— Eu digo muito isso, não é? Todas as vezes que vejo essas estrelas eu reajo como se fosse a primeira vez.

— Talvez seja por isso que você não para de olhar para elas.

— Eu faço mais do que apenas olhar para elas.

— O que mais você faz? — ela pergunta com delicadeza, e isso é um convite. Ela está me pedindo para jogar o jogo da fantasia do trem novamente. Eu devia recusar seguir por esse caminho, mas, em vez disso, eu cedo.

— Eu as beijo. — Minha voz é áspera. Minha resposta é simples.

April não diz nada, apenas move o quadril quase imperceptivelmente.

— Eu as lambo.

A respiração dela falha, mas permanece em silêncio, porque essa é a minha fantasia, eu só posso dizer pela reação da April que a fantasia é dela também. Movo o braço, deixo que meus dedos pairem sobre a região onde está a tatuagem de estrelas, e então corro o polegar sobre o desenho.

— Eu as toco.

Ela fecha os olhos, e o seu corpo estremece ligeiramente. É tão sexy e tão evidente que nós precisamos parar esse jogo.

Eu não posso permitir que nem a luz das estrelas do corpo de April, nem o brilho prateado da lua dançando na sua pele minem as minhas defesas. Essas defesas existem por uma razão. Nada importa mais do que a autoproteção. Puxo as cobertas e viro April para o lado dela, de costas para mim. Com as mãos eu amarroto e embolo a coberta branca, e enfio o tecido felpudo entre nós, para que eu não me sinta tentado a me aproximar mais. É uma barreira, e uma barreira necessária. Levo a mão ao pescoço dela, e a sua respiração falha mais uma vez quando eu toco em seu cabelo para afastá-lo.

— Não precisa ficar com o pescoço dolorido. Eu sou bom com as mãos.

April deixa escapar um leve gemido, e parece afundar mais no colchão enquanto eu lhe massageio delicadamente o pescoço. Pressiono o polegar na carne de April. Ela geme em sinal de aprovação, e eu prossigo com a massagem. Alguns minutos depois, ela sussurra o meu nome.

— Theo?

— Sim?

— Você excluiu um dos itens do seu menu à la carte.

Eu rio e recito o item:

— "Iniciar discussões provocativas e/ou incendiárias a respeito de política e de religião."

— Outras clientes suas também quiseram isso?

— Algumas vezes, mas quando sou contratado por uma pessoa que está realmente zangada com os pais, na maioria das vezes ela quer que eu seja um completo sem-noção. Certa vez uma garota que me contratou estava com tanta raiva do pai por trair a mãe, que me pediu para fazer uma cena daquelas, bem na mesa de jantar de Ação de Graças.

— Tipo, jogando o purê de batatas no chão?

— E a caçarola de vagens também — respondo, rindo.

— Você fez mesmo isso? — A curiosidade fica evidente no tom de voz dela, e ela vira de costas na cama, encarando-me.

— April, o pai dela era um babaca que traiu a esposa, mãe dela. Para que a minha cliente tivesse o gostinho da vingança, tudo o que eu tive que fazer foi derrubar uma caçarola.

— Hmmm.

— Isso incomoda você? Que eu tenha feito isso?

Fico ansioso à espera da resposta dela. Se o simples fato de eu ter deixado cair uma caçarola a perturbasse, nem posso imaginar o que ela pensaria se soubesse das outras merdas em que eu já me envolvi. Mas ela não vai saber, porque eu não vou contar.

Ela balança a cabeça numa negativa, e eu fico aliviado. É como tirar um peso dos ombros. Eu queria a absolvição dela para o meu ato com a caçarola.

— Não. Quero dizer, é estranho imaginar uma coisa dessas, mas só porque eu não consigo me ver querendo fazer isso para valer. Claro, uma parte de mim acha isso engraçado, divertido, e eu posso compreender o impulso de causar um estrago bem no meio de uma reunião de família. — Ela balança o braço para a frente e para trás, como uma garota cheia de atitude. — Mas mesmo que todo mundo fique metendo o nariz na minha vida, ainda assim eu não quero jogar uma caçarola de vagens no chão.

— Se servir de consolo, era uma porcaria de caçarola, e eu salvei todo mundo de ter que comer aquela droga.

Ela ri com suavidade; então o som da sua risada se esvai na noite. Ela vira para o lado de novo, e eu retomo a massagem em seu pescoço. Duvido muito que ela esteja com dor, mas eu gosto de tocá-la.

— Acho ótimo que você tenha encontrado diferentes maneiras de atuar. Eu mesma pintava o rosto de qualquer pessoa desde que ela quisesse. Você tem que fazer isso quando depende da sua criatividade para trabalhar, não acha?

— Sim — respondo, mas não é verdade. Eu gostaria que ela não estivesse tão fascinada com a minha "carreira". É a única situação em que eu não posso ser honesto com a April, mas preciso levar adiante a história.

— Nós temos de encontrar maneiras originais de exercitar os nossos músculos artísticos.

— Adoro essa analogia. E acredito nela.

Eu sei fazer cara de paisagem, mas fico muito feliz que ela não possa ver a minha nesse exato momento.

— Me desculpe por não ter conseguido a simpatia do seu pai — digo, mudando de assunto para encerrarmos a conversa sobre carreira. — Mas vou continuar trabalhando nisso. Seus pais são legais, mesmo que estejam tentando me odiar.

— Eles não te odeiam de verdade. Você acha estranho que eu goste tanto da minha família?

Engulo em seco, sem saber ao certo o que responder.

— Acontece que eu não sou nenhum especialista em família. Mas se isso é ser estranho, então é melhor ser assim.

April fica em silêncio por alguns segundos; então volta a falar, com cuidado.

— Os seus pais morreram em acidente de carro ou de avião?

Eu hesito e me retraio.

— Peço desculpas se isso é pessoal demais. Mas você disse que tinha 14 anos quando eles morreram. Deduzi que se foram juntos. Não quis parecer intrometida demais, mas não consigo deixar de pensar nisso. E espero que não seja desagradável para você ficar perto da minha grande família de malucos amanhã.

Deixo escapar um suspiro.

— Famílias são sempre complicadas e malucas. Está tudo bem, não se preocupe.

Ela faz um aceno positivo com a cabeça.

— Além do mais... — acrescento, engolindo em seco. — Você está certa. Foi um acidente de carro.

Fecho os olhos com força, sentindo um gosto amargo na boca, o gosto ácido da mentira.

Ela se vira, e passa a mão no meu braço. Não é sexual. É um gesto de conforto.

— Sinto muito, Theo.

— Eu também. — Desvio o olhar, pois não quero que April perceba que na verdade eu sinto muito por estar mentindo para ela. Algumas vezes a ficção é melhor que a realidade.

Ela solta o ar, longa e demoradamente.

— Obrigada por me contar.

Balbucio alguma coisa incoerente. Não sei o que dizer. E não tenho mais palavras para uma história. Já produzimos bastante faz de conta para uma noite, e não tenho mais disposição para prosseguir com isso no momento. Resolvo recorrer ao meu falso francês.

— Mademoiselle, me dêch terrminárr a sua mah-sáj.

Ela se deita de costas.

— Agora me permita massagear os seus ombros, *s'il vous plaît* — eu continuo.

— *Merci, monsieur.* — Ela ri baixinho.

— *De rien* — digo, com um sotaque que a faz rir mais. — Estou aqui apenas para servi-la.

— Pois o serviço está *très bien*.

— *Oh là là*. Vejo que você sabe falar francês também.

— *Un peu*.

— Muito bem, muito bem. Então nós teremos baguetes e *croissants* e vamos beber café — disparo ao acaso, brincando de afrancesar as coisas enquanto massageio os ombros da April, e ela rapidamente cai no sono.

Interrompo a massagem, deito-me de costas e procuro recordar os meus dias de profissional do sono. Essas habilidades me ajudam a adormecer rápido e a manter as mãos longe de problemas. De qualquer maneira, a barreira de cobertas entre nós deve me manter afastado dela.

Pela manhã me dou conta de que dormi como uma pedra, o tipo de sono sem sonhos, que é o meu preferido. Acordo piscando sob a luz forte do sol que entra pelas cortinas abertas. April está de pé perto da cama, vestindo short jeans e segurando uma caneca de cerâmica com o desenho de uma grande baleia azul lançando água por seu orifício respiratório. A legenda? BRISA DA MANHÃ.

Dou um rápido aceno para ela, e um bom-dia com voz rouca.

— Que tema legal — comento.

— Eu gosto das manhãs — ela diz com descontração e com um sorriso radiante. Sob a luz brilhante do sol, suas sardas ficam mais evidentes.

— Eu gosto da manhã... ãã... — minha voz vai sumindo e eu não concluo a frase.

Ela joga a cabeça para trás e ri com vontade.

— É, Theo, eu aposto que você gosta.

Encaixo as minhas mãos atrás da cabeça, que ainda está encostada no travesseiro.

— April, eu tenho a impressão de que você quer comunicar algo que não tem nada a ver com brisas nem com manhãs.

Ela faz que sim com a cabeça, e exibe um sorriso largo.

— Este é o primeiro dia que vamos passar com a minha família, e acredito que seja um bom momento para lhe dizer que os Hamiltons não fazem reuniões de família regularmente.

— Não fazem? — Arqueio as sobrancelhas, e ela me entrega a caneca de café fumegante. Eu me sento na cama e tomo um gole do líquido vital para a existência humana.

April balança a cabeça.

— Digamos que eles sejam um pouco diferentes — ela comenta.

— Espere aí. Você não está me contando tudo. Em que sentido eles são diferentes?

Ela respira fundo.

— Tome um banho, venha tomar o café da manhã comigo, e você vai saber o que nós fazemos nos pronunciamentos da manhã.

Bem, acho que não sou o único que tem segredos a esconder.

CAPÍTULO 12

April

O SEGUNDO DIA

HÁ UM ANO EU NAMOREI O LANDON, UM HOMEM QUE ME DISSE QUE ERA divorciado. Nós ficamos juntos por três meses, e durante esse tempo ele me enrolou com uma tremenda mentira. Ou talvez eu que tenha sido tremendamente crédula.

Landon era um sujeito ocupado, um desses tipos criativos que trabalham com negócios ligados à televisão, e eu o conheci quando trabalhei na promoção de um novo programa de viagens internacionais. Ele visitou a sessão de fotografias e checou as bandeiras dos Estados Unidos, do Reino Unido e da Austrália que eu havia pintado nos modelos para a promoção. Nos demos bem de cara, e ele me convidou para sair. Landon me levou a restaurantes fantásticos, e nossos encontros na cidade eram maravilhosos – encontros feitos sob medida para mim. Íamos a exposições de arte, andávamos de mãos dadas, e sempre me levava até um canto sossegado para me beijar até me deixar sem fôlego, fazendo a minha cabeça girar e o meu corpo vibrar de desejo por ele. Então ele me levava para o seu apartamento no Upper East Side, o apartamento de homem mais imaculadamente limpo e decorado que eu já havia visto.

— Parece um apartamento de *showroom* — comentei quando conheci o lugar.

— Acabei de me mudar para cá, e gosto de manter minha casa em ordem — ele respondeu, dando uma risadinha, então me pôs em cima da bancada da cozinha, e nós a sujamos um pouco.

Ele jamais me pedia para passar a noite no apartamento dele e também não dormia no meu. "Eu me sinto terrível por isso, mas tenho sono leve demais", ele alegou. "O ruído que o vizinho faz quando chega em casa e destranca a porta já é o bastante para me acordar, por isso preciso usar máscara para os olhos e tampões de ouvido para dormir. Eu fico melhor quando durmo sozinho."

Todos têm suas manias, mas eu podia viver sem ter que dormir de conchinha com um homem mascarado todas as noites, então não forcei a barra.

Landon até chegou a conhecer os meus amigos. Xavier, eu e Claire saímos para beber com ele. Uma semana mais tarde, Xavier o avistou num restaurante em Murray Hill com uma morena; então ele se esgueirou até a cabine logo atrás da de Landon e conseguiu gravar a conversa entre Landon e... *sua esposa.*

Era uma conversa sobre a hipoteca deles, a conta de água, e umas roupas dele que ela iria pegar na lavanderia.

Fiquei chocada e magoada, mas, principalmente, louca de ódio. Mantive o nosso encontro marcado para a noite seguinte, e depois de comermos camarão eu mencionei casualmente o que havia descoberto e lhe mostrei a fotografia. Landon tentou escapar minimizando a gravidade da situação, dizendo-me que o seu divórcio ainda não estava concluído. Então mostrei a gravação a ele.

— *Querida, eu preciso da camisa xadrez rosa para usar naquela minha reunião em L.A. ainda essa semana. Você pode apanhá-la pra mim?*

Ele passou a língua nos lábios, e uma expressão de desamparo surgiu em seu rosto; mas não era à toa que ele havia se tornado um hábil mentiroso.

— April, nós ainda ajudamos um ao outro. Acontece que ela mora perto da lavanderia.

— Ah, claro. Com certeza não existe nenhuma lavanderia perto da sua casa. — Dou um tapa na minha testa. — Ah, espere... Não é a sua nova casa. É o cafofo que você usa para trair a sua esposa.

— Vamos conversar. Eu juro que não estou mais com ela, April.

— Ah, é? — Eu me levantei e plantei as duas mãos na mesa, e pode acreditar, me senti como uma daquelas garotas dos filmes quando disparei: — Muito menos comigo. — Dei meia-volta, mas em seguida parei, olhei para trás sem me virar, mexi no cabelo e disse: — A propósito, a camisa xadrez rosa é horrível.

Saí andando como se tivesse três metros de altura e calçando meus sapatos pretos de salto agulha.

Porém, mais tarde naquela noite quando estava sozinha em casa, a minha ficha caiu e eu tive que encarar a dura realidade. Posso ter dado a última palavra, e em grande estilo, de modo triunfante, mas também fui a tonta que acreditou nele, que transou com ele e que pensou estar apaixonada.

Para piorar ainda mais, arrisquei algo importante para mim.

Meu trabalho.

Tudo bem. Eu não sabia que o Landon ainda era casado quando o conheci durante uma sessão de fotos. Mas e se eu tivesse dito a alguém do trabalho que nós estávamos saindo juntos? E se eu estivesse bebendo com amigos ligados ao trabalho e dissesse que estava envolvida com ele? Então eu seria tachada de destruidora de lares, o que não soaria nada bem para uma mulher em busca de crescimento na carreira.

Foi a mais pura e incrível sorte que o nome dele nunca tenha surgido no meu círculo de trabalho. Escapei tal qual o Indiana Jones agachando-se para pegar seu chapéu no instante em que seria atingido por uma rocha. Escapei ilesa, e fui obrigada a aprender uma lição.

Mas qual foi a lição? Como eu poderia saber que o Landon estava mentindo? Talvez seu apartamento impecavelmente arrumado fosse uma boa dica, mas eu já havia namorado homens sistemáticos antes. Talvez eu devesse ter suspeitado daquele papo de "sono leve demais", mas todo mundo tem suas idiossincrasias.

No final das contas, eu me eximi de qualquer culpa, porque a verdade era simples: Landon era um excelente mentiroso. Para me proteger, a minha única alternativa era evitar *todos* os Landons e, por extensão, todos os homens.

No meu campo de atuação, talento é muito bom e importante, mas ninguém quer contratar uma prestadora de serviços que tem fama de fincar suas garras em homens casados.

Eu tive de proteger a minha reputação, e fiz uma escolha. Encerrar as atividades românticas por algum tempo, até que eu conseguisse aperfeiçoar o meu radar para pilantras, a fim de separar o joio do trigo.

Landon é uma das razões pelas quais a minha família quer encontrar um homem para mim. Minha mãe, minha irmã e minha tia acreditam que os Landons do mundo são produtos de aplicativos de encontro *on-line*, como o Tinder, por exemplo. É por isso que me enviam e-mails e mensagens, e elaboram seus planos para me aproximar de homens de Wistful. Elas querem me salvar dos homens da internet, e querem também me trazer de volta para casa.

* * *

Enquanto Theo está no banho, saio do quarto e vou dar uma volta pelo lugar. Então, tia Jeanie me encontra e executa a primeira cilada.

Ela é furtiva como um gato. Estou ajoelhada nos jardins dos fundos da Sunnyside, juntando ramos de alfazema para a mesa, e de súbito a voz dela penetra nos meus ouvidos.

— Aí está você!

Eu me endireito e fico de pé, com as flores na mão.

— Oi, tia Jeanie.

Jeanie, a irmã do meu pai, é ágil e atlética, e está pronta para a ação com sua calça de ioga e top esportivo justo cor de framboesa. O cabelo castanho curto está cuidadosamente preso atrás das orelhas, e alguns fios grisalhos escapam para os lados. Ela é alguns anos mais nova que o meu pai. Uma mulher incrivelmente atlética de 60 anos. Tia Jeanie me dá um abraço caloroso.

— É tão bom te ver. Por que você não vem para cá mais vezes?

— Eu tento vir umas duas vezes por ano.

Quando interrompemos o abraço e nos separamos, ela balança a mão no ar num gesto de desdém.

— Querida, a última vez que você veio foi no Natal, e isso está longe de ser o suficiente. Bem... — Tia Jeanie abaixa a voz. — *Você também poderia morar aqui, você sabe* — ela diz num sussurro abafado.

Exibo um sorriso produzido especificamente para apaziguar.

— Eu sei, tia, mas a maior parte do trabalho está em Nova York.

— Pfff. Nós estamos a apenas um trem de distância. Você pode trabalhar aqui.

Não, não posso.

Contorno o debate "cidade grande versus cidade pequena".

— Como estão a Gretchen e a Fredericka? Ainda são as suas melhores funcionárias?

Jeanie leva a mão ao coração e suspira com satisfação.

— Essas meninas só me dão orgulho.

— Nós vamos apreciar alguma das criações delas esta manhã?

— Claro. O seu pai fez ovos mexidos fantásticos, graças às minhas supergarotas!

Tia Jeanie e o marido, Greg, administram uma granja orgânica, do tipo que deixa acres de espaço disponível para as galinhas ficarem soltas e colocarem quantos ovos quiserem. Os ovos da tia Jeanie são transportados para vários mercados locais, para diversos supermercados da região, e para quase todos os restaurantes que trabalham diretamente com os produtores num raio de cento e cinquenta quilômetros.

Meu estômago ronca. Dou uns tapinhas nele com a minha mão livre.

— Algo me diz que estou pronta para algumas das produções da Gretchen e da Fredericka.

— Querida...

Essa é uma palavra simples, mas carregada de significado. Quer dizer *"temos que conversar"*. Quer dizer *"preciso discutir um assunto importante com você"*.

— Sim?

— Eu lhe mandei um e-mail há alguns dias e não recebi nenhuma resposta. — Então ela abaixa o tom de voz e começa a usar aquele sussurro abafado de novo, como se estivesse me contando um segredo escandaloso. — Sobre o homem que eu quero que você conheça.

— Eu estava abarrotada de trabalho e me esqueci de responder — digo enquanto atravessamos a grama macia até a varanda dos fundos da pousada.

Ela me dá uns tapinhas nas costas.

— Você deve estar mesmo terrivelmente ocupada, morando em Manhattan e fazendo maquiagem para ganhar a vida. Deve ser uma loucura.

— Eu pinto — digo, corrigindo-a.

Ela faz que sim com a cabeça.

— Certo. Pintura. Então, eu tomei a liberdade de marcar um encontro entre você e o Linus, um café da manhã.

— Quê? — Eu a encaro com os olhos arregalados, paralisada.

— Ele é tão doce — Jeanie diz, e o tom de sua voz aumenta. — Linus é um homem adorável e tem uma empresa sólida e estável. Eu e Greg o conhecemos, e podemos afirmar que Linus é bom, gentil e inteligente — ela elogia, falando também em nome do marido, já que sempre fala por ele. Eu não ouvi o tio Greg dizer mais do que uma ou duas palavras durante toda a minha vida; mas quem sou eu para julgar? Talvez isso funcione para eles. — April, você pode me dizer honestamente que conheceu uma pessoa assim na cidade?

Ela diz "cidade" como se fosse a capital distante de *Jogos Vorazes*, uma estranha e esnobe terra desconhecida, cheia de cães mutantes e mulheres de cabelo azul em sapatos de salto alto e ponta fina sem outro propósito na vida a não ser parecerem belas. Lá, eu passo os meus dias indo de um lado para outro em bondes elegantes que trafegam com eficiência sobre uma metrópole mecanizada.

— Existem bons homens na cidade — insisto em dizer.

— Mesmo? — Ela arqueia as sobrancelhas.

— Sim. Na verdade... — Estou prestes a mencionar o Theo quando Jeanie me interrompe.

— April, se não me falha a memória o seu último namorado foi um grande nojento. Lembra-se do que você nos contou no Natal?

Eu fecho a cara, pois não gosto muito de pensar nesse assunto.

— Eu tentei apagar aquela noite do meu cérebro.

A lembrança das minhas gemadas natalinas com grande teor alcoólico na véspera de Natal retorna para me assombrar. Foi quando eu despejei, para quem quisesse ouvir, todos os detalhes sórdidos sobre o homem casado pelo qual eu havia me apaixonado. Suspeito que foi nessa mesma ocasião que as mulheres Hamilton resolveram se unir e bolar uma estratégia de ação, desenvolvendo um plano para que eu conhecesse um homem de Wistful e começasse um relacionamento com ele. Elas acreditam que assim vão resolver dois problemas de uma só vez.

O olhar arrogante de Jeanie não me intimida, e eu a encaro.

— Landon foi um erro, tia. Mas isso não significa que todos os homens são como ele. Theo não é — digo, sentindo a necessidade de defender o meu falso namorado. Um sujeito como o Landon teria que nascer de novo para conseguir chegar aos pés de um cara como o Theo.

Ela me lança um olhar de descrença, ignorando a menção do meu acompanhante, e logo começa a apresentar seu próximo argumento.

— É muito melhor se envolver com alguém que as pessoas conhecem. Você não gostaria de saber que um homem vem de uma família boa, que ele é realmente solteiro e que não está tentando te fazer de boba?

— Claro que gostaria, tia Jeanie — respondo no momento em que alcançamos os degraus da parte dos fundos da pousada. Os Hamiltons são os únicos presentes no local nos próximos quatro dias. Minha mãe não aluga os quartos na Sunnyside durante a reunião para que possamos ter a pousada inteira só para nós; desse modo os meus pais não precisam receber um monte de gente em casa, que fica a um quilômetro de distância. — E eu tenho certeza de que o Linus é adorável. Mas não estou interessada em encontros arranjados.

A decepção toma conta do rosto dela.

— Mas ele é tão perfeito, e você voltaria para perto da gente. Me dê uma boa razão para recusá-lo, é só o que lhe peço.

— Eu vou lhe dar três boas razões: eu não moro aqui, e não pretendo manter um relacionamento a longa distância. Não quero falar sobre taxas de hipoteca. E em terceiro...

— Ela está comprometida.

Essa voz se espalha pelo meu corpo de cima a baixo. Isso é posse. É a voz do dono.

Theo entra na varanda. As extremidades do cabelo ainda estão molhadas devido ao banho, sua pele tem um cheiro bom e é um verdadeiro convite à língua. Há um brilho sombrio e intenso em seus olhos castanhos. Ele passa um braço em volta da minha cintura, e me puxa com firmeza para bem junto dele; então me dá um beijo na boca.

Estrelas.

Eu vejo estrelas.

O mundo desaparece quando os lábios dele pousam nos meus, num beijo suave e gentil que não chega a durar mais do que dois segundos.

Ele o termina tão ternamente quanto começou, e eu sinto vontade de levar os dedos aos lábios para reativar o beijo, para imprimi-lo na memória. Estou tonta e confusa, mas Theo mantém o aperto firme na minha cintura; então ele se volta para a minha tia e lhe estende a outra mão.

— Meu nome é Theo. Prazer em conhecê-la. Não tenho dúvida de que o Linus é um ótimo sujeito, mas eu pretendo ter April só para mim e não vou abrir mão dela. Espero que entenda.

Ele exibe para Jeanie aquele seu sorriso tão delicioso.

Minha tia sorri em retribuição. Em seguida sua expressão se torna séria.

— Seja bom com a nossa menina. Nada de armações.

Se ela tivesse ideia da armação que nós estamos colocando em prática...

Diferente do que aconteceu com o Landon, porém, eu tenho controle sobre a situação e já sei aonde isso vai dar. Dessa vez ninguém está me enganando.

CAPÍTULO 13

Theo

OS OVOS VÊM DA GRANJA ORGÂNICA DA TIA JEANIE, QUE FICA A DUAS cidades de distância. São deliciosos, macios e leves. Os biscoitos do café da manhã são cortesia da Tess e do seu marido, Cory. Eles são donos da padaria local. A geleia de damasco – que, aliás, também é criação dos dois – que eu passei nos meus biscoitos tem um equilíbrio perfeito entre o doce e o azedo.

A porcelana branca com gravuras de ramos azuis provém da loja de antiguidades e relíquias pertencente a Katie, prima da April. Katie, que tem um belo cabelo castanho-avermelhado, é filha de Jeanie. O marido dela está na guarda costeira, e foi designado para uma missão.

Sentado ao meu lado, Mitch, o irmão da April, está falando sobre esportes, e comenta como os Yankees – seu time dos sonhos – arrasaram nessa temporada. Pelo que estou percebendo, ele é um desses caras que só falam de esportes, e parece que também os pratica. Ele tem braços de Popeye e um nariz meio desalinhado, que provavelmente foi quebrado mais de uma vez. Tem duas filhas; a mais velha, aliás, acaba de pedir desculpa por derrubar uma xícara de café. A mais nova, Emma, de cabelo encaracolado, espeta os seus mirtilos com as pontas do garfo e joga conversa fora com Jeanie a respeito de ovos. Suspeito que a Emma sabe como as coisas funcionam. O que dizer, o que fazer, como lidar com os adultos na família.

Eu ainda não consegui descobrir o que torna essa reunião tão incomum. Até aqui me parece uma reunião cem por cento normal. Estou me sentindo deslocado. Penso que vou acabar arranjando uma confusão, mas isso não acontece. Descobri que a Tess me acha fofo. Descobri também que a prima Katie pode ser bem malandrinha: ela disse que via as minhas tatuagens e se lembrava do herói de um romance que a mantinha acordada a noite inteira. Ah, e a tia Jeanie finalmente parou de pegar no pé da April, graças a mim.

Eu jamais havia feito isso antes – beijar uma cliente nos lábios. Na verdade, é absolutamente desnecessário beijar num namoro falso. Ficar de mãos dadas, passar o braço por cima dos ombros, dar abraços possessivos, dar beijos carinhosos no rosto, ou até dançar agarrado – eu fiz tudo isso, mas nunca cruzei a "linha dos lábios".

Não posso dizer que me arrependo de ter quebrado a minha regra. No momento em que escutei, por acaso, a parte final da conversa da April com sua tia, percebi duas coisas: uma, April podia lidar com a questão por conta própria. Duas, eu tinha a chance perfeita para reivindicar os meus direitos, e de fazer o trabalho para o qual havia sido contratado.

Tudo bem, havia também uma terceira coisa. Eu queria saber qual era o gosto dos lábios dela. A resposta? Era parecido com laranjas e luz do sol.

Fico dizendo insistentemente a mim mesmo para não repetir aquele beijo de dois segundos enquanto estamos comendo. Só serviria para me deixar excitado. E não seria nada bom ficar numa condição dessas no meio de toda a família dela.

Além do mais, o beijo foi rápido. Praticamente casto. Por que diabos eu me excito quando penso nele de novo? Talvez por ter dormido com ela, por ter visto aquelas estrelas no quadril dela, por ter tocado seu pescoço, e aquela pele macia e sedosa. Talvez porque tenhamos tido fantasias a respeito da nossa vida sexual, e pela primeira vez eu tenha desejado que a vida imitasse a arte.

— Que camisa legal. Onde foi que você a comprou?

Quem me fez essa pergunta foi o marido da Tess, um cara moreno, meio calvo, que parece estar tentando cultivar um cavanhaque. Minha camiseta é cinza-pálido e tem uma ilustração de cadeira de escritório, junto com as seguintes palavras gravadas em letras grandes: A MELHOR COISA NO MEU TRABALHO É QUE A CADEIRA GIRA.

— Numa loja no Brooklyn. Num daqueles lugares que vendem agendas clássicas Moleskine, LPS e camisetas para gente descolada — respondo, pois parece ser o tipo de coisa que ele quer ouvir. Caras casados que moram no subúrbio têm um fascínio infinito pela vida dos solteiros da cidade. Além disso, o que eu contei é a mais pura verdade.

— É demais! Adorei. Quero uma — ele diz enquanto põe um bebê no ombro.

— Hein? — Tess faz uma careta de desaprovação enquanto estica seu rabo de cavalo loiro-escuro. — Você trabalha numa padaria. Não tem uma cadeira que gira. Aliás, nem mesmo uma cadeira você tem.

— Eu também não tenho, mas gosto da camisa mesmo assim — comento.

— Viu? Ele pode ter uma — Cory diz, e então solta um vigoroso bocejo.

É exatamente disso que estou falando. Os casados querem o que os solteiros têm, mesmo que sejam apenas roupas velhas. A julgar pelas olheiras dele e pelo tom de voz, esse cara deve estar na debilitada condição de casado.

— Certo. Vou arranjar uma pra você — Tess diz, mas isso não soa amoroso nem carinhoso. Está mais para resignado. De repente, do nada, um bebê de cabelo loiro encaracolado pula de debaixo da mesa direto para o colo dela. A criança bate com a mãozinha no rosto da mãe.

— Oi, mamãe.

— Diga oi com as palavras, não com as mãos — Tess adverte.

Ele a estapeia mais uma vez.

Tess suspira e olha para o marido com exasperação.

Cory fala com o filho num tom de voz doce, porém educativo.

— Davey, o que foi que conversamos sobre tapas no rosto?

Enquanto Davey responde, fico tentado a tirar a minha camisa e dá-la para o Cory. Parece que o cara precisa de um estímulo.

Um gato gordo de pelo alaranjado, chamado Mo, está deitado em uma poltrona de couro gasto na sala de estar próximo à sala de jantar. Ele olha para mim com seus grandes olhos verdes. Sem piscar. Na parede, um relógio de gato branco e preto faz tique-taque e pisca, tique-taque e pisca.

— Posso trazer mais alguma coisa para você comer? — a mãe da April me pergunta.

Abaixo o meu garfo. Já limpei o prato.

— Não, obrigado. Já comi o suficiente e não poderia ter sido melhor.

Eu não me lembro da última vez que alguém preparou um café da manhã para mim. Ah, espere um pouco – lembro, sim. Foi Richelle, a pesquisadora de mercado, que me serviu panquecas na manhã em que me disse que queria que eu fosse morar com ela. A oferta era tentadora, considerando que ela tinha um apartamento de dois quartos no Village. Ela era bem rica, e seu *closet* abarrotado de Vuitton e Louboutin era como um letreiro luminoso anunciando o tamanho da sua conta bancária. Mas não fiquei com ela por causa do dinheiro. No início nem tinha ideia de que ela era rica. Eu me envolvi com Richelle depois que ela me contratou como "profissional do sono" e ficou impressionada com os meus relatórios a respeito das camas, e adorava o toque de humor que eu incluía nos meus relatórios. Então ela quis que eu lhe mostrasse quais eram as minhas maneiras favoritas de usar uma cama. Acontece que eram as favoritas dela também.

Nos tornamos íntimos o suficiente para que eu decidisse compartilhar com Richelle coisas que eu raramente compartilhava com outras pessoas. Coisas que não contava a ninguém. Grande erro. Alguns dias depois, ela cancelou a oferta para morar com ela, junto com todas as ofertas de trabalho que me havia feito. Ela me chutou porta afora sem nem me dar um beijo de adeus.

Depois disso ficou bem mais difícil abrir o meu coração para outra pessoa.

Eu não sinto saudade dela. Ela não demorou muito para mostrar quem realmente era. Mas ainda sinto saudade das panquecas, não vou negar. Eram uma delícia, especialmente com melaço e mirtilos.

Antes de Richelle, café da manhã era uma simples droga de refeição qualquer que eu mesmo fazia. Minha tia não nos preparava café da manhã quando morávamos com ela. Contudo, ela era perfeitamente capaz de deixar uma caixa de cereais na bancada da cozinha para mim e para Heath. Mas o leite era outra história... Tínhamos que nos virar para conseguir.

Não podíamos culpá-la. Ela foi apanhada de surpresa e obrigada a lidar com uma situação que jamais quis quando fomos enviados para morar com ela – dois adolescentes perdidos e problemáticos, inesperadamente órfãos. Meu irmão e eu descobrimos o que precisávamos fazer para sobreviver por nossa própria conta.

Quando terminamos de comer, e depois de eu ajudar a Pamela a lavar os pratos – porque o convidado mais novo *tem que* ajudar a lavar os pratos – voltamos a nos sentar.

— Está na hora — April sussurra, com malícia.

— Que bom. Porque eu estou morrendo de vontade de conhecer o segredinho de vocês.

— É escandaloso demais! — Ela ri, jogando a cabeça para trás.

— Eu vou ficar chocado, não é?

— Completamente.

— Então, ainda bem que você não me deu muitas informações a respeito.

Ela pousa a mão no meu braço.

— Quando se trata de aprender sobre a minha família, é melhor receber o impacto todo de uma só vez.

Ela nem faz ideia.

O pai da April se levanta, pega um sinete da mesa e o toca. O som é alto, bem alto.

Ele é construtor de barcos e trabalha sob o sol. Mas sua pele não parece ser do tipo "casca de árvore", por isso eu posso apostar que a sua mulher cuidou para que ele não ficasse sem o melhor protetor solar nem um dia na vida. Pamela toma conta dele. Sei disso porque percebo que ela olha para o marido com adoração. Meu pai olhava dessa maneira para a minha mãe, há muito tempo.

Um nó tem a audácia de se formar na minha garganta, e eu engulo com dificuldade, olhando para o relógio em forma de gato com um rabo que balança mecanicamente de um lado para outro; e fico olhando até a sensação desaparecer.

— Tudo bem com você? — April pergunta, sussurrando.

Garota observadora.

— Está tudo perfeito — respondo, também num sussurro, então a beijo novamente no rosto, de leve.

É um beijo inocente, como aquele que lhe dei na noite passada na estação de trem. Beijar no rosto não é proibido. Porém suas pálpebras estremecem, e eu detecto ligeiramente o perfume do *shampoo* dela. É extremamente sexy, e cheira a framboesa. Jesus Cristo, eu quero beijá-la de novo. Quero afastar o cabelo dela do pescoço e descobrir que gosto tem a sua delicada pele nessa região. Quero percorrer com o nariz todos os fios loiros e encaracolados dela. Um gemido tênue escapou de seus lábios quando a beijei na varanda, e agora sou invadido pela enorme curiosidade de saber que sons ela faria se eu a beijasse com intensidade, com entrega, demoradamente.

Abro o guardanapo em cima do meu colo.

As conversas perdem força e por fim param, e todos os olhos se voltam para o patriarca.

— Bem-vindos e tenham um bom dia todos vocês, Hamiltons, parentes dos Hamiltons ou amigos dos Hamiltons, sejam de que idade forem — ele diz, mas não olha para mim, e sinto que vou precisar de algum tempo para conquistá-lo. — Eu não poderia estar mais contente por recebê-los para a Reunião da Família Hamilton. Agradeço que tenham viajado até Wistful, e quero informá-los que este ano, mais do que em qualquer outro ano, eu quero levar *isso* para casa.

Ele se volta para a sua cadeira na cabeceira da mesa, pega uma coisa quadrada e prateada que está no assento e a segura no alto, sobre a cabeça. Olho para a moldura nas mãos dele. A imagem de dentro é um troféu, só que no topo dele há um barco de madeira.

— Vamos fazer isso, Josh! Sei que nós podemos! — diz a tia Jeanie, com um punho balançando no alto e uma vibração festiva. Seu marido, Greg, um sujeito magro com um bigode grisalho e calado, imita-a levantando o punho e socando o ar.

Josh sorri, mas é um sorriso triste.

— Espero que sim. Faz oito anos que buscamos conquistar o troféu. Oito longos e devastadores anos vendo o meu melhor amigo e parceiro nos negócios me derrotar nos Jogos Quadrienais de Verão dos Hamiltons e dos Moores.

Era só o que me faltava. Não é mesmo uma reunião comum, é um evento de competição. Não são apenas piqueniques e churrascos. São jogos, disputas, concursos.

April se inclina na minha direção.

— Bob Moore é o melhor amigo do meu pai — ela sussurra. — Ele mora nessa rua, e administra a empresa junto com o papai.

— É mesmo muito útil saber desses detalhes agora. — eu a provoco.

Ela dá de ombros e me olha com um sorriso maroto no rosto.

A voz do pai dela ecoa por todo o ambiente.

— E este ano, eu sei que nós podemos fazer isso. Milho no buraco, frisbee, competição de comer melancia, caça ao tesouro, e até *Lixo no tronco*.

Olho para a April com cara de quem não entendeu, e ela sorri.

— Esse jogo é o mais recente, e é muito engraçado — ela sussurra, mas não consigo obter mais informações, porque o pai dela retoma o discurso.

— Nós teremos muitos outros jogos e eventos, e nos próximos dias eu peço que vocês fiquem do meu lado para que eu possa sair de cena como vencedor. Como muitos de vocês sabem, eu, com os meus maravilhosos 62 anos, vou me aposentar este ano da *Barcos Hamilton e Moore*, e eu gostaria muito de me aposentar por cima, em grande estilo. Bob Moore é o meu melhor amigo e sócio nos negócios, mas a cada quatro anos ele é o inimigo a ser vencido. E nós precisamos derrotá-lo.

Ele estica o braço para o alto, e todos o aclamam e batem palmas.

April junta as mãos em concha ao redor da boca e brada:
— Vamos, Hamiltons!
— Golaço! — Mitch grita para não destoar dos outros.
Pamela também dá o seu recado:
— Vamos mostrar a ele quem é que manda!
— Isso! Isso! — grita a prima Katie, pois ela parece ter herdado um pouco do espírito da mãe. Ou talvez porque ainda não tenha sofrido o desgaste de ter que lidar com filhos, como a irmã de April e o marido.

Porque todo o apoio que Cory consegue expressar é um "Isso!" sem muita energia enquanto oferece um pedaço de torrada ao Davey, que a afasta com as mãos. Tess agora está dando de mamar ao bebê, e os olhos estão quase se fechando.

Eu estou falando dos olhos de Tess. É óbvio que não estou olhando com tanta atenção para o bebê enquanto ele está grudado no seio da irmã da April.

Observar a família da April é como acompanhar o funcionamento de uma máquina que executa uma tarefa fácil da maneira mais complicada possível. Você não consegue tirar os olhos porque é fascinante. Se os Hamilton fizessem alguma ideia de que na minha família, as reuniões incluíam sessões para criar estratégias que nos ajudassem a evitar a irmã da minha mãe, que era viciada em opioides e tentava convencer outros membros da família a conseguirem receitas com os seus médicos.

— Eu tenho a mais completa fé nos Hamilton. — Josh faz silêncio e coça o queixo. Seus olhos castanhos brilham com malícia. — Afinal, não podemos nos esquecer dos feitos que realizamos ao longo dos anos. — Ele aponta solenemente na direção de April, com uma expressão orgulhosa no rosto. — Dezesseis anos atrás, a minha filha mais nova tornou possível a vitória dos Hamiltons com a sua impressionante habilidade de comer melancia e um pote inteiro de sorvete em menos de quatro minutos.

Não consigo evitar uma careta de espanto, e sussurro bem baixinho para April:

— O que mais está escondendo de mim?

Ela me cutuca com o cotovelo.

O pai dela então aponta para Mitch.

— E o meu filho nos levou à vitória no jogo de Milho no Buraco há doze anos. Talvez ele consiga fazer isso de novo.

— É isso aí! Vamos!

Josh Hamilton cita mais vitórias obtidas ao longo dos anos, dando a cada vencedor os devidos créditos.

— Aqueles de vocês que estão se juntando a nós pela primeira vez devem estar se perguntando *por que* nós fazemos isso. — Ele se vira para mim e me encara. — A resposta? Pra gente poder se gabar, é claro.

Todos nós caímos na risada.

— E é claro que vai ser maravilhoso ganhar o troféu e esfregar na cara do Bob, e rir muito dele. Mas isso não é tudo, há mais em jogo. A família vencedora receberá cinco mil dólares da família que perder, para doar para a sua instituição de caridade preferida. Acho que todos nós concordamos que esse é o maior prêmio de todos.

— Sem sombra de dúvida — Pamela diz, e nesse momento eu pego a minha xícara de café e tomo um gole. — Tenho uma lista de causas nobres em favor das quais pretendo doar, e já pesquisei cada uma das instituições para saber se são idôneas.

É evidente que ela já fez isso.

— Mas eu quero muito ganhar o prêmio esse ano, muito mesmo, por isso decidi aumentar as apostas — Josh diz. — Se nós ganharmos, vou oferecer um prêmio adicional, em dinheiro, de cinco mil dólares para o maior vencedor, aquele que conquistar mais pontos e vitórias individuais para liderar sua equipe.

A minha xícara de café quase escorrega da mão. Eu me endireito na cadeira. E redobro a atenção para não perder o menor detalhe do que está sendo dito.

Cory deixa cair o garfo. Seus olhos parecem discos de pizza de tão arregalados.

— Shhh — Tess diz a ele, lançando-lhe um olhar de advertência.

— Mas é muito dinheiro, querida — Cory diz, falando com a mão na frente da boca. — Podemos usar isso para o fundo universitário.

— O bebê só irá para a faculdade daqui a dezoito anos, e Davey daqui a dezesseis. Nós temos o suficiente.

Ele bufa e volta a prestar atenção em Josh, e eu sinto vontade de me levantar e dizer ao Cory: "Cara, eu entendo. Acredite em mim, entendo perfeitamente".

Josh estende os braços e os agita no ar.

— Este ano, quando os Moores aparecerem na outra metade da minha querida e inestimável pousada, em alguns minutos, que entrem com espírito de companheirismo, mas também tremendo de medo, porque nós vamos chutar umas bundas nesses jogos de verão.

A turma toda vai ao delírio.

Continuo sentado no meu lugar, boquiaberto, estupefato e assombrado pelo fato de que agora há na mesa um dinheiro que não estava lá antes. Enquanto a família se espalha pela cozinha, pelo quintal e pela sala de estar, eu chamo April para conversarmos à parte.

— Você estava certa. Essa reunião de família é mesmo um pouco diferente. Um prêmio em dinheiro é uma coisa fantástica.

April olha para mim como se eu tivesse dito algo bizarro, como se a Terra fosse ser extinta em 270 dias, atingida por um asteroide.

— Não se trata exatamente de um prêmio em dinheiro, Theo.

Faço gestos com as mãos apontando para o lugar onde o pai dela ficou enquanto falava.

— Mas... O seu pai disse que haveria dinheiro como prêmio.

Ela ri e inclina a cabeça com uma expressão irônica no rosto.

— Mas no fim das contas esse dinheiro vai ser destinado à caridade, Theo. Você geralmente é considerado um grande babaca se não doa o dinheiro para a caridade. Porque, falando sério... Quem seria capaz de ficar com a grana? — ela pergunta, mas não é uma pergunta de verdade. É uma pergunta retórica, porque ela ri e balança a cabeça, totalmente espantada com a ideia de que alguém poderia ficar com o dinheiro para si.

Novamente eu fico boquiaberto, mas agora de uma maneira totalmente diferente.

Porque ela vive num mundo em que ninguém tem necessidade nenhuma dessa quantia.

Ela encosta a mão no meu braço e me diz que vai ver se a mãe dela precisa de alguma coisa. Depois sai andando na direção da cozinha, e eu fico sozinho.

Fico observando os Hamiltons através da porta. Uma família feliz, bem-sucedida e abastada.

Uma dona de granja, uma dona de padaria, um construtor de barcos, uma administradora de pousada, um filho trabalhando com o pai, uma artista da pintura corporal. Todos eles podem se dar ao luxo de rir de uma quantia de cinco mil dólares. Não é nada para eles. Nem chega a ser dinheiro. É dinheiro para ser ganho em um jogo, e doado à caridade. Eles poderiam usar essas notas como descanso de copo.

A frustração me atinge com força. Viaja no meu sangue por todo o corpo. Cerro os dentes com força, então começo a rangê-los. Eles brincam com os seus filhos, e elaboram os jogos, e fazem tudo isso por que motivo? Por diversão. Por esporte. Pelos jogos.

Para jogar fora cinco mil como se fosse dinheiro de mentira da droga do Banco Imobiliário.

Eu poderia usar esses cinco mil para quitar a minha dívida. Para me tornar livre. Para começar a viver a vida de acordo com a minha vontade pela primeira vez em 14 anos. Ou pela primeira vez na vida, pra dizer a verdade.

Isso faz de mim um babaca? Talvez. April disse isso como se fosse a pior coisa que alguém pudesse ser. Se esse for o caso, pode me dar o Prêmio Babaca do Século. Eu consigo viver com isso. Preciso de dinheiro tanto quanto qualquer porcaria de instituição de caridade. Uma mulher está me perseguindo para que eu lhe devolva um dinheiro que ela deu ao meu irmão nove anos atrás. Tudo o que eu quero é parar de uma vez por todas de me preocupar com dinheiro. Subir na minha moto, sair por aí e não sentir mais a angústia de ser perseguido por quem quer que seja.

Dinheiro é algo essencial para mim desde a morte dos meus pais.

Dinheiro era a nossa principal preocupação, minha e de Heath. Nós precisávamos de grana, e nós pensávamos em maneiras de ganhá-lo mais rapidamente do que fritando batata numa rede de *fast-food*.

Nós fomos vigaristas. Trapaceamos para ganhar a vida... Por algum tempo, nós fomos reis.

E parece que o nosso primeiro golpe é um dos eventos do programa desta tarde.

CAPÍTULO 14

Theo

BOB TEM TRÊS FILHOS E UM MONTE DE NETOS DE VÁRIAS IDADES. ELES chegam à pousada uma hora depois do café da manhã, e Pamela abre uma ala do estabelecimento para eles. Esse lugar é espaçoso, e ela me informou que tem mais de vinte quartos.

Quando seus três enormes filhos caminham pelo gramado para o primeiro evento, percebo por que faz anos que eles dominam a modalidade de queda de braço. Bob tem a força ao seu lado. Mas mesmo que não tenha balas de canhão nos braços, você pode arrebentar na competição de queda de braço. Só precisa de um pouco de velocidade, alguma técnica e um pouco de cérebro.

Heath sabia de tudo isso quando nós éramos crianças; ele começou a me usar em competições de queda de braço quando eu tinha 15 anos e ele 17. Era um lance improvisado nos calçadões de Jersey na época do verão, quando universitários das faculdades próximas bebiam e ficavam valentes.

Eu era o competidor dele. Ele me pressionava, me estimulava e combinava apostas com determinados frequentadores do lugar: bebedores de Budweiser, caras que usavam bermuda esportiva e dirigiam BMWs. Os universitários sempre aceitavam competir comigo, pois achavam que podiam me vencer.

Na primeira vez, eu os deixava ganhar, claro. Às vezes, na segunda também. Era assim que nós os atraíamos. Eu me preparava para a disputa, e competia com dureza, realizando uma luta rápida, mas dura; eu rosnava e resmungava, e Heath apostava todo o dinheiro em mim, para depois reclamar e xingar quando eu perdia.

Esse era o jogo. Era assim que muitos deles se aglomeravam ao nosso redor como urubus em cima de carniça. Porque todos os homens sofrem da mesma aflição – eles acreditam que podem ganhar na queda de braço, e adoram um alvo fácil.

Acontece que eu não era fácil, e a partir de um certo momento começávamos a levar o dinheiro deles. Alguns *rounds* depois, todos haviam sido derrotados por mim.

Discrição e habilidade superam a força dos músculos, e se você conhecer algumas manobras e usar a cabeça, vai pregar os braços dos seus oponentes na mesa de luta. No verão em que eu completei 15 anos, em cerca de duas semanas nós ganhamos mais de mil dólares apostando com garotos ricos que tinham notas de vinte queimando nos bolsos.

Isso era golpe? Tecnicamente, não. Mas era uma armação, e nos ensinou uma lição crucial: nós podemos ir à luta e fazer dinheiro por conta própria.

Eu não sou mais o menino magro daquela época. Hoje sou alto e bem constituído, e tenho braços fortes, mas os caras da família do Bob parecem jogadores de futebol americano.

Mas não estou preocupado. Não há armação envolvida aqui. Há apenas habilidade. O segredo é minar a força dos bíceps deles fazendo a disputa se tornar uma luta de mãos. Mover-se com rapidez e antes do oponente, e ganhar firmeza. Eu ganho de Bob facilmente, e depois venço dois primos. Em seguida, os filhos grandalhões do Bob vêm até mim, e sob o calor do sol do meio-dia, começo a liquidar com eles.

O filho número um, o número dois e o número três. Todos trabalham com barcos. Eles têm nomes. Huguinho, Zezinho e Luisinho. Ou algo assim. Os primeiros dois caem com facilidade.

Quando o musculoso Louie senta seu enorme corpo no banco à minha frente e me cumprimenta com um grunhido, vejo uma nova pessoa entrando no jogo. Ele não é parecido com os outros. Veste calção cáqui e camisa polo azul, e carrega um grande relógio de pulso prateado. Seu cabelo escuro está penteado para trás.

Agarro a mão de Louie e começo a disputa em ritmo acelerado. Quero derrotá-lo o mais rápido que puder.

Louie rosna quando eu forço o seu enorme braço para baixo e o deixo a poucos centímetros do tampo de madeira da mesa, mas então ele se recupera e impõe uma tremenda resistência. Por cerca de um minuto, nós ficamos travados num impasse, com a mão dele pairando a dois centímetros da mesa de piquenique o tempo inteiro. Meu braço treme; os músculos se distendem. Mas eu não deixo que o braço dele se afaste da mesa. O problema é que Louie não cede, não desiste. Se nada acontecer, nós ficaremos travados nessa posição por um longo tempo.

Um desconhecido vai direto até April, que está batendo papo com uma das garotas.

Continuo olhando para April enquanto tento vencer Louie, e fico preocupado com a expressão em seu rosto. Ela está incrivelmente feliz. Quando vê o filhinho de papai se aproximar, fica radiante, iluminada como o Empire State Building no Quatro de Julho.

A inveja mexe comigo e me estimula.

É hora de finalizar o Louie.

Giro o ombro para que fique alinhado com a mesa, e toda a minha força vem dessa parte do meu corpo quando empurro a mão de Louie para baixo, sem fazer esforço.

O braço dele bate na mesa. Acabou. Já era. *Hasta la vista*.

— Belo jogo — digo ao me levantar.

Ele balança a mão, no rosto uma expressão de espanto. Antes de me afastar escuto um comentário dele:

— Esse cara é profissional ou coisa do tipo?

Eu não tenho interesse nele, já que o outro cara está abrindo os braços para a minha namorada – quero dizer, namorada de mentira – e vai dar um grande abraço nela. Uma tocha flamejante de ciúme assola o meu corpo. Vou diretamente até os dois, e quando eles acabam de se abraçar eu entro em cena.

— Meu nome é Theo. Sou o namorado dela.

— Theo, este é o Dean — April diz, sorrindo. — Nós fizemos o ensino médio juntos.

Aperto a mão dele, mas seus olhos azuis estão nela.

— Não foi a única coisa que fizemos juntos — Dean comenta.

A tocha agora se torna um incêndio de grandes proporções, desses que queimam florestas inteiras.

Sorrindo com doçura, April coloca uma mão no braço dele.

— Dean foi o meu par na formatura. Você devia ver a foto. Usei o vestido mais feio da face da Terra!

— Ei, não pode ter sido mais feio do que o meu terno azul amarrotado.

— Nossa, não me diga — comento, sem expressar nenhuma emoção.

— Nós nos inspiramos no visual retrô dos anos 80. Cabelão e tudo o mais — April diz, passando as mãos em seus cachos loiros. — Mas as coisas não saíram como a gente queria. No fim das contas parecíamos dois bobos.

— Mas fomos eleitos rei e rainha do baile... — Dean faz uma pausa e imita o som de tambores rufando. — Com uma ressalva.

April olha para mim.

— Nós vencemos o concurso de rei e rainha dos anos 80. Essa foi a ressalva...

— Que meigo. — Meu tom de voz é seco.

— Pois é. Dean mora na minha cidade também — April acrescenta. — Nós nos encontramos de vez em quando. Dean continua tentando me convencer a treinar corrida com ele.

Dean se volta para April.

— Eu sei que vai ser legal. Prometo que você não vai se arrepender.

— Vou pensar no assunto — ela responde.

Que ótimo. Simplesmente, ótimo. O cara é cheio de grana, bem-sucedido e mora perto dela ainda por cima. Ele é exatamente o que o verdadeiro namorado dela deveria ser. E provavelmente faz doações para caridade também. Aposto que ele passa as horas livres na ala pediátrica de algum hospital, entretendo crianças doentes.

— Isso é fantástico! — eu digo com um sorriso amarelo.

— Dean trabalha com publicidade. Trabalho de criação. A gente se deu bem, não é?

— Ah, sim. — Dean sorri. — Com certeza.

Que vontade de dar um soco nele.

— Que tal uma luta de braço, Dean?

Ele ergue as mãos e recusa a ideia com um aceno.

— Não, obrigado. Eu deixo esses jogos de força para os meus irmãos. Preciso das minhas mãos para trabalhar, não quero que sejam quebradas. Tenho que criar um conceito para um novo comercial de pasta de dentes, em que a escova de dentes fala.

Ah, então ele é outro filho do Bob. O único que não é um armário. O irmão criativo, o inteligente, o que deixou a casa dos pais.

Do outro lado do gramado, a mãe de April ergue a cabeça e volta a atenção para nós. Quando vê o Dean, ela diz alguma coisa a Tess. Não demora para que todas as casamenteiras estejam sussurrando, seus olhos saltando de April para Dean, de Dean para April, e então para mim, e eu percebo que existe uma história com esse cara que vai muito além de um baile de formatura.

Eu tomo a única atitude que faz algum sentido. Chego mais perto de April. Envolvo-a com um braço de maneira possessiva. Até chego a cheirá-la com expressão de prazer. Finalmente ele entende o recado, pede licença e se afasta para falar com outras pessoas presentes no lugar.

— O que foi que acabou de acontecer aqui? — ela pergunta, reagindo como reagiria uma namorada de verdade.

— Você é cheirosa. Eu não me canso do seu perfume, April. Não sabe disso?

— Ah — ela diz, dando-se conta, enfim, da situação. — Nós estamos seguindo a história do nosso passado, que combinamos. Certo. Entendi.

Mas quando aperto o ombro dela, "história do passado" não me parece mais uma expressão inteiramente adequada.

Acho que "história do presente" é a expressão mais certa.

Aspiro o perfume dela novamente.

— Parece framboesa — sussurro com a boca colada ao pescoço dela, e ela estremece.

— É o meu *shampoo*.

— É delicioso.

Ela se vira e olha para mim como se estivesse tentando encontrar uma resposta para algo que detecta nos meus olhos. Não sei se ela encontra a tal resposta, mas alguns minutos depois a mãe de April pega um megafone.

A voz de Pamela ressoa, enchendo todo o espaço:

— E a primeira competição foi vencida pelos Hamiltons! O líder na competição individual é Theo Banks.

O pai de April caminha até mim a passos acelerados. A expressão no rosto dele é séria, mas me cumprimenta com tapinhas no ombro.

— Bom trabalho — ele resmunga, como se não fosse fácil dizer isso.

Eu sorrio.

— Fico contente por fazer a minha parte — respondo.

Agora os olhos dele me observam com atenção.

— Bom, rapaz, já que você é tão forte, acha que pode ir até o galpão ao lado da pousada e pegar alguns sacos de carvão?

— Claro.

— Vou precisar de todos os sacos — ele diz, como um oficial superior.

— Cada um dos sacos de vinte e cinco quilos.

— Não tem problema.

— São seis sacos.

— Eu dou conta. — Será que ele pretende fazer churrasco para toda a Costa Leste?

— Leve tudo até o deque. E coloque-os ao lado da grelha.

— Considere o trabalho feito — respondo sorrindo.

Ele se vira a fim de se retirar, mas então se volta para mim novamente.

— Nós também precisamos de mais cadeiras.

— É só me dizer onde estão que eu as trago.

— No porão. Os degraus são um pouco inclinados. E a iluminação é fraca lá embaixo. Você vai encontrar a porta no final do corredor do primeiro andar. Mas traga as cadeiras pela entrada lateral para não ter que arrastá-las pelas dependências principais da pousada — ele diz, sem parar nem um só instante de agir como um verdadeiro sujeito linha-dura. Tenho de reconhecer: ele está desempenhando o papel de "pai durão" como um profissional.

— Onde quer que eu coloque as cadeiras? — pergunto. Se ele acha que carregar alguns móveis de um porão escuro e úmido vai me derrubar, está desafiando o soldado errado. Eu já comi ração de cachorro.

— No deque. Nós precisamos de duas dúzias de cadeiras. Pode trazer todas aqui para fora em vinte minutos?

— Posso fazer em quinze, senhor.

Ele faz um aceno enérgico com a cabeça e se afasta.

Alguns segundos depois, April atravessa o gramado. Com a cabeça ela faz um gesto na direção do pai.

— O que foi que houve?

— A competição individual, evidentemente.

Ela arqueia as sobrancelhas.

— Vamos elaborar isso um pouco: está falando da situação em que ele lhe propõe desafios e façanhas que pensa que você não consegue realizar, esperando acabar com a sua determinação e mandá-lo para casa com o rabo entre as pernas?

Ela ri, e ao mesmo tempo balança a cabeça numa negativa.

— Ou está mais para aquele lance de "dormir numa barraca montada no gramado"?

— É isso aí — respondo, e então explico as minhas novas tarefas.

— Você não precisa carregar duas dúzias de cadeiras até aqui, Theo.

— Preciso, April, e como preciso. Preciso e vou fazer.

— Uau, você tem mesmo um bração, hein? — Ela aperta o meu bíceps direito. — Por isso você é tão bom em queda de braço?

Abro a boca para falar, e me sinto tentado a inventar uma história, a dizer alguma coisa falsa como fiz na noite passada. Por alguma razão, porém, decido optar por ser honesto. Por que não? Eu posso dizer a ela coisas que não digo a mais ninguém, porque a nossa situação não é real.

— Quando eu era adolescente, costumava participar de disputas de luta de braço por dinheiro nas praias de Jersey — digo, olhando bem nos olhos dela. — Meu irmão era como um técnico. Ele também cuidava das apostas para mim. Arranjava as minhas lutas, convencia os universitários a competirem comigo, mas eu sempre ganhava deles. Eu era rápido, determinado, e os meus oponentes me subestimavam. Nós ganhamos um bom dinheiro.

As palavras saltam da minha boca desenfreadamente, e observo a reação da April. O seu sorriso tranquilo e o brilho nos grandes olhos verdes me indicam que ela não está me julgando.

— Vocês eram cheios de recursos, Theo.

— Sim, a gente era.

Essa é a melhor definição que poderia ser dada a mim e ao meu irmão. Cheios de recursos. Atrair caras endinheirados para lutas de braço foi apenas o começo. Nos três anos seguintes, nós nos tornamos ainda mais espertos, escorregadios e determinados.

A nossa conta bancária engordou.

A faculdade não era de graça, e todo o dinheiro que deveria servir a essa finalidade nos foi tomado, graças à última decisão do meu pai.

Nós fizemos o que tínhamos de fazer.

CAPÍTULO 15

April

— MÃO DIREITA NO VERMELHO.

A mão de Theo passa roçando o meu seio.

Infelizmente, não posso aproveitar a sensação dos nós dos dedos dele roçando em mim, pois estou na posição do Cachorro Olhando para Baixo enquanto a mão esquerda dele desliza para o ponto vermelho no gramado, debaixo do meu peito. Ele olha para mim com ar de quem sabe que está sendo um tanto indecente.

— Seu demônio — sussurro.

As sobrancelhas dele balançam para cima e para baixo.

— Você está tentando aproveitar a chance, seu tarado do Twister — sussurro, adorando a brincadeira gostosa e divertida em que nos encaixamos tão bem.

Ele ri, e por causa disso se desequilibra. A mão dele escorrega para fora do ponto vermelho.

— Muito obrigado, agora eu estou fora.

— Você merece. Bem feito — provoco enquanto ele se levanta e abandona a área do jogo, e sinto vontade de rir de satisfação. Estou um tanto impressionada com o fato de nós dois desempenharmos tão bem o papel de namorados de mentira.

Mais quinze minutos de jogo de Twister se passam. Minha mãe anuncia as combinações enquanto nós nos contorcemos e giramos pelo jardim numa confusão de poses bizarras e engraçadas sob o sol do fim de tarde.

Jeanie tomba no gramado depois de tentar alongar demais o corpo. Katie é a próxima a cair, quando se embola com Emma. Um dos filhos grandalhões de Bob tenta transpor dois círculos com o seu grande pé esquerdo, mas falha e desaba no chão. É o fim para ele também. Nesse momento, só restam alguns poucos competidores.

Agora é a minha vez.

Cinco anos praticando ioga três vezes por semana são de grande ajuda quando a minha mãe grita "PÉ ESQUERDO NO VERDE!" e eu tenho que realizar a Postura da Mesa Invertida para alcançar o círculo verde.

Ponho o pé para baixo e então me transformo em uma mesa. O topo dela é a minha barriga.

Engulam essa vocês todas, garotinhas flexíveis de 11 e 12 anos que estão contorcidas nessa grande área de grama cheia de círculos amarelos, vermelhos, azuis e verdes pintados com tinta spray. Olho de baixo para cima na direção da minha sobrinha de 17 anos, Libby, que foi desclassificada minutos antes. Ela está acompanhando tudo do lado de fora da área de jogo.

— Sou uma mesa. Venha sentar em mim — digo.

Ela decide aceitar a minha oferta.

— Você é uma boa mesa, tia April — a loirinha diz, acomodando o traseiro no meu estômago.

Eu dou risada, mas permaneço firme. Ela dá uns pulinhos sentada em cima de mim.

Dean ainda está no jogo, e quando a minha mãe anuncia a sua combinação, a mão dele para bem debaixo da minha retaguarda e bate em um círculo vermelho.

— Debaixo do traseiro vale!

Os músculos do meu braço se distendem enquanto eu mantenho a postura, mas aguentam bem; carregar aquela bolsa cheia de pincéis e tinta valeu a pena. Metade do corpo de Dean está debaixo do meu. Eu olho para Theo, que está do lado de fora, e tento chamar sua atenção para que ele veja o que estou fazendo. Quero que ele fique impressionado, acho eu, assim como fiquei quando ele me contou sobre a sua perícia na queda de braço.

Quando dou por mim, percebo que Theo está com os braços cruzados e a expressão em seu rosto é de poucos amigos. Está olhando para mim como se estivesse irritado. Que merda é essa? Então noto que ele não está olhando para *mim*, e sim para a mão do Dean, que está bem perto da minha bunda.

E está olhando para a mão do Dean como se quisesse incendiá-la e derretê-la com a força do olhar. Como se pudesse afastá-la de mim com a brasa do seu olhar incandescente.

Ah, meu Pai.

Ele está com ciúme do Dean.

Não sei bem o que fazer a respeito desse ciúme – mas tenho que confessar, isso me faz muito bem. Sinto o meu coração rodopiar. É como se tivessem injetado em mim uma nova dose de confiança no flerte. É uma droga deliciosa que se espalha, inunda as minhas veias e me anima. Uma euforia que chega naturalmente.

É uma euforia pela possibilidade – a possibilidade de que talvez, só talvez, exista algo mais brotando entre nós.

Meus braços vacilam.

Mas o que é isso, afinal? Eu não quero mais saber de relacionamentos. Mas então por que quero que ele sinta ciúme de mim? Ou que sinta seja lá o que for por mim? Mas quando olho de relance para o Theo, algo se agita dentro de mim. Sinto o meu estômago levitar quando ele olha intensamente para mim, com aqueles olhos castanho-escuros.

Porém ainda tenho um jogo para ganhar, e dez minutos mais tarde, eu ganho, e levo o prêmio de vencedora do Twister na Grama.

Meu pai vem até mim e me abraça até quase me sufocar.

— Eu sempre amei você, e sempre vou amar. Mas nesse momento amo mais ainda! — ele diz enquanto me abraça.

— Valeu, pai. Também te amo, mas amo mais ainda quando você deixa *cookies* de chocolate no meu quarto em vez de balas de hortelã no travesseiro.

— Isso parece bastante razoável. Quer me ajudar a preparar o jantar? — ele pergunta, fazendo um aceno na direção da cozinha.

Meu pai é o cozinheiro da família. Minha mãe é, sem sombra de dúvida, um gênio no preparo de torradas. Ela consegue dourar e tostar pães de todos os tipos; é uma espécie de operadora de torradeira de nível internacional. E também ferve água como ninguém; a água fervida dela é top de linha. Fora isso, a minha mãe é um zero à esquerda na cozinha. Ela não é uma dona de pousada que cozinha – contratou um *chef* para comandar a cozinha, mas como esse *chef* se ausentou por causa da reunião do fim de semana, o meu pai foi escalado para trabalhar na cozinha.

O que significa trabalhar na churrasqueira.

Procuro Theo com os olhos e aceno para ele a distância, enquanto conversa com o marido da Tess. A boca de Cory está curvada para cima num sorriso, e ele agita os braços enquanto fala. Cena curiosa. Faz muito tempo que não vejo o Cory tão animado assim. Com duas crianças de menos de dois anos para cuidar, praticamente tudo o que ele fez na vida nos últimos anos foi cuidar dos bebês e da panificadora, num estupor semiconsciente. Quanto ao Theo, ele parece mais tranquilo agora, e os sinais de ciúme parecem ter desaparecido. Meu coração se entristece um pouquinho. Eu devia estar feliz por perceber que ele não está mais perturbado. Mas o coração traiçoeiro que bate no meu peito resolveu acreditar que o ciúme dele é tremendamente fascinante.

Corações são órgãos tão estúpidos. Por isso eu estou satisfeita com o andamento das coisas: independentemente do que eu esteja sentindo, isso não vai importar no final – tudo o que estamos fazendo é fingir, e é exatamente o serviço que eu encomendei.

Meu pai passa um braço em torno de mim.

— Qual é a dele?

Surpresa, olho curiosa para o meu pai.

— Cory? — pergunto, inclinando a cabeça. Mas logo percebo a quem ele se refere.

— O Theo. Seu novo namorado — meu pai corrige, falando num tom de desagrado bastante claro.

— Você quer saber *qual é a dele*, pai? Que pergunta é essa?

— Você realmente gosta dele?

— Sim. Gosto. — A minha resposta é enfática.

Ele suspira indignado, e eu decido partir para a briga. Nós vamos conviver no mesmo ambiente nos próximos dias, então é melhor saber o que eu vou ter de enfrentar.

— Sabe, acho que é mais relevante eu perguntar por que você não gosta dele — digo.

Meu pai resmunga alguma coisa sobre "garotos".

— Tudo porque ele é um garoto? — pergunto, rindo.

— Bingo — ele responde, coçando o queixo.

Rio mais uma vez.

— Você é ridículo, papai.

— Mas eu sei como os rapazes são.

— Por isso você foi tão difícil na noite passada, quando nós chegamos?

— Difícil? — Ele aponta para si mesmo, fechando a cara. — Como assim eu fui difícil?

— Pai... — Suspiro e gesticulo na direção das cadeiras no deque. — Você criou caso com aquela história de dormir no sofá, e agora o envolveu em todo esse trabalho manual.

— Trabalho manual nunca fez mal a ninguém.

— Sei disso, mas é interessante que você esteja discriminando o Theo.

— Eu sei lá quem é esse cara — ele responde. — Não posso evitar se sou mais protetor do que deveria.

— Mas, pai, eu o conheço bem — afirmo, e estou plenamente consciente de que a minha declaração parece estar em desacordo com a natureza financeira do meu relacionamento com o Theo; ainda assim, sinto como se o conhecesse bem.

— Cuidar dos meus filhos é o meu trabalho. Você é a mais nova. — Ele aperta o meu ombro. — Isso significa que eu me preocupo ainda mais com você.

— Mas não é necessário. Eu estou bem.

Ele ri e faz uma careta.

— Essa é uma batalha perdida, filhota. Eu me preocupo com o seu trabalho, e me pergunto se vai lhe dar estabilidade. Eu me preocupo com a sua vida na cidade. E me preocupo com o fato de haver tantos homens estranhos nos dias de hoje, e receio que você acabe se machucando.

— Não há absolutamente nada com que se preocupar — digo a ele com um sorriso, e é a verdade e nada mais que a verdade. A mais pura e completa verdade.

— Mas veja só, agora você tem mais um motivo para gostar mais da cidade do que da nossa casa — ele diz, e o tom de tristeza em sua voz soa como o lamento de um pai. Também é uma admissão: o Theo é uma ameaça para os meus pais porque graças a ele eu fico mais presa a Nova York do que a Wistful. Por isso é que os meus pais estão dificultando as coisas para o meu falso namorado.

— Tá tudo bem comigo. Eu juro.

Ele beija a minha testa com vigor.

— Eu sei, filha. Só não quero que você se machuque.

Meus pais não precisam se preocupar, pois o Theo não pode me machucar. Quando um relacionamento não existe de verdade, não há a possibilidade de se sair magoado. Um namorado de verdade traz consigo muitos riscos. Risco real de ter o coração partido. Risco real de drama. Enquanto me dirijo à cozinha, digo a mim mesma que tenho sido uma boa pessoa e uma boa filha por garantir que os meus pais não tenham absolutamente nenhuma razão para preocupação.

Mas enquanto ajudo o meu pai a preparar a carne para a grelha, qualquer percepção de possibilidade que eu possa ter tido mais cedo se transforma num desconfortável grão, uma pequena pedra entalada dentro do sapato. Só que eu não sei o que fazer a respeito dessa pedrinha.

— Papai — eu digo, apertando o braço dele. — Você não precisa se estressar com o Theo, não precisa temer que ele vá me magoar.

Ele me olha com expressão cética.

— Ele é um cara do bem — acrescento.

— Ele é bom para você?

Faço que sim com a cabeça, com determinação.

— É, sim. Eu garanto. Pode tentar pegar mais leve com ele?

— Vamos ver — ele responde, mas então um breve sorriso se abre em seu rosto.

Quando o meu pai vai para o pátio a fim de inspecionar a última bateria de jogos da tarde – que é reservada às crianças mais novas –, eu saio andando pelo corredor da frente da pousada para encontrar o Theo. Estou pagando um bom dinheiro para que ele seja meu. Preciso passar algum tempo com ele também. Encontro a minha irmã primeiro. Ela está aninhada no sofá da sala de leitura, com o bebê dormindo em seu peito.

Minha irmã está segurando um *e-reader*, e vira uma página.

— Ei, Tess — digo baixinho.

Ela vira o rosto para mim e põe o dedo nos lábios. Faço um aceno positivo com a cabeça.

Ando silenciosamente para perto dela.

— Quer que eu a ajude com a Andi?

Tess sorri na mesma hora; mas o sorriso logo desaparece.

— A mamãe me perguntou a mesma coisa mais cedo. Mas ela não vai dormir se não estiver comigo.

— Tem certeza?

— Ela é meio grudenta.

— Isso não parece divertido para você.

Uma risada abafada escapa dos lábios dela.

— Eu não usaria exatamente a palavra "divertido" para descrever o que tem sido a minha vida.

— Logo tudo vai melhorar — eu digo, e então jogo um beijo. — Me avise se eu puder ajudar. A oferta permanece de pé.

— Obrigada. A propósito, tem um sujeito que eu acho que deveria empurrar pra você, mas não consigo lembrar quem é. Seja como for, o Theo parece legal.

— Ele é — respondo.

A minha irmã volta para o seu livro, e eu me retiro da sala de leitura. Mas paro antes de entrar na sala de estar.

A voz dele alcança o meu ouvido primeiro.

— Você é doce, inteligente e gentil — ele diz, e o tom de sua voz me faz lembrar do modo como ele falou comigo no trem. É uma voz de qualidade intensa, crua. Quem diabos ele está elogiando?

Executando a minha melhor imitação de gato, dou alguns passos silenciosamente na direção da porta da sala. Meus olhos quase saltam das órbitas quando espio no interior da sala de estar.

Libby está atrás do sofá, com uma mão apoiada nele. Theo olha para ela com atenção.

— Você acha mesmo? — ela pergunta, franzindo as sobrancelhas numa careta.

— Acho — ele confirma, batendo com o punho no encosto do sofá. — Você é uma grande garota. E isso em todos os sentidos.

Eu me encolho. Que raios ele pensa que está fazendo? Tentando dar em cima da minha sobrinha? Da minha sobrinha de 17 anos de idade? Meu sangue ferve, e eu cerro os punhos.

— Você é tão fofo — Libby diz. — April é muito sortuda por ter você.

Theo sorri para ela com uma careta autodepreciativa.

— Eu é que sou o sortudo. E um dia você vai conhecer alguém que vai ter esse mesmo sentimento por você, Libby. Mas esse sujeito é um babaca. Você merece coisa bem melhor.

Ela acena com a cabeça e enxuga uma lágrima do rosto. Então eu entro na sala de estar.

— Oi, pessoal — digo.

Libby acena para mim.

— Oi, April — ela diz, com voz meio embargada. — O Theo é demais!

— Ele é mesmo — respondo, e quem é o ator agora? Não tenho a menor ideia do que está acontecendo, mas quando a Libby se despede e sai pela porta de trás, olho para o Theo com expressão desconfiada.

Theo sai de onde está e vem até mim.

— Tudo bem com você? — ele pergunta, com curiosidade no olhar.

Passo a língua nos lábios, respiro fundo e tento encontrar sentido nas coisas que acabei de ouvir. Mas não consigo, então cito uma passagem do anúncio dele.

— "Dar descaradamente em cima de outras convidadas do sexo feminino, incluindo a sua irmã, namoradas, esposas e tias-avós presentes. Mães também podem entrar nesse esquema." — Ponho as mãos nos quadris. — Isso também vale para as sobrinhas menores de idade?

Seus olhos se arregalam, e ele fica parado no lugar; então, alguns segundos depois, uma risada começa a tomar conta dele. E se torna uma gargalhada que faz suas pernas dançarem, a barriga balançar, e chega até o seu rosto. Ele cai de verdade na risada.

— Tá falando sério? — Ele aponta o polegar na direção do deque. — Acha que eu estava dando em cima da filha menor de idade do seu irmão?

— Quem pode saber? Por que você disse à Libby que ela era doce, inteligente e gentil?

— Porque ela é. E porque eu a encontrei por acaso no corredor, falando com uma amiga a respeito de um bobalhão que terminou com ela. Eu disse para a Libby que esse cara não valia a pena, e que algum dia ela vai encontrar alguém que a trate do jeito que ela merece.

Ohhhhhh.

Theo estava apenas sendo legal. Estava sendo atencioso.

Parece que eu tirei conclusões precipitadas – totalmente, absolutamente precipitadas. Mas isso me faz respirar aliviada.

— A propósito, Theo, não sei se eu cheguei a lhe dizer isso quando nos conhecemos, mas algumas vezes eu posso agir como uma perfeita idiota. De qualquer modo, convém não deixar dúvidas sobre isso, caso ainda não tenha ficado evidente.

— Engraçado... Você não mencionou isso, mas não deixa de ser lindo de se ver.

— Lindo ou horripilante?

— Algumas vezes é tudo a mesma coisa. — Ele estende a mão para tirar do meu rosto uns fios errantes de cabelo. — Eu só quis que a menina se sentisse melhor.

Eu sorrio, e uma onda de orgulho se espalha pelo meu corpo. Acertei em cheio quando escolhi o Theo. Ele fez algo muito amável pela minha sobrinha, que precisava disso.

— Isso foi mesmo fofo. Você é muito fofo. Pare de ser fofo, ou todos vão gostar demais de você.

Ele passa um braço em torno de mim.

— Engraçado que você tenha chamado a minha atenção por causa da mística do cara mau, mas o cara bom é que está roubando o espetáculo — eu digo, e dou um tapinha no ombro dele.

Ele olha discretamente de um lado para outro, e pressiona o dedo nos lábios.

— Shhh. Não diga a ninguém que você acha que eu sou um cara bom.

Dou risada.

— Aliás, você realmente achou que eu estivesse dando em cima da sua sobrinha, não é? Sabe que eu não consigo acreditar nisso?

Eu balanço a cabeça, embaraçada.

— Acho que imaginei que a parte de "Iniciar discussões provocativas" era para valer, e que agora estava se tornando real também.

Ele ri.

— Você deixou claro que não ia querer as opções à la carte, e eu sou inteiramente a favor de lhe dar o que você quer — ele diz, depositando na minha testa um beijo doce, porém amigável.

É um beijinho de amigo. Não é romântico. É o oposto do beijo na varanda. Um lembrete de que nós não temos um relacionamento real. De que ele vai me dar o que eu quero porque esse é o seu trabalho. Eu preciso desse lembrete. Preciso demais. Porque parte de mim está começando a acreditar que algumas coisas entre nós parecem reais. E a realidade é perigosa demais, por isso é sábio manter as coisas no devido lugar.

Só mais tarde, tomando limonada e observando os jogos das crianças mais novas, é que uma nova realidade me atinge em cheio. A Libby gosta do Theo. Minha mãe gosta do Theo, embora tente bravamente fingir que não. O marido da Tess gosta muito do Theo. Quase todo mundo parece gostar do meu namorado de mentira.

Essa é a pedra no meu sapato.

O orgulho que senti do Theo momentos atrás, quando ele conversou com a Libby e levantou o moral dela? É tão enganoso quanto o ciúme dele. Eu não tenho nada de que me orgulhar, porque ele não é meu de verdade. Daqui a alguns dias eu vou contar algumas notas e dá-las para ele, e agradecer por ter feito um bom trabalho. Ele vai voltar para o bar e para a sua carreira de ator, e eu vou voltar a pintar corpos e a evitar homens como

Brody, o Habitante do Porão, e Landon, o Mentiroso; e todos os outros, para ser franca.

O problema é que eu não vou conseguir dar tudo por encerrado com o Theo quando isso terminar. Não realmente. Ele não é um programa de televisão que eu possa desligar, ou um livro que vou terminar de ler. O Theo vai continuar existindo depois que a reunião acabar, porque a minha mãe vai perguntar por ele. Meu pai pode querer saber o que aconteceu com a gente. A Libby pode perguntar a respeito do cara que eu trouxe para casa para passar vários dias no verão. Minha irmã com certeza vai bisbilhotar, pressionar e perguntar. E eu vou ter que inventar uma história para justificar o nosso rompimento. Eu tinha tudo perfeitamente planejado com o Xavier: eu pretendia dizer que nós percebemos que devíamos ser amigos, que como amigos nos dávamos bem melhor. Isso não é excelente? Um final feliz para todos os envolvidos, sem danos e sem enganos.

Qual seria a minha história de rompimento para Theo, o sujeito que ajudou o meu pai? O cara que numa rápida conversa conseguiu animar minha sobrinha Libby? O cara que bateu papo tão descontraidamente com a minha mãe?

O meu coração se aperta enquanto antecipo o desapontamento que a minha família vai sentir. Eu até já posso ouvir a nota de pena nas vozes deles. Talvez eu possa alegar que o Theo acabou por se revelar um idiota, mas algo me diz que eu não vou ter coragem de usar essa mentira.

Ele não é um idiota, de jeito nenhum, e mesmo que se trate de um rompimento falso, vai ser mais doloroso do que eu jamais havia imaginado.

Bebo o restante da minha limonada, fingindo que é uma nova bebida que provoca amnésia, e isso me faz esquecer que nós teremos que nos separar em quatro dias. Levo o copo para a cozinha e o coloco na pia. Nesse momento alguém dá um tapinha no meu ombro. Olho para baixo e me deparo com Emma, a irmã mais nova da Libby.

A garota é um amor de pessoa. Ela pisca para mim com os seus grandes olhos castanhos, pois sabe que eu não consigo lhe negar nada quando ela faz isso.

— Você pode pintar o meu rosto antes do jantar? Alguma coisa bem bonita.

Como se eu pudesse dizer não. Aprendi a pintar usando as crianças como tela. Essas meninas foram as minhas cobaias.

— Claro que posso.

Ela arregala os olhos.

— Você trouxe o seu material de pintura?

— E eu pareço o tipo de tia que chega totalmente despreparada, sem ter como atender um pedido como esse? Eu trouxe um kit de viagem para esse tipo de situação. Agora me traga uma cadeira e o seu rosto, e comece a me dizer o que você quer!

A pintura tem início antes do jantar, e continua depois que terminamos.

Da minha posição em uma cadeira na grande área do deque, interajo com minha família e meus amigos. Emma logo exibe uma videira verde-esmeralda estampada na bochecha. Hannah, neta do Bob, me implora para desenhar uma boca de cachorro nela; eu atendo o seu pedido, e agora ela parece um lindo filhotinho de cão. Benny, neto de Bob, quer uma bola de futebol pintada no seu olho, e eu faço o que o garoto pede.

Mas Tess sacode a cabeça numa negativa quando a minha mãe sugere que ela também aproveite a chance. Tess levanta o bebê nos braços para justificar a recusa.

— Você sabe que eu sou capaz de segurar o bebê — minha mãe argumenta.

— Claro que sei, mãe. Mas ela precisa de mim — Tess responde, passando a mão pelas costas de Andi.

— Ela precisa da família dela, e todos nós preenchemos esse requisito.

— Eu estou bem assim, pode acreditar. Eu não estava por perto quando a April era mais nova e pintava os rostos de todos, então não sinto falta.

Eu me viro na direção da Tess e aponto para ela.

— É exatamente por esse motivo que você tem de permitir que eu a pinte. Você estava na faculdade enquanto eu aprendia a fazer isso, então você precisa se dar conta do que perdeu, e vai ser agora mesmo.

Eu me levanto, caminho até a minha irmã e tiro o bebê das mãos dela. Tess tenta protestar, mas dou um beijo na testa de Andi.

— Você é o bebê mais lindo do mundo — eu digo, e entrego a minha sobrinha mais nova para a minha mãe, que espera de braços abertos.

— Alguma vez ela já deixou você tomar conta do bebê, mãe?

— Já, mas não o suficiente.

— Eu estou amamentando e você está ocupada — Tess retruca, levantando a voz.

— Ela é cabeça dura e teimosa — minha mãe reage.

— Eu me pergunto a quem puxou — digo à minha mãe. Depois a despacho. — Agora, vá aproveitar esses momentos a mais com a netinha. Não foi fácil conseguir essa façanha.

Minha mãe sorri e me diz "obrigada" bem baixinho.

— Quanto a você — digo à Tess. — Vá colocando logo essa sua bundinha de irmã mais velha na cadeira.

— Se ela precisar de alguma coisa... — Tess começa a avisar à nossa mãe, mas para no meio do caminho quando vê que ela já entrou na casa, cantando para a neta.

Tess toma o seu lugar à minha frente.

— O que vai querer que eu pinte, Tess?

Ela me encara com os seus grandes olhos azuis, e pisca. Os olhos dela estão inexpressivos, como se não compreendesse do que deveria gostar. Minha pobre irmã. Ela parece de fato estressada.

— Tenho uma ideia! Flores de cerejeira são femininas e lindas, e a cerejeira também é uma árvore forte. Simboliza a primavera e a renovação — eu digo, pois acho que é disso que minha irmã precisa nesse momento.

— Parece adorável.

Enquanto eu a pinto, nós conversamos. Não faço nenhuma pergunta sobre o bebê. Pergunto sobre a padaria, sobre as novas criações dela, sobre pedidos malucos de clientes. Quando estou terminando as lindas linhas cor-de-rosa na face de Tess, ela me fala sobre uma cliente que disse que os cupcakes de coco a fazem recordar sua viagem ao Havaí, e agora essa cliente passa na padaria pelo menos uma vez por semana para se sentir como se tivesse retornado ao paraíso.

Não tenho a pretensão de curar o cansaço da minha irmã. Mas talvez eu possa, pelo menos por alguns minutos, tirá-la da rotina à qual ela parece presa. Quando termino, Cory se aproxima.

— Você está muito gata. Não é, Cory? — pergunto ao marido dela.

— Ela sempre está.

— Que estranho, estou mesmo me sentindo gostosa, sabe? — Tess comenta enquanto eu mostro a ela o meu trabalho, usando o aplicativo de espelho do meu celular.

— Então suba as escadas com ele e veja se ele arranca essas suas roupas — sussurro, indicando o interior da pousada com a cabeça.

Cory aprova a ideia mais do que depressa. Deve estar se esforçando para não ofegar como um cachorro.

— Vamos nessa!

Tess olha para cima e balança a cabeça, como se eu tivesse sugerido uma coisa ridícula.

— Ah, sim, é exatamente isso que eu quero fazer nesse exato momento aqui.

Articulo as palavras seguintes lentamente, como se estivesse falando com uma criança:

— Não pode aqui na pousada?

— Nada disso. É que a única ação que me interessa é em casa, na minha enorme cama — Tess diz, como se estivesse fazendo uma confissão obscena.

Os ombros do Cory desabam.

— Quer que eu pinte um travesseiro no rosto do seu marido, então?

Ela se levanta da cadeira.

— Ei, aí está uma ideia brilhante. Que tal, amor?

Cory deixa escapar um suspiro de rejeição, e não diz nada.

Eu me agacho até a bolsa de couro preta onde guardo as minhas tintas e coloco algumas garrafas de volta nos seus nichos, quando percebo a aproximação de alguém. Olho para cima e vejo o Dean. Ele traz uma garrafa de cerveja na mão, e a oferece a mim. Sorrio para ele e balanço um pincel.

— Admita, Dean. Você quer uma borboleta.

Dean ri, mas antes que ele possa responder, alguém se senta na cadeira diante de mim.

É o Theo.

— Eu quero que você me pinte.

O modo como ele pronuncia essas palavras faz a minha pele se arrepiar. Cada palavra que sai da boca de Theo soa deliciosa. Eu desejo que ambas as coisas sejam verdadeiras – que ele me quer, e que eu o pinte.

Pelo menos nesse pequeno intervalo de tempo, eu quero que seja real.

Ele puxa a sua cadeira para mais perto de mim, e as pernas de madeira se arrastam no chão do deque, fazendo barulho. Os joelhos dele quase tocam os meus. Avalio a possibilidade de chegar ao clímax roçando joelho contra joelho.

O crepúsculo toma conta do céu, e ainda que estejamos cercados por membros da minha família, o modo como Theo olha para mim me traz à lembrança a nossa viagem de trem – nós dois sozinhos, circulando pelo país, cruzando a noite.

Enquanto as minhas primas correm pelo pátio e os meus parentes relaxam em cadeiras confortáveis, bebendo vinho e cerveja, sinto como se estivéssemos só nós dois aqui.

— O que você quer que eu pinte? — pergunto, a voz mais ofegante do que deveria. — Gostaria de uma borboleta?

Theo se inclina para perto de mim – tão perto que eu poderia envolvê-lo nos braços. Eu poderia afundar a minha mão no cabelo dele e trazer seus lábios para os meus num piscar de olhos. Tão perto que ele poderia fazer o mesmo. Engulo em seco, e o ar entre nós parece vibrar.

— Eu não me importo — ele responde, com voz rouca. Uma voz que me invade. Que ecoa dentro de mim.

— Não se importa com o que eu pinte? Então por que quer que eu o pinte?

— Assim você não vai tocar nele.

Aí está. A confirmação. A admissão do que eu já sabia desde o jogo de Twister. Só que agora vem dos próprios lábios de Theo. Desses lábios cheios que sussurraram junto aos meus essa manhã. Que ousaram me provocar com tantas possibilidades. Arrepios percorrem a minha pele quando ele retribui o meu olhar com intensidade.

Aqui na varanda, enquanto a noite cai e a minha família se encontra por perto, contando piadas, brincando no enorme pátio, eu levanto um pincel diante do rosto dele.

CAPÍTULO 16

Theo

A FORÇA DE VONTADE É A MINHA NOVA MELHOR AMIGA.

É a única coisa que me impede de perder o controle de vez e enchê-la de beijos.

April mergulha um pincel num pequeno pote de tinta vermelha e o levanta na altura do meu rosto. Meu olhar segue os movimentos do braço dela, a centímetros de mim. Ela é realmente forte, como eu havia notado na noite passada.

— O seu braço está me distraindo — digo em voz baixa.

— Posso lhe dizer o mesmo — ela sussurra enquanto pressiona gentilmente o pincel na minha bochecha. É macio, como pena molhada.

Eu digo isso a ela.

— Bom, Theo, deve ser porque eu estou mesmo pintando você com uma pena molhada — ela comenta enquanto percorre a minha pele com o pincel.

— "Pena molhada" parece sacanagem.

Ela chega mais perto de mim.

— Você só pensa em sacanagem.

— Talvez eu pense mesmo — murmuro, então faço uma pausa antes de acrescentar: — Talvez eu pense com você.

April interrompe de repente os seus movimentos.

— Você pensa? — ela indaga, e sua voz chega a falhar com certo nervosismo.

A família dela está a seis metros de distância, e eu tenho plena consciência de que nós não estamos sozinhos. E de que sou um falso namorado.

Mas é por esse motivo que tenho permissão de ficar tão perto dela e de tocá-la em público. Isso me foi permitido pelos termos contratuais desse relacionamento. Eu me movo para a frente e ponho uma mão no joelho dela. O que me apanha totalmente de surpresa é que esse gesto me deixa muito excitado. É como um dardo de luxúria direto na minha virilha. Por que diabos essa mulher mexe tanto comigo? O cabelo dela me tira do sério, os braços dela me enlouquecem, seu joelho me faz suar. Por um breve instante me ocorre que talvez eu tenha regredido à condição de adolescente momentaneamente excitado perto de uma garota. Mas essa sensação não parece estar parando.

Eu acaricio levemente o joelho dela.

— Você está me tocando — ela diz suavemente.

— Estou.

— Você costuma fazer muito isso?

— Sim — respondo enquanto ela passa o pincel no meu rosto. — Eu já lhe disse. É impossível não tocar.

Aperto o seu joelho. April deixa escapar um suspiro quase imperceptível. Porra, se ela reage assim com um simples toque no joelho, o que ela faria se eu arrancasse as suas roupas? Que sons produziria se eu deixasse a minha língua percorrer sua pele macia e colasse os meus lábios naquelas estrelas no seu quadril?

Suspiro. Mais alto do que deveria.

— Tudo bem com você? — April para de pintar e segura o pincel na altura do meu rosto.

Nossos olhos se encontram. Como um clique. Como nos filmes. Há uma tensão vibrando entre nós.

— Sim, tudo. Só estou pensando.

— Pensando em quê?

Meus olhos se fecham por um momento, e eu cerro os punhos. *Não diga isso. Não deixe que ela saiba.*

Quando volto a abrir os olhos, porém, vejo Dean no outro lado do deque, relaxando junto com outras pessoas, e o ciúme me atormenta mais uma vez. Eu não sei o que está acontecendo entre os dois, ou o que rolou entre eles; mas pelo menos nestes poucos dias a April é a minha garota, e eu quero que ela sinta isso. Foi o que ela pediu. É o que afirmo a mim mesmo para justificar o que digo em seguida.

— Nas suas estrelas.

Ela estremece. É uma reação visível. Vejo isso nos ombros dela. No modo como ela engole em seco. Na sua mão trêmula, que ela tenta firmar segurando-a com a outra mão.

— Theo — April sussurra, e o meu nome soa como uma repreensão.
— Sim?
— Você não pode dizer essas coisas. — A voz dela soa fraca em meio à escuridão da noite.
— Por quê?
— Porque... Todo mundo está aqui.

O tilintar de copos e os ruídos da conversação estão próximos, mas não tanto assim.

— Eles não podem me ouvir.
— Tudo bem, mas eu posso.
— E isso a incomoda? — pergunto, tenso.

Ela fica um pouco ofegante, e eu observo os lábios dela se abrindo, inalando, exalando.

— Não. Isso não me incomoda... — Sua voz morre no ar, e o modo como ela deixa a frase interrompida me faz especular sobre o efeito que as minhas palavras têm sobre ela.

Ela levanta o pincel novamente e começa a pintar a região do meu queixo.

— Se é assim, então eu *posso* te dizer todas as coisas que quero fazer com você. — É uma declaração, não uma pergunta.

Ela continua olhando fixamente para o meu rosto, na linha do pincel na minha pele, quando pergunta:

— O que você quer fazer comigo?

Eu me aproximo mais e coloco as minhas duas mãos sobre os joelhos dela.

— Tudo — respondo, com voz rouca.

April para, e o seu olhar encontra o meu. Os olhos verdes ousados dela brilham de desejo. É um olhar que combina incrivelmente bem com ela. De *luxúria*. Eu me sinto tentado a dizer coisas obscenas ao ouvido dela, até fazê-la perder o controle e me implorar para subir as escadas com ela... Depois eu a poria nos ombros e a carregaria para o quarto, e mostraria a ela.

Mas eu trato de conter o meu ímpeto. Não posso fazer nenhuma dessas coisas. Não é por causa da família dela. É por todas as outras razões: Addison, Richelle, o dinheiro, os riscos, o que as pessoas te fazem sofrer quando você se aproxima demais delas. Preciso recuperar um pouco do meu controle diante da April. Esta é apenas a segunda noite aqui, e eu tenho que sobreviver a mais duas depois dessa.

— Mas agora, nesse momento, eu quero que você termine de me pintar.

April faz que sim com a cabeça e retoma o seu trabalho no meu rosto. Ela passa para a minha pálpebra, e me pede para fechar os olhos. E as cerdas correm sobre mim.

— O que você está pintando em mim?

— É surpresa.

— Significa alguma coisa? — pergunto quando ela me avisa que posso abrir os olhos.

Os olhos dela se crispam, e ela reprime uma risada.

— Eu acho que você vai saber o que significa, Theo.

Alguns minutos depois, Libby aparece, e April avisa que o desenho está terminado. Ela se levanta, bate no meu ombro e me diz para ficar em pé também. Então coloca as mãos nos meus ombros e me faz girar, exibindo-me para a sua sobrinha.

Libby cai na risada e aponta para mim.

— Deus meu! Você ficou hilário.

— O que você fez comigo? — pergunto para a April.

Ela balança as sobrancelhas para cima e para baixo.

Estendo a mão e seguro o rosto da April. E afundo a minha cabeça no ouvido dela.

— Se você pintou bolas peludas no meu rosto, você está muito encrencada.

Ela bate no outro lado do meu rosto.

— Me dê mais crédito do que isso, Theo. Eu pintei em você uma enorme cabeça de cogumelo.

É a minha vez de rir com vontade. April pisca para mim, e eu mereço toda a provocação que estou recebendo dela. Mas também agradeço por isso, porque há algo de extremamente divertido em esfriar uma enorme tensão sexual com piadas de mau gosto.

O pai de April vem para perto de nós. Quando olha para mim, eu me preparo para receber novas ordens e tarefas. *Limpe o deque. Corte a grama. Corra um quilômetro dando cambalhotas.*

— Quer nos ajudar a preparar a corrida com obstáculos para amanhã?

— Claro — respondo.
— Vai demorar algum tempo — ele acrescenta.
— Não tem problema.
— Pelo menos algumas horas.

April faz uma careta e resmunga baixinho: "*Óbvio*".

Sim, seu pai é bastante transparente. Suspeito que ele está tentando me mandar para a cama bem depois de April já ter se recolhido, esperando que nós não tenhamos muito tempo sozinhos. Ele não faz ideia de que está me salvando da tentação.

— Estou ao seu dispor — digo-lhe, fazendo continência.
— Bom — ele responde com um leve sorriso.
— Ei, pai. Cuidado. Você pode acidentalmente deixar escapar um sorriso de vez em quando — April provoca.

Ele se vira para a filha.

— Eu sou todo sorrisos para a minha menina.
— Boa noite, papai — ela diz, levantando a bolsa com o material de pintura presa ao ombro, e murmura "boa sorte" para mim. Eu a observo enquanto ela entra na pousada, segue para a sala de estar e então desaparece de vista.

Duas horas mais tarde, após trabalhar sem parar na preparação da corrida de obstáculos, estou completamente exausto, mas terminei todas as tarefas de que fui encarregado. Dessa vez, porém, eu não tive de carregar sozinho duas dúzias de cadeiras. Os outros homens também ajudaram, então talvez o pai da April tenha aliviado um pouco as coisas para o meu lado.

Subo as escadas. Paro e olho para o espelho no corredor. Estou coberto de desenhos de lábios. Ela pintou beijos por todo o meu rosto. Beijos de um vermelho intenso. Marcas de batom vermelho-cereja. Lábios de um vermelho sensual formando um O. Lábios vermelho-rubi bem abertos. Contemplando o trabalho da April, tudo o que eu vejo são os lábios dela cobrindo o meu rosto. Na minha imaginação, ela mesma imprimiu todos esses beijos em mim. Beijos molhados, beijos arrasadores, beijos suaves. Beijos de boca aberta. Beijos de língua. Beijos que sufocam, que roubam o ar. Beijos que começam devagar e se estendem por toda a noite.

Eu acho que você vai saber o que significa.

Porra. De que maneira vou conseguir ficar na cama ao lado dela depois da conversa que tivemos no deque? Uma conversa que eu provoquei. Que encorajei e permiti que acontecesse, e deixei que se estendesse.

Deixo escapar um suspiro profundo.

Vou precisar de uma quantidade infinita de força de vontade.

Quando abro a porta do quarto, não é necessário bater para me anunciar. April está deitada de lado e com o corpo curvado, adormecida sob a luz da lua.

Isso me deixa triste e aliviado ao mesmo tempo.

Alguma coisa pulsa dentro de mim, desejando que ela acorde, pegue uma toalha e apague essas marcas do meu rosto. Eu me inclinaria no lavatório, e April, apoiada na ponta dos pés, passaria a extremidade molhada da toalha no meu rosto, acariciando a minha pele com o seu hálito. Eu levantaria a mão, seguraria o seu rosto e a beijaria como se não houvesse amanhã.

Eu a deixaria toda coberta de marcas de beijos.

Mas enquanto eu movo com cuidado a porta, deixando que se feche suavemente, reflito que dessa forma é melhor.

Menos arriscado. Menos perigoso.

Vou até o banheiro, fecho a porta, e me livro das roupas. Debaixo da água quente do chuveiro, eu lavo toda a tinta do meu rosto, que se derrama como se fosse sangue no chão muito branco. Olho para a porta, desejando que se abra, que April surja, tire as roupas e se junte a mim.

O banheiro ficaria todo embaçado, e eu a beijaria, a tocaria, a provaria.

Nós quase escorregaríamos na banheira, mas eu a seguraria firme, lavaria seu cabelo, deixaria que as minhas mãos deslizassem por sua pele macia, molhada. Mas não há mais ninguém dentro desse banheiro além de mim. A água quente cai sobre as minhas costas, e eu estou sozinho com todos esses pensamentos inapropriados. Termino o banho e desligo o chuveiro, então escovo os dentes e vou para a cama dormir ao lado dela, perguntando-me que diabos eu vou fazer com todo esse ciúme, esse desejo, essa luxúria.

Mas há algo mais em jogo também.

Escondida nas profundezas da minha mente existe uma semente de dúvida que me faz perguntar por que eu teria algum direito de sentir ciúme.

Não pelo fato de estarmos fazendo um jogo, mas porque talvez eu não seja o cara que April deseja. April Hamilton nasceu e cresceu num mundo inteiramente diferente do meu. Ela vem de um mundo iluminado de sol. Um mundo em que há panquecas e ovos no café da manhã. Os pais dela se intrometem em sua vida amorosa porque a amam. Porque querem que ela volte para casa e more perto deles. Eu não tenho uma família. Não realmente. Não como a de April.

Eu nasci numa família normal, mas acabei me metendo em problemas. E eu gostava de problemas. Eu os causava. Eu lucrei com isso durante uma época da minha vida.

Agora eu sou apenas um cara que está tentando colocar a vida em ordem, acertando as coisas, e brincando de ator para pagar as contas, até as mais baratas. Não posso ser o homem que uma garota como a April necessita, mesmo que seja tão incrivelmente irresistível e com quem eu tenha flertado no deque da pousada de sua mãe.

Ela merece coisa melhor.

Merece um cara como o Dean.

Mas esse simples pensamento me devasta por dentro.

Mais tarde, em algum momento no meio da noite, quando só se vê escuridão pela janela aberta, sinto um hálito soprar no meu pescoço. Uma silenciosa e suave lufada de ar roçando a minha pele. Desperto do meu sono e descubro que ela ainda está adormecida, só que acabou se encostando em mim. Seu pequeno corpo está comprimido no meu. O rosto dela está enterrado no meu pescoço. Os seios estão espremidos nas minhas costas. Sua respiração silenciosa e serena faz cócegas nos meus ombros nus.

Não sei se vou conseguir dormir de novo, mas nesse momento eu preciso apelar mais do que nunca para o que resta da minha força de vontade. Fico completamente imóvel, porque, se me mover um milímetro que seja, vou deixar marcas de lábios por todo o corpo dela.

CAPÍTULO 17

April

O TERCEIRO DIA

PRENDO O CABELO QUE ACABEI DE SECAR NUM RABO DE CAVALO, APLICO um pouco de batom nos lábios e depois saio do banheiro. Theo ainda parece adormecido; as cobertas dele escorregaram para baixo e agora estão na altura dos quadris. Sua pele lisa e bronzeada brilha como ouro sob a luz do sol da manhã.

Considero a possibilidade de me encolher numa cadeira no canto do quarto e ficar ali, olhando para ele. Como uma perfeita doida, deixando completamente a vergonha de lado. É, eu poderia mesmo fazer isso. Ganharia o prêmio de esquisita do ano, com certeza. Mas ele vale a pena. Desde a barba por fazer até a pele lisa, passando pelos gomos salientes do abdome, ele é um espetáculo para os olhos.

Afundo na poltrona. Sento em cima dos meus pés, apoio o queixo na mão e contemplo o homem na minha cama. A bússola no bíceps dele aponta para o Norte, e eu me pergunto se existe uma razão para isso, ou se a razão é simples – uma bússola apontando para o Norte. O raio de sol saindo de trás das nuvens em seu antebraço é brilhante, resplandecendo com tons ardentes. Sugere possibilidades e esperança. Outro dia chega, outro raio de sol surge. Seu cabelo preto abundante está todo bagunçado sobre a testa, com alguns fios espetados para cima. Ele respira pesadamente, e ressona levemente.

Rio baixinho, porque até o ronco dele é fofo.

É, sem dúvida, eu preciso sair mais. Claire está certa. Já faz muito tempo que estou sozinha. Se eu fico encantada com um ronco, talvez seja hora de mandarem examinar a minha cabeça, ou então de voltar a namorar. Pego o meu celular no bolso de trás e teclo uma mensagem.

April: O que vai me dar se eu ganhar? E eu vou ganhar com certeza.

Claire: Você resistiu todo esse tempo? Acho difícil acreditar nisso.

April: 36 horas e contando. Pode me chamar de Mulher de Ferro. Vontade de Ferro.

Claire: Está mais para calcinha de ferro. Você é humana ou é um cyborg?

April: Metade cyborg, com certeza.

Claire: Você não brinca em serviço. Talvez não esteja atraída por ele. Isso seria até melhor, não?

April: Bem que eu queria não sentir atração por ele. Acho que estou sofrendo uma overdose de atração.

Claire: Qual é o problema, então?

Fico parada, olhando para o texto dela, e repito sua pergunta mentalmente. Qual é o problema? Existem muitos. Tantos que até é difícil enumerá-los.

April: Você sabe...

> **Claire:** Sim. O seu período de abstinência. Está fazendo um ano agora, querida.

> **April:** E eu ainda estou na expectativa de conseguir o trabalho no Sporting World.

> **Claire:** Eu sei que compensa ter cautela, mas nós não estamos falando de ir morar junto nem de casamento. Só queria saber por que você não experimenta, ahn, coçar onde sente coceira ou coisa assim.

> **April:** Esse é mais um problema.

> **Claire:** Vá falando.

Esse problema é o maior de todos, e isso agora está bastante claro para mim. Isso é evidente, levando em conta o modo como conversamos no deque, como eu fiquei contente ao perceber o ciúme dele, como adoro conversar com ele.

Respiro fundo, bem fundo, e teclo a resposta.

> **April:** Eu meio que estou gostando dele.

> **Claire:** Bem, esse é mesmo um problemão.

Uma leve batida na porta me tira do telefone. Olho automaticamente para o dorminhoco na cama. Levanto-me e vou até a porta e a abro sem fazer barulho.

Quando me vê, meu pai exibe o seu melhor sorriso *"Preciso de um favor"*.

— Oi, pai — digo, de pé à porta, encobrindo a visão do dorminhoco na cama.

— Oi, meu amor. Será que você pode fazer um grande favor para o seu velho pai e ir comprar umas caixas de Kleenex para o evento de hoje? Eu não tenho o suficiente. Nós precisaremos de umas dez caixas para o *Lixo no tronco*.

— Mas é claro que posso. Vou fazer isso agora mesmo.

— Posso ir com você.

A voz masculina vem do corredor. É o Dean, e ele está vestindo calção cinza de ginástica e camiseta branca. Um par de óculos escuros está encaixado no topo de sua cabeça.

— Eu ia sair para uma corrida. Posso caminhar com você e depois fazer o meu treino matinal.

Olho para o Dean, depois para o meu pai, e quando estou prestes a dizer *"Tudo bem pra mim"*, outra voz se ergue.

— Fico pronto em dois minutos.

É o Theo. Dou uma espiada atrás de mim. Ele está sentado na cama, passando a mão no cabelo todo bagunçado.

Por que ele parece tão sexy nessa situação? Ah, claro. Porque ele acaba de acordar, e aposto que tem ereção matinal.

Minha nossa! Acabei mesmo de pensar no meu namorado tendo uma ereção na frente do meu pai?

Epa. Pensei de novo.

Cérebro, pare já com esses pensamentos sujos!

Um rubor do tamanho da Califórnia se espalha pelo meu rosto. Tento fechar a porta, mas o pé do meu pai a está obstruindo.

— Por que você não aproveita a ocasião? Leve o tempo que quiser, mostre o centro da cidade para o Theo — meu pai sugere; então um sorriso se estampa em seu rosto, e ele olha para dentro do quarto, na direção do meu falso namorado. — O que acha disso, Theo? Será que vai gostar?

É a primeira vez que ouço o meu pai chamá-lo pelo nome.

— Com certeza — ele responde com a voz de quem acaba de acordar.

— Mostre a ele todas as lojas e cafés, e a doca — meu pai continua, e eu o entendo completamente. Ele mudou de tática. Não conseguiu nada tornando amarga a vida do Theo, então agora pretende adoçá-la. Suspeito que ele e a minha mãe tramaram um novo plano de emergência: se não podem assustar o Theo, vão fazê-lo se apaixonar por Wistful, e me fisgar de volta através dele.

Meus pais são mesmo implacáveis.

— Vou ser a melhor guia turística que vocês já viram — digo, então dou um passo atrás e fecho a porta. Com o coração acelerado, viro-me e olho para o objeto dos meus desejos mais profundos.

Falando em profundo... O Theo pode estar a fim de ir bem fundo neste exato momento.

Você não sabe disso. Caramba, eu nem mesmo sei se ele tem ereção matinal.

Jesus. O que há de errado comigo? De novo pensando no pênis dele.

Preciso parar já com esse pensamento.

Principalmente agora que ele está andando pelo quarto, com a calça de dormir escorregando pelo quadril. A porta do banheiro se fecha, e antes que eu fique mais mortificada do que já estou, pego a minha bolsa, celular e carteira, e grito para o Theo:

— A gente se vê lá embaixo!

Enquanto desço as escadas correndo, juro para mim mesma que vou parar de vê-lo como um objeto de prazer. Esse é meu novo projeto!

CAPÍTULO 18

April

ACENO PARA UMA MULHER JOVEM USANDO UMA BANDANA VERMELHA NO cabelo, dentro da padaria da minha irmã. A mulher retribui o aceno. Eu nunca a conheci, mas ela é funcionária da Tess.

Nós atravessamos a rua.

Ramalhetes de tulipas vermelho-rubi e laranja enfileiram-se nas vitrines de uma loja de flores.

— Essa é a loja da Sally Linden — eu digo, ainda transmitindo as minhas impressões como guia da cidade. — Quando ela não está montando buquês, tricota gorros e os vende no mercado dos agricultores todo fim de semana no inverno.

Theo balança a cabeça, encantado com as histórias que estou contando de Wistful.

— Isso é tão diferente, April.

Aponto para o vagão-restaurante no final do quarteirão.

— É o Diner do Sam... — comento, tentando amenizar o nervosismo que se instalou em mim. Tenho certeza absoluta de que fui vítima de uma infestação de luxúria.

É por esse motivo que estou levando o Theo para fazer um tour, pois poucas coisas neutralizam a luxúria mais rápido do que um passeio por lojas bonitinhas.

— Mas como são as batatas fritas do Diner do Sam? — Theo pergunta.

— Fantásticas — respondo enfaticamente. — E batatas fritas são a verdadeira medida da reputação de um diner.

— Verdade! Toca aqui. — Erguemos os punhos fechados no ar e fazemos o cumprimento do soquinho.

Viu? Nós somos amigões agora. Todo aquele papo da noite passada, aquilo de *"me pinte"* e *"eu quero fazer tudo com você"* e blá-blá-blá, tudo aquilo já era, já ficou para trás. Foi enfiado numa gaveta e trancado, foi varrido para debaixo do tapete. Graças a Deus. É difícil demais manter um relacionamento de mentira com quem queremos transar. Quanto mais eu tagarelo sobre flores e batatas fritas, e o salão de beleza que também oferece massagens, e a encantadora drogaria subindo a rua, e o banco de tijolos vermelhos bem ao lado dela... enfim, quanto mais eu tagarelo sobre isso tudo, menos eu quero transar com o Theo, e mais fácil fica passar o tempo ao lado dele.

No final do quarteirão, um homem ruivo vestindo uma camisa polo azul-clara toma um gole de café ao lado de uma mulher vestida de modo parecido.

— E ali temos também uma cafeteria. Sério, essa cidade tem de tudo! — digo com sarcasmo.

— Espere, me deixe adivinhar o nome. Café do Bob? Café Quente da Jane?

— Muito mais original que isso. O nome é: Ponto do Café! Que tal? Por essa você não esperava, não é?

Theo para de caminhar de repente e levanta as mãos.

— Puxa vida. Agora você virou o meu mundo de cabeça pra baixo!

— Não é? Mas veja: o que falta nesse estabelecimento em originalidade sobra em café, que é delicioso. Além disso, o proprietário doa um quarto dos lucros à instituição local de resgate de animais, o que é fantástico — comento enquanto nos aproximamos do próximo quarteirão.

— Isso sem dúvida é incrivelmente bom, é maravilhoso.

— E me faz lembrar de uma coisa. Você e eu estamos empatados na disputa pelo primeiro lugar. Para qual instituição de caridade você pretende doar o dinheiro do prêmio? Quero dizer, se ganhar de mim. O que não vai acontecer.

Theo ri; mas em seguida fica sério. Ele parece distante, olhando para as lojas do outro lado da rua.

— Alguma coisa relacionada a crianças — por fim, ele responde. — Talvez doe a um centro comunitário que tenta manter as crianças longe da rua.

— Mas que ótima ideia. É algum trabalho voluntário que você faz na cidade? — pergunto, procurando manter o ritmo casual da conversa. Essas perguntas seguras estão dando resultado.

— Mais ou menos isso. Tem um garoto chamado Jared, um menino que eu conheço. Ele mora no meu prédio. A mãe dele está sempre trabalhando, então eu tento passar um tempo com ele algumas vezes por semana. Praticando esportes, coisas desse tipo.

— Que incrível. E é ainda melhor, de certa maneira, que você faça isso por iniciativa própria. Nossa, é impressionante que você consiga conciliar essa atividade com os seus trabalhos como ator, como barman, e outros mais. A sua agenda deve ser bem complicada quando você está ensaiando.

— Ah, sim, ela definitivamente fica complicada — ele responde, olhando para as lojas.

— Qual foi a última coisa que você fez? Talvez eu tenha visto você atuar em alguma peça em Nova York.

— Ah, tá. Quem me dera.

— Qual foi o último trabalho que você conseguiu como acompanhante então?

— Uma festa de empresa, alguns meses atrás.

— E foi difícil de fazer?

Ele balança a cabeça numa negativa.

— Não. Foi um trabalho bem óbvio, basicamente distribuir sorrisos, acenos, cumprimentos.

— Então podemos dizer que foi exatamente o oposto dessa tarefa atual.

— Sim. Mas e você? O que gostaria de fazer com o dinheiro do prêmio? — ele pergunta, mudando de assunto.

— Provavelmente repassá-lo para um programa de artes para crianças. Eu sou voluntária em um que busca oferecer aulas de artes para crianças de todas as classes sociais, então é isso que eu faria.

O cheiro de água salgada flutua no ar. Nós estamos bem perto do Rio Wistful, que é um braço de mar. A água está apenas a alguns quarteirões de nós, e posso praticamente sentir o gosto dela. Aponto para o fim da estrada, onde a rua se transforma em doca. Os escritórios da empresa do meu pai e do Bob se localizam orgulhosamente no final da rua, e os barcos que eles constroem estão ali, ancorados.

— Aqui é a empresa de barcos do meu pai.

— Me mostre.

Andamos até o fim da rua, e eu mostro a ele a construção de tijolos vermelhos que abriga os escritórios; depois cruzamos as docas. A água bate na areia preguiçosamente a cada impulso da maré da manhã.

Contemplo a vida marinha, desde as gaivotas à procura de pão e outras sobras no píer até os últimos dos pescadores preparando-se para sair ao mar. Eles estão pescando por diversão, não para viver. Os pescadores profissionais já saíram para o mar há muito tempo; eles zarpam bem antes do sol aparecer no horizonte. Estão lançando suas redes, empenhados na sua primeira captura do dia.

— Algum daqueles barcos é do seu pai? — Theo pergunta.

Olho para as centenas de barcos balançando na água. Alguns são de grande porte, outros são lanchas, e eu explico que o meu pai e o Bob constroem vários barcos desse tipo todos os anos. Os maiores garantem gordos pagamentos.

— Mas eles se especializaram nos barcos de madeira menores, clássicos; são barcos de passeio feitos à mão. Sob medida para famílias de quatro a seis pessoas com cachorro aproveitarem um dia na água. Para pescar, ou talvez para ficar ao sol, ou para um piquenique.

— Barcos que servem só para lazer? — ele pergunta, como se fosse algum tipo de absurdo.

Bem, talvez pareça mesmo um absurdo para quem não está acostumado com isso.

— Esses barcos são uma espécie de luxo. Custam uns cinquenta mil dólares — explico, e reconheço que se trata de uma cifra bem extravagante.

Theo engasga e tosse sonoramente.

— Cinquenta mil? Por um barco? Para diversão? — Seus olhos castanhos piscam rapidamente.

— Eu sei. É loucura, não é?

— Não consigo nem imaginar. — Ele engole em seco e balança a cabeça, respira fundo e solta o ar com força. — Bom, o que eu posso dizer? Cada um sabe de si.

Eu sorrio, e nós damos meia-volta.

— A nossa casa fica a mais ou menos um quilômetro daqui, e tem vista para um pequeno lago. Meu pai costumava testar seus barcos naquele lago o tempo todo. Acho que barcos são uma coisa normal para mim. Barcos, água, pontes, docas. Há uma bela ponte levadiça a cerca de um quilômetro daqui.

Ele geme. Em tom de brincadeira.

— Não me diga que você passou a infância andando pela ponte, cantando canções tristes e jogando flores na água.

Rindo, dou um tapa no ombro dele, e nesse momento nós passamos pela sanduicheria. Eu me recordo brevemente do sanduíche de picanha que a minha irmã havia mencionado por e-mail. Ainda bem que não marquei nenhum encontro com o Mark, o proprietário. Estou muito feliz por poder passar tranquilamente pela lanchonete com o Theo.

— Vamos supor que eu tenha feito isso, apenas supor. Mesmo assim eu jamais levaria você para uma ponte novamente.

Ele geme e faz biquinho.

— Mas você nem me levou a nenhuma ponte ainda. Então quer dizer que agora você vai me tirar uma coisa que nem ao menos me deu?

— Como eu sou terrível e cruel.

— Se eu for um bom menino, você me leva para ver a sua ponte levadiça? — Ele bate palmas como criança, fazendo graça.

— Depende. O que significa esse "bom"? — respondo, então mudamos de direção e voltamos para as lojas.

— Mas então... — Theo diz, estalando a língua e se preparando para mudar de assunto. — Você e o Dean.

Ah, aí está. Meus lábios se contraem num sorriso que eu tento esconder.

— Ele foi o meu par do baile — digo com ar alegre, porque simplesmente não consigo resistir à tentação de provocá-lo com essa história.

— Você e o seu par do baile — ele repete com voz tensa enquanto nos aproximamos da farmácia.

— Nós apenas vivemos ótimos momentos naquela noite, há onze anos — digo com um suspiro sonhador. Para ficar mais convincente, coloco a mão no coração. — Posso me lembrar de cada detalhe como se tivesse sido ontem.

Theo para no meio do caminho, e eu me viro e olho para ele. A expressão nos olhos dele não tem preço. Ele sabe que estou me divertindo à sua custa. Eu caio na risada.

— Tá bom, tudo bem. Essa você venceu, mas tem alguma coisa rolando entre vocês dois — ele diz, olhando bem nos meus olhos.

Nós ficamos de pé na esquina, o ladrilho da livraria quase cor de pêssego sob o sol da manhã.

— Isso incomoda você, Theo?

Ele suspira e responde que não.

— Mas eu acho melhor saber o que houve entre vocês. Afinal, eu sou o seu... — Ele para de falar por um instante para desenhar aspas no ar. — "Namorado".

Meus ombros ficam tensos quando me lembro de que o nosso relacionamento não é real. Mas, afinal, por que estou irritada? Claro, ele é o meu namorado de mentira.

— O Dean é só um amigo.

— Tem certeza? — Theo me olha com ceticismo.

Uma imagem salta diante dos meus olhos e eu falo sem pensar duas vezes.

— Nesse exato momento, quero te pintar de vermelho.

— É? — Ele passa a mão pelo rosto, acima da linha do queixo. — O meu rosto?

É o fim da zona de combate ao desejo. Voltei rapidinho para a zona de flerte, e não posso dizer que me arrependo. Eu gosto do Theo. Gosto muito. Esse sentimento corre nas minhas veias. O meu desejo é verdadeiro, é real, e nesse momento é mais poderoso do que a minha abstinência.

Levanto a minha mão e a aproximo do pescoço dele. Seu pomo de adão se move quando ele engole em seco.

— Eu começaria aqui — digo, tocando levemente a garganta dele. Movimento a mão diante dele à medida que vou falando. — Então desceria até a altura da sua região peitoral. Para transformar você em um bule. Um bule fervente.

Theo ri e corre a mão pelo cabelo abundante e desgrenhado.

— É tão óbvio assim? Que eu sou ciumento?

— Sim.

A expressão dele ameniza, e ele franze os lábios, depois assovia. Mas o que sai da boca de Theo não é um assobio comum. Os lábios dele imitam o som de uma chaleira fervendo.

— Uau! — Sorrio e bato palmas. — Igualzinho.

Ele balança os ombros e bate no peito com as duas mãos.

— Pois é. Ciúme. Esse sou eu.

— Isso não chega a me surpreender. Você sempre foi do tipo ciumento. Foi assim durante todo o tempo em que estivemos juntos — argumento, voltando à encenação dos nossos personagens. Dessa vez eu faço isso porque me sinto bem assim, eu gosto. Quero sentir o formigamento do prazer. A chama do desejo.

Ele puxa a tira da minha blusa sem manga e estreita os olhos.

— Eu não gosto nem mesmo que outros homens olhem para você.

— Isso vai acabar deixando você totalmente maluco, sabia?

— Insano — ele sussurra com aquela voz quente e sensual enquanto brinca com a tira da minha blusa, e depois enrosca um dedo num cacho do meu cabelo. Reprimo um estremecimento. Meus joelhos estão trêmulos. Quero cair nos braços dele. Quero desmaiar sobre ele. Quero me lançar sobre ele e sufocá-lo com meus beijos. Ele solta o meu cabelo, recua um pouco e sai do personagem. — Mas você não tem mesmo nem uma quedinha por ele?

Uma imensa alegria me invade. A constatação de que ele está tomado pelo ciúme – até agora, no dia seguinte – é provavelmente a coisa mais maravilhosa que já experimentei.

— Dean e eu somos amigos. Sim, nós fomos juntos ao baile, mas fomos como amigos. Eu não senti nada quando o beijei.

Os olhos de Theo ficam do tamanho de pires de tão arregalados.

— Você o beijou? — ele pergunta, pronunciando cada palavra como se lhe doesse.

— Era um baile de formatura. Nós éramos amigos. Não aconteceu nada. Nós olhamos um para o outro com aquela cara de "isso foi como beijar a sua irmã".

Ele respira fundo, e isso parece tranquilizá-lo.

— Tudo bem. Foi um beijo fraternal. Vamos em frente.

— Veja, a minha mãe daria a vida para que eu me casasse com ele, mas isso porque ela é a melhor amiga da Carol, a esposa do Bob; eu não tenho dúvida de que as duas planejaram as nossas núpcias muitos e muitos anos atrás — digo enquanto retomamos nossa caminhada até a drogaria. Quando chegamos ao estabelecimento, Theo abre a porta e a segura aberta para mim. — Eu juro, sempre que nos apanham conversando elas voltam a sonhar com a possibilidade de casório. A mente delas se agita com datas no calendário, e testes de vestido, bolo de casamento, e finalmente o "felizes para sempre", quando as suas duas crianças deixam a cidade grande e voltam para casa a fim de acasalar.

O rosto dele fica bem sério por um momento, enquanto nós nos dirigimos ao corredor dos lenços de papel.

— Os seus pais querem que você fique com alguém daqui.

— Sim, eles querem. Como você pode ver, eles estão ridiculamente mergulhados nesse estilo de vida. Mas também não querem me magoar. Estão convencidos de que todos os homens da implacável e assustadora cidade grande são mentirosos e perversos que vão partir o meu coração — explico, e Theo não diz nada por um breve instante.

— Nós não somos todos assim — ele comenta.

— Eu sei disso. Mas os nossos pais se preocupam — digo, então me corrijo rapidamente. Os pais do Theo já não estão mais vivos, e ele não viveu a experiência de ser monitorado na casa dos 20 anos. — Os *meus* pais se preocupam.

— Porque eles amam você. Porque querem a sua felicidade.

— Sim, eu suponho que isso seja verdade. Às vezes, eu acho que é porque eles não sabem o que fazer comigo nem com o meu trabalho. O que eu faço não combina com o que eles consideram trabalho normal. Eles acham que eu pinto rostos em feiras, que perambulo pela cidade cantarolando e falando de paz e amor, sem outra preocupação na vida. Então eles querem que eu volte. Querem me ver junto com alguém daqui. E querem que eu fique perto deles. E a mamãe e a Carol acreditaram durante muito tempo que Dean e eu estávamos destinados a sermos felizes juntos. — Enquanto falo, pego dez caixas de lenços de papel e as coloco no grande saco de lona que trouxe comigo. — Mas o Dean e eu somos apenas amigos e mais nada. Nós não temos aquela... — paro para pensar nas palavras que direi — aquela sensação de frio no estômago, de "borboletas no estômago", como as pessoas costumam dizer. A sensação de loucura, de que o nosso mundo não é mais o mesmo.

O canto da boca de Theo se recurva num ligeiro sorriso.

— Borboletas são importantes pra você, April?

Olho para ele, desejando não sentir tantas coisas de uma só vez.

— Eu gosto de borboletas.

— Eu também — Theo diz enquanto seguimos para o caixa.

Uma ruiva de cabelos encaracolados e óculos enormes abre um grande sorriso ao me ver.

— April! Que bom ver você!

— Olá, Ruth — digo para a caixa que conheço desde que nasci. Ela é dona do estabelecimento, trabalha na caixa registradora e nunca tem um dia ruim.

— Olá, meu doce. Como vai a festa na reunião maluca de vocês?

— Uma loucura. Definitivamente maluca — digo, depois apresento o Theo a ela rapidamente.

Ruth olha para ele, inclina a cabeça e diz quase num sussurro:

— Ele é adorável. Estou tão feliz que você tenha encontrado alguém. Principalmente depois que...

Balanço a cabeça e envio a ela um olhar de advertência, com o significado de *"shhh"*. As notícias voam por aqui.

Nervosa, ela pisca e move a cabeça exageradamente.

— Quero dizer, principalmente porque hoje em dia é tão difícil encontrar alguém. Vocês dois precisam voltar em breve. Prometam que vão.

— Pode ter certeza — Theo diz enquanto pega o saco de lona com os lenços e o ajeita sobre o ombro.

Uma pontada de culpa me atinge. O Theo não vai voltar no final do verão. Não vai voltar para o Natal nem para o Ano-Novo, nem para nada.

Eu sei disso. Lógico que sei. Mas essas palavras me fazem recordar que cada momento entre nós foi artificial, cada interação foi falsificada. A consciência disso é como uma pedra no intestino. Não importa quantas histórias a gente invente, ou quanto ciúme ele sinta, isso é uma farsa.

É melhor ter isso sempre em mente. Melhor do que me deixar enganar por arrepios ou por borboletas.

— Principalmente depois do quê? — Theo me pergunta quando saímos.

— Ah, você sabe como são essas coisas — tento despistar, fazendo pouco caso da conversa com Ruth.

— Depois do quê? — ele insiste. — Ou eu deveria dizer depois *de quem*?

— Não é nada.

— Não, é alguma coisa. Você teve um ex cretino.

— E quem nessa vida já não teve um ex cretino? — digo com indiferença.

— Eu tive uma ex cretina. A minha tinha mestrado em cretinice, era uma cretina de primeiríssima. Se houver uma definição no dicionário para "ex cretina", foi inspirada nela.

— É mesmo? Você acha que a sua ex cretina é mais cretina do que o meu?

— Quer apostar? Não aposte, porque vai perder.

157

— Tudo bem, então escute: o meu ex disse que era divorciado, mas adivinhe só? Ele não era. O babaca ainda estava casado.

Theo quase tropeça, e os olhos dele se arregalam de espanto.

— Caramba, você ganhou. O cara não é um ex cretino, é um "ex-cremento".

— Boa! É exatamente o que ele é. Ele tinha um apartamento de solteiro para onde me levava. Tinha toda uma história preparada, plausível, para me enrolar: dizia que não era capaz de passar a noite com ninguém porque tinha um distúrbio de sono. Por três meses, eu caí na conversa dele. Até que o Xavier o reconheceu num lugar qualquer, junto com a esposa dele.

— O XMan acabou com a brincadeira dele?

Faço que sim com a cabeça.

— Acabou, sim, sem dúvida. Eu fico feliz, mas também foi horrível e revoltante ter sido manipulada com tantas mentiras.

A expressão de Theo fica séria, e seus lábios se juntam numa linha fina.

— É, isso deve ter sido mesmo péssimo. Sinto muito, April. Você merece coisa muito melhor. — Ele deixa escapar um longo suspiro de frustração. — Como eu disse à sua sobrinha: você é doce, inteligente e gentil. O que eu não disse à sua sobrinha é: você é cheia de vida, apaixonada, divertida e linda. Você merece o mundo. Você merece um cara mil vezes melhor do que um tipo como esse seu ex.

Eu me sinto leve como um beija-flor. Como um beija-flor, quero bater asas e voar. E já estou planando, voando rumo ao alto, e não quero descer nunca mais. Cada doce palavra abala a minha resolução de manter distância dos homens. Correção: eu não quero me manter distante *desse* homem. Desejo ficar cada vez mais perto dele, e isso me assusta tremendamente.

— E a sua história? — pergunto, abrindo espaço para que ele volte a falar um pouco da sua vida.

— Vamos lá. Não é tão ruim quanto a sua. Mas eu namorei uma pessoa com quem trabalhei. Ela era uma pesquisadora de mercado, e me prometeu todo tipo de trabalho. Cliente oculto, por exemplo. Daí nós nos aproximamos, e eu confidenciei a ela algumas das coisas que tive de enfrentar na vida. — Ele engole em seco, com dificuldade. — No dia seguinte, ela terminou tudo, e levou embora também todos os trabalhos que me havia prometido. Foi um belo tapa na minha cara, e uma advertência do destino. As pessoas não querem realmente te conhecer.

Olho para ele com ar pensativo.

— Eu não acho que seja sempre assim. Algumas pessoas se interessam em conhecer o outro.

— Você acha? — ele pergunta com ceticismo.

Faço que sim com a cabeça, e novamente me sinto alçando voo como um beija-flor quando digo:

— Eu gosto de poder conhecer você, Theo.

Ele me sorri sem muito entusiasmo.

— O problema, na minha opinião, era que você estava lidando com uma pessoa idiota — acrescento.

— Posso dizer o mesmo do seu ex.

Tem razão, e não vou negar. Eu estava igualando todos os homens ao Landon, mas isso não é inteiramente justo.

— Eu acho que você está certo. Vamos começar um centro de reabilitação contra ex-parceiros horríveis.

— Nós seremos os sócios-fundadores. Mas não se espante se a sua família quiser arranjar um encontro pra você no centro. Eu acho isso tão meigo — ele diz num tom de voz carinhoso. — Acho muito legal que eles amem você a ponto de se preocuparem com você.

— Mesmo?

— April, é legal que você tenha uma família que se preocupe com você — ele acrescenta, e isso me atinge como um soco no estômago.

Eu hesito, e por um instante fico sem saber o que dizer.

— Me desculpe se eu pareci ingrata.

— De jeito nenhum. Eu só estou argumentando.

Theo se encarrega de levar as compras, e nós tomamos o caminho de volta para a pousada. A certa altura eu vejo, do lado de fora da loja de ferragens, a parte de trás de uma cabeça com cabelo loiro curto e um par de ombros quadrados. Olho para essa figura com atenção, tentando me lembrar.

— Calvin — digo em voz alta.

— Quem é esse? — Theo pergunta.

— Ah, nada, só um cara de quem a minha mãe queria que eu me aproximasse.

Theo aponta para o homem que está ajustando uma placa de madeira.

— Ele?

— A minha mãe daria *qualquer coisa* para que eu aceitasse comer pãezinhos de canela com ele.

— Pãezinhos de canela? — ele pergunta, como se isso fosse uma coisa louca, obscena.

— A mamãe quis que eu fosse a um encontro com ele, e nesse encontro nós tomaríamos café e comeríamos pães de canela. Ela disse que o Calvin deseja realmente me conhecer.

— Claro que deseja — Theo resmunga num murmúrio.

Calvin se irrita com a placa, mas em seguida desaparece do meu campo de visão, porque Theo põe as compras no chão, segura o meu rosto com uma mão e me encosta na parede da loja de flores, que ainda estava fechada. Meu coração se agita, bate forte. Mais forte do que jamais bateu na minha vida inteira. Ele levanta a outra mão e a cola ao meu rosto, depois aproxima os lábios dos meus.

CAPÍTULO 19

April

É LENTO, SUAVE E TERNO.

Theo está realizando uma exploração. Como se eu fosse algum objeto curioso que ele acabou de descobrir e precisasse virar de um lado para outro com as mãos, para poder avaliá-lo por todos os ângulos. Prová-lo, tocá-lo, sacudi-lo.

Os lábios dele são tão suaves que por um momento eu mal os sinto. Então ele começa a beijar mais.

Mais em todos os sentidos.

De modo mais caloroso. Mais firme. Mais insistente.

Não é o beijo de dois segundinhos na varanda da pousada. Esse é um beijo merecedor de fotografia; tenho medo de acabar gostando demais da experiência, e isso pode não ser bom para mim. Eu devia detê-lo. Era o que eu devia fazer, sem dúvida.

Coloco as mãos nos ombros dele, e quase o empurro. Não quero todos esses beijos falsos que me confundem. Que parecem tão reais. Mas quando faço contato com o corpo dele, meus dedos se curvam nos ombros em vez de afastá-lo.

Corpo estúpido, tão estúpido que deseja algo que não passa de uma fachada.

Cérebro de toupeira, também, porque sai do ar, como um canal de televisão cheio de estática, quando Theo aprofunda o beijo e tudo perde a nitidez diante dos meus olhos. Corpos e sensações, certo e errado, falso e verdadeiro. Tudo acaba de se tornar uma grande e maravilhosa bagunça na minha cabeça.

Isso não é real.

Isso não é real.

Isso não é real.

Mas o zumbido soando por toda parte me diz que é.

A agitação no meu coração me diz que esse não é um beijo qualquer.

Os arrepios que percorrem a minha pele são 100% genuínos.

Eu daria qualquer coisa para saber se para ele isso é real ou é apenas uma encenação. Abro um olho, bem pouco, e tento enxergar o Calvin. Ele se foi. Somos apenas nós e a brisa do mar, e o som de um carro trafegando pela rua não muito distante de onde estamos.

Não há plateia agora, e isso deveria me tranquilizar.

Mas Theo está de costas para Calvin, então ele não deve saber que a plateia foi embora da sala de cinema. Theo, provavelmente, está apenas sendo cuidadoso. Está desempenhando o papel de macho alfa.

E desempenhando muito bem, pois está me fazendo acreditar nisso. Theo me convenceu totalmente, e se dependesse de mim ele ganharia um Oscar.

O ganhador na categoria Beijo Falso Mais Convincente vai para Theo Banks. Por sua atuação, a Academia orgulhosamente concede a ele a sua honra máxima. Vocês notaram que ela entrou em êxtase quando ele a beijou?

O beijo dele me faz derreter.

Dá à palavra "levitar" um novo significado.

Eu me sinto como se tivesse recebido uma alma novinha em folha.

Se isso é ser beijada, então eu nunca fui beijada antes.

Todas as mulheres deviam exigir o direito de serem beijadas assim.

Um dia, quando eu estiver velha e metida a besta, vou ensinar às mulheres mais jovens a lição que aprendi numa bela manhã de verão em uma rua da minha cidadezinha natal: não se contente com menos do que você merece. Não se contente com o segundo lugar nem no trabalho nem na vida –muito menos nos beijos. Vou dar palestras e anunciar o meu lema: "Não tive mais paciência para beijos tediosos depois de Theo Banks. Vocês também não deveriam ter. Deviam beijar como se o mundo estivesse em chamas. Beijar como se nada mais existisse. Não abram mão disso. Exijam beijos que façam o mundo desaparecer".

Tendo em vista a sua barba por fazer, as *tattoos* e a sua atitude arrojada, eu esperava mais rudeza da parte do Theo. Mas ele vai devagar. Um lamento terno escapa dos seus lábios. Eu o sinto na minha boca e engulo o seu som. Theo desliza a mão pelo meu pescoço, e quando alcança a minha orelha, esfrega o polegar no lóbulo.

Eu prendo a respiração.

Meu corpo inteiro se ilumina. Sou um letreiro luminoso de neon. Brilho em vermelho, azul e no mais intenso rosa. Quem diria que o polegar dele no lóbulo da minha orelha seria o toque mágico que transformaria um beijo num desmaio devastador. É como aquele momento em que um solo de violino se transforma em uma sinfonia: os sons me atingem de todas as partes. Meu corpo inteiro vibra. Meus sentidos aceleram e se sobrecarregam, e eu só consigo manter um pensamento no meu cérebro.

Beije-me mais uma vez.

Theo lê a minha mente.

Ele entra suavemente no papel de um homem que quer a mesma coisa. Cola o seu corpo ao meu, enrosca a mão no meu cabelo e a firma na minha nuca.

Posso sentir esse beijo nos joelhos, nos ossos e sob a pele.

Enquanto os lábios dele exploram os meus, o beijo se torna mais necessário, até urgente. Os lábios pressionam com mais força. As línguas se sugam ávidas. Ele exige mais de mim, e esse falso beijo parece muito real, tão real que me faz perder o fôlego.

Theo interrompe o beijo.

— Foi assim que nós nos beijamos pela primeira vez — ele diz ao meu ouvido, e eu sinto a respiração dele acariciando o meu pescoço.

Tento pensar em alguma coisa inteligente para dizer, alguma coisa marcante, mas nada de interessante me ocorre.

— E nós não paramos — é tudo o que eu acabo dizendo.

— Nós não queremos parar — ele murmura, e então seus lábios voltam a procurar os meus, colando-os. Theo me prensa contra a parede de tijolos. Suas mãos estão no meu rosto, no meu cabelo. Ele pressiona o corpo no meu, e isso não é fingimento.

Ele está excitado, e eu posso sentir toda a potência da sua ereção empurrando o meu ventre. É estonteantemente sexy. Loucamente estimulante. Todos os pensamentos na minha mente se misturam e se incendeiam quando imagino como seria tê-lo dentro de mim. Prendê-lo entre as minhas pernas. Deixar que ele me penetre mais e mais profundamente.

Theo interrompe novamente o beijo, e recua, mas ainda mantém sua testa encostada na minha. Sua respiração está acelerada.

— *April.* — Meu nome soa como champanhe em sua língua.

— Sim? — eu respondo, e pareço uma pateta bêbada e chapada esperando que ele fale.

CAPÍTULO 20

Theo

EU QUERO DIZER A VERDADE A ELA. UMA VERDADE. ALGUMA COISA. QUALQUER coisa. Essa farsa está me devorando por dentro. Eu não quero ser um mentiroso como o ex dela, mas também não quero me prejudicar.

— O quê? O que foi? — April pergunta novamente.

Meus nervos ficam à flor da pele enquanto avalio se abro o jogo e revelo tudo. Se conto a ela que estou gostando muito dela. Se falo sobre os meus pais. Se conto o que fiz para viver anos atrás. Começo a abrir a boca para falar, porque quero que a April saiba quem eu sou. Guardar segredos é difícil demais. Eles se tornam um fardo que você precisa carregar. Mas a Richelle terminou comigo no momento em que abri meu coração para ela. Tive que dizer adeus à namorada e ao trabalho também. Os trabalhos cessaram imediatamente.

Eu não quero perder esse trabalho.

Eu preciso dele.

Por outro lado, não quero perder a chance de deixar a April saber que esse beijo foi real.

Estou dividido em dois.

Em três, aliás, porque eu também quero beijá-la de novo. Ela é muito atraente, sensual e um tanto diferente. Nunca conheci ninguém como ela.

— Eu não sei o que ia dizer. Beijar você fez o meu cérebro fritar — despisto, usando o humor para escapar das perguntas.

Ela ri baixinho, e esse som ecoa pelo meu corpo todo. Como isso pôde acontecer comigo? A risada dela me deixa excitado. Mergulho a cabeça no pescoço dela.

— Mmm. Você tem gosto de raio de sol.

Ela murmura algo ininteligível.

— E laranjas.

Ela suspira.

— Em hipótese nenhuma eu deveria me sentir atraído por você — digo com voz rouca. Aí está. A admissão de que não há nada acontecendo entre nós. Nós somos cliente e contratado.

— Eu sei — ela sussurra, num tom de voz melancólico. — Mas você é um grande ator.

— E você não fica atrás. — E como eu não consigo resistir a ela, dou um beijo em seus lábios macios durante um, dois, três segundos. E inalo o perfume dela. — Só porque deu vontade.

— Esse foi um beijo "só porque deu vontade"? — ela pergunta com as sobrancelhas erguidas quando nos separamos.

— Nós fazemos muito isso, não fazemos? — pergunto, e embora estejamos jogando o nosso jogo novamente, esses momentos parecem bem mais honestos do que tudo que já vivi com ela até agora. Eu passei tanto tempo fingindo, atuando, enganando, e agora eu quero que a verdade seja minha aliada.

— Nós somos o rei e a rainha dos beijos "só porque deu vontade" — ela diz, e isso não me ajuda em nada, pois só me faz desejá-la ainda mais. Temos um senso de humor parecido, e sempre brincamos um com o outro nas nossas conversas.

Deslizo os lábios pelo maxilar dela, subindo até a orelha. Mordisco o lóbulo dela e murmuro: "Só porque deu vontade". Ela geme, trançando os braços em torno do meu pescoço. Eu devia parar. Mas quando ela se derrete nos meus braços e as nossas línguas se enroscam, parar parece impossível. Pelo contrário: eu a beijo ainda mais intensamente. Percorro o cabelo dela com as mãos, e roubo mais um beijo. E mais outro. Ela é macia, tem um gosto fantástico, e quero arrancar as roupas dela e beijá-la inteirinha. Explorar seu corpo, lamber a pele, colar minha boca à garganta dela.

Quero vê-la arqueando as costas. Para saber de que maneira ela reage quando está alcançando o orgasmo. É assim que a beijo. Eu a beijo para que ela saiba que quero devorá-la. Quero o corpo dela debaixo do meu, em cima do meu, em todas as posições possíveis. Empurro o meu corpo contra o de April para ter certeza de que ela vai sentir o que fez comigo, para que possa saber que está acontecendo de verdade. Que é real. Que é *só porque deu vontade*. Ela geme, sua boca colada à minha. Eu a abraço com mais força, beijo-la mais profundamente, e mais demoradamente.

Em algum lugar nas profundezas do meu cérebro há um sino tocando. O som é metálico, e parece ser um aviso. Quanto mais eu fizer isso, mais eu *vou querer* fazer. É uma situação perigosa para um homem como eu. Permitir a intimidade significa baixar a guarda. Deixar alguém entrar significa que você pode perder tudo pelo que lutou. A linha de chegada está próxima, e eu preciso chegar até o final.

Afasto-me dela abruptamente. Esfrego a boca com a mão.

— Eu não devia ter feito isso — resmungo.

Estou agindo como um idiota estúpido. Eu sou um idiota estúpido.

April me olha com expressão confusa e séria ao mesmo tempo.

— Então por que você me beijou, Theo?

Cerro os dentes para barrar uma mentira.

— Foi por isso que você quis que eu viesse para cá passar o fim de semana. Não foi?

— Foi — April responde com um aceno de cabeça, como se estivesse se lembrando dos seus próprios motivos. Seu tom de voz é cínico. — Para combater os meus parentes.

Eu finjo que não percebo o sarcasmo.

— Pois é. Você não disse que todos estavam tentando arranjar um parceiro para você e você queria parecer compromissada?

— Sim. Mas... — Ela franze as sobrancelhas. — Eu... — ela começa, em seguida para. — Eu não entendo isso.

— Não entende o quê?

— *Você.*

— Não *me* entende?

Ela aponta para mim.

— É. Estou falando de você. Você me beijou por causa do Calvin, certo?

— Sim, era o que você queria — respondo, porque nesse instante a autopreservação é mais importante para mim do que admitir que eu queria beijá-la.

— Então o Calvin sabia que a gente estava se beijando?

— Ele estava bem ali — digo, apontando para trás de mim.

April anda em círculos por alguns momentos, depois se volta para mim e passa a mão com vigor por seus cachos loiros exuberantes. O cabelo dela está todo desarrumado por minha causa. Os olhos estão hostis por minha causa.

— Parabéns.Por brincar com a minha cabeça.

— Como? — eu digo.

Ela bate um pé no chão, frustrada.

— Me beijando por causa do Calvin. E me beijando de novo, sem parar. Dizendo "só porque deu vontade". Falando sério, isso é loucura — ela diz.

Eu quis beijá-la, mas isso não muda as regras do nosso acordo. Eu me deixei levar e perdi o controle. Preciso ser mais esperto e cuidadoso.

Ela pega a sacola com os lenços de papel e coloca uma mão no quadril.

— Vou voltar para Sunnyside. Seria ótimo se você voltasse logo para lá também. E talvez agir como se nós não tivéssemos acabado de brigar, porque eu não tenho humor para isso no momento.

Ela se vira para ir, e eu tento gritar *"Espere!"*.

Mas a palavra morre na minha boca.

Fico ali, parado, engancho os polegares na minha calça jeans e a deixo ir.

CAPÍTULO 21

April

DOU ESTOCADAS NOS BOTÕES DO MEU CELULAR, DIGITANDO COM FORÇA excessiva enquanto caminho na rua. Eu respiro com força, teclando uma letra cheia de frustração atrás da outra, com a cabeça inclinada sobre o teclado, deixando rapidamente para trás armazéns e lojas.

> April: Você bem que tinha razão.

> Claire: Você partiu pra cima dele antes do almoço, então? Muito bom.

> April: Não exatamente, e não estou feliz.

> Claire: Xi... Me conte o que houve.

> April: Ele me deu uns beijos loucos essa manhã.

> Claire: Opa, então a greve terminou. Já vi tudo. Aliás, parabéns por isso! E que venham mais beijos quentes.

> **April:** Não é exatamente assim.

> **Claire:** Os beijos não prestaram? Isso é terrivelmente triste. Mas tudo bem, diga a ele que você vai voltar a adotar a abstinência total na sua vida, e agradeça pela boa vontade dele.

> **April:** Não, não é isso. O beijo superou todas as expectativas, foi mais do que quente. Mais do que incrível. Foi um beijo de cinema. Um beijo de livro. Eu podia ter sido uma daquelas garotas que levitam e derretem no meio do beijo. Fiquei arrepiada dos pés à cabeça, e senti tudo formigar em mim.

> **Claire:** Eu não estou conseguindo enxergar o problema. Por que você não pega alguns preservativos e os leva para a Sala Panqueca? Você precisa fazer panquecas com ele. Isso até soa um pouco como safadeza hahaha.

Eu quero rir. Mas não consigo. Nem ligo para a sua tentativa de fazer graça. Estou absolutamente frustrada. Tão terrivelmente confusa. Olho na tela do celular enquanto caminho rua acima. Como foi que eu vim parar aqui? Fui tão cuidadosa. Cautelosa. Quando você contrata alguém para ser seu namorado, não faz isso para dar nessa pessoa um beijo de língua apaixonado, um beijo que faz o seu cérebro sair dos trilhos. Pelo menos é o que eu acho. Mas dentro de mim as emoções estão confusas, emaranhadas, uma desordem cada vez pior.

> **April:** Ele ficou estranho depois do beijo.

Claire: Ohhhhh.

April: Ele ficou todo... agiu de modo esquisito... Mais ou menos assim: "Eu quero beijar você, mas nós não podemos nos beijar, e eu beijei você porque vi aquele outro cara que está a fim de você, e eu continuei beijando, mas agora não posso porque, bem, sabe como é, tenho minhas RAZÕES."

Claire: Eu odeio quando os homens ficam estranhos.

April: É a coisa que eu menos gosto neles.

Claire: Além de não serem divorciados?

April: Certo, tudo bem. Odeio isso mais ainda.

Claire: Além de não serem financeiramente independentes?

April: Ei, de que lado você está?

Claire: Do seu lado e do lado de beijar muito. É uma estranheza que pode ser resolvida com palavras? Você sabe, *conversando*. Você gosta de conversar. Adora falar. Além disso, quais são essas RAZÕES?

April: Eu estou gemendo. Mas não é o bom gemido. Estou gemendo de irritação.

Claire: Que sorte a minha eu não poder ouvir o seu bom gemido.

April: Você não vale nada. Mas seja como for, o que é que eu digo A ELE?

Claire: Diga "Ei, eu sei que contratei você, mas estou a fim de você, você está a fim de mim, então que tal se a gente fosse pra aquela caminha ali?"

April: Ugh. Isso não devia ser estranho. Devia ser fácil. Contratar uma pessoa torna as coisas mais fáceis. Dinheiro passando de uma mão para outra facilita tudo. Por que então está mais difícil?

Claire: Lembretinho para a April: as coisas se complicam quando as pessoas gostam uma da outra. Se existe estranheza, talvez exista o desejo de ir adiante. Pense nisso. E lide com as RAZÕES.

Tiro os olhos da tela do celular e levanto a cabeça, inalo profundamente o ar fresco do mar, e escuto o som de sapatos chocando-se na calçada. Caminho direto para onde o Cory está.

— *Afff!*

Esse é literalmente o som que escapa da minha boca quando colido com o marido da minha irmã.

Ele retira seus fones de ouvido.

— Ei! Me desculpe. Eu estava tão concentrado nesse *podcast* que não te vi — ele diz sorrindo. — Tá tudo bem? Eu vou dar uma passada na padaria para checar as coisas antes que os jogos recomecem.

— Tudo perfeito — respondo, e o embaraço me atinge e me perturba. Não estou envergonhada porque a gente se chocou no outro. Estou envergonhada pelo motivo que causou isso. Tive uma briga estúpida com o meu falso namorado, e agora o marido real da minha irmã me pergunta se eu estou bem. Eu não estou bem. Estou nervosa porque o meu suposto namorado me beijou como se não houvesse amanhã, e depois agiu como se fosse... bem, como se fosse encenação. Mas na verdade não foi uma. Mas não posso dizer isso ao Cory nem a ninguém daqui. Principalmente depois que os meus olhos se voltam para o celular dele e eu vejo o nome do podcast. *Como Dar Ânimo Novo ao seu Casamento.*

Meu rosto fica vermelho na hora. Queria não ter visto isso. Queria não saber o que se passa na mente dele. Será que as coisas estão ruins de verdade entre a Tess e o Cory? Ou ela simplesmente se deixou dominar pela preocupação de atender às necessidades de uma criança?

— Tem certeza? — ele pergunta.

Pisco e foco a minha atenção na pergunta dele.

— Estou ótima!

Cory olha ao redor atrás de mim, procurando por alguém.

— Onde está o Theo? — Cory parece ansioso para saber onde se encontra o meu companheiro.

Agito uma mão no ar.

— Ele precisou atender um telefonema — digo, inventando uma desculpa de imediato. — Coisas de trabalho.

— Entendi. Quer alguma coisa da padaria? Será que o Theo gostaria de alguma coisa? Nós temos umas tortas radicais de sete camadas. Aposto que ele ia querer uma.

Forço um sorriso. Ah, meu Pai. Se meu cunhado está tentando impressionar o Theo com os produtos da sua padaria, então deve achar que o Theo é o cara descolado que ele queria ser.

— Isso parece incrível, e eu vou querer um bolo do tamanho da minha cabeça. — *Para afogar as minhas estúpidas mágoas indesejáveis. Ouvi dizer que a sua cobertura de chocolate é a nova terapia.*

— Oi, amor. Já resolvi os problemas de trabalho. Posso ir buscar esse bolo se você quiser. E uma torta de sete camadas radical parece uma ideia fantástica, Cory.

Eu me viro na direção da voz que me provoca arrepios na espinha. Mas ainda estou zangada com ele. E mais zangada ainda comigo mesma.

CAPÍTULO 22
Theo

COM UM CUMPRIMENTO ANIMADO E A PROMESSA DE ME LEVAR UMA TORTA de sete camadas radical, Cory vai embora, e ficamos apenas nós dois no final do último quarteirão do centro de Wistful.

Agora eu preciso virar homem e dizer o que devia ter dito antes.

— Você ainda está com raiva de mim.

Ela faz uma careta de desgosto.

— Não mesmo.

— Mentira — provoco. — Está, sim.

April suspira, mas balança a cabeça em negativa.

— Não importa — ela responde. — Eu não tenho direito de ficar com raiva de você.

— Tem, sim — digo enfaticamente. — Você tem todo o direito.

— Você quer que eu fique com raiva de você? — Ela começa a caminhar novamente na direção da pousada.

Vê-la ir embora e me deixar para trás esta manhã foi um tapa na cara. Foi estupidez da minha parte agir com ela de maneira evasiva e deixá-la acreditar em coisas que não eram verdadeiras. Foi estupidez da minha parte mentir para ela na outra noite. Por isso agora abro o jogo e falo sem hesitar:

— Meus pais não morreram em um acidente de carro — desabafo, deixando que as palavras jorrem, cortantes e cruas.

Isso faz April parar de andar e girar o corpo, parando diante de mim. A luz brilhante do sol banha seu rosto, iluminando os olhos verdes penetrantes e as sardas, que às vezes a fazem parecer ainda mais jovem.

— O que você quer dizer com isso?

Sinto como se houvesse chumbo pesando dentro do meu peito. Odeio falar sobre isso. Odeio que tenha acontecido. Odeio o modo como isso foi distorcido e modificado e usado para definir o meu futuro.

— Era mais fácil do que dizer a verdade — confesso.

— O que aconteceu, então?

Revelo a duras penas a verdade amarga.

— Minha mãe teve câncer pancreático quando eu tinha 13 anos. A doença teve evolução rápida e era horrível. Ela teve muito pouco tempo. Do diagnóstico até a morte, apenas nove meses.

— Nossa, Theo — April diz, a voz embargada pela emoção. — Sinto muito.

— Nós não sabíamos por que ela teve esse câncer. Não havia histórico familiar, nem indícios. Ela levava uma vida normal. Era professora de inglês, assim como o meu pai. A nossa família era bem comum. Vivíamos uma vida bastante normal em Boston.

— Não há nada de errado em levar uma vida normal. Às vezes, isso é até bom.

— Tudo o que os meus pais queriam era que fôssemos para a faculdade, meu irmão e eu. Até mesmo quando a minha mãe ficou doente. Faculdade era tudo para o meu pai e a minha mãe. Os dois tinham começado a economizar para pagá-la, mas tinham muito pouco. E acabaram usando o que tinham para pagar o tratamento da minha mãe.

Ela está cabisbaixa, e seus grandes olhos estão repletos de tristeza.

— É triste demais que isso tenha acontecido com a sua mãe.

Respiro fundo. Nesse ponto, as coisas pioram ainda mais, como se fosse possível.

— April, eu tinha 14 anos quando ela morreu. Duas semanas depois, meu pai se suicidou.

Ela fica boquiaberta, olhando para mim como se não acreditasse. Então leva a mão à boca e a pressiona, cobrindo-a. Richelle reagiu da mesma maneira quando contei a ela. Eu me preparo para o pior, porque Richelle me deixou logo depois que soube que Heath e eu nos tornamos vigaristas para sobreviver.

A Richelle queria um namorado que se encaixasse na sua concepção de vida perfeita, pura e bem-arrumada, e não aceitou bem quando eu disse a ela o que havia acontecido aos meus pais. Quando descobriu que eu tinha um passado, e um passado nada bonito, ela ficou nervosa. Tensa. E se retraiu.

A reação da April é completamente diferente.

Essa garota, esse doce e sarcástico diabinho de garota, põe a mão no meu ombro e o aperta calorosamente.

— Theo — ela diz com delicadeza. Enquanto Richelle se afastou, April chega mais perto. — Não dá nem pra imaginar o que você teve de passar.

Por causa disso, dessa reação, nesse momento eu sinto que foi uma experiência diferente ter contado esse segredo para a April. Espero que não esteja enganado.

— Peço desculpa se pressionei você a me contar quando lhe perguntei isso na primeira noite — ela diz.

Fecho os olhos e balanço a cabeça. Quando volto a abri-los, seguro a mão que ela me oferece.

— Eu peço desculpas por ter mentido.

— Não se desculpe. Eu compreendo. É difícil demais falar sobre essa provação. Infinitamente mais difícil do que ter enfrentado tudo isso.

Engulo em seco, e ela aperta a minha mão com firmeza.

— Nós esperávamos que o meu pai estivesse lá, ao nosso lado. Que tomasse conta de nós. Mas ele não podia viver sem a minha mãe. Ele colocou uma bala na arma e a enfiou na boca.

O rosto dela se contrai.

— Isso é tão terrível, Theo.

— Agora você entende por que é mais fácil dizer que eles morreram em um acidente de carro.

Ela estende a mão livre e alcança o meu cabelo, então afasta alguns fios caídos na minha testa. Essa reação também não passa despercebida por mim. Também é diferente. Gosto das diferenças da April.

— Obrigada por me dizer a verdade, mesmo uma tão dura de se dizer. Especialmente porque a gente se conhece tão pouco. Foi por isso que me contou? Porque é mais fácil contar para alguém que você não conhece bem?

Fico em silêncio por alguns instantes, refletindo sobre a questão. Balanço a cabeça numa negativa.

— Eu sinto que a conheço, April.

Ela sorri com ternura.

— Acho que também sinto a mesma coisa. Estamos juntos há alguns dias apenas, mas na verdade eu sinto como se o conhecesse de fato... Ou pelo menos como se quisesse conhecê-lo.

Os dedos da minha mão estão entrelaçados com os dela. Eu a puxo para mais perto de mim e lhe dou outra resposta verdadeira.

— Eu não quero confundir a sua cabeça. Contei a você sobre os meus pais porque quando eu disse que não me envolvia com clientes, quando disse que nunca beijei uma cliente, eu quis que você soubesse que eu estava dizendo a verdade. — Olho bem no fundo dos olhos dela, e o que digo em seguida está carregado de sentido: é importante para mim, para o que eu desejo ser. — Quero que você saiba que eu não sou mentiroso. E que é a mais pura verdade quando digo que nunca quis beijar ninguém tanto quanto quis te beijar. Também estou sendo sincero quando digo que me sinto absurdamente atraído por você.

Talvez eu esteja apenas testando gradações da verdade. Para ver o que funciona. Quero me libertar do que eu era antes. Quero seguir em frente. Quero caminhar na direção de um futuro que me reserve algo que não sejam apenas dívidas e contas e problemas que me perseguem. Tentar provar a honestidade aos poucos, como se fossem pedaços de fruta servidos num prato, parece-me ser o caminho certo.

— Deve ter notado que eu também estou meio atraída por você — April diz com um pequeno brilho no olhar. E me puxa pela mão, guiando-me até um banco próximo.

— Meio atraída? — pergunto em tom de brincadeira.

— Ei, nada de jogar verde — ela retruca.

— Tudo bem, "meio" já está de bom tamanho.

— O que aconteceu depois que os dois morreram? — ela pergunta, retornando ao assunto central. — Onde você viveu? Para onde foi?

— Eu tinha 14 anos. Heath tinha 16. Nós crescemos em Boston, mas depois que o meu pai se suicidou nós fomos mandados para a casa da minha tia, em Jersey.

— Vocês e a sua tia eram próximos?

Faço que não com a cabeça.

— Se por "próximo" você quer dizer me dar uma carona para a escola no dia da minha formatura no ensino médio, em seguida se mandar pra ver os amigos dela, então sim. Aliás, ela nunca havia levado a gente para nenhum evento antes. Esse foi o primeiro.

— Caramba — April diz num murmúrio. — Então não eram nem um pouco chegados.

— Vamos colocar da seguinte maneira: eu não a vejo desde que ela bateu na minha porta alguns anos atrás e me pediu dinheiro para comprar comprimidos.

— Ela foi tão direta assim? Nem mesmo tentou disfarçar?

— Ela perdeu a noção da realidade. E o pedido foi bem irônico, já que eu estava tão duro que precisaria esfregar dois pauzinhos se quisesse ter fogo — digo, e me preparo para uma reação negativa de April diante disso. Ela pode não ser uma garota mimada e metida, mas está cercada de luxo, e com certeza tem infinitamente mais do que dois pauzinhos. Ela tem madeira para fogueiras gigantescas. — Ainda hoje eu passo por isso, às vezes.

O meu corpo começa a ser tomado pela tensão. Acabo de confessar uma das verdades básicas da minha existência. Acabo de revelar que a minha vida é uma luta diária pela sobrevivência.

— Eu estou dizendo isso como o homem que sente atração por você, não como o homem que você contratou — acrescento.

— Ótimo que tenha sido por esse motivo. E você trabalha duro mesmo. Lida com vários trabalhos agora.

— Eu tento.

— Obrigada por compartilhar isso tudo comigo. Estou contente que tenha sido honesto. E ainda que eu esteja numa dieta de restrição total de homens, por assim dizer, fico feliz que você tenha sido o cara que deu fim a isso com aqueles beijos — April diz, erguendo graciosamente os lábios.

— Também fico feliz por isso. — A minha vontade é de beijá-la de novo, o dia inteiro. De repente, todas as minhas razões para não beijá-la parecem ter perdido a importância. Parecem insignificantes quando olho para ela e vejo seus cabelos despenteados pela ação das minhas mãos. E os olhos dela me tentam, me convidam...

Nesse momento, porém, um toque de celular familiar vem do meu bolso. A força do hábito acaba prevalecendo, e eu pego o telefone. É o Heath. Atendo na mesma hora.

— Ei, e aí?

— Oi, seu merdinha — ele responde.

Cubro o fone e falo com April:

— É o meu irmão.

— Você tem um minuto? — ele me diz.

— Tenho. Espere só um instante aí. — Eu me viro para a April. — Vai ser rápido.

Ela me libera com um aceno da mão.

— Fale com o seu irmão. A gente se encontra em casa.

— Tem certeza? — sussurro.

Ela faz que sim com a cabeça.

— Claro. Você consegue achar o caminho? Fica só a duas quadras daqui.

— Não se preocupe, vou achar.

April me faz um ligeiro aceno, eu retribuo, então me viro para o outro lado, pressionando o celular no ouvido.

— E aí? Tudo bem? — Heath diz. A voz dele é grave e rouca. Lixa e areia.

— O que você manda, cara?

— Ah, eu só terminei um trabalho e resolvi me divertir um pouco jogando um jogo novo no Xbox, mas fiquei entediado.

— Quer dizer então que você fica entediado e liga pra mim? E a Lacey, ela saiu?

Ele ri enquanto eu perambulo devagar sobre a calçada.

— A Lacey está trabalhando, mas eu tenho trabalho também.

— É mesmo?

— Sim, senhor. O seu velho mano aqui não é nenhum fracassado. Sempre tenho uns trabalhos aqui e ali. Estou com uns clientes novos.

— Eu nunca achei que você fosse um fracassado, Heath.

Ele ri com desdém.

— Você sabe melhor do que ninguém que eu era um fracassado, sim. Se não fosse, não teria passado dezoito meses na cadeia.

— Foi ridículo que isso tenha acontecido.

— Eu fui parar lá porque mereci. Mas também mereço ter saído.

— Sem dúvida. Que tipo de trabalho você anda fazendo, Heath? — pergunto, sentindo a garganta secar de nervosismo. É melhor que não seja o tipo de trabalho que o colocou atrás das grades.

Heath foi para a cadeia por fraude. Ele se envolveu com uns esquemas sinistros na internet, e foi condenado a dois anos de prisão. O sujeito que o entregou, um cúmplice, teve a pena diminuída para um ano e seis meses por fraude ligada a ações.

— Eu já disse a você um dia desses, faz pouco tempo. Estou expandindo os meus negócios por computador — ele responde.

Eu bufo, irritado. Chego ao final do quarteirão. A buzina de um barco soa ao longe.

— Heath — digo em tom de advertência. — Você não está fazendo aquilo de novo, não é?

— Eu estou rigorosamente no caminho do bem, *baby*. Assim como você.

— Você sabe que eu estou limpo desde County.

— Essa foi uma grande merda que você fez, de verdade. Eu queria ter te impedido.

— Nada poderia me deter. Além do mais, você estava fora da cidade, com a Addison.

— Não mencione o nome dela.

Essas palavras me deixam de sobreaviso.

— Por quê? Ela entrou em contato com você? — pergunto.

— Não, não entrou. É porque quero esquecer essa mulher de vez. — Ouço uma porta ranger do outro lado da linha. — Olha só, a Lacey chegou em casa.

Lacey sempre foi a única mulher para ele. Meu irmão abriria mão de tudo por ela. Lutaria por ela. Faria tudo por ela. Eu só gostaria de saber se ele se endireitaria por causa dela também.

— Dê um olá para a Lacey por mim.

— Ei, bonitão! — ela diz, gritando perto do telefone.

— A gente precisa dar um jeito de se ver logo. Sinto saudade de você, seu filho da mãe.

— Também estou com saudade, seu grande pentelho — digo carinhosamente, com a enorme afeição que sinto pela pessoa que, para todos os efeitos, me criou depois que os nossos pais se foram. Eu amo loucamente o meu irmão.

Ele é a minha família. Minha única família. Ele permaneceu ao meu lado. Não meteu uma bala na cabeça quando os nossos pais morreram.

CAPÍTULO 23

Theo

AS DISPUTAS DE QUEDA DE BRAÇO FORAM SÓ O COMEÇO.

Depois que eu e Heath descobrimos que podíamos tirar dinheiro dos universitários, nós colocamos nossos cérebros de adolescentes empreendedores para funcionar e buscamos descobrir quem mais poderíamos trapacear.

Não visávamos coisa alguma especificamente. Ora mirávamos o nosso passado, ora buscávamos o nosso futuro. Heath estava zangado por termos deixado Boston para ir morar com a nossa tia. Ele estava apaixonado pela sua namorada da escola, e odiou deixar Lacey para trás para ir viver com uma pessoa que a gente mal conhecia. Nossa tia não ligava para o que fazíamos. Ela estava tão viciada em analgésicos e tão empenhada em conseguir mais Vicodin, que os dois fardos rebeldes que haviam sido enviados para morar com ela não significavam muita coisa. Para ela nós não passávamos de problemas, e não valíamos merda nenhuma.

Quando uma pessoa comete suicídio, as companhias de seguro não costumam pagar. Eu não sei se o meu pai tinha conhecimento ou não dessa pequena brecha. A apólice de seguro dele tinha apenas um ano, então não significaria grande coisa mesmo que tivesse sido paga mais tarde. Na ocasião, não foi paga. Nós não tínhamos dinheiro para a faculdade. Não tínhamos dinheiro para nos manter, para nada. Não tínhamos escolha; era afundar ou nadar, lutar ou morrer. Olhando em retrospecto, nós poderíamos ter tentado arranjar emprego num supermercado, num posto de gasolina, numa pizzaria. Poderíamos ter buscado o nosso lugar como jovens cidadãos de bem, adolescentes que ganham salário mínimo.

Mas não queríamos salário mínimo. Queríamos o que a nossa mãe queria para nós.

— Vão para a faculdade. Estimulem a mente. Conquistem um diploma — ela disse.

Nós escolhemos o caminho mais rápido que podíamos identificar para sair do ponto A e chegar ao ponto B.

Nos misturávamos às estranhas figuras dos calçadões de Jersey, e nos transformamos no que se poderia chamar de modernos empresários do golpe, ou golpistas em série, ou *"golpe-sários"*.

Uma das nossas especialidades era o truque do troco rápido: nós enganávamos caixas de postos de gasolina com uma trapaça que executávamos o ano inteiro. É simples, mas como um número de mágica, exige que você tenha dedos ágeis e saiba confundir o alvo. Eu pagava um pacotinho de chicletes com uma nota de dez dólares, recebia de volta nove dólares e uns trocados, e então dizia ao operador de caixa que eu tinha uma nota de um dólar, e lhe pedia que trocasse dez notas de um dólar por uma nota de dez. Eu repetia a operação e o levava a dar mais troco, e fazia isso tão rápido que o caixa se atrapalhava todo, e acabava me entregando mais dinheiro do que deveria. O segredo era fazer várias transações com troco ao mesmo tempo, e era assim que eu ficava sempre um passo à frente dos caixas.

Nós dois tínhamos rapidez e confiança como nossas aliadas, e isso, para ser honesto, era tudo de que precisávamos para juntar mil dólares por mês indo de estabelecimento em estabelecimento com esse truque. Porém esse valor não paga uma faculdade, então Heath não começou a dele quando fez 18 anos.

Mas pequenas trapaças levam a grandes trapaças.

E depois que você tira dinheiro de universitários e de operadores de caixa, quer ir além, quer mais.

Foi quando Addison entrou em cena. Ela e o meu irmão têm a mesma idade. A Addison se tornou namorada dele depois que ele terminou o ensino médio, e ela começou a participar das nossas trapaças. Ela estava com 19 anos e era a nossa "isca". Eu sondava os alvos na praia, homens, e a função dela era iniciar uma conversa com eles. Ela os induzia a lhe pagarem uma bebida, e depois os levava até a nossa casa.

Heath desempenhava o papel do irmão mais velho dela, flagrava os dois juntos e se impunha. Ele era um cara coberto de tatuagens, bem musculoso, e jurava que ia arrancar fora a cabeça dos caras. *Deixe a minha irmã em paz!* E nós extorquíamos os sujeitos que caíam na armadilha: ou eles entregavam todo o seu dinheiro ou chamaríamos a polícia.

Foi por isso que não menti quando contei à April e aos amigos dela que *A Isca* foi uma das peças de que eu participei. Foi como uma performance noturna que nós realizávamos, e que nos rendia um bom dinheiro.

Também éramos mestres no *golpe do aluguel*. Anunciávamos na internet um apartamento para alugar, por um preço ligeiramente abaixo do de mercado, e pedíamos pagamento adiantado pelos dois primeiros meses de aluguel. O pagamento era depositado no banco, os novos locatários se preparavam para a mudança, mas descobriam que o mesmo imóvel já havia sido alugado a outros. Nós não podíamos ser encontrados em lugar nenhum. Num momento nós estávamos ali, e no momento seguinte não estávamos mais.

E assim nós levávamos uma vida melhor do que comida de *fast-food*. Era melhor que qualquer emprego.

A agitação é grande quando se arma um esquema. Você fica eufórico, fica a mil. É muita adrenalina. Nós ficamos mais confiantes e mais audaciosos, e quer saber? Nunca fomos pegos. Nem uma vez.

A ironia é que eu fui colocado na cadeia por outro motivo, e fiquei detido duas semanas. Eu não menti no meu anúncio. Eu realmente passei um tempo na prisão. Passei uma temporada atrás das grades quando tinha 19 anos. Heath estava fora, viajando com a Addison. Os dois tinham viajado até a Carolina do Sul para aproveitarem as férias, e também para tentar lucrar trapaceando no jogo. Addison emprestou dinheiro para um círculo de apostas que estavam armando. Eles pretendiam fazer as economias do meu irmão para a faculdade engordarem com a ajuda do pôquer. Eu, enquanto isso, trabalhava por conta própria num negócio paralelo, vendendo identidades falsas para estudantes universitários que queriam acesso mais fácil a bebidas.

Até que fui preso, e fui jogado na cadeia por 14 dias.

Depois da morte dos meus pais, aquele foi o pior momento da minha vida. Duas semanas de puro pesadelo. Dividi uma cela com um viciado em crack e um criminoso de carreira preso por posse de arma de fogo. Tempos engraçados. Quase morri de medo, embora eu fosse considerado um criminoso de colarinho branco em formação. Na época, talvez o sistema de justiça tenha acreditado que, se conseguisse me fazer parar, evitaria o surgimento do próximo gênio do golpe financeiro.

Talvez eles estivessem certos.

Quando fui solto, deixei de lado as fraudes e as trapaças.

Parei porque eu gostava da faculdade infinitamente mais do que gostava de ser trancafiado no xadrez. Passei os cinco anos seguintes na universidade, e por fim, aos 24 anos, eu me formei. Nós usamos o nosso dinheiro das trapaças para pagar a minha faculdade e a do Heath, e tomamos pequenos empréstimos para cobrir as quantias que nós não tínhamos. Olhando em retrospecto, nós poderíamos ter nos candidatado a receber ajuda financeira para a faculdade, mas não fazíamos ideia disso quando éramos mais jovens. Depois que os nossos pais morreram, nós fomos praticamente criados por lobos – nós mesmos – e nenhum de nós dois tinha um orientador que se preocupasse o suficiente para mencionar a possibilidade de auxílio financeiro. Nem depois que nos matriculamos nos ocorreu solicitar algum subsídio. Mas mesmo que tivéssemos conhecimento dessa possibilidade, a verdade é que aplicar pequenos golpes era mais simples, rápido e eficaz. Nós éramos bons nisso. E não precisávamos preencher intermináveis formulários para nos qualificar a receber auxílio. Nós selecionávamos os nossos alvos e partíamos para o ataque.

De vez em quando, eu penso nos nossos alvos, nas pessoas que trapaceamos para conseguir grana. Alguns eram operadores de caixa atrapalhados. Outros eram universitários bêbados. Outros ainda eram pessoas comuns da praia. Uma nota de dez dólares aqui, uma de vinte ali, às vezes algumas centenas de dólares. Eu prefiro pensar que as minhas escolhas não deixaram ninguém quebrado, mas quem sou eu para saber o que as nossas trapaças fizeram ou não às pessoas que nós enganamos?

No final das contas, encontro algum consolo em saber que não roubei o dinheiro da aposentadoria ou o da faculdade de ninguém. Como um viciado que se submete ao programa de doze passos, acreditei que deveria reparar meus erros de alguma maneira. Comecei fazendo doações para um fundo de pesquisa sobre o câncer pancreático, e ainda faço essas doações. Todos os meses eu preencho um cheque, e nunca deixei de realizar um pagamento sequer para essa finalidade. Talvez essa seja a minha singela maneira de restaurar a ordem. Talvez seja a minha crença no karma. Ou talvez seja simplesmente a coisa certa a fazer.

Na época em que eu me formei na faculdade, meus dias como vigarista já faziam parte de um passado distante, mas o Heath tinha começado tudo de novo. Ele havia tomado gosto pelos grandes ganhos, e não queria abrir mão deles. Após estudar computadores a fundo, meu irmão adquiriu habilidades suficientes para colocar em prática o seu esquema de fraudes financeiras depois que terminasse a faculdade. Heath queria "reabastecer os cofres", como ele mesmo disse certa noite enquanto bebíamos e conversávamos.

— As nossas reservas se foram, Theo, estamos zerados. Todo o nosso dinheiro foi para a faculdade.

— A gente sempre soube que o dinheiro iria para a faculdade. Foi por isso que nós fizemos o que fizemos — argumentei. — Temos que aceitar isso.

— Mas agora nós podemos repor o que perdemos — ele disse.

— A mamãe não aprovaria isso.

— A falta da aprovação da mãe não impediu você de me ajudar a limpar os otários por todo o calçadão.

— Isso foi diferente — retruquei. — Nós não tínhamos nada na época. Tínhamos um motivo, e não havia outra saída.

— E eu tenho um motivo agora. Preciso me dar bem, prosperar. Tenho que recolocar a minha vida nos trilhos antes de procurar a Lacey de novo.

Reconheci o nome. Era um nome do passado. Arregalei os olhos, surpreso por ouvi-lo mencionar essa garota.

— Está falando da sua namorada da escola? — perguntei.

— Pois é. Sabe como são algumas garotas... Você simplesmente não consegue tirá-las da cabeça.

— Sério mesmo?

— Algumas vezes você conhece uma garota e ela se instala aqui. — Ele dá um tapinha na lateral da cabeça. — Mas isso é porque ela está aqui. — Ele bate no próprio peito com os nós dos dedos. — A Lacey definitivamente mora no meu coração. Eu preciso vê-la de novo.

— Mas e a Addison?

— Addison é uma mulher de negócios. A gente se gosta. Droga, talvez exista até um certo amor envolvido. Mas para ela os negócios e o dinheiro sempre estiveram em primeiro lugar.

Não sabia ao certo se isso significava que eles haviam terminado tudo. Não perguntei. Eu não ligava muito para a Addison. Isso foi um erro da minha parte, mas eu não poderia ter antecipado os acontecimentos.

— De qualquer modo, tome cuidado — pedi.

— Cuidado é o meu nome do meio.

Foi quando Addison voltou à história.

Tem sempre uma garota envolvida, não é?

Os homens são capazes de remover montanhas por causa das mulheres. São capazes de incendiar cidades. De roubar bancos. De passar a vida na cadeia.

Addison havia parado de aplicar golpes e estava trabalhando como consultora de negócios, então ela já estava se afastando do meu irmão. Porém, outra pessoa tentava se aproximar dele. Lacey o procurou, e acabou descobrindo que ele havia voltado a Boston. Ela sentia falta de Heath, sempre sentiu, também não o tirava da cabeça.

Heath disse "até logo" para Addison, que estava se distanciando dele, e reatou com a garota que provavelmente nunca havia deixado de amar. Lacey estava com o meu irmão quando ele foi detido por fraude financeira e quando foi mandado para a prisão, e continuou com ele durante os dezoito meses em que permaneceu trancafiado. Lacey queria que ele fosse libertado. Ela jurou para mim que tinha certeza de que o meu irmão estava limpo. Usei as minhas míseras economias para pagar a indenização que ele devia, mas depois ele me repreendeu por ter feito isso.

— Eu mesmo ia cuidar desse assunto. Não volte a fazer isso — ele me disse certo dia, quando eu fui visitá-lo.

— Não vá para a cadeia de novo e eu não precisarei fazer isso — respondi.

Addison esperava receber alguma coisa também. Enquanto o Heath estava atrás das grades, ela decidiu que queria de volta o dinheiro dos seus jogos de pôquer na Carolina do Sul. Talvez ela não tenha sido a única a se distanciar. Talvez Heath é que tenha se distanciado dela. Talvez a volta de Lacey à cena significasse que Addison já não se sentia mais tão generosa com relação ao seu dinheiro. É esse o meu palpite, já que logo depois que Heath foi preso ela me procurou, e me fez lembrar que eu, o irmãozinho mais novo, fui muito beneficiado com o dinheiro que eles ganharam aplicando golpes. Que pagaram a minha faculdade. A Addison me disse que quando o meu irmão saísse da cadeia iria atrás dele para lhe arrancar esse dinheiro, e que faria isso com satisfação.

— Você gostaria que eu fizesse isso, coração? — ela disse no seu sotaque do sul.

Nesse momento, eu percebi que ela havia me encurralado.

Addison me conhecia. Sabia que eu queria que meu irmão ficasse longe de problemas. Eu não tenho ideia do que ele poderia fazer para conseguir o dinheiro necessário. Essa sempre foi a minha preocupação. Foi por isso que eu assumi a dívida e nunca disse nada a ele. Eu não me importo. Meu irmão colocava as minhas necessidades em primeiro lugar quando éramos mais jovens. Mesmo sendo mais velho, ele quis se certificar de que nós tivéssemos dinheiro para a minha faculdade antes da dele.

O mínimo que eu poderia fazer era protegê-lo.

Enquanto caminho na direção da pousada, uma nova mensagem de texto desponta no meu celular.

> **Addison:** Será que vou ter de ir atrás de você? Tenho a impressão de que você não me levou a sério na última noite em que nos encontramos. No nosso próximo encontro, acho que vou levar comigo alguém que você escute com mais atenção! O que acha?

> **Theo:** Você vai receber o que é seu quando eu voltar a Nova York na semana que vem.

Enfio o telefone no bolso da calça jeans e volto para Sunnyside.

Aliás, eu poderia chamar este lugar de Paraíso, pois é completamente diferente do caos que é a minha vida. Quando entro na pousada, há Hamiltons e Moores às pencas bebendo café e jogando um barulhento Monopoly.

— Venha jogar com a gente — a mãe da April me chama.

Meu coração se aperta e parece ficar menor, como se estivesse murchando.

April está aninhada numa cadeira espaçosa, com os pés acomodados debaixo do corpo. Ela dá uma pancadinha na cadeira, convidando-me a sentar. Atravesso rápido o tapete e me sento ao lado dela, bem juntinho. Ela passa o braço em torno de mim e me beija no rosto.

Gostar dela é perigoso. Há uma mensagem de texto no meu celular que não me deixa esquecer do quanto é perigoso.

Preciso de dinheiro muito mais do que preciso de uma deliciosa distração como a April.

CAPÍTULO 24
April

QUANDO A MINHA PRIMA KATIE AVANÇA NO TABULEIRO SOBRE OS JARDINS Marvin, eu estendo a mão e digo a ela para pagar o preço.

— Não atravesse o caminho dela. Ela é uma proprietária durona — Theo diz com um sorriso enquanto Katie entrega algumas notas cor-de-rosa, amarelas e verdes.

Cory volta para casa no meio do jogo e distribui produtos da sua panificadora como se fosse Papai Noel com o saco de brinquedos. Ele parece agir com um cuidado todo especial quando entrega ao Theo a sua poderosa torta de sete camadas. Cory tem um fascínio não sexual evidente por Theo, e isso é adorável de se ver.

Quando Theo termina de comer, vira-se para Cory com o polegar apontado para cima.

— Absolutamente deliciosa. Divina — ele diz.

Cory abre um enorme sorriso, e aposto que ele gostaria que sua esposa o elogiasse dessa maneira. Mas, pensando bem, que direito eu tenho de fazer julgamentos? Talvez ele não precise de elogios. Talvez apenas queira um momento a sós com ela.

Eu não sei ao certo o que está acontecendo entre a minha irmã e o marido dela.

Mas enquanto observo Theo rir e jogar conversa fora com Cory e os outros, percebo algo interessante: Theo está se divertindo. Na verdade, ele tem se divertido o tempo todo, e me dou conta do quanto quero que ele passe bons momentos aqui. Não apenas por mim, mas especialmente por ele. Quero que ele saiba que experiências em família não têm de ser dolorosas e desagradáveis.

Quando o contratei, fiz isso porque acreditava que tinha um motivo perfeito na ocasião: repelir a armação casamenteira que a minha família preparava para me aproximar de algum morador da cidade, na esperança de me fazer voltar para Wistful. Mas tendo em vista as revelações que Theo me fez esta manhã, minhas preocupações parecem insignificantes. Enquanto eu contemplo a confortável sala de estar de uma pousada que está repleta de membros da família, meu dilema de repente se torna pouco importante.

Ainda preciso manter o foco no desenvolvimento da minha carreira em longo prazo. Disso não há dúvida. A dieta de namoro ainda é o meu plano de alimentação. Mas graças ao Theo eu consegui perceber que, embora a minha família goste de se intrometer na minha vida, eles fazem isso pensando no meu bem-estar. Desde a minha mãe, que desejava me ver ao lado do dono da loja de ferragens, até a Jeanie com o seu banqueiro de hipotecas, todos eles querem a mesma coisa: a minha felicidade. Nós podemos ter concepções diferentes com relação aos caminhos para alcançar o que buscamos, mas o objetivo é o mesmo. Assim como antes, continuo sem ter o menor interesse pelos esquemas casamenteiros deles; mas decidi que não quero mais que o Theo sirva de blindagem para mim. Não quero mais mentir. Não quero enganar as pessoas que eu amo.

Agora eu quero algo mais, algo diferente. Algo que jamais esperei. Depois que nós encerramos o jogo, subo as escadas até o andar de cima para escovar os dentes, e envio uma mensagem para a Claire.

April: Acho que nós dois fizemos as pazes.

Claire: Legal. Tomara que façam as pazes da maneira certa. Com sexo e tudo o mais.

April: Até parece. Eu já nem sei mais o que ele está fazendo. Eu sou uma cliente? Ele é um gigolô?

> **Claire:** Você está vendendo o corpo agora? Está trilhando o feliz caminho que leva aos sete orgasmos mágicos?

> **April:** Bem que eu gostaria.

> **Claire:** Você vai chegar lá. Mas você gosta dele? Essa é a questão.

> **April:** Eu gosto. Gosto de verdade.

> **Claire:** Então, o que vai fazer agora?

> **April:** Não sei... O que eu devo fazer?

> **Claire:** Às vezes você precisa ir atrás do que deseja.

E se nós dois nos déssemos bem juntos?

Não quero dizer para sempre. Nem mesmo quero dizer que ficaríamos juntos quando eu voltasse para Nova York. Mas e se fosse só por agora? Talvez a gente não precise fingir nos poucos dias que faltam. Talvez possamos parecer um casal de verdade nesse espaço de tempo.

Um pequeno sorriso desponta nos meus lábios. Eu estou caidinha pelo cara que contratei. Isso é como um filme, e enquanto eu abaixo a minha escova e a coloco na pia, me pergunto que tipo de heroína louca e arrojada eu seria.

Olho para os meus dentes muito brancos refletidos no espelho e repito a pergunta na minha mente até encontrar a resposta.

— Ela vai mostrar a ele o quanto isso é real — digo à garota que está olhando para mim.

Mas antes eu preciso cuidar de um pequeno assunto urgente.

Checo as horas. Não posso fazer isso ainda, mas vou fazer mais tarde. Agora eu tenho um jogo de *Lixo no tronco* para ganhar. Vou até a área externa da pousada para ajudar a tia Jeanie, a prima Katie, Libby, Dean e Theo a encher com bolinhas de pingue-pongue as caixas de lenço vazias.

Theo ergue uma das caixas.

— *Voilà* — ele diz com o seu sotaque francês perfeito.

— Isso é que é francês — eu digo, olhando para ele.

— *Oui, mademoiselle,* mas apenas *pour vous.*

Dean arqueia as sobrancelhas.

— Você consegue fazer sotaques? — ele pergunta.

— Consigo — Theo responde.

— Faça os outros — eu peço, orgulhosa, e dessa vez o orgulho é real. Eu não me sinto mais uma impostora, porque os meus sentimentos não são falsos. Talvez isso tenha começado como um estratagema, mas está se transformando numa coisa diferente.

Theo faz gestos de recusa cheios de reverência.

— Oh, não, infelizmente eu não posso fazer isso nesse exato momento, amor. — Um sotaque britânico perfeito, e a pronúncia correta. E de novo fico toda arrepiada.

Enquanto todos amarramos as caixas Kleenex nas nossas cinturas, de modo que fiquem presas nas costas, Theo exibe o seu estoque de sotaques, divertindo todo o pessoal. Quando ele termina com um "brigado proceis" num sotaque sulista delicioso, todo mundo já está comendo na palma da mão dele.

Minha mãe pega o megafone e avisa que o jogo *Lixo no tronco* vai começar.

— Vocês têm um minuto para se livrarem de todas as oito bolas.

Nós nos sacudimos e rebolamos rápida e intensamente para expulsar as bolinhas de pingue-pongue das nossas caixas. Os filhos grandalhões do Bob entram em ação, e eu rio muito ao ver esses três – que Theo chama de Huguinho, Zezinho e Luisinho quando estamos a sós – rebolando seus enormes corpos. Tia Jeanie é mestre no assunto, e emprega toda a sua inesgotável energia e plena forma física na disputa, mostrando o quanto pode rebolar com uma caixa de lenços amarrada nas costas. Seu marido, Greg, ri quando ela ri, rebola quando ela rebola, e a beija no rosto quando um dos *rounds* termina. Ele a adora, e demonstra mesmo sendo um tipo muito calado. Mostra mais por meio de ações do que de palavras. Katie vaia Theo quando ele tenta jogar para fora da caixa as suas bolas de pingue-pongue.

— A April acha que você fica uma delícia fazendo isso!

Eu dou risada da minha prima desbocada.

Com toda a sua pose de maratonista, Dean é horrível jogando *Lixo no tronco*, mas ele passa pela brincadeira com espírito esportivo, sorrindo.

Todos nós caímos na risada.

Até a minha irmã e o marido participam conosco por alguns *rounds*. Dou uma olhada na minha mãe, e noto que ela mais uma vez tirou o bebê das mãos da minha irmã e está enchendo Andi de carinhos enquanto o meu pai assume o trabalho com o megafone.

Faço um aceno para Tess, e ela sorri para mim como resposta. Seu rabo de cavalo balança para todos os lados enquanto ela pula e se sacode.

Nós estamos jogando um jogo ridículo, debaixo do sol de verão, com pessoas que nós amamos.

Pela primeira vez, Theo parece um completo tonto em vez do sujeito esperto de sempre. Mas ninguém parece esperto ou hábil no *Lixo no tronco*. Esse jogo faz as pessoas parecerem imbecis. Mas nós seguimos em frente, jogando mais uma rodada, e mais outra, e mais outra. Quando por fim despencamos na grama, totalmente exaustos, uma das jovens netas de Bob havia superado a todos, vencendo três das cinco rodadas como a primeira competidora a esvaziar a sua caixa de bolinhas de pingue-pongue, que é o objetivo do *Lixo no tronco*. Jeanie ganha uma, e Emma vence outra.

Quando o evento termina, eu me volto para o meu namorado de mentira, e o meu coração se alegra, porque ele parece sorrir de maneira genuína mesmo tendo perdido. Ele passa um braço em torno da minha cintura e me puxa para mais perto. E então me dá um leve beijo na ponta do nariz.

Esse beijo é para que os outros vejam? Ou apenas para mim? Eu cruzo os dedos, torcendo para que a segunda alternativa seja a correta.

CAPÍTULO 25

Theo

EU ESTOU PERDENDO. MAS O QUE É QUE ESTÁ ACONTECENDO AQUI? EU deveria ser bom nesse tipo de atividade. Jogos são a minha praia, mas quem poderia dizer que a adolescente conseguiria me deixar para trás no *Lixo no tronco*?

Jogo água no rosto no banheiro do nosso quarto na pousada. Esfrego o meu queixo com uma mão.

Mantenha o foco, digo a mim mesmo.

Eu *preciso* ganhar o prêmio individual. Preciso tê-lo para me tornar completamente livre e limpo. Com o pagamento da April, eu terei boa parte do dinheiro para quitar o débito com a Addison, e os cinco mil dólares vão me permitir melhorar de vida e sair do fundo do poço.

Mas é difícil manter o foco quando a mulher com quem eu estou me distrai tanto. Quando eu quero essa mulher para mim, e quando quero também fazer parte da vida dela. Eu me pergunto se sou bom o suficiente para a April. Eu a beijei. Mexi com a cabeça dela. Descarreguei nos ouvidos dela a minha história triste. Beijei-a de novo. Mas estou fazendo o que fui contratado para fazer. Estou mantendo os casamenteiros a distância, e atuando como o acompanhante dela, para que ela possa continuar se abstendo de namorar. E ainda há um bônus inesperado nessa situação: a família dela parece gostar de mim de verdade.

Saio do banheiro, mas paro bruscamente de andar, porque agora ela está no quarto. Ela está agachada sobre a sua maleta, revirando-a em busca de alguma coisa. Ela é pega de surpresa e endireita o corpo.

— Oi.

— Olá.

— Eu só ia me trocar para a prova de bambolê. — Ela abaixa o tom de voz e começa a sussurrar, olhando de um lado para outro furtivamente. — Eu coloquei velcro na parte de trás da minha saia para que o bambolê não caia de jeito nenhum.

— Sua trapaceira — eu digo, mesmo sabendo que ela está brincando.

— Para falar a verdade, eu sou meio que imbatível no bambolê.

— Mesmo?

Ela ergue uma mão no ar como se estivesse na corte jurando sobre a bíblia.

— É verdade. A mais pura verdade.

— Como você se tornou tão boa no Bambolê?

— Na última disputa eu sofri uma derrota pavorosa, e resolvi fazer aulas de bambolê, porque eu estava determinada a ganhar.

— Caramba, isso é impressionante.

Ela me lança um olhar desafiador, como se dissesse *"Acha que pode me vencer?"*.

— Eu vou acabar com você, Theo.

— Ah, é? Você está falando comigo? Tá falando comigo? — respondo, imitando De Niro numa conhecida fala do filme *Taxi Driver*.

— Sim, senhor. Estou falando com você, e vou lhe mostrar como é que se faz.

— Você pensa que vai.

April começa a se exibir, ensaiando os movimentos que vai fazer.

— Eu posso girar o bambolê no pescoço. Nas panturrilhas. Posso pular girando bambolê. Posso fazê-lo rodar pelo meu corpo todo em movimentos diagonais loucos. — Ela planta as palmas das mãos no meu peito. — É isso aí. Melhor aceitar, dói menos.

Eu seguro as mãos dela.

— É mesmo?

— Vou ganhar de você dançando de um lado para o outro. Vai ser sopa.

Agarro as mãos dela com força.

— Talvez eu é que ganhe de você. O que me diz? — retruco.

— Consegue girar um bambolê no corpo? — Ela olha para mim com ar cético.

— Não — admito.

Ela dá uma risadinha confiante.

— Então, como eu já previa, vou vencer — ela diz em tom zombeteiro enquanto eu entrelaço os meus dedos aos dela. Um leve suspiro escapa da boca de April. Esse gesto me faz querer ser mais íntimo dela. Apertá-la nos braços, com força.

— Você está tentanto superar o seu namorado — digo, e as duas últimas palavras da minha frase quase me confundem. Elas são exatamente o que deveriam ser, mas soam mais verdadeiras do que soavam antes. Como isso é possível? Como, em poucos dias, o papel de namorado da April começou a parecer tão real para mim? Porque eu me sinto como se fosse o namorado dela.

Os lábios dela se esticam num sorriso malvado.

— Por que não? Vale tudo.

— E se eu te beijasse até fazê-la desmaiar? Isso a deixaria fora de combate, não é? — digo, usando o meu sotaque sulista para sugerir essa possibilidade.

— Ah, então essa é a saída que você encontrou? Talvez eu devesse ter encomendado essa opção. E por que é que esse tal beijo me tiraria do jogo, parceiro?

— Se não tirar é porque eu não fiz direito — respondo, com a fala cada vez mais arrastada, mais rouca.

— E você acha que consegue fazer isso direito?

Eu a agarro mais forte ainda, e a aproximo mais um pouco de mim.

— Não tenho a menor dúvida de que vou fazer isso direito.

— Acha mesmo?

Faço que sim com a cabeça, devagarinho, observando a expressão no seu rosto se soltar enquanto eu a encaro com desejo nos olhos.

— Certeza absoluta.

O meu nome escapa da sua boca num sopro de ar.

— *Theo.*

Alguma coisa estala dentro de mim.

No momento seguinte, o rosto dela está na minha mão. Eu a beijo de novo. Não há gentileza dessa vez. Agora só há fogo, calor... Desejo.

Ela se agarra à minha camisa, e eu aumento a pressão dos dedos em seu rosto. Faço-a andar até a beirada da cama, até que ela toque no colchão com a parte de trás dos joelhos. Colo a minha boca à dela e me aposso dos seus suspiros e do ar que ela respira.

Eu provo o sabor dela.

A minha língua explora a dela, e a sua boca me embriaga. Frita o meu cérebro. Ela é a coisa mais sensual e mais doce que já experimentei na vida. Minha mente vai além, e eu começo a imaginar que gosto tem cada milímetro do seu corpo. Tenho vontade de passar os braços ao redor das coxas dela e mergulhar o rosto entre as suas pernas, e devorá-la. Quero descobrir os sons que ela faz no momento do orgasmo.

Quando interrompo o beijo, um som marcante emerge da minha garganta, como se fosse o grunhido de um animal. Esse som mostra o quanto eu a quero, expressa o meu imenso desejo por ela.

— Em que você está pensando? — April pergunta.

— Você não ia querer saber — respondo, sentindo a minha cabeça girar.

Ela agarra o meu rosto, e me olha bem no fundo dos olhos.

— Eu pintei lábios por todo o seu rosto. Você acha que eu não quero saber? É claro que eu quero.

Aproximo a minha boca do ouvido dela.

— Estou pensando nas coisas que eu faria em você, com os meus lábios.

Ela estremece.

— Me diga o que você quer fazer.

— April! — Tento parar, tento pisar no freio. Mas não é mais possível, e em vez disso eu lambo a orelha dela. Ela treme enquanto a minha língua explora o lóbulo, passando depois para o pescoço.

— O que nós estamos fazendo? — ela diz, e a sua voz soa confusa, como a minha cabeça.

Eu já não sei mais o que estamos fazendo. Não faço ideia. Pensei que soubesse alguns minutos atrás, quando tive uma pequena conversa comigo mesmo. Agora, tudo o que eu quero é fazer amor com ela.

— Diga-me — ela insiste. — Diga-me o que nós estamos fazendo.

Seguro as mãos dela e a faço deitar na cama, pressionando e roçando o meu corpo no dela.

— Faz mesmo questão que eu lhe responda isso?

— Apenas responda...

— Vou dizer a você o que estou pensando em fazer. Estou pensando em beijá-la da cabeça aos pés. Quero saber qual é o seu gosto. Quero ver a sua reação.

Os olhos dela se fecham lentamente, trêmulos, e ela arqueia o corpo na direção do meu.

— Será que a gente não pode ficar aqui curtindo e deixar o tempo passar? — ela diz.

Eu rio e pressiono novamente o meu corpo no dela.

— Não faço nenhuma objeção a isso. Mas acho que a cavalaria viria nos procurar.

Ela resmunga de frustração, mas empurra o corpo ainda mais no meu, esfregando-se na minha ereção.

— Parece evidente que imaginar você rebolando com um bambolê me deixou excitado — eu digo para extrair algum humor da situação, e ela ri.

— Pelo visto, pensar em você me olhando enquanto eu giro o bambolê também me deixou a fim.

— É por isso que nós somos um par perfeito de impostores, não?

Ela se retrai.

— Sim. Sim, nós somos — ela responde, mas seu tom de voz se torna frio, então me afasta delicadamente com as mãos. — A gente precisa sair daqui. — Seu tom de voz é novamente frio.

Arqueio as sobrancelhas.

— Por que eu tenho a impressão de que disse algo errado mais uma vez, April?

Ela balança a cabeça numa negativa.

— Você não disse nada de errado.

— Tem certeza?

Ela suspira. Eu a puxo para cima, para fora da cama, e depois solto suas mãos.

— Acontece que você é tão bom no que faz que às vezes eu esqueço que você é um ator.

Essas palavras me entristecem.

— April...

— Tudo bem. — Ela balança a cabeça. — Eu contratei você para atuar.

Acaricio o rosto dela com o dorso da mão.

— Com você não é encenação, não é atuação. Eu juro.

Um leve sorriso parece surgir em seus lábios.

— Mesmo?

Faço um aceno positivo com a cabeça.

— Eu juro.

Roço os lábios nos dela, sussurrando palavra por palavra:

— Com você NÃO É ENCENAÇÃO.

April estremece, então se afasta para trás e me olha.

— Pra mim também não é. Sei que estou inventando uma história sobre nós para os meus pais, mas com você eu não consigo fingir.

Um megafone soa no pátio e invade o quarto.

— Está na hora da próxima disputa.

Eu me levanto e passo a mão no cabelo.

April aponta o polegar para a porta.

— Acho que vou indo.

Aponto o meu para a minha calça.

— Acho que vou esperar um minutinho.

— Eu até peço desculpa por causa o seu atraso, mas não vejo por que esperar aqui, já que comigo não há nenhum problema desse tipo — ela diz com um sorriso travesso, fazendo-me rir também.

Ela sai do quarto, e quando a porta se fecha, ainda estou rindo como um bobo. Ela me faz rir, me deixa nas nuvens e me faz sonhar acordado.

Enquanto aguardo aqui, matando o tempo, percebo que tenho um novo problema. Um problemão. Eu quero essa mulher, e esse sentimento é mais forte que a necessidade de me afastar dela.

Eu não sei o que vou fazer quanto a esse pequeno contratempo.

Alguns minutos mais tarde, o mastro de bandeira debaixo da minha calça cede, então eu vou até o pátio e tento me concentrar no prêmio. Ainda posso ganhar o prêmio individual. Posso conseguir esse "dinheiro para caridade". E se eu realmente conseguir, então talvez eu possa me ver livre dos problemas financeiros que me tiram o sono.

Lá fora eu me deparo com a April executando movimentos com o bambolê que eu jamais havia visto, nem sabia que existiam. Alguns deles eram extremos, radicais. O evento seguinte é o jogo de beisebol com balões cheios de água, e eu arraso com os meus adversários nessa disputa. Na competição de aviões de papel, eu domino de ponta a ponta, mas a Emma é uma competidora bem perigosa. Um pouco mais tarde, disputamos o jogo de arremesso de argolas, e eu me classifico em terceiro lugar. Depois, na corrida com obstáculos, April é a melhor e lidera, pulando no meio de pneus e balançando-se em cordas, até o final – e nesse ponto eu juro que ela diminuiu o ritmo.

Por um breve instante, eu tenho a impressão de que ela me deixa ganhar.

Mas isso é loucura.

CAPÍTULO 26

April

EU NÃO ESTOU DIZENDO QUE TODAS AS MINHAS IDEIAS SÃO GENIAIS. Algumas delas podem ser classificadas como ridículas. Outras são definitivamente precipitadas. Algumas eu defino simplesmente como malucas...

Mas a ideia que pipocou na minha mente só agora me parece boa. Não me refiro à ideia de deixá-lo vencer a corrida com obstáculos; eu fiz isso porque tenho a impressão de que o Theo quer ganhar o prêmio individual para a caridade.

Eu estou me referindo ao novo plano que elaborei. Provavelmente vou conseguir colocá-lo em ação esta tarde, já que nos dividimos em grupos de homens e mulheres. Jogos são legais, são uma delícia, mas às vezes uma mulher gosta de ser mimada. Enquanto os homens saem para uma expedição de pesca, as garotas vão para a cidade. A primeira parada é no salão de beleza, e nós simplesmente o invadimos e tomamos conta de todas as grandes e confortáveis cadeiras de couro para pedicures e dos assentos giratórios para manicures. Os dedos dos meus pés estão precisando de atenção, por isso eu opto por uma pedicure. Enquanto eu me acomodo tranquilamente na cadeira de massagem – com a Emma operando o controle remoto atrás de mim e extraindo um prazer particularmente perverso em acionar o modo vibratório no ponto máximo –, trepidações percorrem o meu corpo de alto a baixo.

Quando o esmalte cor de prata nos meus dedos está quase seco, enfio os pés nos meus chinelos e me levanto. Eu termino primeiro, já que não faço manicure. Quando se trabalha com as mãos, manicures são tão inúteis quanto mamilos nos homens.

— Preciso dar uma saída rápida — digo à minha mãe enquanto uma manicure cuida das cutículas dela. — Para pegar um café — acrescento, já que a natureza genérica da expressão *"dar uma saída"* pode dar margem a muitas perguntas. Melhor ter logo um álibi simples e incontestável, como a cafeína.

O problema é que agora todas querem que eu lhes traga café, e cada uma tem um pedido diferente!

— Calma aí — eu digo, e pego o meu celular para registrar as preferências, desde "Por favor, veja se eles têm uma bebida rosa, como um Frappuccino Unicórnio?" da Emma até o café francês da Jeanie, passando pelo café com creme para a Tess, que está segurando a bebê enquanto faz pedicure. A minha mãe é a única que tem um pedido fácil: café puro.

Saio do salão, ponho os óculos escuros e imagino que sou um agente secreto. Não quero que ninguém me reconheça. Talvez isso soe mais misterioso do que precisa ser. Mas a minha saída é assunto pessoal e reservado. Aperto o passo, batendo os chinelos no chão da calçada, o coração acelerado enquanto caminho o mais rápido que posso até o prédio de tijolos vermelhos próximo da farmácia. Entro no prédio e sigo direto para o guichê. Dez minutos mais tarde, a minha transação está completa, e eu escondo todas as evidências dentro do sutiã. E então eu corro para a cafeteria.

Se alguém perguntar por que a "missão: café" levou tanto tempo para ser concluída, vou responder que a fila para a cafeína estava longa.

E infelizmente ela está mesmo.

Entro na fila, olhando para o relógio. Tento ter paciência enquanto espero a minha vez. Logo chego diante do balcão, onde faço o meu pedido. Enquanto a barista adolescente prepara uma porção de bebidas, envio um torpedo para o Theo.

> **April:** Você me daria uma chance de compensá-lo e levá-lo à ponte levadiça mais tarde?

Ele não responde imediatamente. Provavelmente porque está em alto-mar, puxando um peixe enorme, com os fortes músculos dos seus braços contraídos sob o luminoso sol da tarde. Essa imagem faz o meu estômago se mexer. Eu nem gosto de peixe, mas uma luxúria desenfreada está enchendo a minha mente com pensamentos sujos, tendo Theo no papel de pescador. Era o que me faltava. Dois dias com ele e eu já estou tão a fim! Com certeza eu vou quebrar a minha dieta. Vou atacar bolo de chocolate sem dó nos próximos dias.

— Aqui está. Tecnicamente este é um Frappuccino de Unicórnio, mas por questões de marca registrada nós temos que chamá-lo de Frapperino de Unicórnio — a barista explica.

— Contanto que tenha sabor de glitter cor-de-rosa, você pode chamar isso de bengala, se quiser — respondo, rindo.

— Não, acho que se o nome fosse "bengala" não venderia muito bem — ela comenta com expressão pensativa.

— Tem razão — digo, então recoloco os meus óculos escuros e pego as bandejas de papelão. Com uma em cada braço, caminho até a porta e a empurro com o meu traseiro. Assim que saio os meus olhos se voltam para o cais. Eu me pergunto se o Theo já retornou. E se ele conseguiu pescar alguma coisa. Se ao menos gostou do passeio que fez com os rapazes. Pescar não parece ser muito a praia dele, mas espero que tenha se divertido.

Volto para o salão de beleza, e quando eu penso no meu plano uma onda de nervosismo me atinge. Meu estômago fica aos pulos, trepidando. Levo a mão à barriga para tentar abrandar as preocupações. Minha mãe acena para mim com suas unhas cor de cobre diante de um pequeno ventilador, e me olha de alto a baixo. Ela estreita os olhos quando vê a minha mão pousada na minha barriga. Balanço a cabeça com desdém e me afasto dela.

Enquanto distribuo as bebidas, vou tomando goles generosos do meu *latte* gelado de baunilha. Entrego o Frapperino de sei lá o quê para a Emma, que agora está ouvindo Katy Perry com seus fones de ouvido – e a julgar pelas palavras que saem da sua boca, ela está cantando junto. Quando entrego o café puro para a minha mãe, ela arqueia as sobrancelhas bem-feitas e me pergunta sem hesitar:

— Você está grávida, filhota?

Eu quase tusso toda a minha bebida em cima dela.

— Está brincando comigo, mãe?

— Por um momento você me pareceu meio enjoada. Pôs a mão na barriga como se estivesse com enjoo matinal.

— Isso é meio impossível, mamãe — respondo com sarcasmo, porque... pelo amor de Deus, não é!?... Há um ano que eu não faço sexo. — Veja bem, mãe, pra isso você precisa ter f...

Paro de falar antes de dar com a língua nos dentes.

Minha mãe arqueia as sobrancelhas mais uma vez, buscando uma brecha nas minhas palavras.

— Só seria impossível se você não estivesse dormindo com ninguém. Você está transando com o seu namorado? Vocês já estão juntos há seis semanas. Parece tempo razoável para ter relações sexuais, não é? — ela pergunta, lembrando a promotora pública que ela foi um dia. Pois é, essa é a minha mãe. Não há pergunta no mundo que ela tenha medo de fazer.

Eu resmungo, embaraçada, e o rubor começa a tomar conta do meu rosto.

— Você está mesmo me perguntando se eu estou transando com o Theo?

Tess cai na risada sentada na poltrona de pedicure, e o som da sua gargalhada me surpreende. E as palavras dela me surpreendem ainda mais.

— Mãe, você já deu uma boa olhada nele? É o sujeito mais gostoso que já apareceu nessa cidade. Além disso, ele é dez mil vezes mais sexy do que qualquer cara que a April já tenha namorado. Claro que esses dois estão transando. Aposto que ela está mandando ver com ele a noite inteira.

Bom, é isso. O vermelho intenso nas minhas bochechas piorou, agora oficialmente virou cor de beterraba, e pelo visto não vai parar por aí.

— Sim, mas foi por isso que eu perguntei. Você nunca trouxe um homem para casa antes, então eu pensei que talvez você estivesse grávida. Além do mais, as coisas parecem um tanto intensas entre vocês dois — minha mãe diz, como se isso agora fosse uma conversa simples e racional. — E você insistiu, fez questão de dormir no mesmo quarto com ele.

— E você não liga se isso acontecer? — pergunto, espantada. — Quero dizer... Tudo bem pra você se eu aparecer grávida?

— Eu sou uma mulher de mente aberta, e você já tem 28 anos. Por que diabos isso deveria me perturbar? Mas isso significa que você está grávida? — ela pergunta, com uma voz cheia de esperança.

Puxa vida. A minha mãe quer mesmo isso.

Nesse caso, ela não vai gostar muito do que vou dizer a ela.

— O que eu ia dizer antes é que para estar grávida você precisa fazer sexo *sem proteção* — digo, olhando incisivamente para a minha mãe. — E é evidente que eu não vou ter relações sem proteção, já que não quero ficar grávida.

Katie entra na conversa, com seu cabelo ruivo e sua mente cheia de inspiração para coisas obscenas.

— Com ou sem proteção, conte mais pra gente! Eu sempre suspeitei que caras tatuados são ótimos na cama. — A mulher que está pintando de azul-safira os dedos dos pés de Katie sufoca uma risada. — Estou errada?

Carol, sábia e platinada, resolve se manifestar de sua cadeira, que está ao lado da de minha mãe.

— Certo, certo. Isso está ficando pessoal. Não é justo, mas é compreensível que a mulher que trouxe para casa aquele cara gatíssimo queira guardar só para si todos os detalhes deliciosos, suculentos e maravilhosos.

Meus olhos quase saltam das órbitas.

— Vocês não passam de um bando de garotas depravadas, sabiam? — Puxo o canudinho até os lábios e dou um gole na minha bebida.

— Culpada — Katie diz, levantando a mão. Ela olha para a Tess. — Aliás, viu como a April estava antes da competição de bambolê?

Tess agita os dedos manicurados perto do cabelo, e então aponta para mim, sem parar de balançar o bebê na sua perna.

— O seu cabelo estava todo desgrenhado.

Faço um esforço para me lembrar do primeiro e-mail que troquei com o Theo. *Dê uma piscadela e quando todos estiverem reunidos saia do banheiro com o cabelo desgrenhado. E cara de quem acabou de fazer "aquilo".* Quem dera isso fosse verdade. Mas que ótimo, agora eu estou com ciúme da minha vida sexual de mentira. A mesma vida sexual de mentira que causa inveja nos membros da minha família. Por outro lado, o meu cabelo ficou todo bagunçado depois daquele nosso pequeno "rala-e-rola" na cama. Eu fico zonza só de pensar nisso.

Katie bate palmas e assobia.

— Eu sabia. Bem que eu disse. Com tatuados é só alegria!

— No duro, é? — Tess me provoca. — Vocês deram uma rapidinha? Tipo, um "bamboleio" antes do bambolê? — Então ela baixa a voz até quase sussurrar. — Eu não sei o que é isso faz um tempo.

Faço uma careta de tédio, e deixo de lado a admissão da minha irmã, pois é mais importante *me* defender nesse momento.

— Só para que você saiba, Tess, "bamboleio" não é um eufemismo para sexo.

— Mas e então, vocês fizeram sexo? Ou fizeram um eufemismo para sexo?

Levanto uma mão com a palma voltada para a frente.

— Não vou responder isso.

— Vocês fizeram no carrinho de golfe da sua mãe? — Katie pergunta em voz alta.

— Não, nós fizemos no carro *da Tess* — eu brinco.

Os olhos de Tess se arregalam.

— Ei, não me dê ideias. Esse é o lugar onde a gente costumava...

— Katie, Tess — minha mãe chama; então ela se volta para mim, e sem perder tempo dá outro rumo à conversa. — Eu só quis dizer que você parecia indisposta, e talvez um pouco enjoada. Eu tive enjoos matinais quando engravidei de Mitch, da Tess e de você. E foi por isso que perguntei se você estava grávida. Não há nada de errado em estar solteira e grávida. Nós ficaríamos felizes. Você até poderia voltar para casa e criar o bebê aqui. — Minha mãe sacode os dedos diante do ventilador, esperando pela minha resposta.

Meu queixo cai de vez no chão. Olho para ela espantada. Ela não pode ter falado sério. Mas falou; a julgar pelo olhar esperançoso, falou sério, sim. Ela quer tanto que eu volte para casa que faria qualquer coisa sem pensar duas vezes, desde tentar me unir a caras da nossa cidade até oferecer um lar para o bebê que eu não vou ter.

Estou bem confusa. Não sei direito o que dizer, por isso arrisco responder com a verdade.

— Mamãe, eu não estou nem um pouco grávida — respondo, indignada. — E agora, se não for pedir demais, eu gostaria de encerrar esse assunto.

— Então isso é um "não"? Só para confirmar. Não está grávida?

— Não estou grávida, sem chance — confirmo, e reforço as minhas palavras com um gesto de mão, cortando o ar.

Ela suspira, sem esconder a decepção.

— Mas considere essa possibilidade, filha. Não é má ideia. Creche grátis, bem aqui em Wistful — ela sussurra, apontando para si mesma.

É isso. Minha mãe perdeu de vez o juízo. Agora ela acha razoável sugerir que eu engravide para poder voltar para casa.

— Eu lhe garanto, não vou me importar nem um pouco — ela insiste uma última vez. — Para mim, seria maravilhoso ajudar você a criar o bebê.

— Mãe, escute. Não tem bebê. — Eu puxo a minha bolsa até o meu ombro e caminho na direção da porta. Giro a maçaneta para abri-la. Então olho para trás e me despeço de todas: — A propósito, eu vou agora me encontrar com o meu namorado gostosão. E espero que a gente ache um lugar legal ao ar livre pra fazer sexo selvagem enquanto vocês ficam aí se mordendo de inveja. — Faço um aceno para elas. — Tchauzinho...

O som das risadas delas me acompanha porta afora, e eu sei que tudo está bem entre nós, embora ainda seja difícil de acreditar que todas, junto com a minha mãe, acabamos de ter uma conversa sobre sexo envolvendo o Theo. Esse é um tópico altamente inapropriado.

Por outro lado, sexo com Theo é também uma coisa que não me sai da cabeça. Como seria ele na cama? Paciente e gentil no início, e depois impetuoso e agressivo? Será que ele exploraria o meu corpo com a mesma entrega e paixão que demonstrou ao explorar a minha boca?

Estou pensando em beijá-la da cabeça aos pés. Quero saber qual é o seu gosto. Quero ver a sua reação.

Essa seria uma experiência deliciosa. Ele me levaria à loucura. Minha mente viaja, exibindo-me todas as imagens possíveis de nós dois, e sinto a pele ferver.

Será que eu vou descobrir como ele é na cama? Será que vou dar a mim mesma permissão para desfrutá-lo? E se eu me permitir isso, será que retomarei a minha resolução de manter os homens afastados quando voltar a Nova York? Digo a mim mesma que eu posso, sim, me permitir realizar um simples desejo. Sim, eu posso ter relações íntimas com o homem com quem estou dividindo a cama por alguns dias em uma reunião de família, isso não significa que vamos virar um casal quando voltarmos à realidade.

Uma parte de mim, porém, quer mais do que apenas esses poucos dias. Minha mente está pintando imagens vívidas nas quais eu e Theo estamos passeando pelo Brooklyn, ele com seu braço poderoso enlaçando possessivamente o meu ombro. Talvez até venha me encontrar depois de um trabalho, apanhe as minhas tintas e carregue a minha bolsa para mim. Algumas noites nós iríamos jogar boliche. Também nos divertiríamos em máquinas de fliperama. Faríamos todas as coisas que dissemos fazer como um casal de ficção.

Só que seria bem real.

Real demais, muito real, como a doce saudade no meu coração que me empurra na direção dele nesse exato momento.

Isso acontece porque a fantasia é vibrante demais, poderosa demais, eu digo a mim mesma. E já que se trata da minha fantasia, decido que a realidade não vai arruinar o meu foco no trabalho, não vai me distrair. Vou conquistar o trabalho, *e* o cara.

Na minha vida, porém, relacionamentos e trabalho são forças opostas. Você não pode manter a forma e devorar bolos ao mesmo tempo. Por isso eu tenho mais a ganhar se lembrar que quebrar uma dieta é legal por pouco tempo, para ter um descanso, mas não é muito sábio como plano a longo prazo.

Tendo isso em mente, vou caminhando pela rua. Meu celular me gratifica com uma mensagem de texto dele.

> **Theo:** Se você vai me levar até a sua ponte levadiça, deve ser porque eu fui um bom menino.

> **April:** Acho que você vai descobrir se foi um bom menino quando chegar lá.

> **Theo:** Estarei lá. Quem sabe hoje não seja o meu dia de sorte?

Não sei o que ele chama de sorte, mas me dou por satisfeita com qualquer casquinha que conseguir tirar dele.

CAPÍTULO 27
Theo

A PONTE LEVADIÇA É ACIONADA, E AS SUAS METADES DE METAL SE ABREM como uma enorme mandíbula pronta para morder. De um gradil próximo – onde estamos encostados –, April olha para a grande embarcação que passa debaixo da ponte. Estamos observando as águas plácidas, e o barco encrespando as ondas em sua passagem.

— Você vai me dizer se eu fui um bom garoto? — pergunto, virando-me para April.

— Você acha que foi? — Os olhos verdes dela brilham, travessos e cheios de mistério.

Eu daria qualquer coisa para saber o que se passa na mente dela.

— Em que você está pensando?

Os lábios dela se contorcem, e a expressão em seu rosto me envia uma mensagem: *"Eu tenho um segredo"*. A brisa do início da noite balança as pontas do seu cabelo loiro cacheado, e eu quero acariciá-lo.

— Estou pensando que tenho uma coisa para você — ela responde, de um jeito ao mesmo tempo reticente e brincalhão.

Por um segundo cheio de luxúria, surgem na minha mente imagens de sexo numa ponte. Eu nunca fiz isso numa ponte levadiça, e, para ser honesto, nem sei como se pode transar numa ponte levadiça.

Eu fico à espera de que ela fale mais. Mas não é o que acontece. Ela levanta a mão direita e a enfia na camiseta. Puta merda. Nós *vamos* transar na ponte.

A mão dela mergulha fundo no decote em V da camisa, até alcançar o sutiã. Mas April não tira a camiseta cor de pêssego, para o meu grande desapontamento. Ela puxa um envelope branco de uma taça, e depois puxa outro da outra taça.

— Eu pus um de cada lado por uma questão de equilíbrio — ela diz timidamente, e explica. — Eu não quis deixar só um peito com notas e o outro vazio.

Meu Deus, ela quer dar um nó na minha cabeça.

— Peito com quê? Que notas? Que vazio? Do que você está falando?

Ela me entrega os dois envelopes.

— Notas... Dinheiro! Metade do seu pagamento está em um envelope, e a outra metade no outro.

Eu empino o corpo, e um calafrio de horror me atinge. Ela está me dispensando? O trabalho terminou?

— Vai encerrar o contrato? Achei que você estivesse feliz com o trabalho que estou fazendo.

Ela ri e coloca a mão no meu bíceps.

— Meu Deus, e como estou feliz. Não é por causa disso que estou lhe dando o dinheiro.

— Não estou entendendo. Por que está me pagando agora? Esse é um tipo de trabalho que funciona com satisfação garantida. Faz parte do acordo. É justo para você dessa maneira.

— Eu sei — ela diz. A expressão em seu rosto fica mais séria, mas ainda é branda. — E eu estou satisfeita.

— E você quer que eu fique? — Coço a cabeça, esforçando-me para entender aonde ela pretende chegar.

— Quero. Mas não quero que você pense que ainda existe uma cláusula de satisfação garantida.

Eu seguro os envelopes frouxamente. Jamais fui pago antecipadamente. Nunca ninguém me pagou antes que o trabalho estivesse terminado.

— Mas existe uma cláusula, April. É uma garantia.

— Você fez por merecer. Pegue o seu dinheiro — ela diz, com mais firmeza dessa vez, enquanto põe as mãos sobre as minhas e fecha os meus dedos em torno do envelope. — Depois que você me beijou do lado de fora da loja de ferragens, e depois que me beijou de novo na rua, e principalmente depois que nos beijamos como loucos no quarto, eu me senti mal em deixá-lo esperando pelo pagamento. Eu me senti uma mentirosa. Porque já estou mais que satisfeita, e não quero que você receba a pressão adicional de achar que precisa realizar um trabalho perfeito para ganhar o que você já merece. Você fez até mais do que eu esperava.

Balanço a cabeça, ainda processando a decisão dela.

— Eu fiz mais do que você esperava? Mas o que eu fiz?

A brisa agita alguns fios de cabelo de April novamente, enquanto a ponte levadiça range. Com o canto do olho, vejo que ela está se fechando.

Ela corre a mão ao longo do meu braço. Um toque sutil, que faz a minha pele soltar faíscas.

— Você conversa comigo — ela responde. — Conversa comigo sobre tudo. Sobre qualquer coisa. Sobre coisas bobas. E coisas sérias. Sobre coisas estranhas também. Qualquer coisa.

— Eu gosto de conversar com você. Adoro falar com você. Está se tornando uma das minhas atividades favoritas. Não se esqueça de que nós não somos adeptos do silêncio solidário.

— Eu gosto mesmo de você, e não preciso fingir que gosto.

A admissão dela é como uma rajada de puro prazer. Uma rajada que me atinge em cheio, espalhando-se pelas minhas veias. Essas simples palavras, "Eu gosto de você", significam tanto para mim. Elas representam muito na minha vida. E o dinheiro também tem um grande significado. Receber esse valor me dá a certeza de que o trabalho é seguro. E significa que tenho quase tudo o que preciso para pagar a Addison. Com um pouco mais, que posso conseguir no trabalho como barman, vou cobrir o restante. E a coisa não para por aí! Talvez eu consiga ganhar aquele prêmio geral; nesse caso vou pagar todas as dívidas e ainda ficar com um bom dinheiro. Ao mesmo tempo, porém, uma antiga mágoa se ergue para me assombrar. O velho medo de que eu não seja bom para ela. Dinheiro não é a única questão a ser levada em conta entre nós.

— Você não devia gostar de mim — eu resmungo.

— Por quê?

Engulo em seco.

— Eu fiz certas coisas que você não vai gostar de saber.

April fica tensa, mas logo fala comigo tranquilamente.

— Que coisas? Você matou alguém? Mutilou alguém? Assaltou alguém?

Olho para a April como se ela estivesse maluca.

— Ei, eu não sou santo, mas também não sou nenhum monstro.

— O que foi então? Você é traficante de drogas? Maltratou animais?

Eu rio e balanço a cabeça numa negativa.

— Não. E não, jamais faria isso.

— O que aconteceu então? — ela insiste.

— Digamos que eu era um adolescente todo ferrado.

Ela respira fundo, demonstrando alívio.

— E que adolescente não causou problemas um dia?

Eu aprecio a tentativa dela de tornar as coisas mais fáceis para mim, relativizando as minhas palavras e tudo mais, mas não posso deixar que ela acredite que a minha vida pode se comparar à de um adolescente mais ou menos desajustado.

— Em que tipo de confusão você se meteu? — April pergunta, mas em seguida levanta a mão como um aviso para que eu pare. — Tudo bem, esqueça que eu perguntei. Você não tem que me contar nada.

Ergo a mão e acaricio o rosto dela com um dedo.

— Quem sabe algum dia — respondo.

— Se você vai dizer coisas como "quem sabe algum dia", não diga coisas como "você não devia gostar de mim". Porque eu já gosto. Gosto muito de você, Theo.

Meu coração se acelera, salta dentro do peito, e eu quero avisá-lo para ter calma. Mas corações não dão ouvidos à razão. Quando foi que já deram? O coração saqueado e arrebentado do meu pai o conduziu ao seu destino trágico. O coração do meu irmão já pertencia à Lacey havia muito tempo, e ele acreditou que teria de aplicar golpes de novo para conquistá-la. Em vez disso, ele acabou atrás das grades.

A minha situação é bem diferente da deles – não é tão trágica, e nesse momento não é tão desesperadora.

Mas isso não significa que eu seja algum tipo de sábio. Eu teria de ser um homem melhor do que sou para ser capaz de ouvir a voz da razão. Especialmente quando o coração tem recursos para convencer a mente de que é mais competente.

— Esse navio já zarpou. Eu gosto de você.

Dou um beijo na testa dela, captando ligeiramente o farfalhar dos seus cabelos, e o seu perfume de framboesa. Posso sentir que ela sorri quando os meus lábios pressionam a sua pele.

— Então vamos apenas curtir e nos divertir nos dias que restam — April diz quando eu recuo e finalmente coloco o dinheiro no meu bolso.

— E você não acha que nós nos divertimos o tempo todo?

Que se dane. Eu a quero demais, mais do que quero resistir a ela. E quero aproveitar ao máximo cada segundo do resto desse encontro em família com a minha namorada de mentira, que a cada instante se parece mais com uma namorada de verdade.

— Nós nos divertimos o tempo todo, e nos divertimos muito. A propósito — ela diz de modo descontraído —, como foi o passeio de barco esta tarde?

— Ah, foi coisa de homem. Programa de macho. Tiramos as camisas, batemos no peito, e nos comunicamos por meio de grunhidos enquanto pegávamos os peixes com as próprias mãos.

— Sei. Foi um passeio de barco como qualquer outro.

— O seu pai passou boa parte do tempo dizendo "Isso não é incrível?", "Dá pra não adorar pescar?", "O que é melhor do que passar um dia na água?".

Ela ri.

— O papai está mesmo se esforçando bastante para mostrar uma nova atitude, não é?

Faço que sim com a cabeça.

— Sim, sem sombra de dúvida. Mas eu realmente gosto mais dessa tática do que daquela que ele usava para tentar me manter longe de você.

Ela olha para o chão.

— Eu senti a sua falta quando estava no barco — eu digo, e essas palavras soam inadequadas aos meus ouvidos. Mas também me parecem tão certas. Porque são a expressão da mais pura verdade.

— Sentiu?

— Acho que gosto de passar o meu tempo com você. — Dou um beijo nos lábios dela.

Posso sentir o seu sorriso enquanto ela responde:

— Nós devíamos sair juntos para um passeio de barco.

— Quando você quiser — digo, e então uma ideia surge de repente na minha cabeça. Algo que não diz respeito a mim nem ao que eu quero. — Ei, acabo de pensar numa coisa que a gente devia fazer primeiro.

— Conte-me.

Relato a April o meu plano, e ela me dá um sorrisinho irônico.

— Você vai ter que me convencer, Theo.

— Eu sei. Mas você parece exercer algum tipo de influência mágica sobre a sua irmã, e suspeito que você já percebeu que o marido dela gosta bastante de mim.

— Claro que já percebi! — Ela ri. — E a minha irmã disse uma coisa no salão de beleza que me dá uma ideia de como fazer isso dar certo. — Ela abaixa o tom de voz e começa a sussurrar. — Aparentemente, minha irmã e o marido dela costumam fazer... coisas dentro de carros.

Isso me faz rir.

— Vamos então cuidar para que eles façam um passeio de carro inesquecível.

Quando retornamos à pousada, April chama a sua irmã para conversar num canto. Tess reage com desconfiança a princípio, franzindo a sobrancelha, mas à medida que a April vai falando a expressão da irmã se ameniza, e ela parece se mostrar interessada. Eu me afasto delas, coloco a mão no ombro de Cory e lhe digo:

— Deixe os seus filhos comigo. A April e eu vamos cuidar deles por uma hora. Nós não vamos aceitar um não como resposta, e se eu fosse você, faria o possível para aproveitar bem essa hora.

— Valeu, cara. Fico lhe devendo uma — ele diz, na voz uma mistura de alívio e excitação.

April e eu não fazemos nada que as outras pessoas na família não possam fazer. Nós apenas colocamos as crianças nos seus carrinhos e perambulamos pela vizinhança enquanto Cory sai de carro com a esposa, com destino desconhecido.

— É estranho que a Tess e o Cory não tenham feito isso antes. Minha mãe adora ajudar com as crianças — April diz enquanto empurramos Davey e Andi. — Por que não deixam a minha mãe olhando as crianças e vão estacionar em algum lugar?

Mas eu acho que sei a resposta a essa pergunta. Às vezes, você não percebe que precisa de determinada coisa até que veja o que não tem.

— Talvez eles precisassem *ver* o que estavam perdendo, entende? — argumento. — Talvez eles nem soubessem que precisavam disso até que viram a gente.

April olha para mim com curiosidade.

— Nós somos o que eles estão perdendo?

Eu dou de ombros, pois não quero dizer muito mais nesse momento.

— Talvez — respondo. — Talvez eles precisem ver um cara e uma garota que realmente curtam a companhia do outro. Talvez essa seja a faísca de que eles necessitavam.

— Eu curto a sua companhia.

— E eu aposto que nesse exato momento o Cory e a Tess estão curtindo demais...

April ri, e esse som mergulha fundo no meu coração e insiste em se entocar lá.

Quando voltamos e encontramos os dois do lado de fora da pousada, na beira da calçada, April aponta para o cabelo bagunçado da Tess.

— Falando em cabelo desgrenhado... — April provoca.

Tess sorri, e em seguida fica séria.

— Muito obrigada. A gente precisava disso.

— Que bom que vocês puderam aproveitar. Isso me deixa contente.

Cory estende a mão para mim, e me cumprimenta com tanta força e entusiasmo que poderia ter deslocado o meu braço.

— Cara, tenho que dizer... Foi mesmo uma grande sorte a April ter trazido você para a reunião!

— Eu também tenho muita sorte por poder estar aqui, entre vocês — digo com um sorriso.

Um minuto mais tarde, Tess está embalando o bebê de novo e dando atenção para a sua garotinha, e Cory entrelaça os dedos nos dedos do filho, entrando com o garoto na Sunnyside. E tudo volta a ser como era antes. Nós não mudamos a vida deles, mas talvez tenhamos mudado uma noite.

CAPÍTULO 28

April

— NÓS TEMOS QUE ESCAPAR AGORA.

Agarro o bíceps dele e aperto, para enfatizar a gravidade da situação. Admito que às vezes eu posso ter tocado o braço dele com segundas intenções. Nesse momento, porém, eu estou transmitindo fielmente a seriedade da questão. São 20h30, nós acabamos de jantar e estamos no quarto, e o que nos aguarda em breve é o torneio de palavras cruzadas.

Portanto, faz-se necessário desocupar as instalações o quanto antes.

— Eu adoro uma boa escapada, mas me diga por quê — ele pergunta.

— Você já sabe que a minha mãe adora fazer perguntas, não é? Pois bem, essa mesma força que a impele a fazer um milhão de perguntas também a leva a querer dominar de maneira absoluta qualquer jogo de palavras cruzadas.

— Ela parece uma competidora feroz.

— Isso para dizer o mínimo. Ela é mais que feroz. Mas isso também significa que um jogo vai acabar se transformando em cinco, e a noite nunca mais terminará.

— Está dizendo que precisa de mim para fugir?

Aponto para ele e depois para mim, várias vezes.

— Nós dois temos que fugir, e temos de fazer isso agora.

— Vai dizer a eles que nós saímos para uma caminhada?

— Não — respondo, balançando a cabeça. — Eles vão querer nos convencer a ficar. Nós precisamos de uma alternativa mais garantida.

Ele olha de um lado para outro do quarto, com uma expressão pensativa, provavelmente em busca de uma ideia ou de um plano que nos permita dar no pé.

— Você confia em mim? — ele pergunta quando volta a me olhar.

Essa pergunta toca o meu coração. Eu passei as últimas quarenta e oito horas com ele, o tempo todo. Dormimos na mesma cama. Acordei com o corpo enroscado no dele. E o beijei. E ri com ele. Conversamos e competimos e conversamos e representamos papéis. Por isso é bem fácil responder essa pergunta:

— Sim, eu confio em você — digo, com toda certeza.

— Então eu vou lhe explicar o meu plano.

A estratégia dele é simples, mas arriscada, e o perigo principal é a possibilidade de acabar fraturando alguns ossos. Tíbias quebradas estão longe de ser o meu objetivo para o momento, mas não posso negar que o meu coração acelerado e a adrenalina a mil me dizem para ir com tudo. Pego a placa "NÃO PERTURBE" que está sobre a escrivaninha de madeira, abro a porta do nosso quarto, dou uma olhada no corredor, e quando percebo que está vazio, penduro-a na maçaneta.

Fecho a porta.

— Agora vão pensar que nós estamos fazendo tudo aquilo que elas não pararam de especular no salão. Ou seja, coisas relacionadas à nossa vida sexual.

— Ah, é? — Theo me dá um sorrisinho malicioso. — Elas fizeram perguntas sobre a nossa vida sexual de mentira?

— Você não faz ideia do estrago que mulheres pervertidas podem fazer quando se reúnem dentro de um salão de beleza. Eu não disse nem uma palavra sobre o assunto, mas todas elas decidiram que você é um deus na cama.

Ele estufa o peito, apruma os ombros e me lança o olhar mais ardente que um homem já dirigiu a uma mulher.

— Você acha que elas estão certas?

O modo como ele me pergunta, me faz sentir um frio na espinha. Como se fosse um convite para que eu descubra. Theo me diz isso com confiança, mas não com arrogância. Como se ele tivesse um mistério para ser desvendado por mim.

— Se eu acho que elas estão certas ou não, isso não é relevante — digo, sem pressa de responder, olhando bem nos olhos dele. Minha voz soa melancólica até para os meus ouvidos. — O que importa mesmo é que eu estou torcendo para que elas estejam.

E eu não digo mais nada. Porque a reação dele é incrível. O gemido suave, discreto. Os olhos dele escurecendo. E, é claro, o súbito inchaço sob a calça jeans dele, que eu não poderia deixar de notar, porque talvez eu também seja uma pervertida.

— Então vamos deixar que eles acreditem que estamos fazendo algo que não devem tentar interromper.

Theo se vira, coloca as mãos na janela e a empurra até abri-la totalmente. Depois ele suspende uma perna, atravessa-a sobre a janela e passa por ela, subindo em seguida no telhado inclinado do lado de fora do nosso quarto. Começo a ficar ansiosa, mas então digo a mim mesma que isso tudo é diversão, que é uma aventura. Subo na janela e depois passo para o telhado. Fecho a janela quase toda. Theo encosta o dedo nos lábios. Nós fazemos o possível para nos deslocar em silêncio, mas o telhado range e estala algumas vezes. Faço uma prece silenciosa para que os doidos por palavras cruzadas não nos escutem.

Nos limites da pousada há um carvalho bem alto, com um galho grosso estendendo-se sobre o telhado. Theo se inclina e testa a resistência do galho, balançando-o com a mão.

— Parece sólido o suficiente.

Ele levanta os braços e segura um galho acima dele, e então pisa no mais grosso, posicionando-se sobre ele como um equilibrista.

Eu prendo a respiração. A escadaria de repente me parece uma opção mil vezes melhor. Mas quando me deparo com o sorriso travesso do Theo, a escadaria me parece uma opção mil vezes menos divertida.

Com alguns passos, ele atravessa o galho.

Chega a minha vez. Eu o sigo, plenamente consciente de que estou a seis metros ou mais do chão e subindo em uma árvore para escapar com um homem. Isso é o que acontece quando se tem 28 anos e volta para casa. Você consegue fazer coisas que fazia aos 17, mas as faz por motivos completamente diferentes.

Chegamos ao tronco do carvalho e, desajeitadamente, começamos a descer, galho por galho, até alcançar o galho mais baixo, a menos de dois metros da grama.

Theo se senta no galho, pendura-se nele e pula para o chão. Depois ergue os braços, oferecendo-me ajuda para descer.

Não, eu consigo fazer isso sozinha.

Eu me sento, giro o corpo e salto. Meus joelhos cedem, mas os meus pés absorvem o choque da aterrissagem. Sorrio de orelha a orelha, cheia de alegria. Nós conseguimos. Realizamos a nossa grande fuga. Olhamos um para o outro com enorme entusiasmo. Por um momento, ficamos parados no mesmo lugar, sem nos mover, olhando bem nos olhos do outro. Eu me sinto como se nós fôssemos cúmplices numa conspiração, companheiros de armas. É como descobrir uma coisa que você pode fazer com alguém. Partir juntos em busca de aventuras, grandes e pequenas.

Ele estende a mão para mim.

E eu a seguro.

CAPÍTULO 29
Theo

NÓS NÃO SAÍMOS ANDANDO PELA CALÇADA, NEM PELA RUA PRINCIPAL.
— Eu conheço todos os caminhos nos bosques — ela sussurra, e nesse momento eu duvido que exista alguma coisa mais sexy do que seguir essa garota linda através das árvores, e depois por um caminho que se abre atrás das casas. Pegamos um atalho por uma trilha de terra. Não sei para onde ela está me levando, mas a cada passo que dou o meu coração bate mais forte. Quinze minutos mais tarde, April vira à esquerda, e eu a sigo até a colina.

Lá embaixo há um lago de águas azuis cristalinas. É plácido e silencioso, e a luz da lua banha as águas.

— Este é o meu quintal.

Esfrego a orelha com o dedo.

— Perdão... Eu ouvi você dizer que este era o seu quintal?

— É, alguma coisa assim — ela diz, e abre um sorriso astuto. Ela levanta o braço e aponta para uma casa há várias centenas de metros de onde estamos. Uma casa branca grande e imponente, é a propriedade que mais se destaca nas imediações do lago.

— Foi lá que eu cresci, perto da água.

Eu assobio para demonstrar a minha avaliação.

— Minha nossa, é maravilhosa.

— Não é mesmo? — ela diz, suspirando alegremente e então puxa a minha camisa. — Vamos.

April me conduz através do seu quintal, se é que se pode chamar o lugar de quintal. São acres e acres de grama macia, além do ar de verão, dos vaga-lumes e das cigarras. Nós passamos entre árvores altas e, em determinado momento, olho desconfiado para uma árvore mais distante; parece que há uma casa no alto dela.

— Aquilo é o que eu estou pensando? — pergunto, apontando para o local. — É uma casa na árvore?

Ela faz que sim com a cabeça.

— É uma das vantagens de ser a filha mais nova de um pai que é bom em construir coisas. Eu juntei as minhas duas mãozinhas e, com um olhar pidão, implorei ao meu pai que me construísse uma casa na árvore. Ele a fez e me deu de presente no meu aniversário de 6 anos. Tem até uma placa lá dentro com os dizeres "Casa na Árvore da April".

Eu rio.

— Aposto que não serviu para manter o seu irmão e a sua irmã longe da casa.

— De jeito nenhum. Mas eu adorava aquele lugar.

Chegamos a uma pequena doca. Há um barco preso em cada lado dela. April entra na doca de madeira e eu sigo logo atrás. Depois de soltar a amarra de um dos barcos, ela fala comigo cantarolando, toda alegre:

— Que tal dar um passeio no lago?

— Seria demais!

— Esse é o modelo menor. Não tem motor.

Contraio os meus bíceps.

— Quem precisa de motor com estes *caras* aqui? — brinco.

Ela me entrega os remos.

E aqui estou eu agora, fazendo uma coisa que jamais havia feito em toda a minha vida. Remando e conduzindo um barco. Correção: remando um barco feito à mão, muito caro, sob a luz da lua, cortando as águas plácidas de um grande lago em pleno verão.

Essa não é a minha vida.

Isso não é o bar no Brooklyn.

Não é a mulher de negócios cobrando uma dívida.

Não são nachos empapados.

Isso parece uma outra vida. A vida das pessoas mais abastadas.

Elas pulam dentro dos barcos dos pais e saem navegando. Simples assim.

Mas o mais engraçado é que eu não me sinto mal nem incomodado com essa situação, com o fato de a April ter tudo o que tem. Não estou zangado com ela. A situação privilegiada em que ela nasceu não parece ser uma barreira entre nós.

Talvez isso seja loucura.

Ou talvez seja por causa dela.

Quando chegamos ao meio do lago, April enfia a mão no bolso do seu calção, vasculha-o um pouco e então retira uma garrafinha. Eu rio alto, e o som ecoa pela noite.

— Você é o meu tipo de mulher — eu digo, e puxo os remos para dentro do barco, abaixando-os.

— Gosta de tequila, Theo?

— Como um urso panda gosta de bambu.

April sorri, e o nariz dela se enruga. Ela abre a garrafinha e toma o primeiro gole. Faz uma careta, e esfrega as costas da mão na boca.

— Isso é forte. Cuidado, panda.

Eu bebo o primeiro gole. O líquido desce queimando, mas é uma sensação boa. April olha para a água.

— Meu pai me ensinou a navegar. Ensinou a remar um barco. Também me ensinou a pescar — ela diz, erguendo o rosto na direção do céu escuro. Está repleto de estrelas. Elas brilham intensamente ao longo do manto da escuridão. April apoia as mãos atrás do corpo, no lugar onde está sentada.

— Eu conheço esse lago como a palma da minha mão. Cresci nele. Meus amigos e eu costumávamos escapar para cá à noite.

— Vocês traziam uma garrafa também?

— Algumas vezes, sim.

— Você foi uma encrenqueira durante um bom tempo — eu a provoco.

— É, eu tive meus momentos. A gente se achava rebelde.

— Acha que os seus pais sabiam que você vinha para cá escondida?

— No começo não, mas nós fomos descobertos na noite em que eu e os meus amigos pulamos do barco para a água e molhamos tudo.

— Os seus pais ficaram zangados?

Ela balança a cabeça em negativa.

— Nós estávamos todos sóbrios daquela vez, então ninguém ficou muito irritado.

— Essa é a sua maneira de me dizer que eles vão sair atrás de nós?

— Aquele aviso "Não Perturbe" na porta nunca falha — ela responde, e pisca para mim. Ficamos em silêncio por um minuto, enquanto deslizamos pela água. — E os seus pais, Theo? Fale-me sobre eles.

Fico tenso de repente. Uma reação involuntária. Estou pronto para me fechar, para erguer os meus muros, mas então me lembro de que a April é merecedora de toda a sinceridade que eu possa lhe dar. Ela sempre joga limpo comigo, é franca e direta.

— Eles eram professores, os dois. Adoravam gramática. Minha mãe era uma pessoa que cultivava as palavras, e também adorava corrigir a nossa escrita.

Observo a April enquanto falo. A expressão no seu rosto é branda, receptiva. Percebo que tenho a atenção dela para continuar.

— Ela tinha uma camiseta com a frase "Gramática Correta é Sexy". Era embaraçoso pra gente, porque quando ela usava essa roupa todo mundo comentava. Nós íamos à biblioteca e a bibliotecária fazia algum comentário a respeito. Íamos à loja de ferragens e o caixa comentava. As mulheres sempre diziam o quanto gostavam daquela camiseta.

— Viva a boa gramática, sempre. O seu pai era assim também?

— Nem tanto. Ele era mais quieto, mais introspectivo. Um homem atencioso. Gostava de escrever. Acho que ele estava escrevendo um livro, provavelmente um romance. Estava trabalhando nisso antes de morrer.

— Sabe qual era o tema do livro?

— Não sei com certeza. Provavelmente uma história de amor, algo de teor romântico. Ele era louco pela minha mãe. Ela era o coração dele.

April sorri tristemente.

— Isso é lindo, mas ao mesmo tempo é triste. — Ela levanta a garrafinha e bebe um gole. Engasga levemente, e me passa a garrafa.

— Isso o descreve perfeitamente — comento. Então é a minha vez de beber, e eu deixo o álcool agir, aquecendo-me.

Fecho a garrafa e reclino o corpo para trás no meu assento. Volto o olhar para o céu. Para todas aquelas estrelas.

— Então você cresceu sob as estrelas — digo.

— Foi por isso que eu comecei a pintar rostos.

Eu me viro para ela, e os nossos olhos se encontram.

— E como foi que uma coisa levou à outra? — pergunto.

— Eu amava observar as estrelas, e queria pintá-las. Estrelas foram literalmente a primeira coisa que eu tentei pintar.

— Isso explica a sua tatuagem — comento.

— Mandou bem, detetive Theo.

— Como foi a sua primeira experiência pintando estrelas?

April estreita os olhos e bebe mais um gole.

— Não foi ruim, mas não acho que tenha obtido nada de realmente bom até fazer uma pintura no meu braço. Foi quando eu me apaixonei por essa arte, e acho que ela se apaixonou por mim também.

A paixão de April por seu trabalho é mais um detalhe que a torna absurdamente atraente.

— Então você é uma pintora que trabalha na pele das pessoas.

Ela faz que sim com a cabeça.

— Posso perfeitamente pintar em telas, também, mas prefiro trabalhar em corpos. Estranho, não acha?

Eu me recordo da noite em que fiquei diante do espelho, olhando para os lábios que ela havia pintado em mim.

— Quando você me pintou, foi uma experiência incomum. Foi sensual. Foi brilhante. Mas não foi estranho. Não, nem um pouco.

— E quanto a você, Theo? Quando era mais jovem você já desejava ser ator?

A tensão retorna, e eu não consigo evitar um certo constrangimento. Eu não sou ator. Sou bom nisso apenas porque *posso* encenar, representar, fingir.

— Não — respondo, e é a mais completa verdade.

April franze a testa, parecendo confusa.

— Você nunca quis ser ator quando era mais jovem?

— Não, não quis — respondo, balançando a cabeça. Pelo menos não estou mentindo.

— Puxa, que engraçado. Quando se trata de profissões criativas, eu sempre imagino que deva existir um chamado desde cedo, algo que nos desperte e atraia quando ainda somos bem jovens.

Eu engulo em seco.

— Comigo não aconteceu dessa maneira. — Odeio não poder ser sincero com ela. Mas esse não é o momento de lhe revelar o meu passado, porque o meu presente precisa se manter oculto.

— O que você queria fazer?

— Eu queria ser professor. Como os meus pais. Era tudo o que eu sabia. Queria ser aquele cara na frente da sala. Ser o professor que desperta de verdade o interesse dos alunos. Talvez fazer algumas vozes engraçadas enquanto lia Shakespeare.

Ela sorri.

— Você gosta de Shakespeare?

— Você diz isso como se fosse a coisa mais estranha que já ouviu. April mordisca o lábio inferior.

— Não é estranho. É intrigante. De que passagens você gosta, Theo?

Eu me concentro e imagino que sou um orador em pleno palco.

— "O mundo inteiro é um palco, / E todos os homens e mulheres são simplesmente atores e nada mais; / Eles entram em cena e saem de cena, / E cada qual em seu tempo representa vários papéis." É um trecho de *Como Gostais* — acrescento, já que quase todas as pessoas acham que esses versos são de *Hamlet*. — E esta passagem de *Otelo*: "Fale de mim como eu sou... Então você deve falar / De alguém que amou não com sabedoria, mas com devoção".

— Você acredita nisso? — ela pergunta.

— Eu acredito que Otelo era um cretino ciumento que se fragilizou diante de um homem que a Disney transformou em papagaio, em *Aladim* — respondo, e ela ri. — Minha mãe explicou essa peça em suas aulas, e usou o filme *Aladim* como um exemplo tirado da atualidade. Essa peça, aliás, ela ensinou numa das suas últimas aulas antes de cair tão doente. Ela foi a minha professora na oitava série.

— Nossa... A sua mãe foi também a sua professora! — ela diz com os olhos arregalados.

— Dá pra acreditar? Você se sente um perfeito otário...

— Você acha que poderia ensinar Shakespeare?

— Para ser honesto, eu nunca entendi realmente os pensamentos mais profundos contidos no trabalho de Shakespeare. Mas acho incríveis as frases e citações tiradas das obras dele. Eu as gravava num pequeno gravador portátil. E brincava com vozes diferentes. Eram mensagens bem legais para se dizer, e eu gostava do modo como podia brincar com elas. Fazer, por exemplo, voz de caubói, ou de motorista de caminhão, ou de uma criatura dos pântanos.

April se inclina para a frente, e apoia o queixo na mão.

— É como se você fosse um DJ mixando a sua própria voz.

— É mesmo. Boa comparação. — Balanço a cabeça em sinal de aprovação.

— Você quer lecionar? Trabalhar como barman? Atuar? Gravar e mixar fragmentos da obra de Shakespeare?

Eu rio e inclino a cabeça para trás, contemplando o abismo da noite. Estou tão distante dos meus sonhos da infância. Eu realmente não posso mais pensar neles. Ou talvez a questão seja outra; talvez eu não seja mais capaz de pensar neles.

— Eu quero fazer todas as coisas que você mencionou e nenhuma delas. — Volto o meu olhar para ela. — Nesse momento, porém, eu não estou pensando em nenhuma dessas coisas.

— Em que você está pensando?

— Em você — respondo, e acho que essas são as palavras mais honestas que eu já disse na vida. — Estou tentando entender por que você me trouxe para cá. Afinal, acho que agora eu já não sou mais o seu namorado de mentira. — Pego a garrafa e tomo um gole. Minha recompensa por revelar os meus pensamentos. O líquido aquece o meu corpo, e a minha cabeça começa a zumbir.

— O que eu sou agora, Theo?

Um vaga-lume passa por nós rapidamente, brilhando na noite. A água se choca contra a madeira do barco.

Coloco o vasilhame no piso do barco e olho para ela diretamente, bem no fundo dos seus olhos verde-escuros. O calor parece crescer entre nós. O ar estala.

— Você é a mulher que vai me dizer o que vai pintar em mim.

Ela retorce o canto dos lábios.

— Quê?

Eu rio, pois posso imaginar o que há por trás dessa pergunta dela: *Por que está arruinando um momento romântico com esse papo sobre pintar?* Eu faço um movimento rotatório com a mão no ar, como se estivesse tentando lembrá-la.

— No trem, eu lhe perguntei o que você pintaria em mim. Você me pediu para lhe fazer essa pergunta novamente em alguns dias, pois já teria uma boa resposta.

Ela faz que sim com a cabeça, recordando-se.

— Diga-me, April — eu peço, porque sou fascinado pelo trabalho dela. Fiquei fascinado desde que ela me contou sobre o trabalho que fazia, e o meu interesse só fez crescer desde que ela pintou lábios em mim.

Os olhos dela parecem cintilar até no escuro. Ela me responde com suavidade.

— *A Noite Estrelada.*

— A pintura? De Van Gogh.

Ela confirma com um aceno de cabeça.

— Você pode reproduzir uma pintura?
— Posso.
— É isso que você vai pintar em mim?
— Aqui. — Ela ergue a mão na direção do meu ombro. — Vou começar aqui.

O foco da nossa conversa deixa definitivamente de ser a infância e recai no presente. Apenas o presente. A energia que vibra entre nós é quase palpável. Será que em algum momento eu tive dúvidas de que algo aconteceria essa noite? Eu não sei o que vai rolar, a que ponto vai chegar, nem quanto vai durar. Mas cada centímetro da minha pele arde com o desejo incontrolável de tocá-la.

E de ser tocado.

— Me mostre — eu digo, agarrando a bainha da minha camiseta e tirando-a do corpo.

April engole em seco. E passa a língua pelos lábios. Eu reprimo um sorriso. É, ela já me viu sem camisa antes, mas eu não posso negar que a reação dela agora justifica cada segundo da minha vida que passei levantando pesos ou indo à academia pela manhã bem cedo.

— Eu vou pintar o seu ombro de azul meia-noite, e então desenhar nele a primeira estrela brilhante trabalhada. Bem aqui. — Quando ela me toca, uma faísca passa através de mim. — Vou acrescentar mais estrelas em espiral por todo o seu peito, que vai ser a minha tela. E então eu vou colorir todas as luzes amarelas e douradas das estrelas — ela diz, movimentando o dedo como se fosse um pincel. Ela elabora um esboço no meu peito, à maneira de Van Gogh. Um gemido chega aos meus ouvidos. — Existem onze estrelas na pintura, e eu vou pintá-las todas em você. — Ela abre os dedos sobre o meu peitoral e abdome, fazendo medidas.

Eu respiro pesadamente, como se tivesse acabado de apostar uma corrida. Jesus, acho que nunca na minha vida me senti tão excitado.

— Eu vou terminar aqui. — April desliza as pontas dos dedos suavemente sobre a musculatura do meu abdome, na região abaixo da minha calça jeans. Os olhos dela seguem as mãos. Ela não está olhando para mim. April está olhando para aquilo que a sua imaginação cria nesse momento. Ela está hipnotizada. Olho para os dedos dela e vejo como está perdida em seu próprio mundo enquanto traça o esboço do que vai pintar em mim. A luxúria me consome. O desejo. Um desejo profundo e poderoso. Quero me sentir conectado a ela.

— Eu nunca quis beijar alguém tanto quanto quero beijá-la agora, April.

Ela ergue a cabeça e pisca várias vezes, como se estivesse voltando do seu transe artístico.

— Você está bêbado?

— Não, de jeito nenhum. — Então um pensamento desapontador me ocorre. — E você, está?

Diga que não, por favor!

Ela balança a cabeça em negativa.

— Não. Só meio alegrinha, mas nada de mais.

— Por que você perguntou?

Ela passa a língua nos lábios.

— Para ter certeza de que você quis mesmo dizer o que disse, Theo.

— Vou te mostrar que eu tenho plena consciência do que estou dizendo.

Ponho as mãos nos joelhos dela, e estendo o corpo para beijá-la. Ela separa os lábios para receber os meus, abrindo sua doce boca, e nós suspiramos. Nós gememos. E nos beijamos.

Quando os nossos lábios se unem, buscamos um ritmo que nos favoreça. Um ritmo ao mesmo tempo terno e exigente. Intenso e sensual. Obsceno e romântico.

April enrosca as mãos no meu cabelo, enfiando os dedos nele, agarrando-o, e quando ela deixa escapar um leve suspiro, a minha temperatura decola.

Interrompo o beijo e agarro os quadris dela.

— Chegue mais perto — sussurro com voz rouca. — Ainda há um espaço entre a gente, e eu não gosto disso. Venha para bem perto de mim.

O sólido barco balança ligeiramente quando ela levanta, se move na minha direção e se senta de pernas abertas em cima de mim, acomodando cada um dos joelhos ao lado das minhas coxas. As mãos dela percorrem os meus braços, parando na tatuagem de bússola.

— Por que uma bússola? — ela pergunta, beijando o meu pescoço ao mesmo tempo.

— Eu me sentia perdido. Precisava saber que algumas coisas eram constantes.

— Como as estrelas?

— Sim, como as estrelas — repito, segurando-a pelos quadris e puxando-a mais para mim. As mãos dela se agarram novamente ao meu cabelo. — April?

— Sim? — A voz dela parece sonhadora.

— Todas as histórias que nós inventamos parecem verdadeiras para mim.

— Pois para mim elas também sempre pareceram verdadeiras.

Eu mordisco o ombro dela.

— Desde o início. No segundo em que eu te conheci. Nunca se esqueça disso.

Ela envolve a minha cabeça com as mãos, segurando-a firmemente.

— Não vou esquecer. Comigo também aconteceu assim.

Eu a abraço, a aperto, nossos corpos se comprimem um contra o outro. Quero arrancar todas as roupas dela. Quero experimentá-la – carne contra carne, pele contra pele. Mas as coisas estão indo rápido demais, ainda é muito cedo. Sei que se fizermos isso vai ser ainda mais difícil ter que abrir mão dela. Vai ser mais difícil para mim seguir com a minha vida quando ela me deixar.

Nesse momento, porém, ela está sentada no meu colo. Eu estou posicionado entre as pernas dela.

— Eu não paro de pensar em você desde a primeira noite em que a conheci — revelo subitamente.

April remexe os quadris contra a minha ereção, esfregando-se em mim e colocando mais pressão.

— Como? Como é que você pensa em mim?

Deslizo o dedo pelo lábio inferior dela.

— A sua boca, eu amo a sua boca. Os seus lábios. Eu imaginei a sua boca trabalhando em mim, me engolindo.

Ela sorri com malícia.

— Como você é sujo. Adoro quando você vai direto ao ponto.

Eu rio.

— Adoro a sua boca, April. E não é só porque os seus lábios são lindos — digo e colo a minha boca na dela. Pega de surpresa, ela arfa, e eu a beijo com intensidade. Com força. Combinando cada beijo demolidor com uma estocada do meu quadril. — Eu adoro todas as coisas que você diz com esses lábios.

— Mas aposto que eu não estava falando na sua fantasia — ela diz num sussurro insinuante. — Aposto que eu estava chupando você.

— Ah, porra — eu digo, e o meu pau fica ainda mais rijo, e o desejo se alastra pela minha espinha. — Você me chupou pra valer, e foi a primeira vez que eu gozei pensando em você.

Os olhos dela se arregalam.

— E você fantasiou mandando ver comigo mais de uma vez? — April pergunta.

Eu esfrego os meus quadris nela.

— Sim. No chuveiro. Na pousada. Você na minha imaginação.

— Meu Deus — ela diz, jogando a cabeça para trás, expondo o pescoço e deixando escapar um gemido longo e sexy. Os raios de lua reluzem sobre a sua pele clara. — Eu também. Na primeira noite que passamos aqui. No chuveiro. Comecei a me tocar, pensando em você, e... *bingo*.

Eu remexo os quadris contra ela mais rápido, com mais força, beijando-a, e os meus beijos se tornam mais molhados e mais profundos, porque a minha mente está completamente em chamas. Eu imagino a April no chuveiro, masturbando-se. Então me concentro nela aqui, agora, quase transando comigo de roupa e tudo. Ela geme, ofega, e sua respiração está mais acelerada, mais errática. Ela puxa o meu cabelo, arqueia as costas, grita.

— Não pare, Theo! Ah, não pare!

— Nunca! — eu digo, e mantenho o ritmo. Ela está surfando nas ondas do prazer, em busca do êxtase. Olho deliciado para o seu rosto corado, e para a sua boca, que assumiu o formato do mais adorável *O*. Ela fecha os olhos e os mantém fechados.

Ohhh.

Isso!

Assim...

April é tão sensual. Tão linda. E eu estou tão ferrado, porque com ela não consigo me controlar, não quero parar. Ela se desmancha toda, ofegando de maneira alucinante, enquanto um estremecimento se irradia por todo o seu corpo. É maravilhoso vê-la cavalgando em mim até ficar sem forças, sob as estrelas, flutuando no lago.

E dizendo o meu nome.

CAPÍTULO 30

April

NÓS PARAMOS.

Imediatamente.

Mas eu não quero parar.

Eu quero que o Theo sinta o mesmo prazer que eu. Ele cerra os dentes e suga o ar com força. Com gentileza, mas firmemente, ele me afasta um pouco, colocando alguma distância entre nós. E me olha bem no fundo dos olhos.

— Não é que eu não queira você se remexendo em cima de mim. Eu quero. Mas estou perigosamente perto de gozar.

— Mas gozar é divertido.

É ainda melhor quando outra pessoa leva você a gozar. Na verdade, os orgasmos são infinitamente melhores quando alguém faz você chegar lá, e eu acabei de ter um curso de reciclagem sobre o assunto.

Meu corpo está resplandecente. Minha cabeça é uma deliciosa névoa de endorfinas e luxúria estonteante. Todos os meus parâmetros, todos os meus limites foram feitos em pedaços – e nesse momento eu não ligo para isso. Talvez depois desse momento eu continue não ligando. Será que noites iguais a essa continuarão acontecendo? Meu coração bate mais forte, revelando a resposta a essa pergunta que fiz a mim mesma.

Coração tolo.

— Gozar é muito bom! Mas acredite, eu não quero fazer isso na calça e depois voltar para a pousada desse jeito — ele diz.

— Ei, eu conheço outras maneiras de fazer você chegar ao paraíso — argumento, sentindo-me ousada, sentindo-me impulsiva.

Ele ri alto, e brinca com a situação pondo as mãos na cabeça para simular frustração.

— Paciência, vamos só ficar aqui, juntos. Aproveitar o momento. Tudo o que eu desejo agora é estar com você.

Isso me parece ótimo também. Quero aproveitar ao máximo cada segundo com ele. Quero saborear cada instante. Uma onda de calor invade o meu peito quando nos acomodamos no chão do barco, abraçados, o braço dele em torno de mim. Theo se vira para o lado e encontra o vasilhame com a bebida, e então o passa para mim. Nós bebemos, conversamos sobre noites de verão, juventude e sonhos que tivemos. Ficamos contemplando as estrelas. É tão profundamente romântico que eu desejo que não termine jamais.

Mostro a ele o Cinturão de Órion e a Ursa Maior; mas isso é tudo o que eu sei a respeito de constelações, então nós passamos a inventar nomes para as outras. Uma estrela cintilante localizada mais ao sul se torna a Garrafa do Sul, enquanto uma linha irregular de estrelas logo acima de nós é apelidada de Luzes da Filhotinha. Theo ri para valer desse último apelido, demonstrando mais senso de humor do que nunca; então ele encosta o nariz no meu, e beija o meu pescoço. Nossos beijos são mais demorados, mais loucos, e um pouco mais alcoolizados que antes.

Incentivada pela tequila e pelas Luzes da Filhotinha, eu mexo no zíper da calça dele, puxando-o para baixo.

— Me deixe tocá-lo, Theo...

Ele ri e balança a cabeça numa negativa, fechando o zíper do jeans.

— Tenho que dar uma mijada agora — ele avisa.

— Caramba... — Eu abaixo a cabeça. — Lá se vai o romance. — Ele se levanta, e eu olho para ele por um segundo. — Vai fazer xixi no lago?

Um som de escárnio escapa da sua boca.

— Isso seria rude — ele responde.

— Ah, não. O Mitch costuma fazer isso.

— Isso é ainda mais rude. E quer saber por que eu não vou mijar nesse lago? Porque é o lago dos seus pais. Eu não vou urinar nele.

Theo pega os remos e nos leva de volta à margem. Depois que amarramos o barco, eu gesticulo na direção da casa, não muito longe de onde estamos.

— Eu deixaria você entrar e usar o banheiro do quarto dos meninos, mas não tenho uma chave, e hoje em dia eles têm mantido as portas trancadas.

— Isso é sensato — ele diz. Então pisca e inclina a cabeça até perto de mim, sussurrando. — O crime está em todos os lugares.

Dou um tapinha nele.

— É sempre melhor prevenir do que remediar.

— Sempre. — Theo diz, e dá um beijo na ponta do meu nariz. Eu o seguro pela cintura e retribuo com um beijo na boca, um beijo quente. Não tenho certeza se estou mais zonza por causa da tequila ou por causa dele. Mas quando os lábios dele passeiam sobre os meus, concluo que ele ganhou da tequila. Theo definitivamente me embriaga, e eu quero mais uma dose dele, e depois outra, e outra ainda para viagem.

Ele é como batata frita. Eu digo isso a ele enquanto caminhamos até o bosque.

— Você é como um pacote de batatinha.

— Daquelas fininhas, tipo chips?

— Pois é. — Faço que sim com a cabeça. — Impossível comer só uma.

Ele ri.

— Você quer um saquinho inteiro de mim? É isso que está dizendo?

— Sim, porque assim eu posso comer quantas quiser, e se quiser mais é só enfiar a mão e pegar.

Ele olha para baixo, à procura das minhas mãos, e entrelaça os dedos nos meus.

— Eu é que não vou impedir você — ele sussurra, e isso soa como uma promessa. Meu coração bate mais forte quando eu olho para as nossas mãos entrelaçadas.

Ele aperta os meus dedos gentilmente, e esse gesto repercute em mim, como uma vibração que percorre o meu corpo inteiro antes de chegar ao centro do meu coração. Então o celular dele toca, e as nossas mãos se separam. O rosto dele se ilumina quando ele olha para a tela.

— É o Heath.

— E aí, cara? — Heath diz. A voz dele soa como pura alegria. É a primeira vez que a escuto.

Theo escuta enquanto nós caminhamos pela grama.

— Você me telefonou para discutir superpoderes? — ele pergunta, rindo. — Cara, você sabe o que eu penso sobre esse superpoder. É a única vez que eu escolho a mente.

Theo discorda, balança a cabeça, e o seu irmão dá risada.

— Controle do tempo é perigoso demais, e o controle da mente pode ser o supremo superpoder. — Theo parece mais feliz do que nunca.

Mais uma pausa.

— Lacey escolheu o controle do tempo? Espere um segundo. Tenho que tirar água do joelho. Fale com a April por um minuto. Ela é incrível pra cacete. — Theo joga o telefone para mim, e eu fico olhando para o aparelho. Ele quer que eu converse com o seu irmão?

Theo se afasta em busca de uma moita nas sombras.

E eu fico parada, com o telefone dele na mão, e o número do irmão dele piscando no mostrador. Ele está em Boston, eu concluo pelo código de área. Aproximo o aparelho do ouvido.

— Oi. Eu sou a April, e sou mesmo incrível pra caramba.

Sou surpreendida por uma risada vigorosa.

— Olá, April Incrível pra Caramba — ele diz, e eu sorrio quando o ouço dizer a palavra que eu escolhi, pois isso mostra que ele prestou atenção. — Me diga uma coisa: o meu irmão está se comportando?

Eu rio, encantada com a facilidade com que Heath faz a conversa fluir.

— Sim, ele é fantástico. Nós estamos na reunião da minha família em Wistful.

— Sério?

— Sim. E só para constar, eu escolheria o controle do tempo também. Todos se preocupam com a estrutura do universo, e com o destino, e com o efeito borboleta, ou uma coisa mudando um milhão de outras coisas, quando você escolhe o controle do tempo como o seu superpoder. Mas eu digo que você nunca pode saber até tentar.

Heath assovia, demonstrando a sua apreciação com entusiasmo.

— Ei, eu gostei do seu ponto de vista, April. Mas você falou em Wistful, não é? É aquela cidade bem bonita em Connecticut?

— Sim. Eu cresci aqui. É a melhor cidade do mundo. Nela você encontra a montanha-russa Wild ThunderCoaster, baleias brancas, o Museu Marítimo — eu digo, citando alguns dos pontos fortes da nossa cidade.

— Eu adoro montanhas-russas, e o meu irmão também, mas não o leve para passear numa roda-gigante. Ele odeia esse brinquedo. Rodas-gigantes o aterrorizam.

Meu coração se derrete. Essa delicadeza o faz parecer tão humano.

— Obrigada pela dica. — Pelo canto do olho, eu vejo o Theo emergir das sombras e caminhar pela grama na minha direção. — Ele está voltando. Foi legal conversar com você. — Olho para a tela uma vez mais, e então entrego o celular ao Theo.

Ele dá um beijo na minha testa. Ao que parece, como agradecimento por ter conversado com o irmão dele. Não sei ao certo por que isso me rendeu um beijo, mas não posso reclamar.

— Oi, sujeito. Eu não posso falar mais agora, preciso ir. Dê um olá por mim à Lacey. Ah, espere, não precisa. Eu acabei de fazer isso com a força da mente. É fácil quando se tem o poder de controlar a mente. De qualquer maneira, eu vou passar mais algum tempo com a April.

Há uma pausa.

Theo abre um grande sorriso.

— Ela é a minha namorada, Heath.

Meu coração se acelera quando os meus olhos encontram os dele. Seu olhar me diz que o que ele acaba de revelar ao irmão tem um sentido inteiramente novo.

* * *

É um milagre de verão. Quando nós voltamos, a pousada está bastante silenciosa. Apenas Katie está acordada, lendo um livro na sala de estar, seu cabelo ruivo trançado num coque bagunçado. Mo, o gato laranja, está aninhado no colo dela, ronronando.

Ela sorri com malícia.

— E aí, aproveitaram bem a noite depois de saírem escondidos?

Eu me faço de boba e olho para ela com cara de paisagem.

Katie olha bem para mim e balança a cabeça.

— April, eu fui encarregada de encontrar vocês para o jogo de palavras cruzadas, e vi o aviso "NÃO PERTURBE" na porta. Mas o seu quarto estava em silêncio, então eu vi que vocês tinham dado o bolo na gente.

Olho para ela desconfiada. Minha indecente e desbocada prima.

— Você realmente pôs o ouvido na porta para descobrir o que estavam fazendo as pessoas que não deveriam ser perturbadas?

Ela faz que sim com a cabeça, confessando o crime.

— Foi o que eu fiz. — Ela balança o livro no ar. — Estou lendo uma cena de sexo que não deixa nada para a imaginação. Acha que eu teria algum problema em colocar o ouvido na porta do seu quarto para descobrir o que estava acontecendo lá dentro? Nem um pouquinho.

Comprimo os lábios em sinal de desaprovação.

— Só posso lhe dizer que acho que essa atitude é ridiculamente indecente, mas fique à vontade.

— Mais à vontade que isso, impossível... — Katie estica preguiçosamente os pés, balançando os chinelos na ponta dos dedos, enquanto Theo ri dos gestos engraçados dela.

— O que foi que você disse a todos depois de ter fracassado na sua missão de busca e resgate? — pergunto.

— Eu disse a verdade. Que efetivamente dei de cara com aquele aviso na sua porta, e longe de mim querer violar a santidade de um ninho de amor.

— Você é uma excelente parceira, acho eu...

Ela sopra as pontas dos dedos.

— Agora vamos lá, me conte. Aonde vocês foram? — Katie pergunta.

— Ah... Por aí — respondo, dando de ombros.

Katie aponta para mim, como se tivesse me pego em flagrante.

— Vocês não fizeram coisas dentro do carrinho de golfe da sua mãe, fizeram?

— Por que não vai dar uma voltinha nele para tentar descobrir? — eu retruco.

Theo sorri sem parar, visivelmente impressionado.

Katie dá um tapa na própria perna.

— April, você é mesmo uma garota esperta. Eu sabia que o cara dos poodles não tinha nada a ver com você. Quando a sua mãe e a minha disseram que nós devíamos encontrar sujeitos legais pra você, caras da região, todas nós oferecemos nossas sugestões, mas eu sempre soube que a opção mais indicada pra você era um gato show com *tattoos* — ela diz, olhando para o Theo e movendo as sobrancelhas para cima e para baixo, de maneira deliberadamente libidinosa.

Ele passa um braço pela minha cintura.

— A April é a opção perfeita para mim. — Theo me beija no rosto. Tudo o que ele faz para mim, parece mágico.

— Honestamente, eu acho que a Jeanie está tentando arrumar alguém para você porque ela está entediada, já que eu não produzi netos para ela ainda — Katie diz.

— Você e o Joe não querem ter filhos?

— Algum dia, sim. Quando estivermos prontos. Mas não ainda. Então a minha mãe e a sua se aliaram e começaram a fazer planos para encontrar um homem para você.

— E ainda bem que ela não se interessou por nenhum desses que vocês tinham em mente. Caso contrário, eu seria obrigado a bancar o macho alfa e falar grosso com todo mundo aqui. Ia voar faísca pra todo lado.

— Uau! — Katie suspira em tom de admiração. — Essa é uma coisa que eu gostaria que o Joe fizesse por mim quando voltasse de sua missão. Que falasse grosso como um macho alfa! Eu gosto disso.

— Claro que você gosta — eu comento.

— Ah, não finja que você não gosta de pegar pesado na cama.

Sinto o meu rosto ficar vermelho. Que droga.

— Ei. — Katie olha para o Theo e faz um aceno na minha direção. — April, a donzela tímida, precisa da sua ajuda.

Theo sacode os ombros, descontraído, como se dissesse *"Claro, por que não?"*. Ele se vira para mim, abaixa os ombros e passa os braços em volta da minha cintura. Num piscar de olhos, ele me levanta, e eu deixo escapar um pequeno grito de surpresa enquanto ele me ergue até o seu ombro direito e me coloca em cima dele. Depois, com a mão livre, ele se despede de Katie mexendo num chapéu imaginário em sua cabeça.

— Chegou a hora de liberar o homem das cavernas que existe em mim e carregar a minha mulher escada acima.

Katie ergue um punho no ar num gesto de triunfo.

— *Woohoo*! Você sabe o que ela gosta!

— Katie, me lembre de levar você a um clube de *strip* da próxima vez que for a Nova York. Você vai se sentir em casa — eu comento secamente.

— E ainda vou levar um monte de notas de um dólar — ela retruca no momento em que Theo pisa no primeiro degrau da escadaria.

Como no anúncio. Igual a uma das opções à la carte dele. A minha vida está imitando um anúncio! Theo está me carregando até o segundo andar, e eu não paro de rir, porque não poderia estar mais feliz.

Quando chegamos ao quarto, a placa com o aviso "NÃO PERTURBE" ainda está pendurada na maçaneta.

Ele me coloca no chão.

— Você é forte — eu digo, como se não fosse óbvio.

Theo sorri.

— Você é que é leve.

— Essa é a coisa mais absolutamente adorável que alguém pode dizer a uma mulher.

Ele ri e abre a porta.

Quando entramos, eu vou pegar uma calcinha limpa, uma camiseta e um calção de dormir. Depois vou até o banheiro para me trocar. Porque, embora eu tenha chegado ao clímax enquanto me esfregava nele como uma adolescente no baile de formatura, eu não estou pronta para a intimidade de mudar de roupa na frente dele. Depois de escovar os dentes e lavar o rosto, volto para o quarto, e Theo está usando calça de pijama larga. É sua vez de ir ao banheiro, enquanto eu passo nas mãos um pouco de loção. Diminuo as luzes, entro debaixo das cobertas e aguardo os próximos acontecimentos, sejam eles quais forem.

Eu não tenho ideia do que a gente vai fazer agora. Como vamos agir. O que vamos falar. Se vamos transar feito coelhos a noite inteira. Mas não estaria nessa situação se não tivesse chutado para o alto as minhas regras a respeito de namorar.

A porta do banheiro se abre, e ele vem se juntar a mim na cama.

— Ainda bem que os seus pais não pegaram a gente no lago esta noite.

— Ainda bem mesmo. Principalmente porque eu nunca levei um homem para o lago antes.

Segue-se um momento de silêncio. Quando ele fala, há surpresa na sua voz, mas também desconfiança.

— Verdade?

— Verdade verdadeira.

— E por que logo eu?

Eu mostro a língua para ele.

— Você é especial.

— Ah, April. Estou falando sério.

— Tá bom — eu digo, como se isso me custasse algum esforço. — Eu queria que você ficasse pelado sob as estrelas. Foi tudo planejado.

Ele faz cócegas na minha cintura, e eu me contorço.

— Você não consegue falar sério, não é?

— É, isso nem sempre é fácil pra mim — eu admito. E adoto uma expressão séria. — Mas pode acreditar, eu estou falando bem sério. Eu *quis* tirar a sua roupa. E você me rejeitou. Não me deixou tocá-lo.

— Nós já passamos por isso — ele diz num tom de voz deliberadamente sério, como se fosse um professor chamando a minha atenção.

— Você é tão prático — eu respondo num tom jocoso; então deslizo a mão por toda a extensão do seu cabelo macio. E despenteado. — Eu o levei ao lago porque gosto de você, e porque queria que você me beijasse sob as estrelas.

— Você diz essas coisas... — ele murmura, fechando os olhos.

— E? — Eu prendo a respiração.

— E isso mexe comigo — Theo responde, abrindo os olhos.

Sinto vibrar cada molécula do meu corpo. Tenho a sensação de estar flutuando.

— O que nós estamos fazendo, Theo?
— Não sei.
Eu o encaro e passo minhas unhas sobre a sua tatuagem.
— Eu quero que você encontre o seu rumo — digo.
Ele estremece, e com a ponta do dedo acaricia o meu lábio inferior.
— Eu quero que você seja beijada sob as estrelas.
— Pois eu quero muito pintar *A Noite Estrelada* em você — eu digo, nervosa, a voz vacilante enquanto revelo esses segredos. Eles não são apenas sexuais. Significam muito mais para mim. — Então quero que você me beije a noite toda, até que a tinta passe para o meu corpo. Para o meu peito. Para o meu corpo inteiro.

Os olhos de Theo se inflamam, e ele me olha como se quisesse me devorar.

— Era a isso que eu estava me referindo. Você diz essas coisas, April... — Ele passa a mão no cabelo com força.

— O que há de errado em dizer o que eu disse?

A respiração dele fica mais intensa.

— É a coisa mais sexy que alguém já me disse na vida.

Eu deixo a minha mão roçar no braço dele.

— Nós ficaremos cobertos de azul meia-noite e amarelo-ouro.

— Eu quero ficar coberto de tinta com você — ele murmura enquanto enrosca as mãos no meu cabelo.

Faço as minhas unhas correrem sobre o seu abdome, e então brincarem ao longo do cós da sua calça.

— Theo... Eu quero que você sussurre para mim coisas bem doces e imorais. E depois que faça essas coisas.

— Como beijar todo o seu corpo, por exemplo? — ele diz, e eu estremeço, e sussurro "sim". Ele desliza uma mão na região entre as minhas pernas, e a pressiona contra o algodão do meu short. — Lamber você — ele murmura. — E beijá-la, e sugá-la, e devorar você até que se desmanche toda na minha cara.

— Oh, Deus — eu balbucio.

— Me deixe fazer. Agora mesmo — ele diz, e é um apelo selvagem, indecente.

Consigo reunir forças para afastar a mão dele.

— Theo, se fizer isso comigo eu não vou ser capaz de ficar quieta. Vou gritar de prazer. Todos vão escutar.

Ele sorri largo, cheio de orgulho.

— Além disso, é minha vez de fazer algo por você. — Eu fecho a mão sobre a ereção dele. Aperto, e me espanto ao constatar o quanto ele é grosso. Os gemidos dele são tão sensuais que eu poderia gozar mais uma vez só de ouvir os sons que ele faz. — Eu estou de olho nessa sua bagagem desde que o conheci. — Deslizo a mão ao longo da sua potente ereção.

— Eu sei — Theo responde, projetando o corpo na minha direção.

— É tão óbvio?

— É — ele diz com voz rouca. — Os seus olhos apontam cá pra baixo constantemente.

Eu rio.

— Vai mandar me prender por olhar, Theo?

— Se me tocasse eu não mandaria prendê-la.

— Então eu posso? Tocar você pra valer?

— Deus, se pode. Rápido.

Theo parece querer tanto, parece tão desesperado! E eu estou louca para fazer todas as coisas possíveis e imagináveis com ele. Mas não quero transar com ele ainda. Não me importa que todo mundo esteja dormindo. Quero estar sozinha com ele, realmente sozinha, quando isso acontecer.

Se é que vai acontecer, claro.

Deslizo a mão para dentro de sua calça, então sob a cueca boxer, e o toco. Eu vibro. Ele estremece.

Os lábios dele se separam, e ele geme, e as palavras saem sem controle de sua boca enquanto eu o manipulo.

Ah, Deus.

Porra...

Isso é tão bom!

Assim. Assim mesmo.

Os sons que saem da sua boca são muito sensuais, e quase me fazem derreter. Ele é incrível. A pele dele é tão macia, e a ereção é tão sólida. Está pulsando. Eu o acaricio em toda a extensão, de cima a baixo, e ele faz movimentos de vaivém com o corpo enquanto eu o manipulo. Os olhos dele estão fechados.

— Pode ir mais rápido? Só um pouco mais rápido — ele pede, e o desespero na sua voz me invade, percorre o meu corpo, e se instala entre as minhas pernas como uma forte dor.

Eu acelero os movimentos de vaivém e aumento a pressão. As minhas mãos ainda estão escorregadias por causa da loção. Acho que isso ajuda. E é tudo de que ele precisa.

— Eu vou gozar vergonhosamente rápido — ele sussurra, ofegante.

Eu sorrio como uma tola feliz.

— Eu quero assistir quando você chegar lá.

Ele geme e segura a minha cabeça com uma mão, fazendo uma careta de dor enquanto trabalho sem parar. A respiração dele fica ainda mais rápida, e eu quase não consigo entender o que ele diz.

— Perfeito... Assim, continue assim!

Eu não tenho vontade de parar. Eu o quero completamente entregue. Quero observá-lo quando explodir de prazer. Não demora e ele geme tão silenciosamente que eu suspeito que vai terminar, e o meu nome acompanha o gemido. E Theo o pronuncia de uma maneira obscena.

April! Eu vou... Agora...

E então ele explode na minha mão, abundante e quente, e a sua respiração está no meu ouvido, e a sua boca está no meu pescoço. Ele desfia uma série de palavrões para expressar a satisfação. O corpo dele se sacode em espasmos. Os gemidos não cessam. Seus lábios se alargam em um sorriso indecente. Theo parece satisfeito demais, e isso me enche de orgulho.

— Você está virando um vício para mim — ele sussurra.

Mas é isso o que eu quero. Quero que ele seja meu.

Eu saio da cama, lavo as mãos e volto para ele, esgueirando-me por baixo das cobertas leves.

Um barulho invade o quarto, e me surpreende.

— O que foi isso?

Eu me viro na direção do som. E o escuto de novo. É o ruído de algo batendo na vidraça. Theo ri com ternura.

— Parece que um esquilo está jogando bolotas na janela, April.

— Talvez esteja tentando chamar a nossa atenção.

— Lembra-se daquela vez em que eu atirei bolotas na janela para chamar a sua atenção? — ele diz, puxando-me para mais perto dele, envolvendo a minha cintura com um braço.

— Sim. Nós brigamos. Você queria escalar a janela e fazer as pazes comigo.

Theo planta um beijo na minha nuca, e eu fico toda arrepiada.

— Eu não gosto de ir para a cama zangado — ele diz num sussurro; então os lábios dele passeiam pela minha pele, e a conversação cessa. Nós não falamos sobre o que tudo isso significa. Eu nem mesmo sei ao certo se quero saber. Na verdade, nós nem falamos. Em vez disso, ele se acomoda atrás de mim e ficamos deitados "de conchinha", coisa que os casais geralmente fazem para se aninhar e cochilar. Porém a mão dele se move sobre o meu estômago. Percorre a minha pele. Seus dedos escorregam por entre as minhas pernas e descobrem o quanto ele me deixa excitada.

— Tão molhada e macia e lisa — ele murmura.

Arqueio o corpo contra o dele enquanto os seus dedos deslizam em mim.

Eu só consigo ouvir os sons que saem de sua boca. Os gemidos, a respiração, seu desejo por mim.

— Não consigo tirar as mãos de você, April. Não consigo parar.

— Não pare.

Quando os dedos dele me tocam intimamente, eu mal consigo respirar. Ele faz tudo sem pressa, sussurrando as doces e imorais palavras que havia prometido, usando a sua própria voz. Sem personagens. Sem fingimento. Somente Theo e mais ninguém.

Eu amo te tocar.

Você está quase lá, não é?

Quero que você goze de novo...

Eu faço o que ele pede, e é como uma explosão.

Uma explosão silenciosa, maravilhosa e deliciosa. Para mim também não seria nada difícil me viciar nisso.

Ou talvez eu já esteja viciada. Isso explicaria por que eu não quero que a reunião termine. Esses dias que estou passando ao lado dele são como um período de férias, mas o final se aproxima cada vez mais de nós, e o tempo parece se mover ainda mais rápido.

Eu quero adiar o fim da nossa estada aqui. Quero experimentar cada instante ao lado dele antes de retornar à vida de sempre em Nova York, carregando as minhas tintas e esperando pelo grande trabalho.

Agora eu quero muito mais do que isso. Esse é o problema quando desenvolvemos um sentimento forte por outra pessoa. A felicidade dele importa para mim.

Mas o que importa no momento é que eu quero que o Theo tenha os melhores dias da vida dele enquanto estiver aqui.

A pergunta que não quer calar é: como eu posso fazer isso acontecer?

CAPÍTULO 31

Theo

O QUARTO DIA

ENQUANTO APRIL ESTÁ AO TELEFONE CUIDANDO DE ASSUNTOS DE TRABA-lho, eu desço as escadas para ver se posso ajudar a família dela com algum preparativo. Encontro o pai dela na cozinha iluminada pelo sol da manhã, brigando com um liquidificador. Ele está batendo iogurte com frutas, e a droga da máquina opera rápido demais para o resultado que se espera.

— Tente o modo frappé — eu sugiro.

— Aquele modo lerdo?

Faço que sim com a cabeça.

— Vai funcionar.

Ele muda o modo, e então espia a jarra de vidro. Está batendo suavemente agora.

— Valeu. Você é um especialista em sucos ou coisa parecida?

— Quase acertou. Sou barman. Posso ajudar você com o resto? — Eu examino o sortimento de frutas sobre o balcão. Pêssegos, morangos, framboesas e mirtilos.

— Estou fazendo *smoothies* para o café da manhã — ele diz, balançando a cabeça, contrariado. — O que aconteceu com a boa e velha porção de ovos com bacon? Mas a Emma me implorou por um *smoothie* antes de irmos todos ao parque de diversões... E eu simplesmente não consigo negar nada à minha neta. Quem resiste àquela carinha?

— Tem razão. — Dou risada. — Ela é irresistível.

Enquanto fatio um pêssego, ele despeja mais iogurte no liquidificador. Depois de pigarrear algumas vezes, ele finalmente diz:

— A minha filha gosta de você.

— E eu gosto dela.

Ele me encara sem desviar o olhar.

— Eu não duvido, rapaz. Por isso preste atenção ao que vou lhe dizer: não a magoe.

Eu endireito os ombros.

— Não tenho essa intenção, senhor.

— Tenho certeza disso. — A voz grave dele soa áspera e intensa enquanto lança a sua advertência. — Mas os jovens hoje em dia nem sempre pensam no que estão fazendo. Eles pulam de um emprego para outro, de uma cidade para outra, sem nenhuma estabilidade. Eles não levam em consideração as pessoas que estão ao lado deles.

Respondo a ele com a mais absoluta sinceridade, sem nenhuma hesitação:

— Eu penso muito no bem-estar da April. E me importo demais com ela.

A expressão dele suaviza um pouco.

— Minha filha tem um enorme coração. Maior que o de todas as pessoas que eu conheço — ele diz, com sua enorme mão no topo do liquidificador ligado.

Sinto o meu peito se aquecer. Não sei bem se é por causa do sol ou da garota em quem eu estou pensando.

— Ela é fantástica — eu digo, sorrindo.

— Dá pra ver que a minha filha é feliz com você. Eu gostaria de poder ver essa felicidade mais de perto, e mais vezes — ele comenta, e faz um gesto me pedindo mais frutas. — Eu ainda tenho esperança de que ela volte e faça aqui mesmo o seu trabalho de pintura. Ela poderia abrir um estúdio de pintura. Seria perfeito no centro de Wistful.

Eu realmente não tenho certeza de que essa cidade precise de um estúdio de pintura. Nem mesmo sei se existe um mercado para isso aqui, para ser franco. O que me faz lembrar que os pais da April têm dificuldade para entender o que a filha faz para viver, mas ela gostaria que eles entendessem.

— Compreendo perfeitamente que queira mantê-la por perto, senhor. Mas o trabalho para alguém como a April está na cidade grande. Ela é muito talentosa. O portfólio dela me deixou de queixo caído — comento, colocando pêssegos no liquidificador.

— Não faz sentido para mim que uma pessoa possa ganhar a vida dessa maneira.

— Pode não ser um emprego tradicional, mas o trabalho é bem real, e ela é incrivelmente bem-sucedida. — *Tão bem-sucedida que me contratou para fingir ser seu namorado a fim de tirar a família do pé dela.* — Quando você tem um talento tão grande, o céu é o limite — eu digo, e embora já tenha sentido uma certa inveja da situação financeira tranquila da April, agora eu quero me certificar de que os pais dela compreendam que ela não é apenas a filhinha fofa, diferente e com pretensões artísticas. Ela é uma pessoa tremendamente talentosa, construindo uma carreira mais do que promissora. Conheço a April faz somente alguns dias, mas já sei que ela é a melhor no que faz. — O trabalho dela é mais que impressionante, é verdadeiramente épico, e eu tenho certeza de que vocês estão orgulhosos dela.

Ou deviam estar.

Ele contrai um canto da boca.

— Épico, você acha?

— Épico — repito. — O senhor devia ver o guepardo que ela pintou na perna de um atleta. Ela me mostrou uma fotografia. Eu juro, qualquer um teria dificuldade em dizer onde a pessoa termina e onde o guepardo começa. A sua filha é exímia.

Os lábios dele se curvam em um pequeno sorriso.

— Já viu esse trabalho?

Ele faz que não com a cabeça.

— Então eu vou te mostrar.

Ele desliga o liquidificador enquanto eu pego o meu celular no bolso de trás. Clico na fotografia que a April me enviou no trem. Pedi a imagem na ocasião porque achei que era muito legal, mas também porque dava uma ideia do talento dela.

Eu mostro a imagem ao pai dela, e o coloco a par de tudo o que April havia me contado sobre o seu trabalho. Ele me escuta com atenção, às vezes, balançando a cabeça. Não estou dizendo nada que April não possa dizer. Aquela mulher forte e intensa não precisa de mim nem de ninguém para ser seu porta-voz. Mas eu *quero* dizer ao mundo todo que ela é fantástica, e às vezes o mundo, ou apenas a família da gente, precisa ouvir isso de alguém de fora.

— Uau. — O pai dela olha para mim e dá um tapa leve no meu ombro. — Obrigado. Eu gostei disso. — O comentário dele é breve, mas detecto o que há por trás dessas palavras: gratidão. Ele vê algo na filha que talvez não tenha valorizado antes. — Acho que é por isso que ela não se interessou pelo negócio de barcos da família — ele diz com um pouco de tristeza.

Eu sorrio e faço um aceno positivo com a cabeça.

— O senhor faz barcos fantásticos. A April faz pinturas fantásticas no corpo humano.

Agora ele abre um sorriso bem largo, tão largo quanto o lago.

— Você é um namorado orgulhoso, Theo.

É exatamente o que eu quero ser para ela.

— Sim, eu sou. Tenho orgulho dela.

O pai de April enche alguns copos com *smoothies*, provavelmente para levá-los para os netos. Ele passa por mim para sair da cozinha, mas antes me faz um aceno com a cabeça.

— Obrigado por me indicar o modo do liquidificador, acho que esses benditos *smoothies* ficariam uma droga se você não aparecesse. E obrigado por me mostrar o guepardo. Você sabe, tudo o que eu quero é que a April seja feliz.

— Eu sei. Eu também quero a mesma coisa.

Espio para fora da cozinha e vejo April parada na porta de entrada, o cabelo preso num coque despojado, a nuca exposta. Ela está conversando com a Libby e a Emma enquanto bebem *smoothies*.

Meu coração parece que vai explodir.

Ele bate nas minhas costelas.

Quando April se vira e me vê através da porta aberta, o sorriso em seu rosto se amplia. Seu olhar e seu doce e despreocupado sorriso fazem o meu coração bater mais forte.

Ah, caramba...

Eu sei por que desejo que ela seja feliz.

Estou apaixonado por ela.

CAPÍTULO 32
Theo

NÓS PASSEAMOS NUMA ENORME MONTANHA-RUSSA AQUÁTICA, CONSEquentemente, nos molhamos todos. Naturalmente, esta acabou sendo a melhor parte do dia para mim, por causa dos... peitos.

A April está fantástica na sua camiseta recém-molhada. Deus abençoe a capacidade da água de se agarrar aos tecidos e torná-los transparentes.

Essa é a característica que eu mais gosto da água. Depois das propriedades de sustentação da vida, claro.

Quando nos aproximamos do final do passeio, os meus olhos vagam sobre a camiseta dela.

— Lembra-se de quando eu lhe disse que os seus braços me distraíam? — pergunto, e ela faz que sim com a cabeça. Eu me inclino para perto do ouvido dela. — Pois os seus seios ganham de longe. São uma distração irresistível.

Ela me dá um cutucão com o cotovelo.

Levanto as duas mãos no ar, com expressão inocente, como se eu fosse imune a qualquer acusação de indiscrição.

— April, você já admitiu que andou checando detalhes sobre os meus dotes. Eu só estou fazendo o mesmo...

Ela se empertiga, fazendo os seios parecerem ainda mais majestosos; e então me sorri com charme.

Caramba, bem que ela podia ser minha.

Nós nos juntamos a alguns dos membros mais jovens da família, girando no carrossel com a Emma e nos divertindo aos trancos e barrancos nos carrinhos bate-bate com a Libby. Depois que saímos dos carrinhos, April faz uma parada na fonte de água mais próxima para se refrescar. Libby aponta com o polegar na direção do demônio giratório atrás de nós.

— Eu adoro a roda-gigante — ela diz. — Vamos passear comigo?

Meu estômago se revira.

— A fila parece longa — respondo, olhando para a fila curta e mentindo descaradamente.

Emma entra em cena, suplicando com seus olhinhos de gazela, os quais é praticamente impossível resistir.

— Ah, por favor! Nós adoramos a roda-gigante porque podemos girar nela até lá no alto.

Agora o meu estômago vai derreter de vez. Eu posso lidar com aranhas, cobras, com trabalhos de limpeza que ninguém mais quer fazer; mas quando vejo uma roda-gigante, tenho vontade de me esconder debaixo da cama e chorar até dormir.

— Uau! — eu digo, tentando manter a voz calma enquanto invoco as minhas habilidades de antigamente. A regra número um da trapaça é não revelar jamais as suas verdadeiras intenções. — Que legal, girando até o topo! Nossa, isso parece tão...

— Parece tão incrível! — Emma agita no ar as duas mãos em forma de oração.

Sim, reze para que eu consiga sobreviver ao passeio da morte na roda-gigante!

— É impressionante! — Libby acrescenta. — Você simplesmente fica lá nas alturas balançando por algum tempo enquanto as últimas pessoas ainda estão entrando. Essa não é a melhor parte, April? — Libby aponta para April, que acaba de voltar para junto de nós.

— Se é — ela responde, e eu estou oficialmente perdido. Mas de repente a April segura a minha mão, aperta com força e me olha direto nos olhos com expressão contrariada. — O caso é o seguinte: tenho quase certeza de que o Theo me prometeu um passeio na montanha-russa. Ou será que estou enganada? Não, na verdade eu acho que a gente já tinha planejado passear na montanha-russa.

Eu quero me casar com ela! Queria poder cair de joelhos agora diante dela e lhe beijar os pés.

— Claro que é verdade... Eu te prometi umas boas voltas na montanha-russa. E pretendo cumprir essa promessa — respondo mais que depressa.

Emma continua insistindo, e faz birra até quase sapatear no mesmo lugar:

— Mas a roda-gigante é tão divertida!

April se inclina para se aproximar mais dela.

— Eu sei, senhorita. Mas eu já andei nesse brinquedo um milhão de vezes, e gosto mais das montanhas-russas. Por isso estou reclamando os meus direitos sobre o meu parceiro de carrinho. — Ela pousa a mão no meu ombro, num movimento que parece deliberadamente possessivo. Mas nesse momento eu não faço nenhuma objeção se ela quiser se tornar a minha dona. — E agora vão e se divirtam, vocês duas — April diz, enxotando-as.

Elas vão direto para o pesadelo do parque de diversões, e eu enfim posso respirar aliviado.

— Odeio rodas-gigantes — admito.

— É mesmo? — Ela sorri. — Eu sei.

— Como você sabe? — pergunto, bastante intrigado.

— Heath me contou na noite passada. Por isso eu não permiti que elas arrastassem você para andar nesse brinquedo — ela explica enquanto seguimos na direção da montanha-russa.

— Fez aquilo por mim? — pergunto, com uma nota de espanto na voz.

— Claro.

Uma resposta tão breve, porém tão grande, que me faz parar no meio do parque para lhe dar um beijo na boca. Encosto a testa na dela e suspiro. O cheiro de algodão-doce e de massa frita flutua através do ar de verão. Nas proximidades, todos os membros da família da April, e os Moores também, estão girando nas alturas, mergulhando em toboáguas ou pendurados em balanços; mas a cascata de emoções dentro de mim é mais intensa que todas essas aventuras juntas. Passei apenas alguns poucos dias com a April, e não devia me sentir assim; mas o meu coração bate acelerado, uma vibração me invade até os ossos, e eu simplesmente não consigo parar de me apaixonar por ela.

Ela envolve o meu pescoço com os braços e inclina a cabeça diante de mim.

— Você fez isso só porque deu vontade? — ela pergunta.

Eu a beijo no parque, só porque tenho vontade. É um beijo talvez um pouco demorado demais para um parque de diversões, mas não demorado o suficiente, porque eu quero mais dela.

Nós interrompemos o beijo quando uma voz masculina soa perto dos meus ouvidos.

— Pessoal, vocês querem passear na montanha-russa com a gente?

Eu me viro para olhar, e lá estão Dean e a sua trinca de irmãos.

— Claro — April responde. No final das contas, pensando bem, andar na montanha-russa com quatro rapazes não é nada em comparação com ficar balançando numa altura absurda na roda-gigante. Nós nos juntamos a eles.

Batemos papo sobre as atrações do parque, sobre esportes e sobre o clima enquanto esperamos na fila. Quando os carros chegam, April e eu pulamos para dentro de um, perto das fileiras de trás. A subida de duzentos metros sob o sol quente do meio-dia e o rangido de metal contra metal me dão algo mais em que pensar além desse torturante desejo de ter mais dela. Não apenas mais fisicamente, mas também emocionalmente.

Porque eu a quero muito. Mais do que jamais quis alguém em toda a minha vida.

E eu não sei o que fazer a respeito.

Mas então nós alcançamos o ponto mais alto, e eu não sinto mais nada a não ser a pura euforia de levantar os braços bem alto e gritar enquanto despencamos pela montanha-russa em alta velocidade. Os berros de April explodem no ar, e enquanto os carros escalam outra elevação, eu me lembro novamente dos sons que quero ouvi-la fazer. Mas há um pequeno problema a considerar com relação a isso: o nosso confortável quarto está bem no meio de outros quartos cheios de membros da família. Que diabos os hóspedes de uma pousada fazem para resolver uma situação dessas? Mas não há mais tempo para ficar especulando sobre a questão, porque acabamos de entrar numa descida em parafuso e ficamos de cabeça para baixo. Nosso carro desliza por mais uma curva, sobe por uma elevação curta, e então se lança em zigue-zague numa última descida antes de chegarmos à estação, bastante ofegantes e de olhos arregalados.

O cabelo da April termina todo bagunçado. É um visual do tipo selvagem, que cai bem nela.

— Vamos mais uma vez?

A resposta a essa pergunta só pode ser "sim". Enquanto aguardamos na fila, sob o sol escaldante, nós conversamos com Dean e seus irmãos para matar o tempo. E eu sou informado dos nomes dos irmãos. Eles se chamam Steve, Paul e Henry, mas eu ainda prefiro pensar neles como Huguinho, Zezinho e Luisinho. Tenho a oportunidade de conhecer um pouco melhor Dean e o seu trabalho. Ele menciona alguns comerciais em que trabalhou, inclusive um em que havia uma torradeira falante.

— Foi legal, mas nós queríamos dar um pouco mais de profundidade à torradeira — ele comenta, parecendo meio decepcionado.

— As torradeiras têm mesmo fama de serem superficiais — eu digo, fazendo cara de paisagem.

Nós papeamos um pouco mais, e eu decido deixar o meu ciúme de lado. Afinal de contas, eu sou o cara que ficou com ela na noite passada, experimentando intermináveis momentos de grande intimidade. Claro que parte de mim ainda acha que ela ficaria melhor com um sujeito como o Dean. Uma pessoa extremamente bem-sucedida profissionalmente. Ela provavelmente merece um homem como o Dean, que tem até uma forte ligação com a família dela.

Ainda assim, isso não é suficiente para me fazer recuar.

Nós logo embarcamos novamente no Wild ThunderCoaster.

Enquanto subimos a primeira elevação, eu observo as montanhas ao longe, uma paisagem repleta de árvores exuberantes. Uma ideia diabolicamente brilhante me surge de repente, e já pronta e acabada. Eu sorrio de satisfação.

Os gritos da April soam como um prenúncio do que virá enquanto eu elaboro o meu plano.

Nós passeamos na montanha-russa de novo, e de novo, e eu tenho certeza absoluta sobre o que precisa acontecer quando sairmos desse parque.

Depois do quarto passeio, nós seguimos em direção às saídas. Ficamos circulando perto da montanha-russa. A certa altura, April para de andar, espia à distância e vê Emma e Libby inclinando-se sobre uma lata de lixo, revendo seus *smoothies*, que saltam dos seus corpos em grandes quantidades.

— Viu como eu tinha razão? — digo a April. — Aquelas rodas-gigantes são uma invenção do demônio.

* * *

De volta à pousada, enquanto os pais cuidam temporariamente dos filhos doentes, eu pego alguns suprimentos, coloco na minha mochila e digo a April que há uma atividade esperando por nós esta tarde. Ela balança as sobrancelhas para cima e para baixo.

— Eu vou gostar dessa atividade, Theo?

— Se eu fizer tudo direito, você vai adorar — respondo com voz baixa e rouca.

Descemos as escadas, e eu seguro a mão dela.

Eu não esperava que as garotas passassem mal, mas a calmaria temporária acabou sendo de grande ajuda. Nós dissemos à mãe da April que iríamos dar um passeio pela cidade.

— Vejo vocês no jantar — Pamela diz da cozinha, enquanto ela e o marido preparam a refeição. — Podem me trazer pimenta quando voltarem?

— Claro, pode deixar.

E assim nós conseguimos sair sem ter que enfrentar uma infinidade de perguntas.

Quando alcançamos a calçada e a passos largos nos distanciamos vários metros da casa, April já não pergunta mais aonde estamos indo. Ou ela já sabe, ou então confia em mim. Eu gosto de pensar que ela não pergunta mais porque confia em mim, especialmente porque ela diz:

— Lembra-se de quando você me surpreendeu e me levou para um lugar incrível e inexplorado?

— Aquilo não passou de uma tarde agradável. O que a espera agora é muito melhor. Aposto que vai ficar sem fôlego.

— Bem, logo vamos descobrir.

Quinze minutos depois, nós nos encontramos diante de uma árvore no quintal misteriosamente silencioso da família dela.

A tarde cai tranquilamente. Não há ninguém por perto; estamos completamente sós. Apenas os pássaros podem nos ouvir. Nós subimos a escada embutida que leva até a Casa na Árvore da April.

CAPÍTULO 33
April

A CASA NA ÁRVORE FICOU EXPOSTA AO SOL POR DIAS. ESTÁ QUENTE E, infelizmente, abafado dentro desse meu paraíso infantil de 3 m². Nem sei quando foi a última vez que alguém entrou aqui. Tem a aparência de abandono, de lugar que não é visitado há anos. Mas a casinha conta com duas janelas fantásticas, e eu as escancaro, deixando uma brisa entrar para purificar o ar dentro do espaço. O sol da tarde, que se enfraquece cada vez mais, faz longas sombras se projetarem sobre as árvores e o pátio, e eu contemplo o território que um dia foi meu.

Quando eu era criança passava horas e horas nessa pequena casa na árvore. Eu pintava aqui; desenhei montes e montes de criaturas, animais e seres humanos; trazia aqui para cima comigo revistas velhas e sanduíches; e ficava comendo sozinha.

Eu fiz todo tipo de coisa aqui dentro. Tudo.

A não ser uma.

Mas isso está para mudar. Eu estremeço, mas não é de frio. Meus nervos estão à flor da pele. Enquanto olho para fora da janela, torço para que essa sensação passe. Eu já transei antes, muitas vezes, mas dormir com o Theo parece ser uma experiência absolutamente diferente para mim. Meu coração bate com um sentimento selvagem e profundo quando me aproximo dele.

Inalo profundamente o ar, imaginando que o oxigênio acalmará os meus medos. Não tenho medo dele. O meu medo é conhecer a grande felicidade de tê-lo dentro de mim, e depois passar pela grande infelicidade de ter que fingir que o que está acontecendo entre nós dois não é imenso.

Eu me viro, e vejo o Theo estendendo uma colcha sobre o chão de madeira.

Fico de joelhos e puxo a minha camiseta para cima. O tecido gruda na minha pele por causa do calor. Ele empurra para o lado um pouco de cabelo que se desgarrou e ficou sobre a testa.

Eu rio.

— Está mesmo quente aqui em cima.

— Com certeza. Quer sair? — ele diz.

Theo também está de joelhos, e eu agarro a gola da sua camisa, puxando-o para perto de mim.

— Sem chance.

Eu o beijo, e o meu nervosismo desaparece inteiramente. Esse beijo é elétrico. É como uma nuvem de tempestade pairando no horizonte, escura e inchada, pronta para explodir e despejar chuva torrencial sobre tudo e todos. Eu quero ser apanhada por um aguaceiro junto com ele. Beijá-lo como se fosse a única coisa importante na vida, sem ligar para o clima, para o mundo, para nada.

É assim que ele me beija.

Então desacelera, e o beijo ganha um novo ritmo. Ganha importância. Como se fosse o começo de alguma coisa. Pelo modo como os lábios dele deslizam sobre os meus, e pelo modo como ele enrosca as mãos no meu cabelo, enrolando-as ao redor da minha cabeça, parece que se trata de um novo começo.

A certa altura, eu sei que nós devemos falar sobre o que está acontecendo entre a gente. Dar voz aos fatos que acabaram transformando a nossa ficção em uma bizarra e maravilhosa realidade. Nós ultrapassamos todas as fronteiras, e estamos prestes a cruzar a linha de chegada, mas, de certa maneira, o nosso fingimento nunca foi para valer. Nós agimos com sinceridade desde o começo.

Eu o beijo mais intensamente, tentando concentrar todos esses estranhos e novos pensamentos na pressão da minha boca. Nesse beijo, tento dizer a ele que eu quero mais do que esse fim de semana. O beijo agora se torna devorador, e eu me torno mais exigente, dizendo *"seja meu!, seja meu!, seja meu!"*.

Quero que Theo saiba que pode haver muito mais esperando por nós, além desses 5 dias.

Delicadamente, ele tomba de costas sobre a colcha, puxando-me para baixo junto com ele. Suas mãos deslizam pelo meu corpo, passam pelos meus quadris, descem até a minha minissaia. Ele a levanta, e agarra a minha bunda.

Theo ergue a bainha da minha camiseta.

— Que tal se a gente tirasse isso? — ele pergunta.

Eu me levanto novamente e belisco o tecido da camisa dele.

— Feito!

Então nós nos ajoelhamos, porque ficar em pé é quase impossível numa casa na árvore. Ele tira a sua camisa, e eu me livro da minha, e pouco tempo depois nós ficamos reduzidos a uma cueca e uma calcinha, e o meu corpo inteiro se transforma em um fio desencapado. Um toque e faíscas vão voar. Ele agarra os meus quadris para me colocar em determinada posição.

— Deite-se. — Ele pressiona a palma da mão no meu ventre e me empurra com cuidado. — Quero olhar para você.

Eu me deito sobre a colcha, apoiando-me nos meus cotovelos, e o observo enquanto ele me observa. As palmas de suas mãos passeiam pelo meu corpo, param nos meus seios e então os seguram. Uma rajada de calor explode dentro de mim, e as minhas costas se arqueiam.

Ele continua descendo, mapeando o meu corpo com os dedos. Os lábios roçam o vale entre os meus seios e descem na direção do umbigo. A minha pele chamusca, e os meus ossos ardem. Sinto uma vibração pulsante entre as pernas. Ele ainda nem está me tocando no lugar mais íntimo, e eu anseio por ele – seus dedos, boca e mãos. Seu toque.

Theo aplica um beijo no tecido da minha calcinha, e eu me incendeio.

Eu gemo. Suspiro. E me contorço.

— Acho que estou um pouco excitada — sussurro, pois a minha calcinha está molhada.

— Um pouco não, *muito* — Theo corrige.

Ele remove a minha calcinha, desnudando-me, e geme enquanto faz a peça deslizar pelas minhas pernas. Ele a deixa cair na extremidade da colcha e volta para mim, pressionando as mãos no interior das minhas coxas.

— Você é tão linda nua — ele murmura, e então se posiciona entre as minhas pernas, olhando para mim com expressão faminta. — Sabe, já faz dias que eu quero provar você. Seu cheiro é delicioso, e sempre que me aproximava de você, imaginava qual seria o seu sabor. Exatamente... aqui.

— Ele desliza um dedo sobre a região úmida entre as minhas pernas, e eu me arqueio contra ele, deixando escapar um gemido que parece selvagem até para os meus ouvidos.

— Como acha que é o meu sabor, Theo?

— Delicioso — ele murmura, dando beijos na parte interna da minha coxa, provocando-me por estar tão próximo da minha mais profunda intimidade. — Aposto que vai ser uma explosão de sabor na minha língua. — Ele muda para a minha outra perna, deixando-me maluca com seus beijos molhados na coxa, até que eu praticamente pulo na direção dele, implorando que me toque.

— Vem agora! — eu sussurro, a voz cheia de urgência. Abro mais ainda as minhas pernas.

Diante disso – da visão das minhas pernas abrindo-se para ele – sua necessidade de brincar e provocar desaparece, e Theo pressiona os lábios em mim, fazendo-me gritar. E gritar alto, como eu havia prometido.

Eu me sinto aflita, e ao mesmo tempo incrível. Ele passa os braços ao redor das minhas coxas, e a língua dele se apossa de mim vorazmente. Eu agarro com firmeza o seu cabelo, e ele geme sem tirar a boca de mim, sugando-me e beijando-me. Minhas pernas se abrem ainda mais, completamente, dando a ele acesso total e absoluto a mim. Ergo os quadris, e encontro o ritmo perfeito, a dança perfeita com os movimentos de sua língua.

Uma urgência começa a tomar conta do meu corpo, percorrendo as minhas pernas.

Sei que o clímax não está longe, mas também sei do que eu preciso.

— Quero os seus dedos! — sussurro, e ele abre um sorriso, como se dissesse *"Valeu por me dizer o que você quer, porque eu vou lhe dar isso neste segundo"*.

Ele esfrega um dedo na região entre as minhas pernas, já toda molhada, escorregadia e quente, e ao mesmo tempo me chupa; e então o dedo me penetra.

Os sons que saem da minha boca são criminosos. São os únicos que ecoam através do ar quente da tarde, e são pornográficos. Mas eu não me importo. Aqui eu sou livre. Livre para deixar acontecer. Livre para deixar que ele me possua.

Ele insere outro dedo e gira os dois em mim; e eu atinjo o ponto sem volta. Uma urgência torturante cresce no meu ventre, espalha-se pelas minhas pernas, quase me engole inteira. Estou tão desesperada para que ele me faça gozar que até chega a doer. É uma dor sofisticada, que oscila entre o sofrimento e a felicidade e vai crescendo, crescendo, e então eu me aniquilo. Lanço o corpo contra ele, agarro o seu cabelo, grito o seu nome, deixando que a pura felicidade faça desaparecer minha sensação de controle sobre o mundo.

Eu estou em chamas, e me consumindo num prazer tão profundo, que se reflete nos dedos dos meus pés e repercute em todos os ossos do meu corpo, como um terremoto.

Um minuto depois – ou talvez uma hora; quem pode saber, já que eu perdi a noção do tempo? – Theo está em cima de mim. Ele acaricia o meu rosto com um dedo, e eu me inclino na direção do toque. Sorrio frouxamente. Existe alguma outra maneira de sorrir depois de um orgasmo desses?

— Acho que você acabou de me destruir com o maior orgasmo de todos os tempos — murmuro.

Ele sorri. Parece satisfeito, e também parece um lobo faminto.

— Então a casa na árvore foi uma boa escolha, afinal.

— Não posso acreditar que estou nua e suando, e que você simplesmente me fez berrar como louca no alto de uma árvore! — eu digo, cobrindo o rosto com as mãos, como se estivesse realmente envergonhada.

Mas eu não estou. Estou encantada com a minha vida. Encantada porque decidi me manter longe de relacionamentos para poder me concentrar no trabalho, e porque contratei um homem através de um anúncio para se passar por meu namorado, e agora esse homem – esse ator – acaba de me proporcionar o melhor orgasmo da minha vida, numa casa em cima de uma árvore.

Talvez seja porque estou transbordando de endorfinas, mas tenho certeza de que estou completamente apaixonada pelo Theo.

Esse pensamento me deixa confusa. Abala os meus alicerces. Eu pisco, tentando processar o significado desse pensamento. Que caminho vamos seguir a partir daqui? Como eu vou encaixar essa guinada inesperada nos meus loucos dias e noites em Nova York, centrados na minha carreira?

Essa nova consciência me deixa bem assustada, muito mesmo, mas não me derruba. Sim, em algum ponto, nos recônditos da minha mente, eu estou apavorada. Trabalhei duro demais para conseguir um lugar onde o trabalho seja sólido e estável.

E não quero jogar isso fora.

Mas também não quero jogar fora isso que tenho com o Theo.

Seguro o rosto do Theo com uma das mãos e olho direto nos olhos dele.

— Me penetra.

CAPÍTULO 34

Theo

NÃO HÁ PALAVRAS MELHORES DO QUE ESSAS. "ME PENETRA".

Eu tiro a minha cueca num movimento rápido e apanho um preservativo do pacote que eu havia comprado. April ergue o corpo, apoiando os cotovelos no chão.

— Posso colocá-lo em você? — ela me pergunta, seus olhos verdes arregalados e ávidos.

Essa simples pergunta torna a minha ereção ainda mais intensa.

— Ah, Deus, pode sim. Se pode.

Entrego o preservativo, e ela rasga a embalagem.

— Só por curiosidade. Você comprou isso durante a viagem?

— Quer saber quando eu os comprei?

— Quero — ela responde com um sorriso.

— Eu os comprei depois da pescaria, na farmácia.

Os olhos dela faiscam.

— Pretensioso!

Eu dirijo o meu olhar para as mãos dela, que estão retirando o preservativo da embalagem.

— Mesmo assim, você está bem perto de colocar um desses no meu pau. Então talvez eu seja pretensioso, mas tive razão, não é?

— E descarado ainda por cima... — ela diz, com um tom de flerte na voz.

— Diz a mulher que acabou de gritar o meu nome para os quatro cantos do mundo.

Ela estreita os olhos e balança a cabeça.

— Você adora me provocar, não é, Theo?

Faço que sim com a cabeça.

— Ah, sim.

Ela fecha a mão em torno do meu pênis e começa a movê-la para baixo, da cabeça à base. Eu estremeço de prazer.

— Quer isso mesmo? Tem certeza? — ela alfineta, movimentando a mão para cima de novo, e enfiando o preservativo de maneira tão perfeita que juro que acabaria gozando se ela se demorasse por mais um segundo.

— Ah, April... — Minha voz soa bem gutural agora. — COLOQUE LOGO ISSO EM MIM...

Seus olhos brilham de satisfação. Sentada, ela ergue o corpo um pouco mais e desenrola o preservativo pela minha ereção, até a base. Eu não perco um movimento dela. É tão erótico. É intenso. E me faz sentir ainda mais conectado a April enquanto ela me prepara para ser penetrada. Maravilhado, eu engulo em seco quando ela termina, apertando a ponta do preservativo. Assim que acaba, ela ergue a cabeça, e os nossos olhos se encontram.

— Oi — ela sussurra.

Sinto um calor percorrer a minha espinha. Não sei se posso controlar o meu desejo por muito mais tempo.

— Oi — eu respondo, e ela se deita. Ponho uma mão na colcha, com a palma virada para o chão. Com a outra mão, posiciono a minha ereção entre as pernas dela. Tento não dar demasiada importância ao momento. É apenas sexo e nada mais.

Mas que droga. Não é apenas sexo.

Eu sou louco por ela.

Começo a penetrá-la devagar, e ela fica ofegante, e enrosca os braços no meu pescoço.

— Oh, Deus — ela murmura.

Eu a penetro mais fundo, e ela estremece. Ela é tão macia e úmida, e tão real. Tão incrível. Eu não posso acreditar que estou fazendo isso, que quebrei a regra de ouro do meu negócio paralelo, mas, para transar com essa mulher, eu quebraria a minha regra outras mil vezes.

— Você é maravilhosa — eu sussurro, e abaixo o meu peito até que encoste no dela. Seu corpo exuberante está colado ao meu. Quanto mais tenho dela mais eu quero. Quero provar o seu corpo inteiro. Quero sentir a sua maciez. Deslizo ainda mais e sou recompensado com um longo gemido de April.

— Tudo bem? Não doeu?

Ela balança a cabeça em negativa.

— É tão bom, Theo! — Ela umedece os lábios, e seus olhos se cravam nos meus. — *Mais*.

Eu me movimento lentamente, deixando que ela se adapte a mim, e para que eu mesmo me adapte à extraordinária sensação de estar dentro dessa mulher irresistível. Mexo o quadril, penetrando-a mais fundo.

April joga a cabeça para trás, estendendo e deixando exposto o pescoço. É convidativo demais. Eu mergulho o rosto nele, roçando os dentes na pele delicada. A respiração dela fica ofegante.

— Eu me sinto... em chamas — ela diz num fio de voz.

— É?

— Toda em chamas. Minha pele. Meu coração. Tudo em mim.

Eu a penetro ainda mais profundamente, com estocadas mais longas. Meu corpo é pura eletricidade, tanta que eu poderia brilhar no escuro.

Nós nos movemos nesse ritmo por vários minutos deliciosamente intensos, com os sons dela ecoando através do ar do verão, nossos corpos molhados de suor e quentes, nosso hálito se misturando. As mãos dela viajam por todo o meu corpo, explorando os meus ombros, percorrendo as costas, detendo-se na minha bunda. Ela me agarra e me empurra ainda mais dentro dela.

— Mais! — ela grita. — Com força!

As últimas palavras colocam por terra o que ainda me restava de controle, liberando de vez a luxúria em mim. Em chamas dentro dela, eu a como com estocadas longas e vigorosas.

— Oh, Deus, oh, Deus, Deus!

De súbito eu diminuo o ritmo, para poder torturá-la antes de seguir em frente. Ela geme, com uma leve nota de frustração. Encosto os lábios no ouvido dela e o mordisco.

— Vou fazer você se acabar — sussurro.

— Eu sei.

— Confia em mim?

Ela faz um aceno positivo com a cabeça.

— Confio.

— Vou fazer valer muito a pena pra você, April.

— Eu sei que vai.

Não vou só fazer valer a pena para ela. Vou abalar o mundo dela, virá-lo de cabeça para baixo. Quero ver a reação dela debaixo de mim, a expressão do seu rosto quando eu a fizer explodir em mil maravilhosos pedaços.

Eu lanço o meu quadril contra o corpo dela incansavelmente. April acompanha o meu ritmo, estocada após estocada, movendo-se comigo com força e rapidez. Então diminuo o ritmo, desacelero, e ela choraminga. Ah, que som tão lindamente carente. Retomando novamente o ritmo, eu passo a mão ao longo da coxa dela, agarro o pé e suspendo a perna.

Empurro o joelho dela até a altura do ombro, e me extasio com a visão absolutamente sensual do seu corpo sob o meu. Confiando que vou conduzi-la ao paraíso.

— Gosta que eu faça assim?

Faço a pergunta, porque não quero perder nada. Quero me inteirar de tudo que ela gosta, quero conhecer seus pontos mais sensíveis, aprender onde as minhas carícias arrancam mais prazer dela. Quero fazer um verdadeiro registro de cada maravilhosa reação dela. April arqueia as costas, e um lamento sensual escapa de seus lábios.

— Sim...

A tensão cresce dentro de mim e se torna mais poderosa e intensa a cada investida. Seu corpo quente me envolve num delicioso aperto, seus quadris remexem e me estimulam como se ela pudesse me fazer penetrá-la mais profundamente a cada movimento.

Eu me projeto dentro dela o mais fundo possível, ansiando pela união total dos nossos corpos.

E quando ela enrosca os dedos no meu cabelo, sussurrando o meu nome, sinto algo se abrir dentro de mim.

— Theo!...

Sou tomado pela sensação de que todos os segredos que mantenho bem guardados comigo estão querendo vir à tona, ameaçando transbordar, e eu sei que vou revelá-los a ela. Sei que vou compartilhar tudo. Eu quero que a April me conheça. Quero que compreenda quem eu sou. Porque quero que ela sinta por mim o mesmo que sinto por ela!

Quero que ela também se apaixone por mim. Por quem eu sou de verdade.

— Já está quase lá?

Ela faz que sim com a cabeça e respira ofegante. Uma coloração vermelha se espalha por sua pele, e chega até o pescoço.

— Sim, continue assim... Não pare — ela responde, então começa a produzir ruídos roucos, que se transformam em súplicas incoerentes.

— Nada de parar. Eu jamais vou parar.

April estremece e fecha os olhos com força. Eu observo o seu rosto, contemplo o despontar de um orgasmo enquanto a boca se contorce, e então se abre, a princípio sem produzir som. Segue-se um ruído arfante, quase imperceptível, e então um demorado, persistente e belíssimo gemido. Como uma bomba, ela explode e se remexe freneticamente, se projetando contra mim, me agarrando. E me beija e puxa mais para perto dela.

Eu cerro os dentes e me esforço para adiar o meu orgasmo, porque não quero perder um segundo dessa explosão da April. Ela agora está ofegante, gemendo e suspirando, absolutamente tomada pelo prazer.

— Você é linda quando goza — eu digo num grunhido. Então as minhas estocadas se aceleram, tornam-se mais selvagens e intensas, numa loucura desenfreada, até que o meu orgasmo comanda o meu corpo, iluminando-me, fazendo os meus ossos vibrarem de prazer. Meu corpo se sacode quando o gozo chega com força, enchendo a camisinha.

Estou ofegante, como se tivesse acabado de participar de uma corrida.

Quando abro os olhos, a visão diante de mim é celestial. April está radiante, mergulhada no êxtase de seu segundo orgasmo. O rosto dela brilha, límpida, com um reflexo de suor, e o sorriso dela é tão natural e cheio de malícia.

As palavras que ela diz depois fazem o meu coração vibrar.

— Eu quero manter você por perto.

Afundo o rosto em seu pescoço, roço os lábios na pele e mordisco a orelha.

— Então faça isso.

CAPÍTULO 35
Theo

NO CAMINHO DE VOLTA PARA A POUSADA, NÃO CONSIGO TIRAR AS MINHAS mãos dela. Nós passamos por uma casa colonial branca com tulipas de cor laranja brotando no jardim, e eu lhe dou um beijo no rosto.

Nós paramos no mercado para comprar pimenta, e acaricio o braço dela.

Depois que atravessamos a rua seguinte, eu encosto o nariz no pescoço dela e inalo profundamente.

— Ah, que cheiro delicioso. E agora com algo a mais.

— Como assim? Já era delicioso antes e ficou mais agora?

Eu faço uma careta de deboche.

— A diferença é que agora você é uma mulher bem comida.

— Sei, é o visual pós-transa que você mencionou uma vez, creio eu. — April passa um braço ao redor da minha cintura. — A propósito: sim, eu sou uma mulher muito bem comida, obrigada.

O orgulho me invade. Não há nada melhor do que dar prazer à uma mulher.

À *minha mulher*.

Porra, ela é a minha mulher, e eu preciso encontrar uma maneira de mantê-la comigo. Nós paramos debaixo da copa de uma árvore, e mais uma vez as minhas mãos mergulham no cabelo dela.

— Podemos fazer de novo esta noite?

Ela me olha com expressão de dúvida.

— Talvez seja presunção da minha parte, mas eu já estava considerando isso um fato consumado.

— Na pousada? Você vai ter que ser silenciosa.

— Eu posso ser silenciosa. — Ela junta as duas mãos no ar em oração. — Eu juro que posso ficar em silêncio.

Eu chego mais perto dela.

— Então eu vou transar com você no escuro — digo a ela, distribuindo beijos pelo seu pescoço. Ela estremece. — Debaixo das cobertas. Com os lençóis na altura da nossa cintura. Vou lhe dizer para fazer silêncio ou então eu não vou te deixar gozar.

— Será que vou conseguir? Ficar quieta?

— Bem... — Acaricio o rosto dela com o dedo indicador. — Vai ser uma tarefa difícil, mas você vai querer demais que dê certo, sabendo o quanto poderá ser bom.

— E quão bom vai ser o evento desta noite, Theo?

— Ainda melhor do que o desta tarde.

— Por quê? — April pergunta, empolgada. — Diga por quê — ela pede, e eu sei que ela adora quando a gente conversa sobre isso. Nós contamos histórias baseadas em coisas que desejamos, e essas histórias se tornam realidade.

— Porque tudo vai acontecer no meio da noite, e nós teremos muito tempo disponível, nós dedicaremos o máximo de atenção um ao outro, como se tivéssemos horas. Você vai montar em mim e me cavalgar, e vamos fazer sexo selvagem — digo com voz rouca, e ela inclina o corpo para mais perto de mim. Eu sussurro ao ouvido dela. — Gostou? Você pode montar em mim esta noite e me cavalgar bem devagar, bem gostoso, sob o manto da escuridão. Eu quero fazer assim. E você?

April engole em seco, e os seus olhos tremulam.

— Quem é você? — ela pergunta.

Essa reação me apanha de surpresa, e eu hesito.

— Como assim?

— Quem é você·para simplesmente entrar na minha vida dessa maneira e me dizer essas coisas? Que me faz querer pular em cima de você agora mesmo.

— Hoje à noite. — Eu sorrio. — Pule em mim esta noite.

— Como se houvesse a mais remota chance de isso não acontecer...

Nós retomamos a caminhada na direção da pousada, pela rua ladeada por árvores. Respiro fundo, considerando se agora é uma boa hora para contar a verdade a ela. Não sei exatamente como vou fazer isso, mas quero que ela saiba quem eu sou.

Sabe, eu costumava ganhar a vida como golpista e enganei pessoas para tirar dinheiro delas e pagar a faculdade, e, na verdade, eu não sou ator, só achei um dia que quisesse ensinar Shakespeare, mas essa merda é difícil de entender. Ah, espero que você não me queira mal por isso, mas eu passei duas semanas em County vendendo documentos de identidade falsos, mas isso não é nada perto do que o meu irmão fez. Bem, ele passou um bom tempo na cadeia por fraude. A minha família é adorável, não acha?

Porém, antes que eu tenha tempo de abrir a boca e dizer *"sabe"*, percebo que a April está olhando o seu relógio com um sorrisinho maroto brincando no rosto.

— Por que está sorrindo assim? — pergunto, imaginando que dentro de instantes vou começar a minha sessão de confissão.

— Tenho uma surpresa para você, Theo!

Isso me deixa intrigado.

— Tem, é?

— É uma coisa de que você vai gostar.

— Uma coisa?

— Para ser mais exata, *alguém*.

Olho para April cheio de curiosidade.

— Mas quem?

— Você vai ver.

Poucos minutos depois, nós chegamos à pousada, e uma figura familiar aparece no balanço de madeira na varanda. Alguém com ombros largos, ombros que eu reconheceria em qualquer lugar, cabelo castanho despenteado e um queixo igual ao meu.

Meu coração se congela. Heath se eleva facilmente no balanço com seu passo largo, enquanto o meu passado desaba sobre o meu presente, muito antes do que eu poderia esperar.

CAPÍTULO 36

April

HEATH ABRAÇA O IRMÃO COM ENTUSIASMO, E EU TENHO VONTADE DE pular de alegria. Gritar de pura felicidade. Mas não faço nada disso; apenas fico parada na calçada em frente à pousada, com os pés praticamente dançando dentro das sandálias.

— Como é bom te ver! — Heath diz, seu vozeirão soando cheio de calor e alegria. Ele é alto como Theo, porém maior. Peitoral mais amplo, ombros mais largos, mais tatuado. Seu cabelo é um pouco mais escuro, e ele tem olhos azuis. Eu me pergunto se seus olhos azuis são herança genética da mãe ou do pai.

— Legal. — É tudo o que Theo diz. Seu jeito de falar é tenso, o tom é seco. Talvez esteja emocionado demais para falar.

A mulher que deve ser Lacey também mal consegue se conter de tão animada. Seu cabelo castanho longo está preso numa graciosa trança francesa, e braceletes prateados adornam os pulsos bronzeados. Suas orelhas estão cheias de pequenos brincos prateados. Eu conto sete em cada uma. Uma pulseira com amuletos circunda o tornozelo dela.

— Meu nome é Lacey — ela diz, estendendo a mão para mim. Nós nos cumprimentamos, e então ela me dá um abraço. — Foi tão legal da sua parte fazer isso. O Heath está muito emocionado por ver o Theo. Já faz tanto tempo que não se veem. Heath sente falta dele.

— Eles deviam se encontrar mais vezes — eu digo, e não consigo parar de sorrir. Estou vibrando por ter arranjado esse encontro. Pareceu idiotice estar tão perto do Heath e não convidá-lo para a reunião. Boston fica a apenas duas horas de distância, e como tenho uma memória excelente para números, nem precisei consultar o celular do Theo novamente. Bastou olhar uma vez o número do telefone do Heath na tela do celular do irmão para que eu me lembrasse dele. Liguei para o Heath e lhe falei da minha ideia, informei-lhe o endereço e ele dirigiu até aqui. Minha mãe disse que tinha um quarto extra. Foi moleza.

— Concordo totalmente com você — Lacey diz. — Mas o Heath não pôde sair de casa até agora, e o Theo anda bem ocupado.

— Sim, claro. Heath deve ser um cara bem ocupado também — respondo, mesmo percebendo, enquanto as palavras saem da minha boca, que não sei o que o Heath faz para viver que o mantém tão ocupado; por isso eu mudo o foco para o Theo. — E o Theo faz tantas coisas ao mesmo tempo, tem que dar conta dos testes e audições, do trabalho no bar e tudo o mais.

Lacey franze as sobrancelhas, e por um instante seus lindos olhos castanhos parecem expressar confusão. Mas então sorri novamente.

— É tão excitante conhecer a mulher que tornou o nosso Theo tão feliz — Lacey diz. — Nós nem sabíamos que ele tinha uma namorada.

Balanço uma mão no ar num gesto de desdém.

— As coisas começaram muito rápido entre nós dois — eu digo, e é verdade. Os últimos dias foram um turbilhão de emoções, e quando percebemos, estávamos apaixonados. Quem liga se foram apenas alguns dias – ou um mês, como dissemos à minha família? O fato é que agora nós estamos juntos para valer, ao que tudo indica, e isso é tudo que importa. Um ou dois dias atrás eu não teria feito isso, de jeito nenhum. Mas na noite passada, por telefone, Theo me apresentou ao Heath como sua namorada. Ele podia ter contado a verdade ao irmão. Ele poderia ter dito que eu era uma amiga, ou uma cliente, ou uma pessoa qualquer. Não precisava continuar representando diante do irmão. Essa admissão me pareceu permissão suficiente para que eu convidasse a se juntar a nós a pessoa que ele mais ama.

Escuto sons de algo tilintando, e noto que é a Lacey ajustando no ombro a correia da sua bolsa.

— Adoro as suas joias — comento.

— Obrigada. Eu mesma as faço. Comecei vendendo as minhas peças em feiras e lugares assim. Está se tornando um belo negócio. E para melhorar, o Heath também está montando o seu próprio negócio.

Estou prestes a perguntar em que o Heath trabalha, quando o Theo interrompe seu longo abraço com o irmão e se volta para nós.

— Então... — ele diz.

O tom de voz dele é frio, desinteressado. Por um momento, eu receio que possa ter cometido um erro convidando Heath e Lacey.

— Então, aqui estamos nós — eu digo com um grande sorriso. — Meus pais estão preparando a refeição, e nós teremos a caça ao tesouro ainda hoje. Se vocês quiserem participar dos jogos, vai ser ótimo. Mas não se sintam obrigados a nada. Se desejarem, em vez disso, vocês podem passear pela cidade. Façam como acharem melhor. Eu tenho um quarto disponível para vocês.

— A gente adoraria participar dos jogos — Heath diz, ainda com um braço ao redor do Theo, apertando o seu ombro. Heath se aproxima de mim e me estende a mão. — E você é demais! Valeu por fazer isso.

Theo abre um sorriso, mas me parece um sorriso forçado.

— E agora você já me viu, Heath.

Heath olha com desconfiança para ele.

— Você tá querendo pegar no meu pé?

— De jeito nenhum — Theo retruca.

— É melhor mesmo. — Heath finge golpear a cabeça de Theo com os nós dos dedos, e tenta dar um abraço nele. Theo se esquiva do abraço do irmão.

— Vocês deviam disputar braço de ferro — eu brinco.

Heath olha para Theo, e parece querer dizer alguma coisa o olhar, parece quase desafiar Theo, como se estivesse corrigindo o irmão mais novo. Mas eu não consigo imaginar por quê.

— De qualquer maneira, vocês não gostariam de entrar e guardar as coisas no quarto? — pergunto. — Ou já fizeram isso? Ficaram muito tempo esperando por nós?

— Nós acabamos de chegar, só um pouco antes de vocês, e ficamos brincando no balanço — Lacey diz, colocando a mão no braço de Heath.

Os dois sobem pelo caminho de pedras. Eu fico para trás a fim de falar com o Theo.

— Não foi bom ter feito isso? Eu achei que você fosse gostar — pergunto, curiosa.

Ele resmunga alguma coisa que eu não consigo entender, e a preocupação retorna.

— Eu telefonei para o seu irmão esta manhã. Memorizei o número do Heath quando conversei com ele na noite passada. Tive a impressão de que você queria realmente vê-lo — eu digo, subindo o tom de voz, a garganta já obstruída devido ao nervosismo. Será que a minha interpretação das coisas foi equivocada? Pelo que eu vi, não tive dúvida de que ele adoraria ter o irmão aqui.

— Tem razão. — A voz dele continua indiferente.

— É o que você pensa *mesmo*? — pergunto, e agora não posso deixar de pensar que cometi um erro tremendo, e no pior momento possível.

Theo fecha os olhos, e então volta a abri-los.

— Eu só queria...

— Queria o quê?

— Eu queria que você tivesse me perguntado antes — Theo responde, e nesse momento ele não parece o homem que eu conheço.

Meu coração se angustia. Minha voz vacila.

— Me desculpe. Eu achei que você quisesse vê-lo. Achei que fosse fazer tão bem a você!

Ele pisca várias vezes, e depois sacode a cabeça de um lado para outro como um cachorro se livrando da água. É como se ele tentasse pôr seus pensamentos em ordem.

— Vai ser ótimo — ele diz, mais uma vez com um sorriso forçado. — É que família é uma coisa complicada.

De repente eu tomo consciência do que fiz, e esse entendimento me atinge em cheio. Essa situação deve ser difícil porque ele tem um relacionamento conturbado com sua família. Eu devia ter pensado melhor.

— Desculpe-me, Theo. Nem passou pela minha cabeça que pudesse haver algum problema. Honestamente, eu pensei que seria ótimo ter todo mundo junto. Mas agora percebo que foi bobeira minha.

— Não se preocupe, April. Está tudo bem.

Mas nada parece estar bem. Ele faz menção de se dirigir para a pousada, e eu o seguro pelo braço.

— Por favor. Eu queria fazer algo legal pra você, porque você fez tanto por mim. Acreditei que a minha ideia fosse inteligente, brilhante até, mas agora posso ver que tirei conclusões precipitadas, sem considerar as coisas de um modo mais amplo.

— Ei — ele diz com voz terna, e agora finalmente volta a falar como o Theo que eu conheço. Ele beija a minha testa carinhosamente. — Você não fez nada errado. Você é incrível, e eu quero muito que as coisas entre nós funcionem.

É sério?

Ele acaba mesmo de dizer o que eu acho que ele disse? Que eu e ele somos definitivamente um "nós"? Que tudo o que aconteceu entre a gente vai continuar a acontecer? Meu coração vibra, e tenho que me segurar para não sair dançando e cantando de felicidade.

— Quer mesmo? — pergunto, hesitante.

Ele faz que sim com a cabeça.

— Mas isso não está mais do que óbvio? — Ele acena animadamente na direção da casa na árvore. — Depois da tarde que passamos juntos, acha que eu poderia querer outra coisa que não fosse isso? Eu quero você. Eu quero a gente. Para ser bem sincero, nesse exato momento, tudo o que eu desejo é encontrar uma maneira de voltar para Nova York com você.

Os olhos dele se fixam nos meus, e eu sinto um frio no estômago. Meu coração bate acelerado... Depois que o Theo se fechou inesperadamente, momentos atrás, a última coisa que eu esperava era que ele voltasse ao normal desse modo.

Eu quero me atirar nos braços dele e beijá-lo. E é o que eu faço!

Mais confiante, vou para dentro da pousada a fim de tomar um banho. Agora sei que tudo vai acabar se resolvendo.

CAPÍTULO 37

Theo

FIQUE TRANQUILO.

Mantenha a calma.

Mantenha a confiança.

Eu costumava ter essas habilidades de sobra.

É provável que a minha situação tenha se complicado bastante, mas eu ainda sei como navegar em águas tortuosas. Sei lidar com situações desconfortáveis.

Será que eu menti para a April há alguns instantes, do lado de fora da pousada? Enquanto levo o garfo à boca e saboreio um pouco da salada de pimenta que o pai dela fez, eu chego à conclusão de que não menti para ela. Tenho certeza disso.

Eu quero desesperadamente que o nosso relacionamento dê certo. Quero voltar para Nova York, ter tempo para ficar ao lado dela, descobrir a melhor maneira de ficarmos juntos para valer.

Essa é a mais pura verdade.

Mas eu menti a respeito do motivo de não querer o meu irmão aqui. Não é porque eu tenha um relacionamento difícil com minha família. É porque eu não queria continuar a fazer joguinhos. Mas agora eu não tenho escolha.

Há coisas que Heath não sabe a meu respeito. Coisas que eu andei ocultando dele. Não quis preocupá-lo com os meus problemas enquanto ele estava cumprindo pena, por isso lidei com a minha vida sozinho, da melhor maneira que pude. Ele foi libertado há alguns meses apenas, e eu o vi uma vez, quando tive uma folga e pude dar uma escapada. Heath precisava receber permissão para viajar para fora do estado, e ainda que tivesse conseguido obtê-la, para mim, era mais fácil ir até onde ele estava.

A sua condicional terminou há poucos dias.

Sei que parece egoísmo da minha parte, mas eu até que gostaria que tivesse demorado mais alguns dias para terminá-la, porque, nesse caso, ele não teria conseguido tão facilmente permissão para viajar de Massachusetts a Connecticut.

Avaliando bem agora, eu tenho mais uma noite para fazer tudo dar certo. Se vencer a disputa de caça ao tesouro, tenho chance de ganhar o grande prêmio. Vou lá, faço o que tenho de fazer, saio e levo a minha garota. Tudo o que eu preciso fazer é me assegurar de que os dois lados da minha vida não se choquem antes que eu esteja pronto para o baque.

É por isso que essa noite eu vou contar a April a verdade sobre o meu passado. Vou falar com ela na cama. Essa garota vale a pena, eu confio nela, e duvido que faça comigo o mesmo que fez a Richelle, que me chutou de sua vida simplesmente porque não sou um cara impecável e perfeito. Mas eu ainda não tive um momento a sós com a April – corrigindo: não depois do que aconteceu na casa na árvore. Eu estava pronto para conversar com ela sobre esse assunto na rua, antes de ela puxar o tapete, o chão e o planeta de debaixo dos meus pés com a sua *surpresa*.

Ajeitei as coisas com o meu irmão quando nos abraçamos, sussurrando para ele, durante aquele abraço entre irmãos ridiculamente prolongado, que ele precisaria apenas fingir que estava por dentro de tudo se a April mencionasse a ele que eu era ator. Heath me olhou feio, como se dissesse *"Isso não é nada bom"*, mas fez um aceno positivo com a cabeça, concordando em me dar cobertura.

Na verdade, a situação não é tão complicada quanto parece. A família da April acha que eu sou apenas um barman, a April é que acha que sou ator e barman, e o meu irmão não sabe muita coisa sobre o meu trabalho de namorado de aluguel.

O que eu preciso fazer é manter essa pequena farsa até ter a oportunidade de esclarecer tudo.

No presente momento, Heath está perfeitamente integrado à família, contando como foi que ele quase pegou a bola de uma rebatida no Fenway Park na semana passada. Ele está em seu ambiente. Heath pode se encaixar em qualquer lugar.

— Eu juro que a bola estava aterrissando na palma da minha mão — ele diz, com um braço levantado. — Então a jovem que estava ao meu lado estendeu a dela e a agarrou de surpresa, antes que eu tivesse chance. — Ele balança a cabeça e suspira pesadamente. — De qualquer modo, tudo acabou bem no final. A garota provavelmente precisava dela mais do que eu.

Enquanto o pai da April serve frango grelhado, a mãe dela dispara perguntas sobre o Heath, assim como fez comigo quando nos conhecemos. Meu irmão sobrevive a cada uma das perguntas; ele se sai bem até mesmo quando ela pergunta o que ele faz para viver.

— Eu comecei um negócio de consultoria. Trabalho como hacker ético — ele explica. Ela ainda pergunta onde Heath aprendeu suas habilidades, e ele responde que estudou ciência da computação na faculdade.

Ele não foi totalmente sincero, mas disse a verdade até certo ponto. Aprendeu a hackear de maneira ética porque já fez o oposto, já foi um hacker "do mal". Invadir sites *on-line* era parte do seu esquema de fraudes. Ele aprendeu a compartilhar apenas as partes necessárias de sua vida.

Quando a refeição termina, o pai da April se levanta.

— Como vocês sabem, a caça ao tesouro é o evento final dos nossos jogos de verão — ele diz, como se estivesse discursando. — Nós começaremos esta noite e terminaremos amanhã de manhã. Vocês formarão equipes, e podem ganhar pontos para a competição individual e em equipe. Não se esqueçam de que a competição individual para o prêmio de cinco mil dólares é um desafio particularmente duro, e que a Emma, o Theo e a Katie são os competidores mais fortes. — Meu irmão me lança um olhar do tipo *"Caramba, que interessante"*. — E quanto às competições em equipe, já que nós temos dois recém-chegados, eu decidi que todos os pontos que esses dois fizerem serão repassados para mim. — Todos dão risada dessa piada. — Mas falando sério agora: Bob e eu nos reunimos e decidimos que se o Heath e a Lacey quiserem formar uma equipe com a April e o Theo, cada um de vocês individualmente poderá ganhar apenas meio ponto em vez de um. Ou seja, vocês quatro trabalharão juntos, como uma equipe, mas ganharão pontos como se fossem dois. Isso parece justo para vocês todos?

Heath e Lacey fazem que sim com a cabeça. O resto da família também diz "sim" à proposta.

— Nós vamos adorar tomar parte nisso — Lacey diz.

Faço um agradecimento silencioso a esse arranjo, que veio em ótima hora, pois significa que nós poderemos arrebentar nesse jogo, com o dobro de capacidade de raciocínio. Quanto mais rápido terminarmos esta noite, mais rápido poderei ficar com a April a sós. Vou ter a chance de contar tudo a ela, e também de lhe dizer que deixei o meu passado para trás. Ela vai entender. Eu sei que vai.

Além disso, sei que o meu irmão jamais me deduraria.

* * *

Uma hora mais tarde, na sorveteria da cidade, nós quatro invadimos uma cabine dentro do banheiro e fazemos uma selfie. A April e a Lacey fazem biquinho, e o Heath exibe a sua melhor cara de louco psicótico, com direito a olho fechado. Eu faço cara de paisagem, e clico na câmera do meu celular.

— Olhem só para vocês — anuncio enquanto checamos nossas caretas na tela do meu aparelho. Um dos itens da lista da caça ao tesouro é uma fotografia digital do time inteiro dentro de um banheiro.

Nós já arranjamos um recibo de cinquenta centavos de gasolina – nenhum de nós tem carro, por isso pagamos combustível para alguém da fila –, um cardápio de um restaurante próximo à sorveteria, e a fotografia de uma placa de fora do estado, quando identificamos um nativo de Vermonter dirigindo um Honda amarelo.

Eu pulo para fora da cabine primeiro, seguido pelo Heath. Então a April nos enxota do banheiro.

— Hora do xixi. Vejo vocês depois.

— Eu digo o mesmo — Lacey acrescenta.

Eu olho para o Heath.

— Vamos pedir sorvete.

Nós deixamos as garotas no banheiro e entramos na fila para fazer os pedidos. É a primeira vez que tenho um momento com o meu irmão.

Ele dá um tapa no meu ombro.

— Vamos lá, seu bunda-mole. Qual é o lance? — Heath diz.

— Do que você está falando?

Ele estende as mãos para a frente.

— Não venha me enrolar, Theo. Você me pediu para disfarçar quando surgisse alguma conversa sobre essa história de você ser ator. Quer me explicar por que ela pensa que você é um?

— Bom... — eu começo, esfregando o queixo. — A April me contratou para fingir ser o namorado dela. A família dela está sempre tentando empurrá-la para relacionamentos, e ela não queria vir para cá sozinha e ter que se sujeitar a encontros com algum cara aqui da cidade que ela não tem vontade de conhecer. Então ela me contratou. Eu disse a ela que era ator porque não fiz muitos desses bicos de namorado de aluguel. Você vai dar risada, eu sei, mas isso dá um bom dinheiro, e me ajuda a pagar algumas contas. Eu nunca lhe contei sobre esse trabalho porque você estava na cadeia, e eu sabia o que você ia dizer a respeito.

— E o que é que eu diria, adivinhão? — ele pergunta, rindo.

Eu bufo.

— Você me diria para manter o foco em uma coisa só.

— E por acaso esse não é um bom conselho?

É, mas aí a sua ex resolveu vir atrás de mim, exigindo grana. Eu fiz isso por você, para que você pudesse ter essa vida legal que quer ter agora.

— Talvez. Mas vou abandonar esse ramo de negócios — eu digo, e no instante em que expresso isso em palavras, sinto que é a atitude mais certa a tomar. É exatamente o que tenho de fazer. Preciso me concentrar na April, priorizar um trabalho que eu queira em longo prazo, e me livrar de todos aqueles meus anúncios. Para todos os efeitos, agora tenho uma namorada, e não posso mais bancar o acompanhante de ninguém.

— Jesus Cristo. Do jeito que você fala parece que virou um gigolô — ele diz enquanto olha para as caixas de sorvete em exposição, avaliando o de hortelã, o de chocolate triplo e o de amêndoas e caramelo.

— Nada disso. É só maneira de falar, otário.

— Pelo menos os seus sentimentos por ela são reais? Você disse que a April era a sua namorada quando conversamos por telefone. Será que existe alguma coisa verdadeira no meio disso tudo?

— Claro que o que eu sinto por ela é real — respondo, indignado.

Heath coça o queixo, como se estivesse tentando entender as novidades que acabei de contar.

— Então ela te contratou para se passar por namorado dela, e o que era para ser encenação acabou se transformando num lance real? Isso até parece novela.

— Que loucura, não acha? — Minha boca se estende num sorriso forçado.

— Tem certeza de que isso é tudo o que está acontecendo? — Heath pergunta, olhando-me com uma expressão séria.

— Como assim? — Inclino a cabeça para o lado.

— Sei lá, irmãozinho. Você conquistou uma garota bonita, legal. Rica. Eu vi aquela pousada. Eles estão nadando em dinheiro. Ela é muito rica e é louca por você. Tem certeza de que você não a está enganando?

— Quê? — digo, horrorizado.

— Ah, sem essa. Vamos falar francamente. Você me pediu para *fingir* que acredito que você é um ator. — Ele cutuca o meu peito com um dedo. — Mas a April *acredita* que você é de fato um. Por que não dizer a verdade a ela? Mas você não disse, porque ela contou para a Lacey que você estava fazendo testes para conseguir papéis. Você deixou que ela acreditasse nessa sua porcaria de história.

— Eu vou contar a verdade a ela mais tarde. Isso não é importante no momento. Além do mais, quem é você para falar?

Ele me dá um empurrão no ombro.

— Eu estou limpo, cara. Totalmente comportado e andando na linha. A minha mulher sabe dos meus lances todos. Ela sabe o que eu fiz. E ela me ama, aconteça o que acontecer. Mas e você? Está representando um papel e deixou que a garota acreditasse que está apaixonado por ela. — Ele estreita os seus olhos azuis. Meu irmão tem os olhos da mamãe, e isso mexe comigo. — Mas então, você está mesmo só enganando a garota? Preparando o terreno para pôr as mãos no dinheiro dela?

— Isso é ridículo!

— Mesmo? Tem um prêmio de cinco mil dólares nessa brincadeira toda. Acha que vou acreditar que você *não* está fazendo isso pelo dinheiro?

— Em primeiro lugar, eu nem sei se vou ganhar. E em segundo... E daí se eu ganhar?

— Sabe, eu esperava mais de você — Heath comenta, com uma nota de decepção na voz.

— Não venha bancar o santinho pra cima de mim. Tenho contas a pagar, entendeu? — eu respondo, quase em tom de repreensão. Algumas dessas contas são responsabilidade dele, mas eu é que terei de pagá-las.

Ele coloca uma mão no meu ombro.

— Eu vou lhe dizer o que isso tudo está parecendo, Theo. Pelo que vejo, tudo indica que você está aplicando algum tipo de golpe na April e na família dela.

— Como pode ter coragem de dizer uma coisa dessas?

— E você, tem coragem de me olhar no fundo dos olhos e me dizer que não está atrás do dinheiro dela? Coragem de me dizer honestamente que ela não é o seu alvo?

Estou prestes a dizer *"Você perdeu completamente o seu maldito juízo?"* quando escuto outra voz. Mais suave, porém cheia de desgosto.

— Eu sou o seu alvo, Theo?

Quase tenho um infarte quando me viro e vejo April fitando-me com seus olhos verdes, agora frios como gelo. Seus lábios fechados formam uma fina linha reta em seu rosto.

— Não. Você não é — respondo rapidamente, e vou na direção dela, numa tentativa desesperada de desfazer o mal-entendido. — Me deixe explicar...

Ela se afasta de mim, e levanta as mãos no ar.

— Eu já passei por isso. Já estive nessa situação. Sei tudo sobre isso. — Ela gesticula bruscamente na direção dos sorvetes. — Aproveite o seu sorvete. O de hortelã deixa um gosto delicioso na boca. — Ela faz uma pausa, ergue o queixo e dispara. — Bem diferente do gosto que estou sentindo agora.

CAPÍTULO 38

Theo

EU PREFERIA ANDAR NA RODA-GIGANTE A TER QUE SAIR CORRENDO PORTA afora atrás da April pela rua, com o coração estraçalhado.

Sabe aquela sensação de que o mundo está desmoronando inteiro na sua cabeça, de que abriram um buraco no seu peito, de que você não tem nada mais a perder? Pois é o que estou sentindo. Nesse exato instante.

— April! — eu chamo aos gritos o nome dela.

Ela sacode a cabeça e faz um gesto vigoroso com o braço ao lado do corpo, como um jogador de futebol americano carregando a bola e tentando repelir o adversário. Porém, ela não está correndo, e felizmente eu sou maior e estou determinado. Com a minha passada longa, eu a alcanço no final do quarteirão e a seguro pelo braço. Ela o puxa e se desvencilha.

— Que foi?

— Só me deixe explicar.

Ela ri com escárnio, erguendo o queixo como se me desafiasse a lhe dizer algo de impressionante.

— Espere, me deixe pegar uma pipoca antes. Pra comer enquanto você se explica, porque vai ser um bom espetáculo. Ah, caso você esteja se perguntando... Sim, eu ouvi tudo, desde o prêmio até as contas e o golpe.

— April — eu digo, e então me atrapalho e não encontro as palavras que desejo. Porque não é *assim* que eu queria contar a ela. Não é assim que as coisas deveriam ser.

— É, eu achei mesmo que você fosse dizer isso. — A voz dela está repleta de sarcasmo.

— Eu não sou nenhum vigarista. Tudo o que eu lhe disse é verdade, mas eu não sou ator. Não um de verdade.

Ela ri, como se simplesmente não conseguisse acreditar em mim.

— Talvez você queira tentar de novo. Porque você acabou caindo em contradição no meio da sua... — Ela levanta os braços e desenha aspas no ar com gestos exagerados. — "Explicação".

Eu esfrego a mão na nuca. Tento mais uma vez, muito ofegante.

— Eu sou barman. Você pode confirmar isso com o Xavier. O único trabalho de ator que eu faço é o do anúncio. Os bicos de namorado de aluguel.

Ela engasga subitamente, e cruza os braços sobre os seios.

— E você é espantosamente bom nisso. Eu juro, você devia se dedicar a essa atividade em tempo integral. Não precisa de nenhum outro trabalho, pois é especialista nesse.

O tom de voz dela é rude, e eu mereço cada palavra amarga.

— Não é isso que eu quero — eu me defendo.

— Então o que é que você quer? Tirar dinheiro de mulheres abastadas? — April me olha como se eu fosse uma dúvida de matemática. Como se a minha simples existência fosse difícil de entender. Por fim ela ergue a mão. — Ah, eu nem quero saber.

— Eu não estou tentando pegar o seu dinheiro. Estou tentando apenas ganhar o suficiente para pagar uma dívida. Entende? A vida nem sempre é fácil para mim. Meu irmão e eu tivemos que nos virar sozinhos em tudo. A gente não tinha nada. Absolutamente nada. Eu disse isso a você. É verdade.

— E por isso você engana mulheres? Foi por isso que me levou para a casa na árvore? Para minar as minhas defesas, me dizer que quer ficar comigo na cidade, e em seguida limpar as minhas contas? — ela diz tudo isso como se fosse inacreditável, e é mesmo. — Pois eu tenho novidades decepcionantes. Não sou rica. Apenas tenho um trabalho que paga bem.

— Eu não quero o seu dinheiro. Só queria ganhar algum para pagar a dívida que a ex do meu irmão não para de me cobrar. Quando ele foi para a prisão por fraude envolvendo ações da bolsa, a ex dele apareceu para cobrar uma dívida grande, e eu não quis que ele soubesse. Não queria que o Heath tivesse mais uma pendência esperando por ele, pois temia que isso o levasse a fazer bobagem e a andar à margem da lei novamente — eu explico, colocando todas as cartas na mesa. — Então eu comecei a realizar esses trabalhos de namorado de aluguel para ganhar dinheiro a fim de quitar a dívida com a Addison. Eu desenvolvi algumas poucas habilidades como ator simplesmente porque o meu irmão e eu já fomos golpistas no passado. Nós conseguimos recursos para pagar a faculdade aplicando pequenos golpes no litoral de Jersey.

A risada dela se transforma no som mais frio que eu já havia escutado.

— Está brincando comigo, Theo? Você simplesmente não pode estar falando sério. Essas palavras saíram mesmo da sua boca?

— Sim — respondo, sentindo-me horrível. — Sim, é tudo verdade. Pode perguntar ao meu irmão.

— O seu irmão que já esteve na prisão? Ele é a sua testemunha de caráter?

— É, sim — eu insisto dessa vez. — Ou será que ele deixou de ser gente porque esteve na prisão?

Pela primeira vez, April parece ficar sem palavras. Ela abre a boca, mas diz apenas "Um..."

— Não me julgue, não julgue a gente, a menos que você tenha vivido uma vida como a nossa e encarado as mesmas escolhas que fizemos. Não estou dizendo que fiz as melhores escolhas. Mas fiz as escolhas que funcionaram pra mim, pra gente. Nós não tivemos o que você teve. Então, seguimos em frente contando apenas um com o outro. Nós arriscamos a sorte, armamos para tirar grana de estudantes universitários em disputas de queda de braço, enganamos operadores de caixa para tirar deles trocos maiores, e levamos pessoas a acreditarem que tínhamos um apartamento para alugar. Ah, tem mais: nós também usávamos a namorada do Heath para atrair homens que considerávamos presas fáceis, e depois que ela os tinha onde queríamos, dizíamos aos caras que a garota era menor de idade; daí os trouxas tinham que nos dar dinheiro para não serem denunciados. É isso mesmo que você ouviu. Esse sou eu. O sujeito que bancou seus próprios estudos numa faculdade graças ao dinheiro obtido em esquemas e trapaças. E já que estamos aqui, vou contar mais uma coisinha — eu digo, a voz cada vez mais ríspida enquanto despejo sobre a April detalhes sórdidos da minha vida, na esquina da rua da sorveteria. — Eu produzi documentos de identidade falsos quando tinha dezenove anos, e acabaram me apanhando. Fui detido e colocado na cela de uma delegacia por duas semanas. Foi engraçado. Eu passei dias preso numa cela sem os cadarços dos meus sapatos, para que eu não transformasse os cadarços numa arma. Sei que eu lhe disse que nunca estive numa prisão, e isso é verdade. A prisão é para penas longas, e eu só fiquei numa cela por pouco tempo. Mas vá em frente, pode me julgar. Porque eu tenho certeza de que você sabe exatamente o que faria se fosse largada no mundo sem nada.

April cobre a boca com a mão, e uma lágrima rola pelo seu rosto. Eu me sinto um grande idiota agora que a vejo chorando.

— Sinto muito. Sinto muito que vocês tenham passado por tudo isso — ela diz, com o mesmo tom suave de voz que eu já ouvi tantas vezes, o tom que eu tanto amo. Ela deixa a mão cair molemente. — Mas você não pode simplesmente despejar tudo isso em mim dessa maneira e esperar que eu não fique surpresa. Preciso de algum tempo para processar todas essas coisas.

— Pois é, a maioria das pessoas precisa. A última namorada que eu tive se mandou quando soube de tudo.

— Não me compare com outras pessoas! — ela retruca com voz novamente ríspida. — Eu não sou ela.

— E eu não sou o babaca casado que mentiu descaradamente para se aproveitar de você. Eu agi com você da maneira mais honesta possível. A única mentira que lhe contei foi sobre ser ator, mas todas as outras coisas que eu disse são verdadeiras. Há coisas que precisei omitir, adiar, mas ia conversar com você sobre elas hoje à noite. Porque sou louco por você. E quero que saiba quem eu sou e o que fiz.

April respira fundo, endireita os ombros e faz um aceno positivo com a cabeça. Eu me atrevo a respirar um pouco mais aliviado, porque parece que conseguimos fazer algum progresso.

— Eu não sou exatamente um exemplo de moralidade, Theo. Afinal de contas, eu o contratei basicamente para mentir pra todo mundo. Eu não sou perfeita. Dito isso, existe um detalhe que me incomoda. — A voz dela nesse momento é calma e segura. — Eu não menti pra *você* sobre coisa nenhuma, principalmente sobre os meus sentimentos. E eu lhe pedi para ser bem franco comigo nas coisas que dizem respeito a nós dois. Nós concordamos que fingiríamos para os outros, mas seríamos honestos um com o outro.

— Eu fui honesto com você, April.

— Não, não foi — ela insiste. — Nós conversamos várias vezes sobre a sua carreira. Eu lhe fiz inúmeras perguntas sobre a sua vida de ator, e nada do que você me disse a esse respeito é verdade.

— Você não está levando em conta um detalhe importante — eu digo, com uma nota de desespero na voz. — Não vê que abrir o jogo a respeito desse assunto não fazia o menor sentido para mim? Que não era algo que eu deveria compartilhar?

Ela fecha os olhos por um momento, com as pálpebras trêmulas, e quando os abre eu noto que estão brilhando, porque lágrimas ameaçam cair.

— Mas entenda, Theo, eu pensei que a gente fosse diferente. Achei que você seria sincero comigo. Acreditei que você seria mais honesto comigo do que poderia ser com os outros, porque para mim o nosso relacionamento era genuíno. Mas agora eu tenho a sensação de que estava sendo enganada.

— Eu não enganei você.

Ele ergue uma mão no ar.

— Eu preciso espairecer, arejar um pouco a mente. Vou caminhar um pouco por aí, e não quero que você me siga.

Engulo em seco e enfio as mãos nos bolsos. O mínimo que eu posso fazer é respeitar os desejos dela.

— Tudo bem, April.

Ela dá meia-volta e sai andando pela rua na direção da água.

Um minuto depois, a mão de Heath está no meu ombro. O instinto entra em ação. Eu me viro para ele e o empurro, fazendo-o tropeçar.

— Ei! Qual é?

— Muito obrigado — eu vocifero. — Muito obrigado por arruinar tudo!

— Você estragou tudo sozinho.

Eu dou mais um empurrão nele. É assim que nós nos comunicamos. Sempre com contato físico. Lacey saboreia o seu sorvete de casquinha enquanto nos observa, sem muito interesse.

Heath parte para cima de mim, passa o braço pelo meu pescoço e me imobiliza.

— Seu idiota estúpido! — ele esbraveja. — Você só precisa dizer a verdade para uma mulher. Veja só: ei, Lacey. Eu amo você.

— Também te amo, gato.

— E aí, aprendeu? Agora repita isso pra mim, seu bostinha.

— Nem morto.

— Se fizer isso, eu deixo você bater em mim.

Foi o meu irmão quem me ensinou a dar um soco. Ele me ensinou como vencer uma briga. Era uma habilidade necessária na nossa área de atuação. Na posição em que estou, tenho acesso à barriga dele, e espaço suficiente para mover o braço e lhe acertar um soco no estômago.

— Uuf! — ele diz. Mas logo se recupera. — Eu te amo.

— Eu amo você.

Ele solta a minha cabeça e me olha com uma expressão séria no rosto.

— Mas eu acho que você precisa me dar algumas explicações agora.

— É mesmo? — respondo com desdém. — Mais um querendo que eu dê explicações. Pode entrar na fila, por favor.

Heath deixa cair a sua grande mão sobre o meu ombro mais uma vez, ignorando o meu sarcasmo.

— Por que eu escutei o nome "Addison" quando você estava falando com a April?

Todo bom vigarista sabe que precisa ter resposta para tudo. É a regra principal.

Quando os meus lábios se separam e nenhum som sai, Heath balança a cabeça.

— Foi o que eu pensei. E agora vamos lá, comece a falar.

CAPÍTULO 39
April

QUANDO O BARULHO CHEGA AOS MEUS OUVIDOS, EU OLHO PARA TRÁS. Mas o que foi que aconteceu? Olho com atenção. Theo está empurrando o irmão, e agora Heath prende Theo numa chave de pescoço. E Theo acerta um soco no estômago do irmão.

Puxa vida, isso deve ter doído.

Enquanto isso, Lacey aproveita tranquilamente o seu sorvete de casquinha.

— Não dá pra acreditar — eu resmungo, e me vem à memória um trecho do anúncio do Theo:

> 5. Começar uma briga com qualquer um dos outros convidados, incluindo a sua mãe, seu pai, sua irmã, seu irmão e/ou qualquer um que estiver por perto. (Não se preocupe comigo, querida. Tive a oportunidade de aprimorar muito as minhas técnicas de luta na temporada em que passei no xadrez.)

Quer saber? Que se dane. Eu não posso mais lidar com isso. Não importa que as opções à la carte do anúncio dele tenham se tornado realidade mais uma vez. Nada disso importa.

Tudo que importa é que eu posso sair disso antes de me envolver demais.

Eu não vou imediatamente para casa. Enquanto o crepúsculo envolve com seus braços azuis essa cidade pacata, caminho até a beira da água. Barcos flutuam e balançam na maré baixa, e eu me debruço na amurada de madeira da doca. Olho para o céu escuro. Digo a mim mesma que foi bom que as coisas tenham acontecido assim. Que eu tenha descoberto que ele é encrenca antes que a relação ficasse mais séria.

Uma gota de água cai entre as minhas mãos.

Oh.

Não é água.

É uma estúpida lágrima que teve a audácia de saltar dos meus olhos. Esfrego o rosto, eliminando a evidência. Não vou chorar nunca mais. Sim, eu poderia me sentir incrivelmente tola. Mas preciso me lembrar de que soube da verdade antes que acabasse me machucando.

Outra lágrima salgada cai.

Quem está fazendo estas lágrimas idiotas saírem dos meus olhos? Pare! Pare, já!

Respiro fundo, dizendo a mim mesma para ser forte. Depois de revirar a minha bolsa, encontro um lenço de papel e o passo nos olhos. Pronto.

Para me distrair, pego o celular para checar meus e-mails. E solto um grito de surpresa.

— Nossa!

Há uma mensagem da *Sporting World*. Com tantas coisas acontecendo na reunião, eu quase me esqueci do trabalho. A linha do assunto da mensagem é vaga. Está escrito simplesmente "Olá". Meus dedos tremem enquanto eu abro o e-mail.

> Espero que essa mensagem a encontre bem. Minha equipe e eu estamos bastante impressionados com o seu trabalho, e esperamos que você esteja disponível em dois meses para a nossa sessão de fotos. A propósito, gostaria de se juntar a nós em um almoço de negócios na semana que vem para discutirmos detalhes?

Eu solto um berro de alegria.

— Ai, meu Deus, meu Deus, meu Deus!

Abro a boca e começo a chorar incontrolavelmente. Uma choradeira sem fim. Minhas emoções aparentemente só funcionam em um nível esta noite – *nas alturas*. Estou chorando lágrimas de felicidade na doca, mas elas logo se tornam lágrimas tristes quando eu, estupidamente, percebo que há uma pessoa com quem eu quero compartilhar essa grande notícia.

Minha mente me transporta à ocasião em que estávamos no trem, quando ainda mal nos conhecíamos. Ainda posso ouvir a voz dele no momento em que ele disse: *"Precisa me contar quando você conseguir esse emprego. Prometa que vai me contar"*.

E eu prometi que lhe contaria.

Mas as pessoas prometem coisas que nem sempre podem cumprir. Eu deixo essa promessa de lado, recomponho-me e retorno para a pousada. No caminho, eu ligo para a Claire, conto a ela as novidades, e a atualizo sobre quase tudo – as coisas boas, as ruins e as feias.

— Nossa — Claire diz. — Um passado e tanto o desse cara. O Xavier nunca soube de nada disso?

Balanço a cabeça numa negativa.

— Duvido. Você conhece o Xavier. Ele não esconde segredos, e o Theo obviamente esconde, e então escondeu também do Xavier. Eu suponho que um ator nem sempre tenha trabalho como ator, e então acabe trabalhando mais frequentemente como barman ou garçom; então parecia plausível que o Theo estivesse fazendo o trabalho de namorado de aluguel, que supostamente é um trabalho que caberia a um ator.

— Mas ele *estava* trabalhando como ator, de certo modo. Desempenhando vários papéis de acordo com o pedido dos clientes. Só que fazia isso de uma maneira pouco convencional. Ele não estava na Broadway.

Ela consegue me arrancar uma risada.

— É verdade. Eu acho que o Theo está ganhando a vida como ator. Ele estava apenas fazendo uma representação ao vivo.

— Bom, o problema surge quando você não sabe mais o que é representação e o que é realidade — Claire diz, e então faz uma pequena pausa. — Mas me diga... O que acontece com vocês dois agora?

— *Puff* — eu digo com desprezo. — Bem, descobrir isso agora foi bom demais pra mim. — Entro na rua da Sunnyside.

Claire fica algum tempo em silêncio.

— Mesmo, April?

— Sim. Antes que o nosso relacionamento se aprofunde de verdade.

— Ah.

Eu suspiro.

— O que é esse "ah"?

— O "ah" é a primeira parte de "Ah, mas isso muda o que você sente por ele?".

Eu respondo rapidamente.

— Claro. Ele me enganou.

— Porque ele não é *realmente* um ator, April — ela observa, pronunciando demoradamente cada palavra. — Foi só nisso que o Theo a enganou.

Eu bufo, irritada. A Claire está errada. Está tão errada!

— Não, não foi só nisso. Está tudo junto, tudo misturado. Não estamos falando de um erro apenas.

— Mas de certo modo, estamos, sim — ela diz pragmaticamente. — Ele pisou na bola no passado, aprendeu, e seguiu com a vida. Ele lhe contou isso. Talvez não tenha sido no momento ideal nem o lugar ideal, mas ele te contou. Nem todo mundo tem um passado perfeito.

Enrosco os dedos no meu cabelo nervosamente, e sinto a frustração navegando pelas minhas veias.

— Eu sei. Eu não sou uma dessas donas da verdade que só admitem se envolver com homens impecáveis e perfeitos. Falando honestamente, o fato de ele ter sido um vigarista nem me incomoda tanto. O problema é que ele mentiu sobre o que fazia, e mentiu repetidas vezes. Nós conversamos diversas vezes sobre a atividade dele como ator, e o Theo mentiu em cada uma delas.

— Percebo o quanto isso a incomoda — ela diz com tranquilidade. — Na verdade, incomodaria a mim também. Mas é tão terrível assim que não pode ser perdoado?

A minha frustração transborda de vez.

— Por que eu deveria perdoá-lo?

— Porque está apaixonada pelo cara, e ele não está enfiando o instrumento dele em outra mulher, nem vivendo no porão dos pais dele, nem mentindo para você sobre um milhão de coisas mais importantes — minha amiga argumenta, elevando um pouco mais o tom de voz. — Além disso, o que ele faz *é, sim*, trabalho de ator. Só que um pouco diferente do habitual.

Eu respiro com força excessiva pelo nariz. Estou quase soltando fogo pelas ventas, e não gosto disso; então tento deixar a minha raiva passar.

— Veja — ela continua. — Eu sei que você acha que ele pode estar aplicando algum golpe em você, mas ele fez isso? Tirou alguma coisa de você? Pegou o seu celular, a sua carteira, o seu dinheiro?

— Não — resmungo. — Eu já paguei o que lhe devia ontem.

— E mesmo assim ele ficou. Ele poderia ter ido embora no meio da noite, mas ficou.

— Pare de tentar ser racional.

Claire ri.

— April, tente parar e pensar com calma. Parece que o Theo andou enfrentando tempos difíceis. Eu compreendo que você queira honestidade desde o início, mas, por outro lado, você não lhe disse que convidaria o irmão dele para a reunião. Não lhe perguntou se ele concordava com isso.

A verdade me atinge como um tapa no rosto. Eu engulo em seco. Será que são situações similares? Não estou totalmente certa.

— Acha que eu fiz o mesmo que ele? — pergunto a Claire, dessa vez com voz mais branda.

Ela suspira. Eu estou subindo os degraus que conduzem à pousada.

— April, há coisas que ele não revelou inteiramente. E há coisas que você não revelou inteiramente. São mentiras? Ou são verdades que ainda não estão prontas para ver a luz do dia?

Eu abro a porta. Minha mãe e meu pai estão sentados no sofá, avaliando o seu espólio da caça ao tesouro. Meu pai segura um pequeno canudo em forma de guarda-chuva para coquetel, um item da lista. Ele sorri, satisfeito com a conquista.

Retribuo o sorriso, e aponto para o telefone encostado na minha orelha. De alguma maneira, isso me desobriga de ter que conversar ou responder perguntas. Preciso me lembrar de recorrer a esse truque sempre que quiser me livrar de conversas potencialmente inconvenientes.

— O que você faria, Claire? — pergunto enquanto subo as escadas até o meu quarto, preparando-me para o momento em que o verei de novo. Não sei o que vou fazer quando me deparar novamente com o rosto bonito dele.

— Não tenho respostas para isso. Mas o Theo parece disposto a abrir o coração, e você devia fazer o mesmo, por isso eu acho que você ainda não deve desistir desse relacionamento.

Quando chego ao quarto, abro a porta e entro. Quase tropeço ao parar bruscamente no meio do caminho até a cama, ainda que eu seja a única aqui dentro.

— Tem um envelope na cama com o meu nome — sussurro.

— Alguma mensagem nele? — Claire pergunta, curiosa.

Caminho até o envelope com passos cuidadosos, como se houvesse uma bomba-relógio nele. Quando o apanho, meus nervos entram em ebulição. Meu nome está escrito na frente do papel. A expectativa faz o meu corpo vibrar.

— Estou abrindo o envelope agora — aviso a Claire enquanto lhe dou os detalhes da operação.

Sinto todo o ar desaparecer dos meus pulmões quando vejo o que há no interior do envelope.

Está todo o dinheiro que eu havia pagado ao Theo.

CAPÍTULO 40

Theo

JÁ É TARDE QUANDO CHEGAMOS A MANHATTAN. É AINDA MAIS TARDE quando chegamos à rua da Addison, em Chelsea, e o Heath toca a campainha do apartamento dela.

Ninguém atende.

Heath se vira para mim e bufa.

— Ainda estou chateado com você.

— Também estou chateado com você — retruco.

— Ei, ei — Lacey diz em tom de reprimenda. — Nenhum de vocês está chateado com o outro.

Heath volta a tocar a campainha.

— Estou terrivelmente bravo com ele.

— Tá bravo coisa nenhuma. Deixa de ser ridículo — ela diz carinhosamente, dando um tapinha no rosto de Heath. Seus braceletes tilintam. — Vocês dois tiveram a viagem inteira para resolver isso, e resolveram.

Foi mais ou menos assim:

— Por que não me disse nada, Theo? Por que não me contou o que estava acontecendo? Aquele dinheiro não é sua responsabilidade, droga!

— Eu quis que você tivesse a chance de sair da prisão e começar de novo sem ter que carregar esse peso nos ombros.

— Eu estou começando de novo e tudo está indo muito bem pra mim. E estou pagando as minhas próprias contas.

— Eu não sabia que você tinha dinheiro para isso.

— Então está errado de novo. Eu lhe disse que havia começado um novo negócio, e o meu primeiro cliente pagou adiantado. Nunca mais faça isso de novo, Theo.

— Certo.

— E agora, me leve até a Addison para que eu possa pagá-la, seu bundão.

Eu acredito que se tivesse de fazer tudo de novo, eu faria. Fiz isso por ele. Porque amo o meu irmão. Fiz porque a última coisa que eu quero é que ele retorne aos velhos hábitos. Algumas vezes você não sabe como um homem vai lidar com uma situação até que os limites dele sejam testados. Eu já vi o Heath ser levado ao limite. Nessas circunstâncias, ele nem sempre fazia as melhores escolhas. Nem eu. Por isso tomei a única atitude que fazia sentido para mim na época: assumir a dívida.

Agora, o Heath está fazendo a escolha que faz mais sentido para ele – arcar com a sua dívida. Porque ultimamente ele tem tomado decisões melhores na vida. Tem feito escolhas que poderiam deixar até a nossa mãe orgulhosa.

O único problema é que a nossa gananciosa credora parece não estar em casa.

— Vamos lá! — Heath resmunga, espiando de um lado para o outro.

Ele aperta a campainha mais uma vez, e então uma voz vem de uma janela mais acima.

— Ora, ora, vejam só quem voltou a dar as caras em Manhattan.

Heath bufa com impaciência e suspende o pescoço. O cabelo castanho da Addison está preso em um coque frouxo, e ela olha com indiferença para nós três. Até mesmo a uma distância de dois andares é possível perceber que os olhos dela são frios como gelo.

— Boa noite, Sra. Addison. Eu tenho aqui comigo uma coisa que lhe interessa. — Ele tira um cheque do bolso e o agita no ar. — Agora venha pegá-lo. Vamos resolver logo esse assunto, assim você deixa o meu irmão em paz de uma vez, porra.

— Hum. — Addison estreita os olhos. — Está tudo aí?

— Tudo e mais alguma coisa. — Ele coloca o cheque de novo no bolso da calça jeans.

Addison olha feio para Lacey, depois se afasta da janela e a fecha com força.

— Acho que vou dar uma caminhada — Lacey sugere, apontando o polegar na direção da rua.

Heath balança a cabeça numa negativa.

— Não, não é preciso — ele diz. — Nós estamos entrando num acordo, e não é necessário que ninguém saia.

Ou talvez não haja nenhum acordo em andamento. Porque um minuto se passa. Dois minutos. Três. Quatro. Cinco. Heath anda de um lado para outro da varanda, Lacey brinca com seu bracelete, e eu olho para a janela de vidro da porta. O que eu não faço é checar o meu celular. Antes de resolver essa situação eu não quero nem mesmo ver se a April me enviou uma resposta à carta que deixei para ela junto com o dinheiro.

Meus dedos estão ávidos para pegar o telefone no bolso.

Quero rolar a tela com o polegar.

Quero procurar o nome dela.

Quero tanto encontrar uma mensagem da April no meu celular que o meu coração chega a doer. Ela não parece ser o tipo de mulher que reage de maneira gentil quando é enganada, e não posso culpá-la. Mas espero que ela me dê uma chance quando ler o que eu escrevi. Pretendo começar uma nova fase na minha vida, e tudo o que mais quero é que a April faça parte dela; mas antes eu preciso encerrar essa pendência.

Seis minutos depois, ouvimos passos na entrada da casa, e a Addison aparece à porta e a abre. Deve ter se arrumado antes de nos atender. Seu cabelo está amarrado num rabo de cavalo, e ela passou gloss nos lábios.

— Boa noite — Heath diz.

— Aliás, quase madrugada. Já é quase meia-noite — ela responde.

— Hum... — ele resmunga, parecendo surpreso, e checa o relógio. São só dez horas. Nós levamos uma hora e quarenta e cinco minutos para chegar até aqui. Heath não é exatamente um sujeito que respeita o limite de velocidade. — Espero que não seja um problema para você receber esse cheque gordo a essa hora da noite.

Ela cruza os braços e olha para Lacey.

— Será que está tudo aí mesmo?

— Sim, está. — Heath enfia a mão no bolso, retira o cheque que havia preenchido na viagem e entrega a ela.

Addison desdobra o papel e o olha como se fosse uma coisa desagradável. E então o enfia no sutiã.

Em seguida, Heath tira do bolso uma folha de papel. Lacey abriu o contrato no seu celular quando estávamos a caminho, enviou-o para uma loja de fotocópias e pegou a cópia do contrato durante uma parada de alguns minutos.

— E aqui está o contrato — Heath diz. — Pelos termos desse contrato, o empréstimo pessoal concedido a mim por você está pago, e não há mais dívida. É só assinar e esse assunto estará encerrado.

Addison apalpa o bolso à procura de uma caneta.

Lacey ri discretamente, coloca a mão na bolsa e retira uma.

— Pode usar esta.

— Ei, ela fala — Addison comenta cruelmente.

Lacey sorri para Addison.

— Sim, eu falo. E pode acreditar, falo em nome de todas as mulheres quando digo que você tem um cabelo muito bonito. É realmente lindo.

Eu olho para a Lacey sem entender nada. O que ela pensa que acabou de fazer? Então tudo fica claro para mim. Ela não está usando as mesmas armas da Addison. Não está combatendo fogo com fogo. A intenção dela é simplesmente desarmar a outra se valendo de gentileza. Não é nenhuma surpresa, para mim, que a Lacey seja a única mulher que o meu irmão sempre amou.

Ele a ama tanto porque ela sabe amar.

Addison fica imóvel por um momento, sem ação. Ela não sabe como responder a uma pessoa como a Lacey. Então ela bufa, pega a caneta, rabisca seu nome e empurra o papel de volta para Heath.

Ele segura o contrato aberto, e Lacey tira uma foto dele com seu celular. E eu também tiro uma.

— Vou enviar isso a você, Addison. Assim nós todos teremos uma cópia — eu digo. Então estendo a mão para ela. Estou louco de vontade de dizer alguma coisa sarcástica, como *"Foi um grande desprazer fazer negócio com você"*. Em vez disso, porém, sigo o exemplo da Lacey e digo: — Valeu por ter ajudado a gente quando precisamos. Eu lhe desejo tudo de bom na vida. Adeus.

Nós vamos embora, e a dívida está paga.

Às vezes, as coisas são fáceis quando paramos de ocultar a verdade. Quem me dera ter percebido mais cedo que isso tornaria as coisas mais fáceis. Mas eu suponho que esse é o tipo de coisa que nós só aprendemos quando estamos prontos.

Ou, talvez, quando encontramos a única pessoa para quem vale a pena contar todas as nossas verdades.

* * *

Enquanto caminhamos até o carro, eu respiro profundamente o ar da noite de Nova York. Isso é o que eu quero. Nova York. Com ela. Essa vida.

— Então me diga, ó Grande Sábio, o que eu preciso fazer agora para reconquistar a garota?

Heath cai na risada.

— Você está falando comigo ou com a especialista em todas as coisas relacionadas a mulheres? — Ele puxa Lacey para mais perto e lhe dá um beijo apaixonado.

— Ah, não... Sem demonstrações públicas de afeto, por favor.

Heath interrompe o beijo.

— Mais? — ele me diz. — Você pediu mais, é isso?

Lacey ri e o beija calorosamente nos lábios. Quando se separam, ela diz:

— Você precisa tentar de novo.

— E isso envolve o que, exatamente? — pergunto, e enfio a mão no meu bolso, ansioso para checar o meu celular.

Heath diz três palavras, e eu entendo o que é que preciso fazer.

CAPÍTULO 41

April

EU IMAGINO QUE ELE TENHA ESCRITO ESSE BILHETE NO BLOCO DE NOTAS da Sunnyside enquanto eu caminhava pelas docas, enxugando minhas lágrimas. Eu posso vê-lo debruçado sobre a escrivaninha, escrevendo de pé, totalmente concentrado.

Tentando encontrar as palavras certas.

Eu ainda não consigo acreditar que ele devolveu o dinheiro.

Talvez seja por esse motivo que eu ainda estou em choque, horas depois, sentada no sofá vermelho, encolhida, passando a mão no bilhete.

Em minha defesa, eu não fiquei aqui sentada o tempo todo, sem tirar os olhos do papel por duas horas. Resolvi tomar outro banho. Banhos têm maravilhosos poderes de refrescar a mente das pessoas, e eu precisava disso. Precisava sentir a água quente caindo sobre o meu corpo enquanto decidia o que fazer.

Agora que estou aqui, com o cabelo molhado, calção de dormir e camiseta, sei o que fazer.

Leio o bilhete mais uma vez.

April,

Quando eu te vi pela primeira vez no parque, soube que estava ferrado.

Você foi a cliente mais complicada com quem eu já trabalhei. Não porque seja difícil o convívio, mas porque eu me senti atraído por você no instante em que a vi.

Foi instantâneo, como num piscar de olhos. Não, foi mais rápido.

Mas ainda que nós tenhamos começado como um casal de mentira, tecendo tramas e inventando histórias, havia atração entre nós, que provocava faíscas verdadeiras. Assim, enquanto eu ia conhecendo você, o nosso relacionamento sofreu uma mudança. Ele se transformou numa coisa séria. Você para mim é isso, e é o que eu quero ser para você.

Acho que é por isso que esse trabalho foi o mais difícil que já fiz – porque eu tive de fingir o tempo todo que não estava apaixonado por você.

Eu estou completamente apaixonado por você, e é por isso que todas as histórias que eu lhe contei a respeito de nós dois pareciam reais. Elas expressam o que eu realmente quero que tenhamos juntos. Eu quero um futuro real. Quero continuar criando histórias para contar. Histórias reais sobre a gente. Quero que você saiba quem eu sou, e quero saber quem você é. Sim, eu tenho um passado. Mas tenho também um futuro, e quero que você faça parte dele.

Você sabe como me encontrar.

Theo

Estou louca de vontade de ligar para o Theo. Não vejo a hora de falar com ele. Mas primeiro eu preciso cuidar de uma certa coisa. Uma coisa que ficou atravessada no caminho desde o início. É hora de resolver isso de uma vez por todas.

Eu me levanto, deixo o celular de lado e saio do quarto.

Fecho a porta com cuidado, e ergo o queixo bem alto. É quase meia-noite, e eu suspeito que o meu pai esteja dormindo. Não gosto nada da ideia de acordá-lo, mas preciso conversar com os dois, com minha mãe e meu pai. Desço as escadas pé ante pé, com cuidado, e passo pela sala de estar silenciosa. Sons de risos e de copos tilintando vêm da varanda dos fundos. Tenho uma surpresa agradável quando vejo o meu pai ali, refestelado numa cadeira, e a minha mãe aconchegada no colo dele. Os dois estão contemplando as estrelas. Papai diz a ela algo que eu não consigo ouvir, e ela ri.

Empurro a porta para abri-la mais, para que os dois me ouçam chegar.

— Oi.

Eles voltam as cabeças na minha direção.

— Oi, filhota — meu pai diz.

— Ainda acordado a essa hora, pai? — pergunto, e pego uma cadeira que está diante deles.

Ele me mostra uma taça de vinho vazia.

— Sua mãe me trouxe aqui para fora e me seduziu com vinho. Não tive forças para resistir aos encantos dela.

Minha mãe sorri para ele.

— Você nunca tem...

Ele lhe dá um beijo na testa.

— Nem nunca terei.
Isso me daria ânsia de vômito se não fosse a coisa mais fofa.
— Mas e *você*? — minha mãe pergunta. — Sua dor de cabeça passou? — Ela apareceu quando eu voltei para casa depois da discussão com o Theo, e eu me desvencilhei dela alegando uma dor de cabeça que eu não sentia, porque não queria falar sobre o assunto. — Precisa de alguma coisa, filha? O que aconteceu com o Theo? Ele saiu apressado, junto com o irmão dele e aquela mulher.

Por um instante, tenho receio de me descontrolar e ter um ataque de nervos, mas consigo me controlar. Eu sou forte. Sou dura na queda. Sou confiante.

— Eu o contratei, mãe.
— Hein? — As sobrancelhas dela se erguem. — Contratou? O quê?
Respiro fundo e me preparo para contar a verdade.
— Ele não é meu namorado. Eu o encontrei por meio de um anúncio.
Meu pai reage com espanto.
— Dá pra encontrar homens em anúncios? — ele pergunta.
— Joshua — minha mãe diz, dirigindo a ele um olhar de censura. — É possível encontrar qualquer coisa em anúncios. Especialmente homens.
— Você anda procurando homens?
Ela ri.
— Jamais. — Então ela volta a sua atenção para mim novamente. — Ele é um acompanhante?

Sinto um gosto metálico na boca enquanto busco as palavras nesse momento desagradável.

— Não. Mas não deixa de ser. Quero dizer, ele não é um profissional do sexo. Se é isso o que está me perguntando.

Os dois fazem careta de nojo ao mesmo tempo.
— April — minha mãe diz, séria. — Você precisa explicar isso melhor. O que ele faz, afinal?

— Ele é barman. Isso é verdade. Mas também devia dinheiro a uma pessoa, por ter assumido uma dívida que era de alguém que ele ama, então resolveu fazer um trabalho paralelo como namorado de aluguel a fim de ganhar mais dinheiro. Foi por meio desse trabalho que eu o encontrei. Meu amigo Xavier o conhece, e me disse que ele já fez isso antes. Ele pega trabalho extra como acompanhante estritamente platônico para mulheres que precisam ter alguém ao seu lado em eventos. Na verdade, existe um mercado decente para esse negócio, e o Theo é bom nisso.

Meu pai levanta um dedo no ar, e franze as sobrancelhas.

— Mas ele chegou a me dizer que se importava com você, filha. E parecia bem sincero. Ele me mostrou fotos do seu guepardo.

— Ele fez isso? — pergunto, e um sorriso começa a se formar nos meus lábios.

— Ele parecia tão orgulhoso de você. Isso não faz sentido — meu pai diz, inclinando-se para ficar mais perto de mim, como se precisasse ver por um ângulo melhor essa dose cavalar de absurdo que estou despejando sobre os dois.

— Ele mostrou o meu trabalho a você?

Meu pai faz que sim com a cabeça.

— O rapaz tem orgulho de ser o seu namorado. Francamente, ele me ajudou a entender melhor o que você faz. E eu tenho que dizer, acho que só comecei a entender de verdade quando o Theo me explicou.

Eu vibro por dentro, e o meu sorriso atinge o ponto máximo.

— Aí é que está, pai. Ele tem mesmo orgulho. Sei que o contratei, mas, apesar disso, nós nos apaixonamos — eu digo, e no meu coração já não resta a menor dúvida de que essas palavras são absolutamente verdadeiras.

— Então você o contratou e depois se apaixonou por ele? — minha mãe pergunta, com os olhos arregalados.

— Sim — respondo, balançando a cabeça. — Mas não foi para falar nisso que eu vim até aqui fora.

— Tem mais? — ela pergunta, provavelmente com dificuldade para acreditar que possa haver mais insanidade a caminho.

— Sim — eu digo, com toda a calma possível, respirando fundo. É chegada a hora de falar a verdade, de parar de me esconder atrás da saída mais confortável de ter contratado alguém para me servir de escudo. Preciso dizer aos meus pais como eu realmente me sinto, mesmo que isso os magoe. — Eu quero que vocês saibam *por que* eu o contratei. Bem, eu fiz isso porque não quero que arranjem encontros para mim. E, principalmente, não quero que me envolvam em encontros com homens de Wistful. — Faço uma pequena pausa e olho bem para eles. — Isso porque eu não quero voltar para casa.

Minha mãe fecha a cara e a tristeza do meu pai fica evidente.

Eu junto as minhas mãos, como se estivesse suplicando.

— Eu sei que vocês querem que eu volte. É por esse motivo que todo mundo vive tentando encontrar alguém para mim. Vocês têm esperança de que eu me apaixone pelo proprietário da loja de ferragens. Ou esperam que a tia Jeanie possa me apresentar ao corretor de hipotecas, e com sorte eu perceba que ele é o homem da minha vida e vá morar com ele numa simpática casa a um quilômetro da sua. É claro que eu entendo que vocês só desejam o meu bem, mas não é isso que eu quero — digo, e é como se um peso fosse retirado dos meus ombros. Um peso enorme, brutal. É uma experiência libertadora dizer a verdade, ainda que essa verdade assuste.

— Mas é que eu me preocupo com você — minha mãe diz, timidamente, deixando certa vulnerabilidade transparecer em sua voz.

— Eu não paro de me preocupar com você. Você é a minha caçula — diz meu pai, aflito.

— Mas às vezes vocês me tratam como se eu não fosse capaz de tomar sozinha decisões sobre trabalho ou sobre homens.

— Bom, você contratou uma pessoa para ser sua acompanhante — minha mãe argumenta.

Isso foi um verdadeiro golpe no queixo, mas eu concordo com um aceno de cabeça.

— Talvez tenha sido uma decisão maluca — pondero. — Mas depois que eu fiz isso, depois que arranjei um escudo na forma de namorado, as coisas ficaram mais fáceis para mim aqui na reunião. Vocês ficaram tão preocupados depois do que aconteceu com o Landon, que passaram a ver como farsantes todos os homens de Nova York que se aproximam de mim. Mas o Landon foi simplesmente um engano. Isso acontece. Eu sou jovem. É natural que eu cometa erros. — Coloco a mão no meu coração. — Mas eu amo a minha vida em Nova York, amo o meu trabalho, amo os meus amigos e amo as minhas escolhas, e quero que vocês as respeitem, mesmo que não as compreendam. — Eu me inclino para mais perto deles. — Será que vocês podem?

Grilos trilam, e uma coruja pia. Um esquilo passa correndo pela amurada da varanda, talvez em feroz perseguição a alguma noz. Minha mãe parece perdida em pensamentos. A preocupação está estampada no rosto dela.

— Eu não consigo entender bem por que motivo você contratou alguém. Não entendo por que você simplesmente não falou comigo. Por quê?

A pergunta dela é válida, e merece uma resposta honesta.

— Porque era mais fácil fingir. Era mais fácil contratar um acompanhante do que lidar com os encontros arranjados, ou desapontá-los com a verdade. Porém, olhando agora para trás, talvez eu devesse simplesmente ter falado com você. — Faço uma pausa. — Mas você teria cedido, mãe?

Meu pai balança a cabeça em negativa, olhando para a minha mãe de um modo carinhoso enquanto responde a ela.

— Você não cederia, Pamela. Você nunca desiste quando põe uma ideia na cabeça, e estava determinada a encontrar alguém para a nossa filha.

— Eu sei — ela admite.

— Eu amo demais vocês dois, e quero fazê-los felizes — declaro, contendo um soluço que ameaça saltar da minha garganta. — E foi mais fácil pra mim evitar a verdade. Mas eu quero que vocês confiem em mim quando eu afirmo que posso fazer minhas próprias escolhas. E preciso que saibam que a minha escolha é viver na cidade grande e seguir a minha carreira, lá.

— Nós acreditamos — minha mãe diz, erguendo o queixo. — E nos orgulhamos de você. Tudo o que queremos é que seja feliz. Nós somos tão felizes aqui, e quando você teve problemas, o nosso instinto natural foi tentar trazê-la de volta para casa. Mas posso compreender que Nova York fale alto ao seu coração.

Eu sorrio, aliviada.

— É lá que está o meu coração. Eu planejo viver lá, e trabalhar lá, e quem sabe encontrar o amor lá. Mas... — eu digo, me balançando na cadeira. — Tenho ótimas novidades. Acabei de saber que ganhei um grande contrato para pintar os modelos da edição de trajes de banho da *Sporting World*.

Os olhos do meu pai se arregalam.

— Não! A edição de trajes de banho? — ele exclama num gritinho histérico.

— Também não precisa mostrar tanta excitação assim, Joshua — minha mãe comenta, irônica.

— Eu nem sei o que é a edição de trajes de banho — ele diz, fingindo inocência. — Era uma pergunta. Eu fiz uma pergunta.

Ela apenas balança a cabeça, e volta a atenção para mim.

— Filha, como é que vão ficar as coisas com o Theo?

— Eu o quero de volta. Vocês vão entender se eu ficar com um cara que contratei num site de anúncios gratuitos para fazer vocês pensarem que ele era o meu namorado, e no final das contas nós nos apaixonamos de verdade?

Os lábios da minha mãe se curvam num sorriso.

— Eu posso ser um osso duro de roer, mas lá no fundo sou uma romântica. Não posso negar que a sua história soa incrivelmente, bizarramente, poderosamente romântica.

— Sim! Sim, é isso mesmo, não é? — eu digo entre risadas.

Dou boa-noite aos dois, e, antes de me retirar, ainda os vejo trocando sorrisos cúmplices, como se dissessem um ao outro *"Essa é a sua filha"*. E então eles se beijam. Assim que fecho a porta do meu quarto, pego o meu celular e mando uma mensagem para o cara que contratei.

CAPÍTULO 42

April

> **April:** Lembra-se de quando você jogou pedrinhas na janela? Nós tínhamos acabado de brigar, e tudo o que queríamos era fazer as pazes.

Olho para a mensagem mais uma vez. Meu celular permanece em silêncio. Mas pela primeira vez esta noite, desde que escutei a palavra *"golpe"* na sorveteria, eu consigo respirar sem sentir dor. Deixo o telefone em cima das cobertas. Escovo os dentes e lavo o rosto. Depois que termino, escuto um toque no celular. Saio correndo na direção da cama, e quase tropeço no carpete. Quando pego o meu aparelho, meu sorriso é o maior jamais visto na história da humanidade.

> **Theo:** Eu me lembro bem disso. Como se estivesse prestes a acontecer em uma hora ou perto disso.

Eu ainda trago na memória algo que o Theo me disse na noite passada, há vinte e quatro horas: *"Eu não gosto de ir para a cama zangado"*. Eu entro debaixo das cobertas e digito uma resposta, repetindo as palavras dele, usando-as como se fossem minhas.

> **April**: Eu não gosto de ir para a cama zangada.

> **Theo**: Eu não gosto de ir para a cama sem você. Mas preciso desligar o telefone. Eu a verei em breve. Prometo.

Eu espero. Leio um livro. Brinco com aplicativos de jogos no celular. Repasso na minha mente os eventos do dia. Mas já passa da meia-noite, e o dia de hoje sugou todas as minhas energias. Não sei ao certo quando foi que o celular se soltou da minha mão; só sei que, quando me dou conta, um ruído interrompe um sonho em que estou pintando uma árvore em forma de sapo prateado. Atingindo os recantos da minha mente adormecida, o próximo ruído me desperta, fazendo desaparecer a minha pintura. Piscando várias vezes, eu me sento na cama. Esfrego as costas da mão nos olhos; momentos depois o meu olhar se volta para a janela.

Ele está lá, agachado do lado de fora do vidro. Seu cabelo está todo despenteado, bagunçado e exposto ao vento. Seus olhos brilham de felicidade. Meu coração bate forte, e eu salto para fora das cobertas. Empurro a janela para cima, e antes mesmo de pular para dentro Theo procura o meu rosto com as mãos, e me beija.

Como se não quisesse parar. Como se tivesse sentido a minha falta tanto quanto senti a dele, com a mesma dor intensa e cruel devorando-o por dentro. Como se não tivéssemos ficado meras seis horas longe um do outro. Theo me beija como se a minha ausência tivesse sido um verdadeiro inferno para ele. E eu retribuo o beijo sentindo a mesma coisa.

Eu sempre fui uma pessoa ousada. Daquelas que se arriscam. Agora, todas as oportunidades que eu sempre quis agarrar, todos os riscos que eu sempre me senti tentada a correr, apontam em uma direção. Atirar-me de cabeça junto com Theo. Minha única certeza inabalável é que eu quero esse homem na minha vida. Esse homem que voltou para mim, escalou uma árvore e jogou pedrinhas na janela.

Nós nos beijamos mais, com doçura, com intensidade e com voracidade, extravasando a profunda necessidade que sentimos pelo outro. Sei que precisamos conversar, mas nesse momento há outras coisas que eu gostaria de fazer com as nossas bocas.

Quando finalmente paramos, ele passa pela janela e entra, fechando-a em seguida. Nós nos sentamos no sofá.

— Tem um leopardo rugindo lá fora, April.

A princípio eu fico confusa, perguntando-me o que ele quer dizer com isso, e me esforço para tentar entender. Então eu me lembro.

— É a sua moto?

Theo faz que sim com a cabeça, com ar satisfeito.

— Eu voltei com ela de Nova York. Nós tivemos de ir até lá para pagar a dívida. Eu perguntei ao meu irmão o que deveria fazer em seguida, e ele disse "Vá procurá-la!". Eu pensei em esperar até que você entrasse em contato, mas não consegui. Tive que voltar.

Eu não consigo parar de sorrir.

— Ainda bem que você não pôde esperar. Estou feliz que tenha vindo antes mesmo que eu enviasse algum sinal de vida.

— Eu dificilmente faço esse tipo de coisa, mas não resisti. — Ele pisca para mim, contente.

Eu deslizo a mão sobre o ombro dele.

— Adorei que você tenha voltado para cá tão rápido, mas me diga: não ficou digitando mensagens enquanto dirigia, não é?

Ele ri.

— Eu precisei parar para colocar combustível, e foi então que vi a sua mensagem. Fiquei tão feliz!

— Puxa, ainda bem! É um alívio ouvir isso. — Passo a mão no cabelo dele. — Você me desculpa?

— Quem tem de pedir desculpa sou eu, April. Me desculpe por não ter contado a verdade mais cedo. Me desculpe por não saber como abordar esse assunto. Me desculpe por ter levado você a pensar que eu poderia, de alguma maneira, enganá-la e me aproveitar de você — ele diz, acariciando o meu rosto de cima a baixo com as costas dos dedos. Seus lábios se curvam num sorriso. — Mas sabe de uma coisa? Acho que *você* me aplicou um golpe de gênio.

— Hein? — respondo, e a expressão no meu rosto deixa bem claro que não faço a menor ideia do que ele está falando. — O que quer dizer com isso?

— Sabe o que é um supergolpe de mestre? Ou um golpe de gênio?

— Acho que não.

Theo pega a minha mão e traça linhas na minha palma, preguiçosamente.

— É um golpe que se desenvolve ao longo de vários dias ou semanas. Você precisa estabelecer uma base sólida. O que pode ser feito numa viagem de trem, por exemplo. Depois há um incremento, como conversas tranquilas tarde da noite, que servem para deixar o alvo mais à vontade e fazer com que se aproxime mais. Geralmente há uma pequena recompensa ao longo do caminho – um beijo, um toque, e assim por diante. — Ele fecha os olhos e beija a minha testa suavemente. Isso acende chamas dentro de mim. — Então uma súbita crise acontece. Algo inesperado. Tudo se movimenta com rapidez. As pessoas estão frenéticas. Surge a preocupação de que esse novo amor vá por água abaixo. — Meu peito se aperta quando me lembro da nossa briga. Os olhos de Theo se fixam em mim, e ele engole em seco. — Então o alvo volta para casa a fim de resolver assuntos pendentes. É hora de fazer as apostas.

— E então? — pergunto, ansiosa para saber o resto da história.

— Ele aposta tudo na garota. E não olha para trás. Porque ele nunca a enganou. Ela é que lhe aplicou um golpe, e nem mesmo sabia disso. Mas ela nem teve de se esforçar para fazer isso. Só por ser quem era, a garota fez com que ele se apaixonasse perdidamente. Isso é um golpe de gênio.

Meus olhos se fecham por um momento, e a minha pele se aquece em todos os pontos do meu corpo. Isso é o que você sente quando se apaixona. Isso é o que você sente quando quebra a sua dieta de namoro de maneira espetacular. Chega de cenourinhas, chega de aipo. Enfio os dentes num delicioso pedaço de bolo de chocolate.

Quando abro os olhos, Theo ainda está olhando para mim. Eu aponto para ele.

— Quer dizer que você é que é o meu alvo? E eu passei a perna em você?

Ele sorri e faz que sim com a cabeça.

— Eu sou o alvo e você me aplicou um tremendo golpe. E agora eu estou totalmente apaixonado, loucamente apaixonado.

Deslizo o meu polegar sobre o lábio superior dele.

— Eu também estou loucamente apaixonada. Mas há uma coisa que você precisa saber — aviso, respirando fundo.

— O quê, April?

— Isso não é uma fraude. Não é uma trapaça. É bem real.

— Eu sei. — Ele me levanta, me deixa cair na cama e tira o seu blusão.

Eu me sento e levanto a mão como um aviso para que ele pare. Eu ainda preciso dizer mais uma coisa.

— Theo, quero que saiba que eu não ligo para o seu passado. Não tenho medo dele. Também não tenho vergonha. Eu admiro a sua garra. Admiro demais. A única coisa que me incomodou foi não saber com certeza se você seria honesto comigo. Se vamos mesmo seguir adiante com isso, eu preciso que você seja honesto.

Ele faz um aceno positivo com a cabeça. Há arrependimento em seus olhos.

— Eu sei. Vou ser honesto com você. Eu prometo. E quero que saiba onde eu estive esta noite. Eu fui para a cidade com o Heath. Ele pagou a Addison, e nós tivemos uma conversa bem franca. Ele me disse que eu não devia ter assumido uma dívida que era dele; mas eu tive receio de que essa dívida o fizesse retornar aos velhos hábitos. Para conseguir dinheiro rápido. Ele me garantiu que agora está limpo e só anda dentro da lei, e eu resolvi acreditar nele. E quero que você saiba que eu abandonei a atividade de namorado de aluguel.

— Abandonou mesmo?

— Dãã... Claro que sim, agora eu tenho uma namorada. Não pega bem continuar fazendo isso.

Eu sorrio como se fosse uma maluca.

— E o que você vai fazer? Trabalhar só como barman?

— Não é uma maneira ruim de ganhar a vida. É um trabalho honesto. Eu sei que não estou tão bem estabelecido quanto você. Mas vou acabar encontrando alguma coisa melhor.

— Eu sempre achei você sexy até lendo a lista telefônica. Vamos descobrir algum trabalho nesse ramo para você.

Ele sorri.

— A única coisa que eu sei com certeza é que não quero fazer nada disso sem você.

— Então que seja, não faça nada sem mim! — Eu me inclino para a frente a fim de tirar a camisa dele. E coço o meu queixo. — Me diga: eu estou enganada ou alguma coisa bem selvagem deveria acontecer esta noite?

Num piscar de olhos estamos os dois nus e debaixo das cobertas.

Eu exploro o torso dele, deixando as mãos correrem sobre a sua tatuagem de raios de sol.

— Você se lembra de quando a gente se conheceu e se apaixonou em quatro dias apenas?

As mãos dele viajam livremente pelas minhas costas, e eu sinto os dedos ao longo da minha coluna.

— Parece loucura que a gente tenha se apaixonado tão rápido — ele diz.

Todo o meu corpo anseia por ele. Arrepios percorrem os meus membros, e eu estou transbordando de luxúria e desejo.

— Pois foi exatamente assim que tudo aconteceu. O engraçado é que foi mais ou menos inevitável...

Theo me agarra pela cintura e me coloca em cima de seu corpo.

— Como assim? — ele pergunta.

— Tudo se tornou realidade. Não acha isso bizarro? Até a última parte. — Eu recito o texto do anúncio dele. — Romper com você e depois fazer uma grande cena em busca de reconciliação, envolvendo a) uma escada, b) um megafone ou c) uma declaração de amor diante de uma multidão na sua cidade. (Detalhe: cenas em público não são novidade para mim. Sei o que fazer nessas situações.)

— Eu não usei megafone nem fiz uma declaração em público. Mas confesso que peguei uma escada para subir na árvore. Acontece que é mais fácil descer de um galho de árvore a três metros do chão do que subir nele.

Eu rio, mas a minha risada perde a força à medida que ele desliza a mão pelas laterais do meu corpo, pelas minhas costelas, pelos seios.

Eu respiro fundo. As duas mãos dele envolvem os meus seios, e eu estremeço. Minha respiração se torna irregular.

— Depressa! — eu imploro. Theo estende o braço até a sua calça jeans, que está perto dele, e retira um preservativo de dentro do bolso.

Rapidamente ele abre o pacote e o coloca em si mesmo.

Ele me posiciona logo acima de sua ereção.

— Monte em mim e me cavalgue — ele diz, a voz rouca e profunda. — Bem devagar. Em silêncio.

Eu desço sobre ele, deixando que me penetre profundamente. Nós dois gememos. É tão bom. Tão perfeito. Levo os lábios até os dele, beijando-o para abafarmos todos os sons que possam escapar das nossas bocas.

Então, debaixo das cobertas, com a escuridão se projetando sobre a cama, eu me entrego ao prazer sem pressa. Rebolo, movendo os quadris para cima e para baixo. Prolongo cada segundo. A expressão no rosto dele é deliciosa. Os lábios estão separados; seus olhos estão colados em mim. Suas mãos agarram a minha bunda com força enquanto eu me movimento.

Abaixo o corpo e roço os seios no peito forte de Theo. Minhas mãos passeiam pelo seu cabelo. Nós perdemos a noção do tempo. Mergulho o rosto no pescoço dele. Beijo sua orelha, e as mãos dele massageiam as minhas costas. Cada som que sai da minha boca é mínimo, quase inaudível. A certa altura, deixo que me penetre o mais profundamente possível, fico parada e o mantenho assim; e ele quase urra de prazer. Mas eu lhe mordo o lábio, abafando o grunhido que escapa de sua boca.

As mãos dele se enroscam no meu cabelo, e ele murmura:

— Me deixe te fazer gozar.

Eu me lanço sobre ele, deixando que me guie, deixando que me mova para cima e para baixo enquanto me estimula nos lugares que eu mais preciso. Começo a sentir uma tensão no meu ventre. Então ela aumenta mais, cada vez mais, e sobe pelas minhas coxas. É uma tensão deliciosa, e se concentra no meio das minhas pernas – uma força que me impele para a frente, como uma explosão de prazer. Eu desabo, como se despencasse das alturas. Estou em mil pedaços. Derretendo e me fundindo a ele. Minha boca procura o seu pescoço, mordendo, beijando e depositando todos os meus sons na pele dele.

Num instante, Theo me vira de costas, fica de joelhos e me come furiosamente, com estocadas rápidas, vigorosas e profundas, até explodir de prazer dentro de mim, com um maravilhoso gemido no meu ouvido.

— Que incrível! — ele sussurra.

Corro as mãos pelas costas suadas de Theo.

— É, você cumpre mesmo a sua promessa de Satisfação Garantida.

CAPÍTULO 43
Theo

O QUINTO DIA

NA MANHÃ SEGUINTE, UMA DAS PRIMEIRAS COISAS QUE FAÇO É PROCURAR o pai da April. Ele está na cozinha, preparando ovos mexidos numa frigideira. O lugar está todo iluminado pelos raios de sol que penetram pela janela.

— Sr. Hamilton — eu digo, cauteloso. Afinal, preciso resolver as coisas com o pai dela. April me disse que havia contado para os pais como nos conhecemos. Eu quero que ele saiba o que nos tornamos. — Tudo o que eu lhe disse aqui, na outra manhã, é verdade. — Ele levanta a cabeça, e sem deixar de prestar atenção à frigideira, me olha com o canto do olho, esperando que eu continue. — Eu gosto muito da sua filha. Respeito-a muito. Eu a amo, e a felicidade dela significa o mundo pra mim. E sempre que for possível tirá-la de Nova York e trazê-la para cá, eu farei.

Ele faz que sim com a cabeça várias vezes enquanto cozinha.

— Tudo o que eu lhe disse também é verdade, Theo. Tome conta dela, não a magoe, e faça-a feliz.

— É uma promessa.

Ele faz um aceno mais nítido com a cabeça, indicando que estamos de acordo, por enquanto. Faço menção de sair, mas ele me chama.

— Theo.

— Sim, senhor?

Ele ri.

— Não precisa me chamar de "senhor". Só Hamilton ou Josh já está de bom tamanho.

— Não sei se posso chamá-lo de Josh, mas vou tentar Hamilton, senhor. — Eu rio, percebendo o meu passo em falso.

Ele também ri.

— Nós fizemos alguns pequenos ajustes para a rodada final da caça ao tesouro. Há um novo item na sua lista. — Ele abaixa o tom de voz. — Eu apreciaria se você pudesse fazer a April encontrar isso.

Ele enfia a mão livre no bolso de trás, tira a nova folha de papel e a entrega a mim. Depois ele me diz onde o item está escondido. Eu sorrio quando vejo o que é.

— Eu posso fazer isso, senhor. — Eu me corrijo. — Hamilton.

— Você tem tempo. Vai conseguir. Ah, e eu preciso lhe perguntar se o resto da sua equipe da última noite ainda está participando.

Essa é uma boa pergunta. Eu me despedi deles tão rápido que nem tive uma posição clara dos dois a respeito do jogo. Mesmo porque falar com eles não é tão fácil, já que só ficam se beijando e se apalpando o tempo todo.

— Está procurando a gente?

Quem faz essa pergunta é Heath, que surge na cozinha com a barba feita e o cabelo penteado, ainda molhado.

— Vocês voltaram na noite passada — eu digo, constatando o óbvio.

— Claro que voltamos. A sua mulher fez a gentileza de nos reservar um quarto nessa pousada fantástica. Eu é que não desperdiço uma chance dessas. Dormi como um bebê. Além do mais, nós temos uma caça ao tesouro para ganhar.

* * *

Eu digo ao Heath e à Lacey para esperarem na rua em frente à casa vazia dos pais da April. Eles obedecem, aparentemente prontos para mais uma interminável sessão de beijos desesperados.

— Eu não posso acreditar que você está pensando em dar uma escapada para mais uma transa na casa na árvore — April me diz enquanto atravessamos o quintal dela na direção do lago.

— Pode acreditar, eu bem que adoraria. Mas não é para isso que estamos aqui.

— Ah, é? — Ela leva os dedos à boca. — Xi, me dei mal nessa. Mas até que a ideia é boa... Que tal?

— Nossa, eu fiz de você uma viciada.

— Fez mesmo. Tem que me fornecer a minha dose.

— Paciência. — Eu indico com um gesto os degraus que levam até a doca.

Ela faz o que eu peço.

— Pronto. O que nós viemos procurar aqui?

— Olhe atrás de você. — Aponto para as tábuas de madeira na doca, e ela se vira.

— Veja só isso! — April se ajoelha e pega um pequeno objeto de madeira. Na forma de um gato. Mas não se trata exatamente de um gato entalhado em madeira. É um entalhe de guepardo. Ela suspira. — Oh, meu Deus!

Ela o mostra para mim. É uma peça simples, que seu pai entalhou rapidamente, de um dia para o outro. Mas tem um grande valor sentimental. Especialmente as palavras escritas na base da peça. April as lê:

— "Nós estamos tão orgulhosos de você. Parabéns pelo trabalho! Com amor, Mamãe e Papai."

Ela olha para mim, com os olhos marejados, tentando processar esse pequeno presente dos pais, um gesto que mostra que eles respeitam o trabalho dela. Mas só há uma coisa que eu não consigo entender.

— De que trabalho eles estão falando? É aquele da *Sporting World*? — pergunto, cruzando os dedos e torcendo pela April.

— Sim, acertou! Não é uma loucura? — ela responde, com a voz cheia de espanto. — Descobri ontem à noite. Esqueci de contar quando você retornou, porque estava ocupada demais te beijando.

— E fazendo outras coisas comigo... — acrescento.

Ela olha novamente para o guepardo.

— Acho que o meu pai fez isso para mim.

Eu a abraço com força, e a levanto alto o suficiente para que seus pés saiam do chão.

— Eu sabia que você conseguiria o emprego.

— Obrigada por acreditar em mim, Theo. — Ela prende os braços firmemente em torno de mim. — Eu adorei esse guepardo. Adoro que os dois tenham feito isso.

— Eles queriam que eu me assegurasse de que você encontraria o entalhe.

— Eu não sei se conseguiria sem você.

— É, não seria mesmo nada fácil.

Quando eu a solto, beijo-a mais uma vez. Ela é irresistível.

Seguro na mão dela, e saímos do terreno para nos juntar novamente ao meu irmão, Lacey e ao resto do pessoal, de volta à pousada para o término dos eventos.

Enquanto caminhamos pelo gramado da Sunnyside, ocorre-me que eu não pensei em ganhar a disputa desde a noite passada. Também me ocorre que, na verdade, eu não ligo a mínima.

E isso é bom.

* * *

Heath arrasta uma caixa de madeira para o meio da grama, enquanto eu levo uma coroa feita de barcos de papel e a coloco em cima de uma mesa de piquenique. Meu irmão posiciona a caixa no gramado.

— Ficou bom assim? — ele grita para o Sr. Hamilton.

O pai de April faz sinal de positivo para Heath.

— Ótimo trabalho, Heath — ele diz, e então se volta para Huguinho, Zezinho e Luisinho e lhes pede ajuda para reposicionar as cadeiras.

Ele está pedindo ajuda a todos agora, não apenas a mim. Não me importo em ajudar, mas me deixa feliz perceber que o pai da April não precisa mais me testar. Tenho a impressão de que passei no teste, e isso me dá uma grande satisfação.

Heath vem até mim e passa um braço em volta do meu ombro.

— Família é uma loucura — ele diz.

Faço um aceno positivo com a cabeça, e rio.

— É, sim, sem dúvida.

— Mas eu meio que gosto, sabe?

— É, e eu meio que adoro.

Alguns minutos depois, a mãe da April caminha na direção da caixa de madeira, com Carol ao seu lado.

Carol leva o megafone à boca.

— Senhoras e senhores presentes nos Jogos Quadrienais de Verão dos Hamilton e dos Moore! Chegou o momento que todos esperavam. Vocês demonstraram coragem nos jogos. Competiram com bravura. E o melhor de tudo: se divertiram pra valer! Não é?

Braços se erguem no ar. Gritos de alegria irrompem. As crianças dançam e pulam, animadas. April pisca para mim.

— Não poderia ser melhor — ela me diz baixinho.

— E é com grande honra e orgulho que este ano eu passo a estátua da minha família para a minha boa amiga Pamela — Carol diz, abaixando-se para pegar o troféu na grama e entregando-o para a mãe da April. — Ah, espere aí. Que desatenção a minha. Será que o seu marido não vai querer fazer carinho no troféu antes? — ela ironiza, e Pamela ri, segurando-o firme.

— É isso mesmo que ele vai fazer, com certeza. Talvez até durma abraçado com o troféu até o ano que vem — Pamela diz.

— Mas... Esse evento é anual? — pergunto à April.

— Costuma acontecer de quatro em quatro anos. Mas nós temos alguns apressadinhos entre nós.

Com o canto dos olhos, vejo o pai da April se levantando a pouca distância de nós, usando a mão para proteger os olhos do sol forte. Ele está agitado, pulando na ponta dos pés. Mal pode esperar para pôr as mãos no prêmio.

— Vá buscá-lo, Hamilton — eu lhe digo. — Você merece.

Ele olha para mim.

— Theo?

— Sim?

— Obrigado por tomar conta da minha filha.

— É um privilégio pra mim.

Ele caminha rapidamente até a esposa, e uma sensação estranha me invade. Uma sensação que a princípio eu não consigo definir. Então ela se instala no meu peito, e percebo do que se trata: é o sentimento de pertencer. Sim, eu me sinto parte integrante desse grupo maluco de familiares e amigos.

É um sentimento realmente maravilhoso.

O pai de April segura o troféu no alto, acima da cabeça.

— Isso tem tanto significado pra mim só porque todos vocês estão aqui. Junto conosco. E isso é tudo o que eu quero.

Ele se afasta alguns passos da caixa de madeira transformada em pódio, então para e diz:

— Ah, eu tenho que anunciar o vencedor individual?

— Sim!

Os gritos vêm de Emma e de Libby, e dos irmãos Huguinho, Zezinho e Luisinho. Por um breve momento, uma ponta de esperança brota em mim. Talvez eu seja o vencedor.

Alguns segundos depois, porém, a voz de Josh ressoa anunciando o resultado.

— E pelo ótimo desempenho na maioria dos jogos, principalmente boliche na grama e na competição da melancia, eu declaro que Emma é a vitoriosa.

A adolescente dá gritinhos histéricos e dança de alegria.

Aquela faísca de esperança em mim se transforma em alegria quando vejo a garota de 16 anos executar uma dancinha da vitória. Josh e Carol colocam a coroa de barcos de papel na cabeça dela. Todos a aplaudem, incluindo April, Heath, Lacey e Dean.

Olho para o parceiro de baile de formatura da April enquanto ele bate palmas, e uma ideia me ocorre. Eu peço licença e me afasto, engulo o meu orgulho e vou falar com o Dean.

— Ei, cara. Eu gostaria de conversar sobre um assunto com você.

— Claro, vamos lá — ele responde com um sorriso jovial.

Nós nos afastamos do resto do pessoal.

— Dean, você mencionou uma propaganda de torradeira que na sua opinião poderia ter ficado melhor, e isso me fez pensar...

CAPÍTULO 44

April

O MOMENTO DA DESPEDIDA É MAIS DIFÍCIL DO QUE EU IMAGINAVA.

Talvez eu goste de estar em casa, afinal.

Talvez uma parte de mim pertença realmente a Wistful. Esta tarde, eu abraço todo mundo um milhão de vezes, no mínimo, antes que a tia Jeanie me chame à parte para uma conversa.

Ela respira fundo, como se estivesse prestes a dizer alguma coisa muito importante.

— Eu fui meio insistente quando nos encontramos logo depois que você chegou. Fui insistente com relação ao Linus, e peço desculpa por isso.

— Está tudo bem, tia Jeanie, não se preocupe. Nem pense mais nesse assunto.

Ela levanta a mão, indicando que ainda não terminou de falar.

— Mas eu tenho pensado nesse assunto, e também em muitos outros — ela prossegue. — Eu espero que isso também não pareça insistência da minha parte, mas pode ser divertido pra mim ir a Nova York, talvez almoçar com você, ir a um museu e ver algumas coisas que você faz.

Olho com curiosidade para ela. Por essa eu não esperava. Mas então eu me recordo de algo que pode dar sentido a essa atitude da minha tia: um comentário, feito na outra tarde pela Katie, de que a tia Jeanie gostaria de um pouco mais de excitação uma vez ou outra. Mais do que as suas galinhas lhe proporcionam na granja. E se um neto também não basta ainda para que ela tenha toda a ação que deseja, talvez ela consiga isso explorando os encantos da cidade que nunca dorme.

Isso funciona muito bem para mim.

— Eu adoraria hospedá-la, tia — respondo.

— Então está combinado.

Antes de irmos até a motocicleta de Theo para que ele me leve até a estação de trem – ei, eu é que não vou viajar duas horas na garupa de uma moto —, Tess me envolve nos braços mais uma vez.

— Vou sentir saudade — ela diz, docemente.

— Ah, pare com isso. Você não tem tempo para essa coisa de saudade.

— Eu vou com certeza sentir saudade de você — ela diz, séria.

— Ei, você está bem? — pergunto, olhando-a de alto a baixo. — Aliás, onde está o seu canguruzinho? Está na sua bolsa?

— Cory e eu vamos fazer terapia — ela diz sem hesitar.

— Quê? — digo, sem conseguir acreditar no que acabo de ouvir.

Ela faz um gesto de confirmação com a cabeça, ela aparenta tristeza e esperança ao mesmo tempo.

— Mas eu... Eu pensei que... — Hesito, um tanto abalada. — Pensei que as coisas tivessem melhorado depois do episódio do carro.

— E melhoraram. As coisas melhoraram — Tess diz com firmeza. — É por isso que vamos à terapia. Para manter as coisas assim. Nós dois estamos sobrecarregados por causa das crianças, mas para mim é bem pior. E só depois que nós escapamos das atribulações por uma hora é que percebemos que estávamos nos afastando. Precisamos de mais de uma hora só para nós, de vez em quando, para que as coisas melhorem. Por isso a mamãe vai cuidar das crianças enquanto fazemos terapia regularmente.

— E isso é bom? — pergunto, só para ter certeza.

Ela faz que sim com a cabeça e sorri.

— Sim, é bom. Não foi nada fácil reencontrar aquela nossa chama de novo. Nós a recuperamos naquela noite dentro do carro, e agora queremos ter certeza de que não a perderemos de novo.

Eu sinto um nó na garganta.

— Eu amo você.

— Também te amo, mas ainda acho irritante que você tenha se tornado tão incrível, porque sendo a filha do meio eu não tenho chance contra você, que é tão legal, o bebê da família...

— É, eu sou mesmo legal! — respondo, rindo.

EPÍLOGO

Um ano depois

— NÓS VAMOS NOS ATRASAR — GRITO PARA APRIL, QUE ESTÁ ENFIANDO UM biquíni na sua mala preta.

— Podemos pegar o próximo trem — ela responde, sempre tranquila, quando se trata de viajar.

Balanço a cabeça numa negativa.

— Não. Nós vamos pegar *esse* trem.

— Mas eu mal cheguei em casa. Não tive tempo nem para respirar direito — April reclama. Ela retornou recentemente de um compromisso em Los Angeles, trabalhando em um filme, pintando criaturas do espaço.

— Você pode respirar em Connecticut — eu digo, pois estamos a caminho de Wistful para o fim de semana. Prometi aos pais dela que a levaria para lá sempre que pudesse, e tenho honrado esse compromisso. Eu me ajoelho para ajudá-la a fechar o zíper da mala.

Desde a grande reunião, nós já voltamos várias vezes a Wistful para visitar os pais dela. No dia de Ação de Graças, no Natal, em alguns feriados prolongados, no meu aniversário. Nessa ocasião, Heath e Lacey também foram para lá, e Lacey deu à mãe de April uma lembrança: um colar novo feito por ela. Quando voltei a ver a mãe de April, momentos depois, ela já estava usando o colar. Nessa visita, Cory vestia uma camiseta que eu lhe tinha dado no Natal com a palavra OBA! sobre o desenho de uma raposa sorridente, e embaixo as palavras CAMISA NOVA! Eu achei essa peça numa loja de camisetas *underground* no Brooklyn, e por isso Cory a considerava muito descolada. Felizmente, ele não parece mais tão encantado com a minha vida de solteiro, e não é só porque agora eu tenho uma namorada. É porque ele e Tess estão mais felizes agora.

April e eu moramos juntos. Saí da quitinete no Brooklyn e me mudei para o apartamento dela, que é maior. Nós dividimos todas as contas. Sim, a minha garota continua se saindo muito bem nos negócios, e a edição sobre trajes de banho da *Sporting World* fez tanto sucesso que April foi convidada a trabalhar também na próxima edição. Mas eu também não posso reclamar, até que tenho me saído bem. Continuo trabalhando como barman, já que um ator nunca sabe quando o trabalho irá aparecer.

Essa parte da história é engraçada. Eu não era ator, mas agora eu sou. Sabe aquele recente comercial para televisão em que uma caminhonete fala com sotaque sulista? Pois é: sou eu. A minha voz. A caixa de cereal matinal Tiger Puffs com um tigre falante que ruge? É esse seu criado. Eu também fui contratado para trabalhos de dublagem como um personagem recorrente de um desenho para adultos, que passa à noite, sobre um super-herói que salva mulheres desesperadas por um orgasmo. Um programa excelente. Meu personagem é um vibrador falante. Se pensarmos bem, existem coisas piores do que dar voz a um aparelho que proporciona prazer às mulheres.

Coisas bem piores.

Foi Dean quem me ajudou a entrar no negócio de dublagem; no primeiro comercial para o qual a agência dele me escalou, eu usei um sotaque francês para uma marca de café francesa. Mas quem merece o crédito por dar o pontapé inicial na minha carreira é a April. Mal sabe ela que seu comentário de que eu me sairia bem até lendo lista telefônica foi a faísca que acendeu a chama. Eu acho que sempre tive um talento especial, que estava ali, bem debaixo do meu nariz, e eu nunca havia me dado conta. Só precisava de alguém que percebesse isso e me desse algum estímulo. Eu não sinto falta do trabalho como namorado de aluguel. Ser namorado de April, o verdadeiro namorado, paga muito melhor – e não estou falando de dinheiro.

Quanto ao cachê acertado com a April pelos meus serviços, ela tentou me pagar novamente. Tentou várias e várias vezes. E eu sempre me recusei a receber. Ela disse que nunca usaria o dinheiro, e nada a faria voltar atrás nessa decisão. Até que eu descobri um modo de fazê-la parar de insistir no assunto. Peguei o dinheiro e o doei ao programa de artes do qual ela era voluntária. Essa era a única instituição para a qual ela disse que doaria se ganhasse o prêmio máximo na reunião da família.

Quando soube disso, April se lançou nos meus braços, quase me sufocou de tanto me beijar, e disse:

— Eu não estava enganada, sabia que você não era um babaca!

Mas eu serei um babaca se nós perdermos o trem, por isso eu a arrasto para fora do apartamento, entramos num táxi e seguimos para a estação.

Nós corremos pelo terminal e alcançamos o trem. April se dirige ao primeiro vagão que vê, um com assentos comuns.

Com um sorrisinho cínico, eu faço que não para ela, balançando o dedo indicador no ar.

— Na-na-não. Vamos de primeira classe. — digo.

— Oba! — ela exclama, arregalando os olhos.

Seguro na mão dela e vamos para a nossa cabine, onde os assentos mais confortáveis e refinados nos aguardam.

— Você é o melhor vibrador falante que eu já conheci — ela diz enquanto se acomoda, e então me dá um beijo. Quando o trem começa a sair da estação, April chega bem perto de mim, virando a cabeça para que os nossos olhares se encontrem. — Está lembrado da nossa primeira viagem de trem?

— Lembro-me de cada detalhe. E me lembro também de tudo o que você me disse na ocasião.

Ela ergue as sobrancelhas, como se não acreditasse muito.

Minutos depois nós nos dirigimos ao vagão-restaurante. Não há mais ninguém no vagão além de nós. Sentamos numa mesa com toalha de linho e taças de champanhe já cheias.

April me olha com curiosidade.

— Viagens de trem são tão românticas, não acha? — digo a ela.

— Hein? — Ela ri. — Mas você disse que não via nada de romântico nisso!

— É? — Dou de ombros e entrego a ela uma das taças. — Não me lembro disso.

— Você riu de mim por querer caviar.

— Bem, a minha opinião continua a mesma a esse respeito. Caviar é uma droga. Mas champanhe, não. Vamos brindar.

— Brindar a quê? — ela pergunta, levantando a taça.

— Às viagens de trem que se tornam românticas.

— Ah... Isso merece um brinde, sem dúvida — ela diz, encostando a taça na minha.

April bebe um gole de seu champanhe, e eu faço o mesmo. Recoloco a taça na mesa, levo a mão ao bolso e pego o meu telefone, e deslizo o polegar sobre a tela.

— Sabe, eu acho que você vai se divertir muito com uma coisa que eu vi hoje, mais cedo — eu digo, apertando o botão para enviar e-mail.

— E você vai me mostrar isso agora?

— Abra o seu e-mail.

Ela dá de ombros e me lança o seu melhor olhar *"é bom que seja interessante mesmo"* enquanto pega o seu celular.

— Parece alguma propaganda — April diz, voltando a olhar para mim.

— Nossa. Que coisa boa.

Ela me olha com expressão intrigada.

— Está procurando uma roda de hamster para comprar?

— Abra.

Ela clica no link.

— Mas... é um anúncio — April diz baixinho.

Eu observo a reação nos olhos verdes dela enquanto ela lê o que aparece na tela.

★ Vai a Algum Lugar e Precisa de Um Parceiro para Sempre? Eu Sou o Seu Homem

Tenho boa aparência, 29 anos, já apliquei golpes para viver, mas hoje trabalho como ator. Meu bem mais valioso se torna ainda mais precioso quando você passeia nele comigo, com os seus braços em torno da minha cintura, rodando no leopardo feroz. Como vibrador falante, eu trabalho em horários estranhos, mas você também. Se você quiser que eu seja o seu acompanhante em casamentos, reuniões, festas, jantares, viagens de avião, eventos em geral ou até mesmo na academia, conte comigo. Na verdade, se você quiser que eu lhe faça companhia em absolutamente todas as ocasiões, é só dizer sim.

Posso fazer as seguintes coisas a seu pedido:

1. Contar histórias malucas que fazem você rir, como vou fazer quando viajarmos para a Califórnia, onde vou lhe contar histórias de fantasma bem assustadoras, daquelas que fazem você pular nos meus braços.
2. Construir uma casa na árvore ou uma casa para você.

3. Estar sempre ao seu lado, nos momentos bons e ruins da vida.
4. Bambolê. Sim, isso é um eufemismo.
5. Jogar pebolim, fliperama e boliche com você. Nós sabemos bem que eu costumo acabar com você nesses jogos, mas vou te deixar ganhar, porque fica adoravelmente linda e sexy quando está excitada durante um jogo.
6. Certificar-me de que você visite a sua família com frequência, mesmo que isso signifique carregar dezenas de cadeiras de um lado para outro, dormir numa tenda ou arrastar sacos de carvão; porque eles a amam demais, e agora eu os amo também.
7. Amar você pelo resto da minha vida.

Se alguma dessas habilidades interessar a você, por favor entre em contato e requisite os meus serviços para o resto da vida. Eu posso oferecer uma ampla variedade de sotaques. Meus serviços são estritamente não platônicos, e, na verdade, espero que você escolha a opção horizontal todas as noites. Não cobrarei cachê, mas haverá um preço: se optar por todos os itens do menu, peço que, por gentileza, me dê o seu "sim" na forma de um beijo. Se estiver totalmente feliz com o meu trabalho, vamos nos preparar para o evento de gala do nosso casamento, na data que você escolher num futuro próximo. Eu garanto um compromisso com 100% de satisfação para tornar maravilhosa a nossa vida juntos.

Quando April termina de ler e ergue a cabeça, eu já estou ajoelhado diante dela.

— Theo! — ela sussurra, maravilhada.

Tomo a mão dela na minha e ignoro o feroz tumulto de nervos se atropelando dentro de mim.

— Lembra-se daquela vez em que eu lhe pedi que se casasse comigo, April?

Ela suspira, e a surpresa a faz hesitar.

— Sim — ela diz, afobada. — Eu disse sim.

O entusiasmo dela é mais uma das razões pelas quais eu a amo tanto. Pego o anel solitário de diamante numa caixa no meu bolso, abro-a e digo:

— Você quer se casar comigo?

Ela ri e me puxa para cima, a fim de que eu me sente ao lado dela.

— Minha resposta continua sendo sim — April diz. — Sempre, sim. Apenas, sim. Você é muito real para mim. Sempre foi. E sempre vai ser.

Eu coloco o anel no dedo dela.

— É lindo! — ela diz.

— Assim como você. Por dentro e por fora. Obrigado por me amar mesmo sabendo que sou um sujeito com um passado. Ainda sou esse sujeito, mas agora sou um homem melhor porque você faz parte do meu presente.

Uma lágrima rola pelo rosto de April, e ela encosta a testa na minha.

— E faço parte do seu futuro também, Theo. Não se esqueça disso.

— Jamais. — Seguro alguns fios de cabelo dela e os prendo atrás da orelha. — Ah, e falta um último item da lista de opções à la carte que se tornaram realidade. "Pedir você em casamento diante de todo mundo." Eu modifiquei um pouco esse item. Fiz o pedido só para você.

— Exatamente como eu queria que você fizesse.

Então eu falo usando a minha voz mais sensual, mais noturna, aquela que realmente deixa April em chamas.

— Mas eu acredito que você tenha outra fantasia com trens.

— Hum... — Os lábios dela se curvam num sorriso cheio de segundas intenções. — Eu tenho. Será que vai se tornar realidade também?

— Eu já lhe disse por que a gente teve que pegar *este* trem? Só recentemente ele foi acrescentado aos horários dos trens, e possui algo que nenhum outro trem dessa área possui.

— Não, você nunca me disse — April responde, balançando a cabeça.

Eu me inclino para mais perto dela, afasto-lhe o cabelo do ombro e sussurro em seu ouvido:

— Este trem tem vagão-leito.

E nós fizemos excelente uso dele durante o resto da viagem até Wistful.

AGRADECIMENTOS

Agradeço a Eileen por tornar possível esta incrível oportunidade, por me dar a chance de deixar a história brilhar, e pelas observações que a aprimoraram. Sou grata a toda a equipe da SMP, incluindo Jennifer, por sua grande vontade de me trazer para o grupo, e Tiffany, por administrar o processo. Minha profunda gratidão a KP Simmon por toda a sua estratégia e orientação, a Helen Williams por seu raro talento, e a Kelley, Keyanna e Candi por seu trabalho no dia a dia. Agradeço a Lynn por seus olhos de águia. Agradeço principalmente a Michelle Wolfson, a fera por trás das cortinas e a mulher que compreende as necessidades de um autor, e que sempre zela pelos meus interesses.

Por incrível que pareça, minha família ainda consegue me aturar todos os dias, e eu sou grata pelo amor e apoio dela, tanto da de duas patas quanto da de quatro.

Sempre, e em cada um dos meus livros, dirijo a minha mais profunda gratidão àqueles que tornaram isso possível – aos meus leitores. Amo vocês de paixão.

ASSINE NOSSA NEWSLETTER E RECEBA INFORMAÇÕES DE TODOS OS LANÇAMENTOS

www.faroeditorial.com.br

Há um grande número de portadores do vírus HIV e de hepatite que não se trata. Gratuito e sigiloso, fazer o teste de HIV e hepatite é mais rápido do que ler um livro.

FAÇA O TESTE. NÃO FIQUE NA DÚVIDA!

CAMPANHA

ESTA OBRA FOI IMPRESSA PELA GRÁFICA LC MOYSES EM OUTUBRO DE 2019